KB068194

龍は眠る

용은 잠들다

미야베 미유키
권일영 옮김

RHK
알에이치코리아

이것은 어느 결투에 대한 기록이다

미리 이야기하지만 나는 처음부터 끝까지 방관하는 입장이었지, 이 이야기의 주인공이 아니다. 주인공은 두 소년, 이제 막 청년기에 들어선 사내아이들이다.

나는 그중 한 명을 잘 알고 있다. 또 한 명은 그가 죽은 뒤에, 적어도 내가 이야기해도 된다고 스스로 허락할 만큼은 알게 되었다. 그 소년을 좀 더 일찍 알았다면 일어난 일들을 대부분 막을 수 있었을지도 모른다. 하지만 이제 와서 후회해 봐야 지나간 버스를 보며 손을 흔드는 꼴이라는 걸 잘 안다.

그런데도 내가 그 전말을 이야기하려는 까닭은 이런 방법 말고는 그들에게 감사의 마음을 표현할 길이 없었기 때문이다. 쓰디쓴 자기변명과 함께 그들이 무엇을 했는지, 어떤 일을 해냈는지 이야기하는 방법 외에는.

그래서 이 이야기는 (우선) 그들을 위한 것이다. 그리고 언제 어디선가 이 이야기에 귀 기울여줄 사람들이 자기 안에도 그들과 같은 힘이 잠들어 있다는 사실을 깨달을 때를 위해서도.

차례

이 능력은 너무도 교묘하게 잘 숨겨져 있다.
그렇지 않다면 거짓의 바다에 빙산처럼 일부분만 드러낸 채
몇 세기 동안이나 그렇게 잠겨 있을 수 없었으리라.

데이비드 R. 콩그레스 David R. Congress
《폭로된 그림자 The Shadow Exploded**》 34쪽,**
1981년 발행, 툴레인대학교 출판부•

• The talent is well hidden indeed; how else could it have remained submerged for centuries with only the tip of the iceberg showing above a sea of quackery?

제1장 우연한 만남

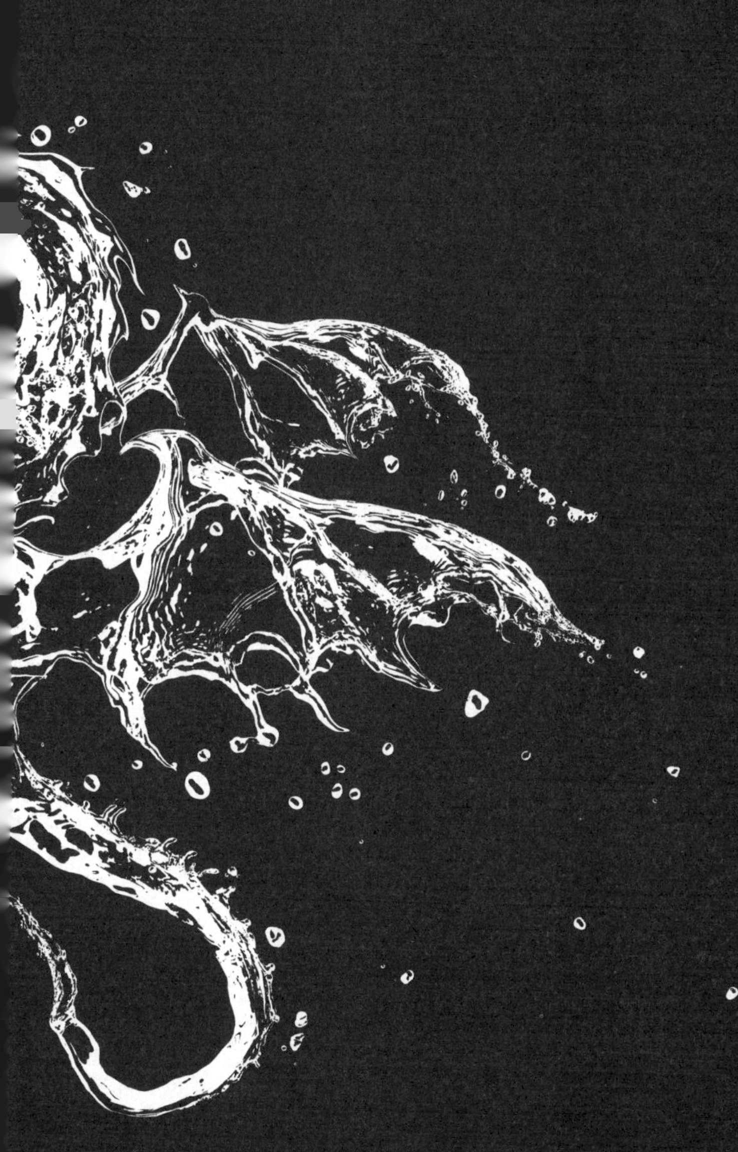

01

우리가 처음 만난 때는 9월 23일 밤 10시 반쯤이었다. 그는 사쿠라(佐倉. 지바 현 북부에 있는 시.) 공업단지 부근 갓길에 자전거를 눕혀 놓은 채 웅크리고 앉아 있었다.

미리 알리바이를 마련해 둔 범죄자처럼 시간과 장소를 정확하게 기억하는 까닭은, 그날 밤 그 시각 간토 지방에 강력한 대형 태풍이 접근하고 있었기 때문이다. 차 안에서 라디오를 켜 놓고 30분마다 하는 뉴스를 듣고 있었는데, 툭하면 어긋나는 일기예보와 달리 태풍경보는 얄미울 정도로 정확했다.

예보관의 말대로 오후 7시쯤부터 서풍이 거세지기 시작해 결국 폭우가 쏟아지더니, 라이트를 켜도 1미터 앞이 보이지 않는 상태가 되었다. 쏟아붓듯이 내리는 비도 그렇지만, 도로에 생긴 웅덩이를 지날 때면 물이 마치 분수처럼 튀어 올랐다. 그 물이 유리창을 덮어 앞을 제대로 볼 수 없었다. 어디든 안전한 곳을 찾아 차를 세우고 폭풍우가 잦아들기를 기다리는 게 낫겠다는 생각이 들기 시작했다.

바로 그때 그를 발견했다.

걷는 편이 빠를 만큼 느리게 차를 몰고 있지 않았다면 우리 만남은 최악의 모양새가 되었으리라. 차로 그를 들이받아 턱을 덜덜 떨면서 응급실이 있는 병원을 찾아 돌아다니는 신세가 되었을 것이다. 그런 시각에 태풍 한복판을 자동차도 아닌 자전거를 타고 지나는 사람이 있을 줄은 상상도 못 했다. 헤드라이트 불빛 속에 희미하게 보이는 사람을 발견했을 때도 처음엔 시골길에서 자주 보게 되는 경찰관 모습을 한 인형인 줄 알았다.

그 사람이 내 차를 향해 손을 흔들었다. 배터리로 움직이는 경찰관 인형을 길가에 설치할 만한 예산이 경찰에는 없을 것이다. 그래서 그게 진짜 사람이라는 것을 알았다. 얇은 비닐 비옷을 걸쳤지만 후드가 머리에서 벗겨지고, 소매와 옷자락이 거센 바람에 펄럭였다. 머리카락은 흠뻑 젖어 찰싹 달라붙었고 거센 비 때문에 얼굴을 찡그리고 눈을 가늘게 떠서 마치 스타킹을 뒤집어쓴 강도의 얼굴처럼 보였다. 남자라는 것과 나이 든 사람은 아닌 것 같다는 사실만 겨우 알 수 있을 정도였다.

그는 길 왼쪽 끄트머리에 있었는데, 내 차가 다가가 멈추니 얼른 운전석 쪽 창으로 다가왔다. 창문을 열자 쏟아지는 빗줄기 때문에 나도 얼굴을 찌푸릴 수밖에 없었다.

"이런데서 뭘 하고 있는 거니?"

야단칠 생각은 없었지만, 요란한 바람 소리에 지지 않으려 고함을 쳤다.

"펑크가 났어요!"

그도 고함을 지르며 자전거가 쓰려져 있는 방향을 대충 가리켰다.

"탈 수가 없게 됐어요. 죄송하지만 어디 수리할 수 있는 곳까지 태워주실 수 있나요?"

"어쨌든 타라."

큰 소리로 말하자, 그는 몸을 앞으로 구부리고 바람을 맞으며 자전거 쪽으로 돌아갔다. 미끄러지고 부딪히기도 하면서 자전거를 일으켜 세워 다시 돌아왔다. 웅덩이를 지날 때 자전거 앞바퀴가 10센티미터가량 잠기고, 앞바퀴가 돌 때마다 물이 튀는 것이 보였다. 나는 좀 무섭다는 생각이 들었다. 이 태풍과 호우를 깔보고 있다는 점에서는 나나 이 히치하이커나 마찬가지일지도 모른다.

"조금만 기다려주세요. 이거 접을 수 있거든요. 그러면 트렁크에 넣을 수 있으니까요."

"자전거는 그냥 놔둬."

"그렇지만 아까워서……."

"나중에 가지러 오면 되잖아."

"날아가면 어쩌죠?"

나는 언성을 높였다.

"땅바닥에 눕혀 놓으면 날아가지 않아. 어쨌든 빨리 타. 꾸물거리면 그냥 두고 갈 테다!"

실제로 이런 곳에 오래 머물렀다가는 차가 움직이지 못할 가능성도 컸다. 내 차는 새것도 아니고 성능도 좋지 않았다. 꼭 원치 않을 때만 노려 문제를 일으키는 나쁜 버릇이 있다. 나와 이 차는 마치 형사와 정보원처럼, 서로를 전혀 신뢰하지 않는 상태였지만 일단은 편리하고 달리 대신할 것이 없다는 이유만으로 끌고 다니고 있었다.

"빨리, 빨리!"

나는 그를 재촉했다.

그는 간신히 안전한 위치에 자전거를 눕히더니 뛰어서 돌아왔다. 그리고 조수석 문을 열려고 무척 애를 먹었다. 비 때문에 손이 미끄러지는 모양이라고 생각해 도우려다가 바람이 워낙 세서 문이 잘 열리지 않는다는 사실을 깨달았다.

난생처음이었다. 이런 폭풍우는 겪어본 적이 없었다. 기상예보관의 "30년 만의 대형 태풍입니다"라는 말을 그냥 흘려들은 것이 후회되었다.

그가 간신히 문을 열고 몸을 들이미는 것을 보고, 그의 비옷을 잡아 안쪽으로 끌어당겼다.

"발이 끼지 않게 조심해!"

그렇게 소리를 지르며 동시에 문을 힘껏 닫았다. 코미디 영화에 자주 나오는 것처럼 문이 닫히면서 차 전체가 부서져 내리는 것이 아닐까 하는 생각마저 들 지경이었다.

“야……. 굉장하네.”

그는 한숨을 내쉬며 말했다.

차를 출발시켰다. 차바퀴가 몇 차례 공회전을 했다. 좋지 않은 예감이 들었다. 드디어 덜컹 하고 차체가 앞으로 숙여지면서 움직이기 시작했을 때는 나도 모르게 안도의 한숨을 내쉬었다.

“무슨 날씨가 이 모양이야!”

차에 올라탄 히치하이커의 온몸에서 물방울이 떨어졌다. 귓불에서도, 코끝에서도. 그는 손등으로 얼굴 언저리의 물을 쓱 훔치고 나서 그제야 나를 제대로 쳐다보았다.

“정말 감사합니다. 살았네요.”

그때는 이미 내가 태운 사람이 어린 소년이라는 사실을 깨닫고 있었다. 핸들을 꽉 잡고, 그를 쳐다보지도 않으며 고개를 끄덕였다.

“정말 겁도 없구나. 이런 날 자전거를 타고 돌아다니다니. 이 근처에 사니?”

“아뇨, 도쿄에 살아요.”

어처구니가 없었다.

“그럼 자전거를 타고 여기까지 온 거야?”

“네.”

“학교는 안 가고?”

"연휴라서 내일까지 쉬거든요."

이야기를 듣고 보니 그랬다. 직업상 휴일을 확인하느라 달력을 보는 일이 없기 때문에 깜빡했던 것이다.

"도쿄에서 지바 현 이 근방까지는 제게 가까운 거리예요. 더 멀리 간 적도 여러 번 있는 걸요. 그래서 묵을 곳을 정하지도 않고 훌쩍 나왔어요. 노숙을 해도 상관없고. 여차하면 싸게 묵을 수 있는 곳을 찾으면 되니까요. 오늘 밤도 펑크만 나지 않았으면 자전거를 밀고 가서 비 피할 곳을 찾을 수 있었을 텐데."

차분한 말투에, 특별히 폭풍우를 두려워하는 모습은 보이지 않았다.

"그래도 무모하잖아. 태풍이 온다는 걸 뻔히 알고 있었을 텐데."

꾸짖어봤지만 소용없었다.

"아저씨도 마찬가지죠."

남녀를 불문하고 일반적으로 스물다섯 살을 넘어서면 아줌마, 아저씨라고 불려도 별 도리가 없다. 하지만 서른다섯이 될 때까지는 일단 발끈하는 표정을 지을 권리는 있다. 그래서 나도 그런 표정을 지었다.

"아, 죄송해요."

소년은 웃었다.

소년이 "아저씨라는 호칭은 워낙 폭이 넓어서. 그럼 저어,

성함이 어떻게 되시죠?"라고 묻더니, 흠뻑 젖은 머리를 긁으며 "이런, 제 소개부터 했어야 하는데, 죄송해요. 저는……" 아까 그 자전거와 함께 이름마저 두고 오기라도 한 듯이 말끝을 흐렸다.

내가 말했다.

"내키지 않으면 이름을 말하지 않아도 돼. 내가 뭐 특별히 널 단속하려는 건 아니니까."

"아, 그런 건 아니에요. 이나무라 신지라고 해요. 영화 〈이나무라 제인〉의 이나무라(稲村)에 '신중하다' 할 때의 신(愼) 자와 '사회를 본다' 할 때의 사(司) 자를 써서 '신지'라고 읽죠."

"고등학생이지?"

"네, 1학년이요. 그런데 지금 어디로 가시는 거예요?"

"하가시 간토 자동차도로로 가려고. 길만 잘못 들지 않는다면 말이야."

사쿠라 가도를 빠져나가 남쪽으로 달리면 인터체인지가 그리 멀지는 않을 것이다.

앞 유리창에 부딪히는 빗줄기는 전혀 수그러들 기미를 보이지 않는다. 와이퍼는 계속 움직이지만 거의 소용이 없을 지경이다. 앞쪽에 두 개의 불빛이 보이지 않는 한 반대편에서 차가 오지 않는 걸로 믿고 달릴 수밖에 없었다.

"도쿄로 가시는 거네요?"

"그렇지."

"이런 날씨에, 무척 급한 볼일이신가 보죠?"

"뭐 그런 셈이야."

사실 이런 골치 아픈 날씨에 서둘러 도쿄로 돌아갈 이유는 없었다. 태풍이 지나갈 때까지 고향집에서 기다려도 상관없었다. 차의 성능이 믿음직스럽지 못하니 더욱 그렇다. 하지만 나는 화가 나서 어쨌든 집에서 나오고 싶었다. 그래서 일핑계를 대고 억지로 돌아가야 한다고 했던 것이다.

이나무라 신지는 살짝 불안한 표정을 짓고 있었다. 그게 차를 뒤흔드는 듯한 강풍 때문만은 아니라는 사실을 잠시 뒤에 깨달았다.

이런 날 밤에 자전거로 여행하던 소년을 태운 나는 어이없어하면서도 대범하게 행동할 수 있다. 그렇지만 이런 날 밤에 낯선 남자의 자가용을 얻어 탄 소년이라면 당연히 운전자의 정체가 궁금할 것이다. 확실하게 신원을 밝혀야 했다.

"트렁크에 시체나 마약 같은 걸 싣고 있지는 않아."

앞을 본 채로 슬쩍 웃어 보였다.

"수상한 사람 아니야. 거기 대시보드 안을 들여다봐. 면허증하고 명함이 들어 있으니까."

말로 설명하기보다 그 편이 확실하다. 신지는 시키는 대로 어두컴컴한 차 안에서 내 명함을 찾아냈다.

"고사카 쇼고. 와아…… 잡지기자 선생님이네요."

"선생님이라고 부를 필욘 없어."

신지는 정직하게도 눈에 띄게 마음이 놓인 듯했다.

“일을 하러 돌아가는 건가요? 아니면 취재를 마치고 돌아가는 건가요?”

“개인적으로 볼일이 있어서 왔었어. 그리고 오늘 밤 안으로 꼭 돌아가야 할 일은 없어. 가는 데까지 가보자 생각하고 나온 거니까.”

그건 사실이었다.

신지는 아직 내 명함을 보고 있다.

“저도 알아요, 《애로Arrow》라는 잡지.”

“그래? 가판대나 서점에서 얼핏 봤나 보지?”

《애로》는 발행 부수나 인지도나 고만고만한 주간지다. 프리랜서 계약직 기자까지 포함해 40명가량 되는 직원이 있다. 형식적으로는 독립채산제를 취하고 있지만, 사실은 대형 중앙일간지의 자회사 같은 조직이다. 일간지에서 튕겨 나오기도 하고, 밀려 나오기도 하고, 또는 낙하산을 탄 사람들이 《애로》로 내려온다.

나도 그중 한 명이었다. 이곳으로 온 지 3년. ‘파견’이라는 말의 뉘앙스를 뼈저리게 느끼고 있는 신세다.

“표지만 본 게 아니에요. 읽어보기도 했어요, 이따금. 가게에 놓여 있는 걸요.”

“가게?”

“우리 집, 카페를 해요. 아버지…… 아빠가 매주 《애로》를 사오는걸요."

천천히, 그렇지만 안전하게 차를 몰았다. 몇 번 커브를 돌아 일단 약간 넓은 길로 나와 지도를 확인했다. 조금 더 남쪽으로 가야 하는 모양이다.

"이 부근은 그다지 시골도 아닌데 밤이 되니 캄캄하네요."

"날씨 때문에 더 그렇지 않을까?"

"어디서 출발하신 거예요?"

"후나토."

"아아, 그럼 가스미가우라 쪽이잖아요?"

"잘 아네."

"가본 적 있어요. 그렇지만 그쪽에서 도쿄로 가려면 나리타 가도를 타는 게 나았을 텐데."

"다른 때는 그렇게 하지. 그런데 사고로 봉쇄되어 있었어. 조자 부근에서 트럭 짐이 쏟아져 뒤따라가던 차가 짐칸 아래로 파고 들어간 모양이야."

신지가 웃었다.

"아하, 알았다. 그러니까 날 태워준 곳 근처에서 길을 헤매고 있었던 거로군요."

나는 씁쓸하게 웃었다.

"맞아."

그때 뭔가를 타고 넘었는지, 타이어가 빠졌는지 차가 크게 덜컹거렸다. 좌석 아래서 충격이 느껴져 몸이 흔들렸다.

"이런, 미안."

"뭘 친 건가요?"

신지가 얼른 물었다.

"설마. 나뭇가지나 뭐 그런 거겠지."

대답은 그렇게 했지만 왠지 찜찜한 기분이 들었다. 자동차는 아직 조금씩 전진하고 있었다. 천천히 브레이크를 밟았다. 차체가 미끄러지면서 멈추는 것이 확실하게 느껴졌다.

솔직히 나 혼자였다면 그냥 지나쳐 버렸을 것이다. 옆에 신지가 타고 있기 때문에 내 안의 분별력…… 아니, 어른의 체면 같은 것이 차를 세우게 했다.

운전석 쪽 문을 힘껏 열자 바로 거친 빗줄기가 쏟아져 들어왔다. 어깨만 밖으로 내밀고 뒤를 돌아보았지만 아무것도 보이지 않았다. 주위는 칠흑같이 어두웠다. 그 어둠 속에 드문드문 보이는 희미한 불빛은 인가와 가로등인 모양이다.

"보여요?"

"아니."

아무것도 보이지 않았다. 어쩔 수 없었다. 차에서 내리려다 깜짝 놀랐다. 길바닥에 빠른 물살이 흐르고 있었다. 도로 한복판에도 빗물이 거센 물살을 이루며 흘러가고 있다.

고개를 들어 주위를 둘러보았다. 바로 앞쪽으로 좁은 길이 비스듬히 나 있다. 차의 헤드라이트 불빛을 받아 빗줄기가 노면에 거세게 쏟아지고 있는 모습이 보인다. 그쪽에서 빗물이 흘러오고 있었다. 하지만 물살이 이렇게 거셀 리가 없다.

"이상하네."

나는 신지를 돌아보았다,

"그쪽 문을 열고 바닥을 봐줄래? 내리면 안 되고. 그냥 살펴보기만 해."

신지는 내가 시킨 대로 하더니, 눈꺼풀을 깜빡여 눈 안으로 흘러드는 비를 떨치면서 고개를 들었다.

"대단하네요. 강물이 흐르는 것 같아요. 좀 이상하지 않아요, 이거?"

보이지 않는 뭔가를 가리키듯 검지를 세우며 말했다.

"와아, 하는 소리가 들리잖아요."

나는 다시 한 번 문밖으로 몸을 내밀고 도로 위를 자세히 보았다. 분명히 신지가 말한 것 같은 소리가 들렸다. 희미하기는 하지만 바람 소리는 아니었다.

"거기 어디 플래시가 있을 거야. 꺼내줄래?"

신지에게 그렇게 부탁하며 웃옷과 구두를 벗었다.

"나가보게요?"

"응."

"우산은?"

"우산 같은 걸 쓰면 더 위험해."

"하긴 그렇겠네요."

왼손에는 플래시를 들고, 오른손으로 차 문을 꽉 잡으며 살며시 도로에 발을 디뎠다. 물은 생각보다 훨씬 더 차갑고, 깊이는 발톱이나 발꿈치가 잠길 정도였다. 얼른 바지 자락을 걷어 올렸다.

"조심하세요."

신지는 운전석 쪽으로 옮겨 앉더니, 내가 도로에 내려설 때까지 허리띠를 잡아주었다.

"괜찮아, 됐어. 이제 놔."

조심스럽게 오른손으로 차를 짚으며 차체에 바싹 붙어 천천히 걸어갔다. 빗물에 뒤덮인 도로가 이렇게 걷기 힘들고 위험할 줄은 생각도 못했다. 그래도 이건 좀 심하다. 바다 쪽에 가까운 매립지 같은 곳이라면 또 몰라도…….

그때 눈에 들어오는 것이 있었다. 길 위에서 플래시 불빛을 반사하고 있는 금속이었다. 크다.

"왜 그러세요?"

신지가 큰소리로 물었다. 아직 그것이 무엇인지 파악되지 않아, 불빛을 움직여 비춰보았다.

"뭐가 있어!"

차의 뒷부분으로 가니 쏴아, 하는 소리가 더 또렷하게 들렸다. 트렁크 끄트머리를 짚은 채 큰 소리로 대답했다.

"알았어!"

"뭐죠?"

"맨홀이야. 뚜껑이 열려 있어!"

오싹한 광경이었다. 맨홀 뚜껑이 열려 있어, 도로에 반달 모양의 구멍이 난 셈이다. 그 안으로 빗물이 흘러 들어가고 있는데, 그 소리가 거센 바람 속에서도 들릴 만큼 크게 울렸던 것이다. 내 차는 그 뚜껑을 타 넘으며 튕겨 올랐던 것일까.

가까이 다가가 들여다볼 용기는 나지 않았다. 자칫 실수해 미끄러지면 안으로 빠져 들어가고 말 테니. 맨홀 안을 흐르는 하수의 수위도 꽤 높아졌을 것이다. 빠지면 살아남기 힘들다.

어차피 비에 젖은 김에 나는 하늘을 올려다보았다. 구름이 무서운 속도로 서쪽에서 동쪽으로 흘러갔다. 이렇게 엄청난 비를 머금은 짙고 두터운 구름을 아무렇지도 않게 이동시키는 대기의 에너지는 앞으로도 한동안 스러지지 않을 것 같았다.

날이 밝아 비가 그친다 해도 하수도로 흘러드는 물의 양이 바로 줄어들 리는 없다. 맨홀 뚜껑을 덮어두지 않으면 위험하다.

손에 든 플래시를 움직여 주위를 비춰보았다. 그때 바람이 더 거세져 나는 고개를 움츠렸다. 순간 뭔가 흰 것이 시야를 스쳐 지나갔다.

재빨리 고개를 돌려 찾아보았다. 얼굴을 두드리는 빗줄기를 한 손으로 가리면서 둘러보니 또 뭔가가 휙 움직였다.

우산이었다,

어린이용 노란 우산이다. 단체로 등교하는 초등학생들이

흔히 쓰고 다니는 우산이었다. 활짝 펼쳐진 우산은 도로 옆 수풀 속을 바람에 흔들리며 굴러갔다.

심장이 쿵쿵 뛰었다. 펼쳐진 우산과 뚜껑이 열려 있는 맨홀.

우산 주인은 어디로 간 걸까?

불길한 예감이 들어 차 주위를 둘러보았다. 플래시를 움직이며, "누구 있어요?"라고 소리쳐 보았다. 대답이 없었다. 수풀 속에서 우산만 사람을 놀리듯 이리저리 왔다 갔다 하고 있었다.

"저쪽에서 누가 와요."

운전석 문으로 몸을 내밀며 신지가 소리쳤다.

몸을 앞으로 구부린 채 비바람 속을 뚫고 차 앞쪽으로 다가오는 사람은 남자 어른이었다. 신지가 걸친 것보다는 훨씬 좋은 방수 코트를 입었다. 후드를 머리에 쓰고 장화를 신었다. 손에는 대형 플래시. 그 사람이 이야기를 나눌 수 있을 거리까지 다가오는 데는 기껏해야 1, 2분밖에 걸리지 않았을 테지만, 그 시간이 무척 길게 느껴졌다.

사내는 큰 키를 웅크리듯 고개를 숙이며 "실례합니다" 하고 말했다.

"이 부근에서 조그만 아이를 보지 못하셨나요? 사내앱니다. 키는 요만하고요."

그러면서 자기 허리께를 가리켰다.

"노란 레인코트에 노란 우산을 들고 있어요. 보지 못하셨나요?"

잠시 아무 말도 할 수 없었다. 바람 소리도 빗소리도 귀에 들어오지 않았다. 들리는 것이라고는 내 심장 뛰는 소리뿐이었다.

신지가 이상하다는 표정으로 나를 쳐다보았다. 사내는 우리 얼굴을 번갈아 바라보았다.

얼굴이 온통 젖었는데도 입술과 목은 바싹 말라버린 느낌이 들었다.

이윽고 내가 물었다.

"당신 아이인가요?"

사내는 고개를 크게 끄덕였다.

"네, 그렇……."

거기서 말이 끊어졌다. 사내가 바라보는 방향을 따라 반사적으로 뒤를 돌아보았다. 그 우산이 길로 굴러 나오는 것이 보였다.

사내의 턱이 아래로 덜컥 떨어졌다. 플래시를 들고 있던 손에 힘이 빠지더니 몸 옆으로 축 늘어졌다. 그리고 잠시 넋을 잃고 있다 등에 채찍질이라도 당한 듯 달려왔다.

나는 겨우 그를 가로막았다.

"잠깐! 위험해요."

"위험하다뇨……."

"맨홀이 있습니다. 뚜껑이 열려 있어요."

사내가 내 말뜻을 이해하기까지는 몇 초가 걸렸다. 그리고 더욱 거세게 내 팔을 뿌리치더니 정신없이 우산 쪽으로 다가갔다. 이번에는 그의 방수 코트를 붙잡았다. 입을 멍하니 벌리고 있는 사내에게 다가가 소리쳤다.

"저게 자제분 우산입니까?"

사내는 대답을 하지 못한 채 "다이스케, 다이스케" 하며 웅얼거렸다. 아이의 이름인 모양이다. 사내의 팔을 잡고 흔들었다.

"당신 아들 우산입니까?"

사내는 천천히 고개를 돌려 나를 내려다보더니 연거푸 고개를 끄덕였다.

"그런 것 같아요……."

사내를 그 자리에 남겨두고, 굴러다니는 우산으로 다가가 집어 들었다. 손잡이 쪽에 '1학년 3반 모치즈키 다이스케'란 이름이 적혀 있었다. 사내가 내 손에서 우산을 낚아채더니 울부짖으며 움켜쥐었다.

사내와 나는 서둘러 맨홀 쪽으로 다가갔다. 나는 다시 그의 방수 코트 자락을 잡았다. 사내는 뚜껑 옆에 웅크리고 앉아, 온몸에 빗줄기를 맞으며 뻥 뚫린 구멍 속으로 쏟아져 들어가는 물을 플래시로 비췄다.

그리고 아이의 이름을 큰 소리로 부르며 조심스러운 걸음걸이로 주위를 돌아다녔다. 아무리 불러도 대답은 들리지 않았다. 키 작은 사람 그림자도, 노란 레인코트도 보이지 않았다.

"댁이 어느 쪽이죠? 여기서 멉니까?"

사내의 대답을 듣기까지 몇 번이나 고함을 쳐야만 했다.

"저쪽…… 저쪽입니다."

사내는 아까 걸어오던 방향을 가리켰다. 그의 손가락은 심한 알코올 의존증 환자의 손처럼 떨렸다. 그가 가리키는 방향에 한 무더기 알록달록한 불빛이 보였다. 밤새 영업하는 레스토랑이거나 주유소 불빛 같았다.

사내를 거의 억지로 끌어당겨 함께 차 옆으로 돌아왔다. 불안한 표정으로 바라보는 신지의 손에 노란 우산과 내 플래시를 쥐어주었다.

"미안하지만 여기 있어. 사람이 지나가면 플래시로 경고를 해줘. 누가 이쪽으로 다가오면 위험해. 바로 돌아올게. 알았지?"

신지는 멍하니 서 있었다. 작은 우산을 꼭 잡고, 나를 바라보면서도 눈은 몇 백 미터 앞을 보듯 초점을 잃고 있었다.

"어이, 정신 차려! 들려?"

다시 한 번 고함을 치자 신지는 몸을 부르르 떨면서 정신을 가다듬었다.

그러고는 마치 생명줄처럼 우산을 꼭 움켜쥐었다.

"너도 조심해야 해. 맨홀 쪽으로 가까이 가면 안 돼."

"알았어요."

신지는 창백한 얼굴로 고개를 끄덕였다.

신지를 길가에 남겨 놓고, 사내를 차 안에 밀어 넣은 다음 시동을 걸었다. 사내는 커다란 고무 인형처럼 힘없이 축 늘어져 있었다. 말을 걸어주지 않으면 그대로 정신을 잃을 것만 같았다.

"정신 차리세요. 아직 확실한 건 모릅니다. 전화를 찾아 댁에 걸어봅시다. 아이가 우산을 잃어버렸을 뿐 집에 무사히 돌아와 있을지도 모르니까요. 그런 일 자주 있어요. 알겠어요?"

나는 거짓말을 큰 소리로 외치고 있었다. 태어나서 처음이었다. 사내는 아무 대답도 없었다.

02

아이는 역시 집에 돌아오지 않았다.

30분쯤 지나자 문제의 맨홀이 있는 곳은 사람과 자동차의 라이트로 넘쳤다. 순찰차 세 대, 수도국의 긴급 작업차량 한 대가 머리를 맞대듯 주차되어 있었다. 빨갛고 노란 경고등이 요란하게 번쩍였다. 장소에 어울리지 않게 요란한 빛을 내며 빙글빙글 도는 불빛은 인생을 포기한 여자의 신경질적인 웃음처럼 기분 나쁠 만큼 밝았다.

그리고 태풍의 한복판에 출현한 달처럼 둥글고 새하얀 빛을 눈부시게 내뿜고 있는 것이 있었다. 경찰이 동원한 투광기였다. 지금은 활짝 열린 맨홀 구멍을 향해 빛을 쏘고 있다. 허리에 로프를 두른 수도국 직원 한 사람이 지하로 내려가는 수직으로 난 구멍을 들여다보고 있었다.

나와 신지는 차 안에서 진술했다. 이야기할 내용은 별로 많지 않았다. 신지는 꼭 쥐고 있던 노란 우산을 경찰에 넘겨주었다. 내가 그것을 발견하게 된 경위를 설명하는 동안 그는 내내 고개를 숙이고 있었다.

바람은 여전히 거세게 불었다. 투광기의 흰 빛 속에 비치는 빗줄기는 굵은 대바늘 같았다. 변덕스럽게 불어오는 바람에 빗줄기가 몰아칠 때마다 경찰관과 수도국 직원들이 마치 기총소사를 받는 듯 목을 움츠렸다. 그 바람이 지나면 다시 고개를 들고 작업을 계속했다.

"어떻습니까?"

내가 묻자 방수 코트를 입은 경찰관이 안타깝다는 듯 고개를 저었다.

행방불명된 아이의 할아버지뻘 정도 되는 나이로, 이마에는 주름이 많았다.

"찾을 가망이 거의 없네……. 별수 없지. 일단 더 큰 쪽 하수관으로도 사람이 내려가 수색을 하고 있기는 한데 찾아내기 힘들 거야. 하수처리장 취수구에서 그물을 들고 기다리는 게 더 확실할지도 모르겠군."

일부러 심드렁한 말투로 대답하는 듯했다. 그 심정은 이해가 갔다.

맨홀에 빠진 '모치즈키 다이스케'는 일곱 살. 초등학교 1학년이었다.

부모의 이름은 모치즈키 유스케와 모치즈키 아키코. 아들까지 세 식구가 여기서 두 블록쯤 북쪽에 있는 아파트 단지에서 산다고 했다.

"왜 이런 날씨에 아이가 밖을 돌아다니고 있었던 걸까요?"

"그게, 부모도 지금 넋이 나가 아직 제대로 알 수가 없네. 반려동물을 찾으려고 나간 것 같다던데."

신지가 약간 고개를 들고 작은 목소리로 말했다.

"모니카."

"모니카?"

"고양이예요. 귀여워했던. 그런데 이런 날씨에 밖에 나가 돌아오지 않자 걱정이 되어 찾고 있었던 거죠."

경찰관과 나는 얼굴을 마주 보았다. 신지는 억양이 없는 목소리로 말을 이었다.

"조금 전에 옆에서 다른 경찰관이 이야기하는 걸 들었어요."

"그래?"

경찰관은 다시 고개를 저었다. 흰머리가 많은 머리카락에서 빗방울이 떨어졌다.

"어린애라면 그럴 수도 있지. 가엾게도……. 부모 마음이 아프겠군."

"범인, 잡힐까요?"

신지가 물었다. 고개를 들고 경찰관을 똑바로 바라보고 있다.

"범인이라니?"

"당연하죠. 맨홀 뚜껑을 열어둔 사람이요. 설마 수도국 직원이 닫는 걸 깜빡했을 리는 없잖아요."

"그쪽도 알아보고 있는 중이야."

경찰관은 잠깐 말을 끊었다가 다시 이었다.

"왜 뚜껑이 열려 있었는지 조사해 봐야지."

"만약에 누가 장난을 친 거라면 경찰이 그냥 두지 않을 거야. 반드시 잡아낼 거야."

내가 신지에게 말했다.

신지는 다시 고개를 숙였다. 신지의 머리 너머로 나는 경찰관과 슬쩍 시선을 맞췄다. 마치 공범자처럼.

만약 이게 장난이었다면 그런 짓을 한 사람을 찾아내기란 거의 불가능하다. 목격자는 기대하기 힘들고 실마리도 없다. 다짜고짜 사람을 찔렀다거나, 여자에게 몹쓸 짓을 했다면 그런 수법의 전과가 있는 사람이나 비슷한 유형의 사건을 조사해서 단서를 잡을 수도 있겠지만, 그냥 맨홀 뚜껑을 열었다는 사실만으로는 찾아낼 길이 없을 것이다. 막말로, 술 취한 사람이 별 생각 없이—힘이 꽤 들기야 했겠지만—그냥 열어둔 것인지도 모를 일이다,

사람이란 이따금 뿌리칠 수 없을 만큼 강한 유혹에 이끌려 어처구니없는 짓을 저지르기도 한다. 4년 전쯤, 그러니까 내가 아직 일간지 쪽에 있을 때였다. 도쿄 도에 있는 지국에서 기사를 쓰고 있을 때 그런 일을 본 적이 있다. 아파트 단지 베란다에서 화분이 떨어져 사람이 죽은 사건이었다.

작심을 하고 사람을 죽인 것이라거나 원한 같은 것이 개

입된 사건은 아니었다. 그 아파트 단지 5층에 사는 직장을 다니는 남자가 베란다에서 아내가 사온 화분을 바라보다가 문득 화가 치밀어 그걸 아래로 던지면 속이 후련하겠다는 생각을 했을 뿐이라는 이야기다. 마치 우리가 하이킹을 갔다가 조금 높은 곳에 오르면 괜히 고함을 지르고 싶은 것처럼. 당사자는 그야말로 별생각 없이 저지른 일이었다. 그 화분에 누가 맞을지도 모른다는 생각은 털끝만큼도 하지 못했다고 한다.

사람은 이따금 그렇게 치명적으로 무책임 아니, 낙관적이 된다. 누구나 그런 허점을 갖고 있을지도 모른다. 화분을 떨어뜨린 남자는 재판에 앞서 정신감정을 받았지만 이상은 발견되지 않았다. 비교적 큰 의류회사 경리과장을 별 문제없이 해내고 있던 사람이었다. 그 사람과 직접 이야기를 나눠본 적이 있는데, 어디서나 마주칠 수 있는 평범한 남자였고, 남편이고, 아버지였다.

그 기억을 떠올리며 나는 문득 소리를 내어 중얼거렸다.

"악의가 있어서 그런 거라면 또 몰라도."

"네?"

신지가 고개를 들었다.

"아니, 아무것도 아니야."

경찰관은 말없이 손가락으로 콧등을 긁고 있었다. 헛기침을 한 번 하더니 옹색하게 무릎을 움직이며 수첩을 펼쳤다.

"일단 두 사람은 가봐도 돼. 그보다 이쪽 학생은 얼른 집에 전화를 하는 게 낫지 않을까? 부모님이 걱정하실 텐데."

깜빡 잊고 있었다. 당연한 이야기였다.

"아까 들은 일기예보로는 태풍이 당분간 계속될 것 같네. 이렇게 흠뻑 젖은 상태로 도쿄에 돌아가기는 무리일 거야. 자칫하면 폐렴에 걸릴 수도 있고. 어디서 좀 쉬고 가는 게 어떻겠니?"

나는 어쨌든 오늘 밤은 여기서 수색 상황을 지켜볼 작정이었다.

"묵을 만한 곳이 있습니까?"

경찰관은 마디 굵은 손가락으로 차 뒤쪽을 가리켰다. 아까 모치즈키 유스케와 만났을 때 보았던 불빛이 있는 방향을.

"저쪽에 밤샘 영업을 하는 레스토랑과 비즈니스호텔이 하나 있지. 날이 이러니 꽉 차지는 않았을 거야."

나는 고맙다고 하고 차를 뒤로 뺀 뒤 경찰관이 가르쳐준 방향으로 갔다. 호텔은 금방 찾아냈다. '피트' 아니, '피트 인'이란 호텔이다. '인'이라는 글자의 네온이 꺼져 있었다. 건물 자체는 깔끔해 보이지 않았지만, 어쨌든 비를 막아줄 지붕이 있고 전화가 있다. 자동 도어 안쪽으로 들어가면 비를 피할 수 있다.

프런트에는 졸린 표정을 한 젊은 남자가 있었다. 곁에 켜놓은 액정 텔레비전을 곁눈으로 보면서 마음대로 방을 골라 묵을 수 있다고 했다. 트윈룸을 빌려 요금을 선불로 내고, 신지와 함께 숙박카드를 적었다.

볼펜을 쥔 신지의 손이 심하게 떨려, 나는 손길을 멈추고 물었다.

"괜찮니?"

그는 말없이 고개를 끄덕였다. 크게 충격을 받은 모양이었다.

"무슨 일 있었나요?"

프런트 담당자가 텔레비전에서 눈길을 떼고 물었다. 우리 두 사람이 어떤 관계인지 의심하는 눈치도 보였다.

"조금 전에는 순찰차가 요란하게 달려가던데……."

"이 근처 맨홀에 아이가 빠진 모양입니다."

프런트 담당자가 깜짝 놀랐다.

"정말이요? 이 동네 아이인가요?"

"그런 모양입니다."

"이럴 수가."

그는 눈썹을 찌푸렸다.

"그럼, 손님들은 그 애 가족과 아는 사이인가요?"

"아니, 그렇지는 않고요."

나는 웃옷 안주머니에서 명함을 꺼냈다. 젖어 있었다.

"아아. 취재인가 보군요."

프런트 담당자는 공연히 감탄한 표정을 지었다.

"그래요. 이 학생은 내가 태운 히치하이커인데 여기 묵을 테고, 난 다시 현장으로 돌아가 봐야 해요. 아무 거나 상관없으니 갈아입을 옷과 비옷 같은 걸 빌릴 수 있으면 좋겠는데요."

"그야 물론이죠. 지금 모습은 괴기 영화에 나오는 사람 같아요. 벗은 옷은 그냥 프런트로 가져오세요. 뒤에 빨래방이 있으니 거기서 말려 드릴게요."

나는 내 웃옷을 내려다보았다. 빗물을 머금어 회색 옷이 검은 색으로 변해 있었다.

"양복도?"

"당연하죠."

"아무리 그래도……."

프런트 담당자는 손을 뻗어 "실례" 하고 말하며 내 웃옷의 옷깃을 뒤집어 라벨을 보았다.

"이거면 괜찮아요. 여차하면 걸레 대신 쓸 수 있을 만큼 튼튼하니까."

대화를 듣고 있던 신지가 그제야 슬쩍 웃는 표정을 지었다. 그래서 나도 안심하고 쓴웃음을 흘렸다. 프런트 담당자만 심각한 표정을 하고 있었다.

옷을 갈아입기 전에 객실 전화로 신지의 집에 연락했다. 신지가 먼저 사정 설명을 한 뒤 나를 바꿔주었다. 신분을 밝히고, 내일은 집에 보내겠다고 약속했다. 전화를 받은 것은 신지의 아버지였는데, 정중한 말투로 연신 미안해했다. 하지만 내가 예상했던 것보다는 크게 걱정하지 않는 듯했다.

"배짱이 두둑한 분이시구나."

신지가 살짝 웃었다.

"아빠도 여행이 취미라 여러 가지 경험을 꽤 하셨거든요."

셔츠를 벗고 타월을 걸치고 있으니 훨씬 작아 보였다. 원래 덩치가 작은 소년이었다. 몸집도 홀쭉하다.

"그렇지만 이렇게 호의를 받은 적은 거의 없어요. 정말 감사합니다."

그렇게 말하며 정중하게 고개를 숙였다. 예의 바른 소년이었다. 나는 손을 대충 내저어 '천만에'라는 말을 대신했다.

"욕탕에 들어가서 몸을 좀 데우고 푹 쉬도록 해. 난 어차피 밤새 밖에 있을 것 같으니까 편하게 있어."

프런트 담당자가 빌려준 것은 색 바랜 면바지와 트레이닝복이었다.

그 위에 그가 출근할 때 입고 왔다는 방수 처리된 요트 파카를 걸치고, 욕실 청소할 때 쓰는 거라며 건네준 고무장화를 신고 현장으로 갔다,

《애로》 편집부에 연락해 카메라맨을 보내달라고 할까 하는 생각도 했다. 하지만 방에서 얼핏 본 텔레비전 뉴스로는 태풍 때문에 여기저기서 피해가 속출하고 있었다. 다들 현장에 나가 여기까지 올 수 있는 사진기자가 없을지도 모른다. 혹시 있더라도 비바람을 뚫고 여기까지 오고 싶지는 않을 것

이다. 결국 내 눈으로 사건 전체를 지켜보는 것이 제일 낫겠다고 생각했다.

분초를 다투는 일간지와 다르기 때문에 수색 현장 사진이 꼭 필요하지도 않았다. 나중에 기사를 싣게 되면 통신사 사진을 얻어 쓰면 될 것이다. 잡지에는 속보성이 요구되지 않는다.《애로》에 처음 옮겨 왔을 때는 그게 이해되지 않아 몇 차례 엉뚱한 실수를 하기도 했다.

현장에는 여전히 많은 사람이 맨홀을 둘러싼 채 우왕좌왕하고 있었다. 순찰차의 라이트가 깜빡거렸다. 누군가가 연신 무전기로 이야기를 나누고 있었다. '아이를 살려내겠다'는 것만이 목적이라면 모든 일이 애당초 허무한 짓이었다.

눈부신 투광기 때문에 고개를 돌리자 맨홀에서 가장 멀리 떨어진 곳에 주차된 순찰차 뒷좌석에 두 사람이 앉아 있는 게 보였다. 경찰관은 없었다. 나는 살며시 다가가 창문을 두드렸다.

모치즈키 부부였다. 아내는 고개를 숙이고, 남편은 웅크리고 앉아 있었다. 모치즈키 유스케는 고개를 돌려 나를 보더니 창문을 내렸다.

눈동자에 초점이 없었다.

"아직 못 찾았나 보군요."

나는 말없이 고개를 끄덕였다. 그러자 여자가 고개를 들고 내 쪽으로 몸을 들이밀었다.

"빠지지 않았을 수도 있겠죠?"

그녀의 손은 남편의 팔을 잡고 있었다. 손가락 관절이 하얗게 드러나 보였다. 잠옷 비슷한 스웨터 위에 멋진 견장이 달린 레인코트를 입고 있었다. 아이가 사고를 당한 어머니에게나 어울릴 옷차림이었다. 얼굴은 눈물로 젖었고, 눈은 충혈되었다. 몸을 부들부들 떠느라 말을 제대로 하지 못했다. 여자는 패닉 상태에 빠져 있었다.

"본 사람이 없잖아요. 그 애, 빠지지 않았을지도 모르죠? 그렇죠?"

나는 여자의 얼굴의 얼굴을 보다가, 고개를 돌리고 있는 그녀의 남편 옆얼굴을 바라본 뒤 입을 열었다.

"네, 부인. 그렇습니다. 그럴 가능성도 있습니다."

"그렇죠?"

그렇게 말하더니 여자는 갑자기 몸을 웅크렸다.

"그 애가…… 잠깐 한눈을 판 사이에 나가버려서……."

남편은 그녀의 등을 쓰다듬으며 중얼거렸다.

"당신 탓이 아니야."

나는 작은 목소리로 물었다.

"키우던 고양이를 찾으러 나간 거라면서요?"

모치즈키 유스케는 느릿느릿 고개를 끄덕였다.

"다이스케가 귀여워했습니다. 동물은 태풍을 피할 줄 알기 때문에 괜찮다고 했는데, 걱정스러워 견딜 수 없었는지 집사람 몰래 혼자 밖으로 나간 모양입니다."

"애들은 동물을 귀여워하고, 사람 대하듯 하니까요."

나는 신지가 했던 말을 떠올렸다.

"모니카라는 이름을 붙인 건 다이스케인가요?"

모치즈키는 약간 어리둥절한 모양이었다.

"모니카……?"

"고양이 이름이죠?"

"아뇨, 아닙니다."

고개를 크게 가로저었다. 그리고 중요한 의미가 있기라도 한 듯이 말했다.

"고양이 이름은 시로입니다. 시로예요."

멍하니 있던 그의 아내가 낮은 목소리로 말했다.

"다이스케는 이름을 모니카라고 붙이고 싶어 했지만 우리가 말렸어요. 고양이 이름이 너무 거창하면 부르기 힘들다고요."

그의 아내는 천천히 손으로 얼굴을 덮더니 머리를 잡고 저었다.

"고양이를 키우는 게 아니었는데……."

그러고는 울음을 터뜨렸다. 모치즈키 유스케는 입술을 깨물었다.

나는 '딱하게 되었군요'라고 하려다 그만두었다. 그 말을 해버리면 아이가 살아 있을지도 모른다는 가능성을 완전히 부정하는 셈이 된다. 시체가 발견되어 아이의 죽음이 어찌할 수 없는 사실이 되기 전까지는 누구도 이들을 더 불쌍하게 만들어서는 안 된다고 생각했다.

"분명히 찾을 수 있을 겁니다. 분명히."

그렇게 말하고 나는 자리를 떠났다. 오늘 밤에는 거짓말만 하고 있다는 느낌이 들었다.

그때 마침 지역 텔레비전 방송국 중계차가 흙탕물을 튕기며 요란하게 달려와 모치즈키 부부가 있는 순찰차 옆에 급정차했다. 와봤자 아무 도움도 될 리 없고 누가 그들의 도착을 기다리고 있던 것도 아닌데, 중계차에서 내린 녀석들은 다들 자기가 지금 여기 있는 사람들과 행방불명된 아이에게 반드시 필요한 존재라고 믿는 표정이었다. 나는 짜증이 나 마음이 무거워졌다. 될 수 있으면 그들이 보이지 않는 곳으로 옮기기로 했다.

조금 뒤 아까 이야기를 나눈 그 경찰관을 발견했다. 도로를 봉쇄하고 있는 로프 쪽에서 통제를 맡고 있었다. 구경꾼은 거의 없지만 이 지역 신문사의 기자 같은 사내가 여러 명 비에 흠뻑 젖은 채 어슬렁거리고 있었다.

그 경찰관도 젖은 생쥐 꼴이 되어 무척 늙어 보였다. 말을 걸자 살짝 고개를 숙이더니 나를 바라보았다.

"아직도 여기에……. 아아, 그렇지? 당신도 신문기자였지."

"잡지입니다."

"그거나 저거나 마찬가지지. 아까 그 꼬마는?"

"호텔에서 자고 있을 겁니다."

"그거 다행이군. 아마 쇼크를 받았을 테니까."

경찰관은 눈을 연신 깜빡이더니 말을 이었다.

"나도 참고 있는 거야. 이런 사건은 괴롭군. 어린애가 사고를 당하다니." 그러곤 한숨을 섞어 중얼거렸다. "일곱 살이라……."

경찰관이 말이 많아질 때는 매스컴 종사자들에게 허튼소리로 눙치고 넘어가려 하거나, 일이 잘 안 풀려 무력감에 빠져 있을 때다. 내 옆에 있는 경찰관은 지금 자기 직업의 사명을 의심하는 듯 개운치 않는 표정을 짓고 있었다.

"운이 나빴던 거겠죠."

고양이 이름을 부르며 작은 두 손으로 노란 우산을 겨우 지탱하면서 빗속을 걸어가는 아이의 모습이 눈에 선했다. 어쩌면 울상을 짓고 있었을지도 모른다. 돌아오지 않는 고양이에 대한 걱정과 무서운 폭풍우 때문에.

그런 어린애가 발밑에 뻥 뚫린 구멍이 있다는 것을 눈치챘을 리가 없다. 무슨 일이 일어났는지도 모르는 사이에 어둠 속으로 빨려 들어갔을 것이다.

"초등학교에서 가르쳐야 할지도 모르겠군요."

내가 말했다.

"횡단보도를 믿으면 안 된다. 파란 신호등을 믿어서는 안 된다. 길가의 맨홀을 믿어서는 안 된다. 어처구니없는 배신을 당할지도 모르니까."

"내 손자에겐 그렇게 가르쳐주겠네."

경찰관이 말했다.

작업은 이렇다 할 진척이 없었다. 투광기는 여전히 눈부셨고, 바람은 거셌다. 비는 마치 끝장을 보겠다는 듯이 퍼붓고 있었다. 혹시 오늘 밤 기적이 일어난다 해도, 아직은 그럴듯한 조짐이 전혀 보이지 않았다.

03

비가 그친 것은 이튿날 아침 7시쯤이었다.

태풍은 그 영향권 가장자리가 간토 지방을 스치며 통과한 모양이다. 밤새 밖에 있었지만, 태풍의 눈에 들었다는 느낌이 든 시간대는 없었다. 휘몰아치던 서풍이 아주 약간 누그러졌는가 싶더니 동풍이 불어오고, 문득 바람이 잦아들기 시작했다.

비가 그치자 수색하는 모습을 지켜보기는 편해졌지만, 수색 작업 자체는 여전히 편하지 않은 모양이었다. 하수도로 흘러드는 물의 양도 전혀 줄어들지 않고, 오히려 늘어나기만 할 뿐이었다. 수도국 직원 중 한 사람에게서 이 도로는 만들 때 뭔가 잘못되어 아치를 뒤집어놓은 듯이 가운데가 가장자리보다 낮다는 말을 들었다. 그래서 길 한복판에 있는 맨홀 뚜껑이 열려 있으면 물이 계속해서 그리 흘러든다는 이야기다.

7시 반이 되자 경찰은 경비를 맡을 몇 명만 남기고 현장에서 철수하기로 결정했다. 수색 계획을 다시 짜고, 결국 하수처리장 취수구로 그물을 들고 가리라.

그 이야기를 듣고 나도 호텔로 철수했다. 이 상태로 누구를 끌어안으면 상대방이 익사하고 말 정도로 흠뻑 젖어 있었다. 걸으면 고무장화 안에서 물이 출렁이는 소리가 났다.

어젯밤 보았던 프런트 담당자는 아직 카운터에 있었다. 역시 종업원으로 보이는 중년 여인과 이야기를 나누느라 정신이 팔려 있다가 내 얼굴을 보더니 얼른 일어섰다.

"찾았습니까?"

나는 말없이 고개를 가로저었다. 프런트 담당자는 어깨를 푹 떨어드렸다. 중년 여성은 "에그. 불쌍하네, 불쌍해" 하며 안쪽 통로로 들어갔다.

"저 아줌만 파트타임으로 청소하러 오는 분인데요, 행방불명된 애와 같은 단지에 산답니다."

프런트 담당자는 그렇게 말하면서 내가 요트 파카 벗는 것을 도와주었다.

"온 단지에 난리가 난 모양이에요. 여러 명이 나서서 수색을 도왔는데…… 찾아낸 건 고양이뿐이래요."

나도 모르게 그의 얼굴을 쳐다보았다.

"고양이를?"

"네, 이름이 시로죠."

"살아 있었나요?"

"물론이죠. 동물은 참 강해요."

모치즈키 부부에게나 시로에게나 '최악'의 상황이 일어난 것이다.

"사실 단지에선 반려동물을 기르면 안 되는데, 그런 규칙은 다들 잘 지키지 않는 편이죠. 그 애가 고양이를 무척 귀여워했던 모양인데."

"당신도 집에서 반려동물 길러요?"

"어머니 말씀이, 짐승은 저만으로도 충분하다고 하셔서."

"그럼 그 고양이를 맡아 기르면 되겠군."

깨끗하게 말린 옷을 받아 들고 엘리베이터로 향했다. 갑자기 피로가 몰려왔다.

방에 들어서니 신지가 일어나 있었다. 아니, 밤새 자지 않은 모양이었다.

"찾지 못했군요."

"그래."

바로 욕실로 들어가 욕조의 수도꼭지를 틀었다. 뜨거운 물이 몸에 닿자 팔에 소름이 끼치면서 온몸이 떨렸다. 그만큼 몸이 차다는 이야기였다. 모치즈키 다이스케도 몸이 차갑겠구나, 하는 생각을 하느라 신지가 부르는 소리를 듣지 못했다.

"뭐야?"

그는 욕실 문 옆에 서 있었다.

"체크아웃은 10시인데 사장님한테 들키지 않으면 오후까지 있어도 괜찮다고 프런트에 있는 분이 말했어요. 좀 주무셔야 하지 않겠어요?"

"목욕 한번 하면 괜찮아. 너도 빨리 돌아가야 부모님이 안심하시지. 나도 내내 여기 있을 수는 없고."

현장에서 《애로》의 모회사인 신문사 지국 직원을 만났기 때문에 수색에 진전이 있으면 연락해 달라고 부탁해 두었다.

"날씨가 좋아졌으니 여행을 계속하고 돌아가겠다는 소리는 하지 마. 난 네 아버지와 약속했으니까."

그제야 생각이 났다.

"자전거도 잊지 말고 가져가야겠군."

"아, 그것 말인데요. 지금 가지러 갔다 올 거예요."

"장소를 알아?"

"네. 밤중에 프런트에 있는 분한테 지도를 보여 달라고 했었죠."

"꽤 멀 텐데."

"그렇지도 않아요. 갈 때는 걸어가지만 올 때는 자전거를 타고 올 수 있으니까. 20분 정도면 돌아올 수 있어요. 여기 계세요. 금방 다녀올 테니까."

신지가 굳이 그렇게 하려는 것 같아 의아하다는 생각도 들었다.

"그런 고생은 하지 않아도 돼. 나중에 차를 타고 들렀다 가면……."

"차로 가는 게 두 번 수고하는 셈이죠. 다시 돌아와야 하니까요. 됐어요. 제가 갔다 올게요."

그렇게 말하더니 서둘러 방을 나갔다. 별일은 아니었지만 석연치 않은 느낌이 들었다. 나는 더운 물에서 솟아나는 김 속에 남겨졌다. 나중에 그의 입을 통해 '굳이 그러고 싶었던 이유'를 듣게 되었을 때는 더 석연치 않은 생각을 품게 되지만.

욕실에서 옷을 갈아입고 나와 좀 개운해진 상태에서 기다리고 있으니 신지가 돌아왔다. 약속한 시간보다 곱절이 걸려 40분이 지난 뒤였다,

게다가 신지는 매우 창백해 보였다.

"자전거 못 찾았니?"

물어보았지만 반응이 없었다. 눈앞에 대고 손뼉을 쳐줄까 하는 생각을 했다.

하지만 그렇게 하지 않고 팔짱을 낀 채로 말없이 그의 얼굴을 바라보고 있자, 불쑥 고개를 끄덕이며 대답했다.

"아뇨, 찾았어요."

먼 나라에 국제전화를 하고 있는 느낌이었다.

"괜찮아?"

열이라도 있나 싶어 그렇게 묻자, 신지는 "뭐가요?"라고 되물었다.

"뭐가요, 라니? 너 말이야."

이상한 게 한두 가지가 아니었지만, 눈은 정상이고 서 있

는 자세도 멀쩡했다.

"이나무라 신지."

"네."

건성으로 대답하고 있었다,

"괜찮아?"

"네."

신지는 고개를 끄덕이며 입가에 살짝 웃음을 지었다. 겨우 정신이 들었는지 "프런트에 있는 분이 아침 식사는 근처 레스토랑에서 하라고……" 했다.

"그래?"

달리 대답할 말이 없어 나는 그렇게 대꾸하며 일어섰다.

"그럼 갈까?"

하지만 신지는 따라오지 않았다. 문에 서서 뒤를 돌아보니 아직도 그 자리에 우두커니 서서 조금 전까지 내가 앉았던 의자 쪽을 보고 있었다.

길을 걸으며 영어단어를 암기하는 학생처럼 머릿속으로 딴 생각을 하느라 자기가 어디 있는지도 잊은 듯했다.

나는 그 자리에 서서 잠시 기다렸다. 그러나 그리 오래 기다릴 필요는 없었다. 신지는 나를 쳐다보지도 않은 채 갑자기 "고사카 씨" 하고 불렀다.

"응."

그러고는 다시 입을 다물어 버렸다. 나는 한 손은 문손잡이를 잡고 한 손은 허리에 얹은 채 왜 저럴까, 하는 생각을 하고 있었다.

"고사카 씨."

"그래."

약간 뜸을 들이더니 신지는 고개를 돌려 나를 보았다.

"저어……."

기다려도 다음 말이 나오지 않아서 나는 눈을 치켜뜨며 말했다.

"뭐야?"

그 순간 바로 목까지 차올라 온 것을 서둘러 삼키듯, 신지의 울대가 꿀꺽 움직였다.

"넥타이, 접혔어요."

어처구니가 없어 무슨 소린지 바로 알아듣지 못했다.

"뭐라고?"

"넥타이, 뒤틀렸어요."

분명히 그랬다. 프런트 담당자가 다리미질을 잘못했는지, 내 넥타이에는 줄이 잡혀 있었다.

"그 이야기를 하려던 거였어?"

"네."

거짓말이 뻔했다. 아무리 둔한 사람이라도 그만한 눈치는 있다. 신지는 넥타이가 아니라 다른 이야기를 하고 싶은 것이다.

"그밖에는? 혹시 내가 바지를 뒤집어 입었다면 복도에 나가기 전에 알려줘."

"그밖에는…… 없어요."

그렇게 말하고 문 쪽으로 다가왔다. 방향을 잃은 듯한 표정은 일단 사라졌다. 내가 뭔가 오해한 모양이었다.

레스토랑은 좁은 골목을 끼고 호텔과 마주 보고 있었다. 건물의 허름한 수준으로 따지면 호텔 쪽이 판정승이다. 칸막이 테이블 네 개와 카운터가 있었다. 채널 손잡이가 달린 14인치 텔레비전 한 대가 카운터 끄트머리에서 뉴스를 내보냈다. 벽 쪽의 칸막이 좌석 두 자리는 채워져 있는데 한 테이블에는 남녀 한 쌍이, 또 다른 테이블에는 두 명의 남자가 마주 앉아 있었다.

창가 쪽 칸막이 테이블에 앉자, 의외일 만큼 젊고 예쁜 웨이트리스가 메뉴판도 없이 다가와 말했다.

"아침 식사는 한 종류밖에 안 됩니다."

"그런 것 같군요."

손님들이 모두 같은 음식을 먹고 있다.

"대신 커피 리필은 얼마든지 해드립니다."

그렇게 말하고 방긋 웃으며 덧붙였다.

"손님, 넥타이가 뒤틀렸네요."

귀찮아서 넥타이를 풀어 주머니에 집어넣었다. 비스듬히 맞은편 자리에 앉은 신지는 살짝 눈동자만 움직였을 뿐, 아무 말이 없었다.

웨이트리스는 바로 뜨거운 커피를 두 잔 들고 돌아왔다. 커피가 반가웠다. 그녀는 잔을 테이블에 내려놓더니, 약간 몸을 굽히고 목소리를 죽였다.

"손님, 《애로》에 계신 분이시죠?"

놀랐다.

"어떻게 알았죠?"

"히바한테 들었어요. 저어, 저쪽 테이블에 있는 사람들도 어디 기자 같아요. 라이벌이죠? 무슨 이야기를 하는지 슬쩍 들어서 알려드릴까요?"

나는 어깨 너머로 벽 쪽의 두 사람을 바라보았다. 낯선 얼굴이었다.

"뭘 들어서 알려줘요?"

"특종이요. 맨홀 사건 이야기."

나는 정색을 했다.

"애가 발견되었다는 이야기를 하던가요?"

"아뇨."

웨이트리스는 목소리를 더 낮추며 내게 얼굴을 들이댔다.

"그렇지만 기자들이란 이럴 때 서로 탐색하는 거잖아요?"

일간지 기자는, 그렇다.

"탐색할 것이 있다면 해야죠."

"내게 맡기세요."

주방 쪽에서 부르는 소리가 들리자 그녀는 서둘러 자리를 떠났다. 신지가 그 모습을 지켜보았다.

"텔레비전 드라마를 너무 많이 봤군."

그러자 신지가 멍한 시선으로 나를 쳐다보았다.

"저 아가씨, 화보 모델로 스카우트해 주지 않겠느냐는 이야기를 꺼낼 거예요."

"설마."

"정말이에요. 알아요."

진지한 표정으로 그렇게 말하더니, 눈 주위를 손가락으로 쓱쓱 문질렀다.

"내가 조절이 안 되나 보네."

혼잣말처럼 들렸기 때문에 아무 대꾸도 하지 않았다. 그러자 눈가가 빨개진 신지는 책을 읽듯 빠른 말투로 말했다.

"히바는 호텔 프런트에 있던 그 사람 별명이에요. 얼굴이 히바곤(일본에 서식한다는 유인원을 닮은 수수께끼의 동물)을 닮았다고 해서. 저 웨이트리스는 그 사람과 이따금 데이트를 하는데, 돈이 없을 땐 그 호텔 102호실을 쓰기도 하죠."

나는 웃었다.

"어젯밤 밤새 프런트에 있던 친구와 수다를 떨었니?"

신지는 고개를 저었다.

"그 사람에겐 지도만 보여 달라고 했어요. 그렇지만 알 수 있죠."

이번에는 내가 방향 감각을 잃은 기분이 들었다.

입을 열기도 전에 신지가 고개를 들고 먼저 말했다.

"잠깐만 기다리세요. 생각을 좀 정리해야겠어요. 지금까지 이렇게 된 적이 없어서 어째야 좋을지……."

신지는 손을 무릎 위에 얹은 채 꼼지락거리고 있었다. 나는 테이블 위에 손을 얹고 그의 얼굴을 들여다보았다.

"알았어. 뭔지 모르지만 알았다고. 그러니까 침착해."

떨기라도 하듯 살짝 고개를 끄덕이며 신지가 중얼거렸다.

"저 오픈된 것 같아요. 이런 일은 처음인데."

나도 이렇게 당황스럽기는 처음이었다. 어젯밤에는 똘똘한 아이로 보였는데, 정신적으로 무슨 문제가 있는 걸까?

웨이트리스가 음식 접시를 가져왔다. 친구들에게 비밀 이야기를 털어놓으려는 여자애처럼 입이 벌어져 있었다. 접시를 내려놓으면서 아까와 마찬가지로 바싹 다가오더니 거의 속삭이는 목소리로 말했다.

"저쪽은 《도쿄일보》래요."

그녀의 입에서 달콤한 껌 냄새가 났다. 나도 따라서 속삭였다.

"저 친구들 무슨 이야기를 하고 있어요?"

"맨홀에 떨어진 애는 반려동물을 찾고 있었대요."

"그리고 또……?"

"그 애 아버지는 시청 주민과에 근무하는 모양이고요."

"호오."

"불쌍하게도 애 엄마는 반쯤 정신이 나가서 병원에 실려 간 모양이에요."

전부 알고 있는 내용뿐이었지만, 나는 감탄하는 표정을 지었다.

"보통 솜씨가 아니네요."

웨이트리스는 블라우스 옷깃 사이로 가슴이 들여다보일 만큼 가까이 다가왔다.

"도움이 돼요?"

"그럼요, 친절하시네요. 그런데 저쪽이 우리보다 더 큰 회사인데요."

그녀는 생긋 웃으며 내 와이셔츠 깃을 톡 쳤다.

"난 언제나 좋은 사람 편이죠."

"거참."

나는 웃었다.

"하지만 우린 화보에 아마추어 모델을 쓰지는 않아요."

웨이트리스는 천천히 일어섰다.

"뭐야."

"미안해요."

"어떻게 안 거지? 나쁜 사람은 도와주지 않을 거야."

빙글 몸을 돌리는 그녀의 에이프런 주머니에 손가락을 걸쳤다. 문득 생각난 것이 있었다.

"어차피 나쁜 사람이란 소리 듣는 김에 하나만 더. 저 친구들, 그 애가 찾고 있던 고양이 이름을 알고 있나요?"

그녀는 눈동자를 빙글 움직였다.

"글쎄."

"물어봐 줄래요?"

그녀의 머릿속 계산기가 작동했다.

"팁?"

내가 고개를 끄덕이자, 그녀는 어슬렁어슬렁 테이블을 떠났다. 이러니 '좋은 사람'이라는 이야기를 들어도 무턱대고 기뻐할 수는 없는 노릇이다.

웨이트리스는 커다란 은색 피처를 손에 들고《도쿄일보》의 두 기자가 있는 테이블로 다가갔다. 물을 더 따라주며 두세 마디 이야기를 나누더니, 기자 한 명을 웃게 만들고 나서 거기가 정해진 위치라는 듯이 카운터 옆으로 돌아가 피처를 올려놓았다.

이번에는 우리 쪽으로 다가오지 않았다. 그 자리에서 소리를 내지 않고 입만 움직여 "시, 로."라고 말했다. 나는 한쪽 손을 살짝 들어 보였다.

"고양이 이름은 시로야."

신지는 두 팔로 몸을 껴안은 자세를 취하고 눈만 움직여 나를 바라보았다.

"넌 고양이 이름이 모니카라고 했지?"

"그 애가 그렇게 불렀으니까."

하지만 어젯밤에는 경찰관이 그렇게 이야기하는 걸 들었다고 했다. 나는 몸을 신지 쪽으로 디밀었다.

"저어……."

신지가 갑자기 일어섰다. 동작은 느릿느릿했다.

"속이 좋지 않아."

또 안색이 창백하다. 회식에서 과음한 대학생 같았다. 두 손으로 배를 끌어안고 의자를 밀치면서 통로로 나가더니 가게 밖으로 나가려 했다. 조금 전의 웨이트리스가 놀란 모습으로 달려와 그의 등에 손을 얹었다. 나도 일어서려 했다.

"속이 좋지 않니?"

신지의 얼굴을 들여다보더니 웨이트리스는 당신 때문이라는 눈초리로 나를 노려보았다. 나는 놀라서 그저 멍하니 그녀를 바라볼 수밖에 없었다.

"화장실이 어디죠?"

신지는 고통스러운 듯이 이마에 식은땀을 흘리고 있었다.

"저쪽이야."

웨이트리스가 카운터 왼쪽에 있는 문을 가리키자 신지는 비틀비틀 걸어갔다. 부축해 주려고 다가가자 "건드리지 마세요"라고 했다.

"괜찮아요. 금방 괜찮아질 테니까. 잠깐만 기다려주세요."

그 목소리에는 나도 모르게 주눅이 들 만큼 강한 의지가 담겨 있었다. 나나 웨이트리스나 손을 거두었다. 신지는 화장실 문안으로 사라졌다.

나름대로 험한 꼴을 당하며 살아왔지만, 다른 사람에게서 건드리지 말라는 말을 듣기는 난생처음이었다. 예상치 못한 쇼크를 받았다. 웨이트리스도 마찬가지 기분인지 멍하니 서 있었다.

"건드리지 말라니, 그런 소린 처음 들어보네."

"그래요?"

"그럼요. '건드리지 마, 이 엉큼한 아저씨야!' 하고 내가 고함을 지른 적은 있지만."

"그건 치한이잖아요?"

"아니, 나이트클럽에서 일할 때."

"그러면 장사가 안 될 텐데."

"그러니까 웨이트리스 같은 일은 하지를 말아야 해."

그녀는 투덜거리며 돌아갔고 나는 멍하니 의자로 돌아와 앉았다. 《도쿄일보》 기자들도 이쪽을 쳐다보았지만, 이내 흥미 없다는 듯이 고개를 돌리더니 한 사람이 계산서를 들고 일어섰다.

접시 위에 놓인 토스트와 스크램블드에그도 식었고, 샐러드에서는 물기가 배어나고 있었다. 손을 댈 마음이 들지 않았다. 약간 불안한 생각이 들었다. 담배를 피우고 싶었지만 애써 참으며 대신 커피를 마셨다.

신지는 금방 돌아오지 않았다.

또 한 쌍의 남녀도 자리에서 일어나 레스토랑을 나갔다. 화질이 나쁜 14인치 텔레비전에서는 뉴스가 시작되었다. 그때 나는 내가 어처구니없을 정도로 바보라는 사실을 깨닫고 컵을 거칠게 내려놓았다. 그 바람에 웨이트리스가 깜짝 놀랐다.

"손님?"

웨이트리스는 이번에는 당신이 이상해진 거냐는 표정을 지으며 두세 걸음 다가왔다. 나는 아무 말도 할 수 없었다.

신지가?

신지가 한 짓인가?

닫혀 있는 화장실 문을 바라보았다. 웨이트리스가 두 손으로 팔꿈치를 끌어안고 이쪽을 살피고 있다. 나는 "아무 일도 아니에요"라고 대꾸하고는 천천히 말했다. "고마워요."

그녀는 고개를 갸웃거리더니 주방으로 들어가 버렸다. 이젠 무슨 일이 있어도 신경을 쓰지 않기로 마음먹은 모양이다.

그게 낫다. 모르는 게 낫다고 생각했다.

신지가, 그 애가 맨홀 뚜껑을 열어 두었던 것이다. 무슨 속셈이 있었는지, 그저 단순한 장난이었는지는 알 수 없다. 하지만 그는 뚜껑을 열고 그곳을 떠났다. 그리고 빗속을 헤매다가 노란 우산을 들고 '모니카'란 이름을 부르며 걷던 작은 아이를 보았다. 아이는 남들이 고양이를 부를 때 그러듯 혀를 쯧쯧 차거나 울음소리를 흉내 냈을지도 모른다. 그렇지만 그

때는 별것 아니라고 생각했으리라. 그때까지만 해도.

신지는 길을 잃고 오락가락하고 있었던 게 틀림없다. 내 차를 얻어 탄 뒤 우연히 아까 맨홀 뚜껑을 열어 둔 장소에 이르렀다. 내 차가 멈추고, 노란 우산을 발견하고 나서야 비로소 신지도 자기가 한 짓이 무슨 일을 일으켰는지 깨달았다.

나는 기억을 떠올렸다. 노란 우산을 건네주었을 때, 심장 발작을 일으킨 듯한 신지의 모습을. '범인, 잡힐까요?' 하며 어두운 표정으로 묻던 모습을. 밤새 잠을 자지 못한 것 같던 모습을. 그리고 자전거를 가지러 간다고 나가서 창백한 모습으로 돌아와서는 이상한 태도를 보였다.

그때 아마 신지는 현장에 갔을 것이다. 가보지 않고는 견딜 수 없었을 것이다. 그리고 지금도 죄책감을 견디기 힘들어 혼란스러워하고 있다.

걸어오는 그를 바라보았다. 의자에 앉을 때까지 계속 바라보았다. 신지가 고개를 들자 시선이 딱 마주쳤다.

잠시 그는 내 눈의 안쪽을 들여다보는 표정을 지었다. 글자 그대로 들여다보고 있다는 느낌이 들었다. 시험 때 커닝을 하려는데 문득 고개를 드니 감독관이 뚫어지게 바라보고 있는, 그런 눈빛이었다. 알고 있어. 네가 무슨 생각을 하고 있는지 다 알아. 그만둬.

그만둬.

그렇지만 나는 말했다.

"네가 한 짓이지?"

신지는 대답이 없었다. 하지만 눈 주위에 떠돌던 긴장감이 갑자기 빠져나간 듯했다. 나는 정답이라고 생각했다.

"그렇지 않은가 해서. 지금 막 깨달았어. 나도 머리가 나빠. 그렇지?"

어울리지 않게 인자한 아버지처럼 부드러운 목소리로 말하고 있었다. 그렇지만 신지는 고개를 가로저었다.

"아니에요."

"아니라고……?"

놀랍게도 그는 부드럽게 웃었다. 어깨를 축 늘어뜨리며 크게 한숨을 토했다.

"아니라고요. 칫, 이렇게 되고 마는구나. 웃기네."

"뭐가 웃겨?"

다시 한 번 고개를 젓더니 신지는 머리를 바로 들었다.

손님이 없는 가게 안을 둘러보고 신지에게 물었다.

"여기선 안 되겠어?"

"전 지금 오픈되어 있기 때문에 너무 여러 가지가 들어와서 피곤해요. 어디 사람 없는 곳으로 가고 싶어요."

이유는 모르지만 일단 밖으로 나왔다. 나도 워낙 당황한 상태라 웨이트리스에게 약속한 팁을 까먹었다. 그녀는 창가에 서서 팔짱을 낀 채 잔뜩 부은 얼굴로 우리를 지켜보고 있었다. 소금을 뿌리지 않은 것만 해도 다행이었는지 모른다.

04

"손 좀 빌려주세요."

신지가 말했다.

우리는 레스토랑을 나와 잠시 걸어, 길가에 있는 널찍한 공터로 갔다. 주위에는 인기척이 없고, 불도저 두 대가 앞쪽의 흙 파는 부분을 어중간하게 들어 올린 채 세워져 있다. 공기에는 비와 진흙 냄새가 섞여 있었다.

신지는 아무 말 없이 앞장서서 걷다가 "여기가 좋겠네" 하면서 비닐 시트가 덮여 있는 건축용 목재 더미 끄트머리에 걸터앉았다. 그러더니 내게 손을 빌려 달라고 했다.

"물론 도와주지. 내가 해줄 수 있는 게 있다면."

그렇게 대답하며 바지 주머니에 두 손을 찔러 넣고 그를 내려다보았다.

그는 쓴웃음을 지었다.

"그거 말고요. 음, 도움이라면 받고 싶지만 지금은 그게 아니라 말 그대로 제게 잠깐 빌려 달라는 거예요. 손을 내밀어 달라고 해야 하나?"

나는 신지가 무슨 소리를 하는지 아직 잘 파악되지 않았다. 그러자 그는 약간 난처한 듯이 뜸을 들였다가 말했다.

"이렇게 말하면 되겠네. 고사카 씨의 손을 잡아보게 해주세요."

그렇지만 나는 잠시 머뭇거렸다. 신지는 웃고 있지만 농담하는 걸로는 보이지 않았다. 진지한 눈빛이었다.

"내 손을?"

"그래요."

주머니에서 오른손을 꺼내 손바닥을 펼치고 잠깐 쳐다본 뒤 그에게 내밀었다.

"여자애한테 할 때는 좀 더 그럴듯한 대사를 생각해 내는 게 좋겠구나."

신지는 천천히 내 손을 잡았다. 악수하듯이. 그의 손은 작고, 여자아이의 손처럼 따스하고 매끈매끈했다.

그는 내게서 시선을 거두더니 공터 전체를 보려는 듯이 먼 데를 보며 입술을 꾹 다물었다. 어깨를 한번 크게 들썩이며 숨을 쉬었다. 그러고는 거기서…….

신지가 거기서 없어진 것 같은 느낌이 들었다.

바로 눈앞에 앉아 있는데도 그의 기척, 체온, 숨결이 모두 사라져 버린 듯했다. 나중에 이때의 일을 떠올리며 어울리는 말을 찾아보려 했지만 이런 표현밖에는 떠오르지 않았다. 신지는 그 자리에서 소리 없이 빠져나가, 내가 있는 이곳과는 전혀 다른 좌표로 사라져 버린 듯했다.

동시에 나 자신은 작아진 느낌이 들었다. 발에 느껴져야 할 땅바닥의 촉감도, 얼굴을 스치며 지나는 태풍 끄트머리의 바람도 거의 느껴지지 않았고, 그런 것들에서 멀리 떨어진 곳에 있는 것처럼 느껴졌다. 게다가 점점 더 멀어져 갔다. 마치 살갗 바로 아래 있는 신경의 말단만 남기고 내 실체가 내 안쪽으로 빨려 들어가듯이.

멀리서 아련하게 차들이 오가는 소리가 들려왔다. 어디선가 물이 흐르고 있었다.

'도로가 가까워. 누가 지나가면 곤란하겠는데.'

아이의 요란한 웃음소리가 들리다 바로 사라지고, 누군가 차 문을 닫는 소리가 쿵, 하고 들렸다.

'내가 뭘 하고 있는 걸로 보일까.'

"어렸을 때……."

신지가 입을 열고, 내가 모르는 노래라도 불러주듯이 살짝 억양을 붙여 말하기 시작했다.

"어린 시절……. 열 살……. 열한 살인가…? 학교에서 지정한 어깨에 메는 가방을 메고 있어……. 그렇지만 중학생은 아니고……. 그때 교통사고를 당했을 거예요……."

깜짝 놀라 나는 눈이 휘둥그레졌다. 발에 느껴지는 땅의 촉감이 단단해지고, 신지의 목소리와 함께 주위의 잡음이 들리면서 현실로 돌아왔다.

그렇지만 그는 아직도 조금 전과 마찬가지로 반쯤 깨어 있고, 반쯤 꿈을 꾸는 듯한 시선으로 내 손을 잡고 있었다. 약간 긴 앞머리가 바람에 날려 이마로 흘러내리자 갑자기 어린 아이처럼 보였다.

"트럭. 짙은 녹색 트럭이야. 2톤짜리. 나무를 싣고 있어. 네 쪽으로 자른 목재인데 아직 나무껍질은 벗기지 않았어. 나무에서 진이 흘러나와 굳어 있고. 좁은 길인데……. 삼거리야……. 친구들과 함께 있어……. 빨간 티셔츠……. 사고를 당할 줄은 몰랐지. 거리가 있었으니까……. 서서 바라보고 있는데, 그런데……."

목덜미에 소름이 돋았다. 지금의 신지의 모습은 각성제 중독자가 환각에 빠져 있을 때, 부드러운 은빛 환각 속에 빠져들어 있을 때의 표정이었다.

본능적으로 위험하다고 느껴 손을 빼려고 했다. 하지만 믿을 수 없을 만큼 세게 잡고 있어 꼼짝도 못 했다. 마치 접속되어 있는 듯했다.

신지의 목소리가 갑자기 높아졌다. 약간 떨리지만 꾸짖는 말투였다.

"그래서 여러 번 말했잖아. 큰 트럭 가까이 가면 안 된다고. 말려들어 간다니까. 뒷바퀴는 앞바퀴보다 훨씬 큰 궤도를 그리면서 돌기 때문이라고 그렇게 말했는데……."

믿을 수 없었다. 그것은 내 기억의 밑바닥에 가라앉아 있던 어머니의 목소리와 비슷했다. 내 나이 열 살 때의 어머니. 지금부터 20년 이상 거슬러 올라간, 매일 정성껏 옅은 화장을 하던 시절의 어머니. 그 어머니의 목소리가 신지의 목소리를 통해 내 머릿속에 들렸다.

"하지만 그다지 심하게 다치지는 않았어요."

신지는 자기 목소리로 돌아와 말을 이었다.

"입원도 한 달쯤만 했지. 왜냐하면 어린애의 뼈는 부드럽기 때문에. 부드럽지, 마치 치즈처럼."

그렇게 말하고는 살짝 혀를 찼다. 분명히 누군가에게 이런 버릇이 있었다. 아주 오래전에, 기억하지 못할 만큼 오랜 옛날에 그런 버릇을 지닌 사람이 있다. 신지는 그 누군가를 흉내 내며 나를 웃기려는 듯이 아주 자연스럽게 혀를 찼다.

"그렇지만 아직 트럭은 무섭고, 길에서 보면 피하게 되지. 왼쪽 정강이가 부러졌는데 녹색 트럭을 보면 그 왼쪽 다리가 멋대로 도망치려 한다고……. 누군가에게 말한 적이 있어……. 누군가에게……. 그 사람은…… 사에코……."

그러더니 신지는 갑자기 내 손을 놓았다. 거의 뿌리치는 동작이라, 그 반동 때문에 비닐 시트에서 미끄러질 뻔했다.

그냥 그 자리에 가만히 서 있었을 뿐인데, 우리 두 사람은 숨을 헐떡이고 있었다. 마치 선착순 달리기 경주라도 하고 있었던 듯이.

평소에는 어디 있는지 의식할 일조차 없던 심장이 갑자기 자기주장을 시작했다. 가슴 안쪽이 쿵쿵 뛰고 있었다.

"도대체……."

왼쪽 손등을 누르고 턱이 떨리는 것을 참으며 물었다.

"대체 지금 무슨 마술을 부린 거야?"

그제야 신지는 자세를 고쳐 앉으며 몇 번인가 침을 삼키더니 괴로운 듯 헛기침을 했다.

"저도 놀랐어요."

내 손을 잡고 있던 오른손을 바라보며 말했다.

"불에 덴 것 같았어요. 이런 일은 처음이야. 오늘은 처음 겪는 일들이 너무 많네요."

"처음……?"

"과부하가 걸렸나? 내가 너무 깊이 들어갔기 때문인지도 모르겠네……."

신지에게 한 걸음 다가갔다. 상대가 이렇게 가냘픈 소년이 아니라면 멱살을 쥐고 목을 졸랐을 것이다.

"대체 무슨 소리를 하는 거야?"

신지는 안정을 되찾고 천진난만한 눈으로 나를 올려다보았다.

"내가 이야기한 것, 맞죠?"

"뭐가……?"

"가르쳐주세요. 맞죠?"

타협을 허락하지 않는 질문이었다. 타협할 길이 없었다. 맞는 이야기였으니까.

고개를 끄덕였다.

"분명히 어렸을 때 트럭에 치인 적이 있어. 후진하는 뒷바퀴에 말려들어 갔던 거지. 학교에서 돌아오다가 집 근처 삼거리에서. 나는 기억이 잘 나지 않지만 목재를 실은 트럭이었다고 나중에 들었어."

"그때 짐칸에 실려 있던 목재는 똑똑히 봤을 거예요. 남아 있는걸요."

"남아 있어?"

"고사카 씨 기억 속에."

나는 잠시 할 말을 잃고 그저 두 팔을 펼쳐 보았다.

"내 기억?"

"그래요."

"내 기억 속에?"

"제가 읽은 거예요. 마치…… 플로피디스크에서 정보를 읽어 내듯이 말이에요."

나는 짧게 소리 내어 웃었다. 전혀 웃음소리로 들리지 않았다.

"할 수 있어요, 저는."

신지는 일어섰다. 나는 무의식적으로 한 걸음 뒤로 물러섰다. 그러자 그는 두 손을 등 뒤로 숨겼다.

"이제 하지 않을게요. 그러니 걱정 마세요. 저도 이렇게 제대로 해본 적은 없어요."

"해보다니, 뭘?"

"지금 한 것 같은 일. 전 그걸 '스캔'이라고 불러요. CT 스캔한다고 할 때의 그 스캔이요."

신지는 살짝 한숨을 내쉬며 말했다.

"어지간해선 하지 않아요. 너무 힘들고 하기도 싫어서. 그렇지만 지금은 어쩔 수가 없었어요. 이렇게라도 하지 않으면 제 말을 믿어주지 않을 테니까요."

비틀비틀 두세 걸음 내게서 멀어지더니 신지는 결심한 듯 뒤를 돌아보았다.

"초능력자라는 말 들어본 적 있어요? 사이킥Psychic이라고도 하죠."

멍하니 서 있을 수밖에 없었다.

"그런 말은 몰라도 상관없어요. 저를 알면 되니까. 왜냐하면……."

신지는 약간 슬픈 눈빛을 보였다.

"제가 그거니까요."

나중에 신지와 단둘이 이야기할 기회가 되었을 때, 그때 내가 얼마나 바보처럼 보였는지를 물어보았다. 그랬더니 그는 웃으면서 이렇게 대답했다.

"그게…… 예를 들면 의사 선생님에게 '당신은 임신했습니다'라는 말을 들은 듯한 표정이었죠."

그 표현이 맞을지도 모른다. 하지만 그저 임신했다는 통보를 받았을 뿐 아니라 입덧까지 느낀 표정이었다고 하는 게 더 정확하겠다. 웃어넘기려는 농담이겠지, 하면서도 몸은…… 본능에 충실하게 그냥 대충 넘어가려 하지만 도저히 그렇게 되지 않는 부분이, 무시할 수 없는 그 무엇을 파악하고 있었다.

하지만 그때, 그 자리에서 그런 감정은 무의식 아래 숨어 있었다. 내가 놀란 것은 갑자기 사에코라는 이름이 튀어나왔기 때문이었다. 잊으려 했고, 잊었다고 믿었다. 시간적으로나 거리상으로나 멀리 떨어져 있어, 그 이름을 도저히 알 일이 없는 우연히 만난 소년의 입에서 그 이름이 나온 것이다.

신지가 자신을 초능력자, 사이킥이라고 한 말을 그대로 믿었기 때문에 놀란 게 아니었다. 단순히 생각도 못 한 상황에서 뜻밖의 이름이 나왔기 때문에 놀랐다. 그리고 당연히 나는 그 이유를 알고 싶어졌다.

놀란 마음을 가라앉히자, 맨 처음 귀에 들어온 것은 "앉으실래요?" 하는 신지의 목소리였다.

"그러는 게 좋을 것 같은 안색이라서."

"아니, 됐어."

나는 고개를 저었다. 괜한 고집을 부렸는지도 모른다.

"괜찮아."

"그래요. 그럼 나는 앉을게요."

신지는 다시 비닐 시트 위에 걸터앉았다.

"무릎이 떨려서요."

그러더니 한동안 나를 쳐다보았다. 둘 다 어떻게 이야기를 시작해야 좋을지 몰랐을 거라고 생각한다. 나는 어른의, 교양인의 분별을 되찾으려고 기를 썼고, 신지는 그런 내 모습을 말없이 바라보고 있었다.

이윽고 그는 울음을 터뜨릴 것 같은 표정을 지었다.

"죄송해요."

두 손으로 눈을 눌렀다.

"정말 죄송해요. 제가 너무 아픈 곳을 찌른 거죠?"

"뭐라고……?"

"사에코는 사람 이름이죠? 고사카 씨를 이렇게 흔들리게 만든 것은."

잠시 틈을 두었다가 나는 깊은 한숨을 내쉬었다.

"그건 초능력자가 아니라도 알 수 있겠지. 이렇게 얼굴에 드러나니까."

웃음을 지어 보였다. 어떻게든 냉정을 되찾자. 체면 때문에라도 냉정해져야만 한다. 그렇게 생각했다. 상대는 기껏해야 아직 어린애 아닌가.

"예전에 알던 사람 이름이야. 이젠 옛날이야기지. 갑자기 튀어나와서 놀라기는 했지만."

"아는 사람……."

신지가 의미심장하게 되뇌었지만, 말을 잇지는 않았다.

내가 숨기고 있는 카드를 보여줘야만 신지의 속임수를 알아낼 수 있을 것이다. 나는 그때 그렇게 생각했다. 그래서 고집부리지 않고 솔직해지기로 했다. 솔직해지는 것이 더 고집을 부리는 건지도 모르지만.

"헤어진 애인 이름이야. 약혼했었지. 하지만 사정이 생겨서 파혼했어. 지금은 다른 남자와 결혼했을 거야. 애도 낳았겠지? 당연히 사는 곳은 모르고."

"알았어요."

신지는 머리를 감싸 쥐고 고개를 끄덕였다.

"다시는 묻지 않을게요. 약속해요. 절대로, 절대로 묻지 않을게요."

너무나도 엄숙한 그 맹세가 오히려 나를 물러서게 만들었다. 내가 그녀에게 그토록 미련을 갖고 있나? 아직도 잊지 못하고 있나? 불쑥 그녀의 이름을 말한 소년을 이렇게 깊이 후회하게 만들 만큼?

자신이 너무 한심해서 비참한 생각이 들었다. 그래서 말이 거칠어졌다.

"어떻게 그 여자 이름을 알고 있지? 먼 친척이라도 된다면 일찍 털어놓는 게 좋을 거야."

신지는 고개를 들고 충혈된 눈으로 나를 바라보았다.

"그런 말도 안 되는 일이 있을 리가 없잖아요."

"글쎄다. 만약에 네가 그녀를 알고 있다면 내 어린 시절 기억을 알아내는 건 간단하겠지. 그녀에겐 여러 가지 이야기를 해주었으니까 말이야."

기억 한 조각이 불쾌하게 떠올라 뇌리를 스쳤다. 자칫하면 입을 열고 말 뻔했을 만큼 또렷하게.

'그래. 처음 그녀와 잘 때 왼쪽 발 정강이의 흉터는 왜 생긴 거냐고 묻기에 가르쳐줬어.'

"말해."

나는 낮은 목소리로 말했다. 화가 나기 시작했다.

"말해. 무슨 속임수야? 무슨 목적으로 내게 접근했지?"

신지의 얼굴에서 잠깐 표정이 사라졌다.

"속임수?"

"그래."

"내가 뭐 하러 속임수를 쓰죠?"

"그러니까 그 이유를 대라는 거잖아,"

화를 내면서 심술까지 부리고 있었다. 하지만 그는 내 물음에는 대답하지 않고, 앉은 채로 억양 없는 목소리로 말했다.

"속임수가 아니에요. 내가 좋아서 이러고 있는 줄 안다면 진짜 돌대가리에 멍청이지."

"뭐라고?"

깜짝 놀라 피가 머리로 솟았다. 다가가 신지의 멱살을 잡았지만 간신히 참을 수 있었던 것은 그의 입가에 희미한 비웃음이 떠오르는 것을 보았기 때문이다.

"날 건드리지 않는 게 좋을 거야."

뒷걸음질 치면서도 신지는 고개를 살래살래 저었다.

"또 스캔당하고 싶지 않다면."

그때 보여준 신지의 표정을 지금도 또렷하게 기억한다. 아무리 숨기려 해도 드러나는 우월감. 상대방을 얕보는 듯한, 승리감에 도취한 표정. 바로 그것이 그들과 우리 사이를 가로막는 두꺼운 벽이라는 것을 이제는 이해한다.

"그런 소릴 내가 믿을 것 같아?"

이렇게 내뱉고 나는 신지에게 등을 돌렸다.

"그럼 이야기를 들어보세요. 그런 다음에 믿든 믿지 않든 결정하면 되잖아요. 당신은 기자잖아? 궐석재판을 할 수는 없잖아."

"건방지게……."

"그래요. 난 건방져. 하지만 사기꾼은 아니야!"

처음으로 신지의 언성이 높아졌다. 나는 이를 악물며 돌아섰다.

"들어보세요."

신지의 목소리가 다시 약해졌다. 열여섯 나이보다 더 어린 아이가 되어 버린 듯 작아 보였다.

"나도 내가 왜 이런 능력을 갖고 태어났는지 몰라요. 내가 남의 마음을 읽을 수 있다는 걸 확실하게 알게 된 건 초등학교 5학년쯤이었죠. 선생님이 다음에 누구를 지명할지, 언제나 알 수 있었으니까 말이에요."

나는 코웃음을 쳤다.

"그쯤은 다른 애들도 다 알아. 긴장하고 있으니까 말이야. 육감이라는 거지. 누구에게나 있는 거야."

"육감으로 선생님이 여름방학에 휴가를 받아 어디로 여행할 것인가도 알 수 있나요? 누구하고 갈지도? 한 학부형과 몰래 데이트를 한 일도 있고, 그걸 아주 찜찜하게 생각하고 있다는 것도 알 수 있어요? 우리에게 곱셈을 가르치면서 머릿속으로는 월급이 좀 더 많다면 지난 주에 보고 온 집을 살 수 있을 텐데, 하며 안타까워하는 것도? 속으로 300만 엔만 더 있으면 계약금을 낼 수 있을 텐데, 하는 생각을 하고 있다는 것도 알 수 있어요?"

침묵이 흘렀다. 어디선가 경적 소리가 두 번 울렸다.

"그래요."

신지는 고개를 끄덕였다.

"난 알았어. 전부 알았다고. 보였다니까. 그리고 그렇게 이런저런 것들을 알게 되는 게 일반적이지 않다는 것도 알고 있었어. 그래서 너무 무서웠지. 어렸을 때 나는 자주 수업 시간에 오줌이 마려워 화장실에 가겠다고 해서 친구들에게 웃음거리가 되었지. 그것도 다 무서웠기 때문이야. 남들이 생각하고 있는 것을 빤히 알 수 있다는 것 때문에 말이야."

달리 뭐라 할 말도 없어서 나는 다음 이야기를 재촉했다.

"그래서?"

"그래서……."

신지는 입술을 핥고, 정신을 집중시키려는 듯이 눈을 감았다.

"언젠가 두려움을 더는 견디지 못하고 아빠에게 털어놓았어. 분명히 화를 내실 거라고 생각했지. 이건 보통 일이 아니고, 보통 일이 아닌 건 어린애에겐 모두 나쁜 일이니까. 그런데 아빠는 화를 내지 않았어. 말없이 내 이야기를 듣더니, 다음 날 학교를 쉬게 하고 처음 보는 친척집에 데리고 갔지."

그곳은 신지의 고모할머니, 신지 아버지의 고모님 댁이었다고 한다. 고모할머니는 그때 일흔두 살로, 가족도 없이 혼자 살고 있었다.

"그때의 일은 잊을 수가 없어. 아빠는 그 할머니에게 인사도 건너뛰고 불쑥 이렇게 말했어. '아키코 고모, 아무래도 우리 신지가 고모하고 마찬가지인 모양이에요'라고 말이야."

신지는 고개를 들었다.

"할머니는 나를 들어오라고 하더니 한동안 내 얼굴을 보았어. 그때 깨달았지. 이런 능력은 나만 있는 것이 아니다. 나 말고도 그런 사람이 있다……. 왜냐하면, 할머니는 내게 한마디도 묻지 않았는데, 나하고 이야기를 나눌 수 있었기 때문이야. '가엾게도. 언제부터 시작되었니?' 그렇게 말했지. 가엾다고. 얼마나 마음이 놓였는지 말로 표현할 수가 없었어. 할머니가 안 계셨다면 나는 오늘까지 살아남지 못했을 거야."

"살아남아?"

"그래."

크게 고개를 끄덕였다.

"내 생각에 이런 능력을 갖고 태어나는 아이는 세상 사람들이 생각하는 것보다 훨씬 많아. 물론 아주 많지는 않지만, 그래도 남자애와 여자애가 쌍둥이로 태어나는 확률보다 약간 모자라는 수준이라고 생각해. 그렇지만 제대로 자랄 수 없어. 자기 능력에 짓눌리니까."

"들어본 적도 없는 학설이군."

나는 웃었지만 신지는 아랑곳하지 않았다. 무척 진지했다.

"아니, 능력을 갖고 태어난다……, 이건 정확한 표현이 아니야. 능력은 누구나 갖고 있어. 잠재적으로는 말이야. 다만 대부분 그걸 밖으로 끌어낼 능력이 없는 거지. 밖으로 끌어내는 능력도 함께 갖고 태어나는 아이는 적다고 바로잡아야겠네. 그 양쪽의 능력을 함께 갖추고 있는 사람이 초능력자, 사이킥이지. 그리고 말이야, 내 경우에도 그랬지만 초능력에 가속도가 붙게 되는 것은 열한두 살쯤부터인 모양이야. 2차 성징이라던가? 다른 능력도 마찬가지지. 예술적인 재능이나 운동 능력 같은 것 말이야. 나이가 그쯤 되면 아이 스스로도 알게 되지. 아, 나는 다른 사람들보다 스케치를 더 잘한다, 달리기에서는 누구에게도 뒤진 적이 없다, 몇 번 연습하지도 않았는데 금방 잘해 낼 수 있구나. 그런 것들이 재능이겠지? 어른들은 흔히 이렇게 이야기하지 않나? 이 애는 그림에 재주가 있다, 친척 가운데 누구누구를 닮았다, 분명히 재능이 있어, 유전이야, 라고."

"아, 잠깐만……."

"그것과 똑같은 거야."

신지는 내 말을 막고 계속했다.

"사이킥의 능력도 다른 재능과 마찬가지야. 갖고 있는 사람도 있고, 갖고 있지 않은 사람도 있어. 연습하지 않으면 그 재능은 잠들어 버리지. 연습을 하면 좋아져. 대개는 말이야. 그리고 어느 사이킥이 지니고 있는 능력이 크지 않을 경우 본인이 기분 나빠하거나, 주변 환경이 좋지 않거나 해서 그 힘을 잠들게 해 버린다 해도 전혀 문제될 게 없어. 세계적인 화가가 될 수 있을 만큼 그림에 큰 재능을 갖고 태어난 사람이라 해도 본인이 그림을 그릴 생각이 없다면 평생 그림 한 장 그리지 않고도 평화롭고 행복하게 살 수 있잖아? 하지만 사이킥의 경우 그리 쉽게 잠들어주지 않을 정도로 능력이 클 때는 그렇지가 않아. 간단치가 않지. 본인이 그것을 컨트롤할 수 있도록 필사적으로 연습하지 않으면 치명적으로 위험해지는 거야!"

나는 어처구니가 없었다. 어쨌든 하고 싶은 이야기를 다 하게 하는 방법밖엔 없을 거라는 생각도 했다. 그래서 신지의 얼굴을 잠자코 바라보고 있는데, 그는 무척 초조한 표정으로 입가를 씰룩거리고 있었다.

"난 아키코 할머니 덕분에 살아남았지만 결코 쉬운 길은 아니었어. 할머니가 내게 힘을 컨트롤하는 방법을 가르쳐주셨지. 받아쓰기 같은 걸 배우는 것하고는 전혀 달라. 결국 믿을 것은 나 자신밖에 없는 거야."

"컨트롤이라니, 구체적으로 어떻게 하는 거지?"

이야기의 방향을 좁힐 속셈으로 질문을 했다.

"등에 스위치 같은 거라도 다는 거냐?"

"자신이 믿을 수 없는 일을 당하면 늘 그렇게 농담으로 넘어가려고 하는군요."

나는 어깨를 움츠렸다.

"미안."

"아키코 할머니는 나를 KDD Kokusai Denshin Denwa(국제전신전화주식회사의 약칭) 본사에 데려가주신 적이 있어. 파라볼라 안테나를 보여주러. '신지야, 넌 머릿속에 이걸 갖고 있는 거란다'라고 하셨지."

손가락 끝으로 자기 관자놀이를 가볍게 두드렸다.

"말하자면 나는 수신기야. 커다란 수신기. 그러니 컨트롤하는 방법을 배운다는 것은 스위치를 만드는 일이지. 필요에 따라 켰다 껐다 할 수 있는 것. 정신을 집중하면 그게 가능해. 이해가 돼?"

나는 발치의 흙탕물을 바라보며 잠깐 생각하고 나서 천천히 말했다.

"우리 잡지에서 한번 도청 특집기사를 꾸몄었지……."

"응."

"카폰이나 무선전화는 도청당하기 좋은 표적이라는 기사를 쓴 적이 있어. 그걸 취미 삼아 하는 마니아들을 취재해서 말이야. 그 사람도 전파란 전파는 모두 잡아낼 수 있다고 호언장담했지. 실제로 마치 옆에서 이야기하는 걸 듣는 것처럼 또렷하게 엿들을 수가 있다는 거야."

이제는 누구나 아는 상식이 되어 버렸지만, 그 무렵만 해도 무선전화가 나온 지 얼마 되지 않았을 때였고, 나 자신도 전파에 대해서는 캄캄한 편이라 무척 놀랐다.

"예를 들면 그것과 같은 건가? 주파수만 맞으면 뭐든 엿들을 수 있다던데."

"주파수가 맞지 않아도."

신지가 정정했다.

"내가 내 스위치를 켜면 돼. 다만 상대방에 따라 강약이 있어서 잘 들리기도 하고 희미하게 들리기도 하지만."

"아까 내게 한 것처럼 상대를 만지지 않으면 읽어낼 수 없는 거 아니야?"

신지는 고개를 저었다.

"그렇지도 않아. 어딘가를 만지는 게 확실하긴 하지만 옆에 서 있기만 해도 읽어낼 수가 있어. 전철 안에서 앞에 앉아 있는 중년 남자가 영자 신문을 읽으면서 머릿속으로는 꼴사나운 생각을 하고 있다는 걸 알아낼 수 있기도 하고."

"재미있구나."

"때론 그래. 가끔은."

살짝 웃으면서 신지가 말을 이었다,

"아까 웨이트리스 누나도 그랬어. 그때는 내가 오픈 상태였기 때문에 그 누나가 생각하는 걸 바로 알 수 있었던 거지."

'날 화보 모델로 써주지 않을래요?'

"그 '오픈'이란 게 대체 뭐냐?"

"그게 말이야."

신지는 아직 몸이 약간 후들거리는지 입술을 떨었다.

"아주 무서운 일이야. 배의 키를 잡을 수 없게 되어 버리는 일이니까. 스위치가 말을 듣지 않게 되는 거지. 뭐랄까, 들어오는 것을 거부할 수 없는 상태가 되어 버려. 이런 것 저런 것 모두 다 들려와. 마치 해일처럼."

"어떤 때 그렇게 되지?"

"난 오늘이 처음이지만……. 깜짝 놀라거나…… 몸이 약해지거나……."

고개를 갸웃거리며 신지가 말했다.

"잘 모르겠어. 어쨌든 능력이 마구 사용되는 거야. 조절을 할 수 없게 돼."

나는 조금 전 레스토랑에서의 상황을 떠올렸다.

"그렇게 되면 몸이 힘드니?"

"응. 그야 당연하지. 가장 부담 가는 곳이 심장인가?"

"그럼 '오픈'이 아니어도 너무 자주 스위치를 넣으면……."

신지는 살짝 웃었다.

"자살하고 싶으면 그렇게 해야지."

그의 말투에서 연극을 하는 것 같은 느낌이 들지 않는 것은 아니었다. 아무래도 교묘하게 짜 맞춘 사기에 걸려든 느낌을 떨칠 수 없다. 아니, 왜 내게 이런 속임수를 쓰는 걸까, 하는 생각밖에 들지 않았다.

하지만 아주 그럴듯한 속임수다. 아주 잘 짜인.

"한 가지 물어보자. 넌 아까 플로피디스크에서 정보를 읽어내듯 남의 기억을 읽을 수 있다고 했잖아?"

"그랬죠."

신지는 자세를 고쳐 앉았다.

"그게 '남의 기억'인가? 감정이나 생각 같은 게 아니고?"

"그래요."

"그럼 흔히 이야기하는 텔레파시하곤 다른 건가? 남의 마음을 읽는 능력을 텔레파시라고 부르는 줄 알고 있었는데 말이야."

신지가 불쑥 물었다.

"고사카 씨, 지금 무슨 생각을 하고 있죠?"

"어?"

"지금 무슨 생각을 하고 있어요?"

나는 어이없다는 표정을 지었다.

"무슨 생각이냐니……. 네가 질문한 것에 대해 생각하고 있었겠지. 그렇지 않으면 대답을 할 수 없잖아."

"그게 아니죠."

신지는 고개를 저었다.

"그렇지 않아. 뇌는 용량이 그렇게 작지 않으니까 말이야. 물론 내가 질문한 것에 대해서도 생각하고 있었겠지만, 동시에 수많은 생각을 하고 있었을 거야. 몸이 오슬오슬한 게 감기에 걸린 건 아닐까, 이제야 날이 개는구나, 지금쯤 모치즈키 다이스케가 발견되지 않았을까, 이나무라 신지라는 녀석을 태워주지 말걸 그랬다, 등등. 그냥 의식하지 않을 뿐이지 모두 동시에 생각하고 있는 거야. 게다가 그런 생각을 하면서도 옛날 기억을 이리저리 뒤적이지. 과거의 경험이라는 비교 대상이 없다면 애당초 생각한다는 것 자체가 불가능하니까 말이야. 그런 의미에서, 뇌에는 '지금 현재'란 시간이 없는 거나 마찬가지야."

"그런 걸 어디서 배웠지?"

"배우지 않았어요. 아무도 정통 학문으로 취급해주지 않는 걸. 책을 몇 권 읽기는 했지만 그래도 대부분 내가 스스로 경험했기 때문에 그렇게 생각하는 거야. 마음을 읽는다는 건 바로 기억을 읽는 거지. 내가 고사카 씨를 스캔하면 이번이 네 번째 금연이고, 두 달째라는 것이 보여. 또 동시에 어렸을 때 당한 사고도 보이고, 어젯밤 누군지는 몰라도 가족과 심한 말다툼을 해서 무척 화가 나 있다는 것도 보이지. 뒤섞여서 보여. 아까 나는 그런 것들 가운데 가장 쉽게 볼 수 있는 것을 읽어 냈을 뿐이야. 그래서 열 살 때의 사고 이야기와 어른이 되고 나서 그 흉터를 애인에게 보여주었을 때의 이야기가 달라붙어서 나왔겠지. 그러니까 고사카 씨의 머릿속에는 그 두 가지 기억이 진열장의 같은 칸에 놓여 있는 셈이야. 시간상으로는 20년 이상 떨어져서 일어난 일인데도 말이야."

나는 잠자코 고개를 끄덕였다. 길바닥에서 대뇌생리학 강의를 듣게 될 줄이야. 그것도 내 나이의 반 토막밖에 안 되는 '꼬마'에게.

"그래서 내가 할 수 있는 일은 텔레파시하고는 좀 달라요. 아니, 텔레파시 능력도 있겠죠. 나랑 같은 능력을 갖고 있는 사람하고는 통신할 수 있으니까."

그러더니 잠시 말을 멈췄다. 누군가의 얼굴을 떠올리는지, 나를 바라보지 않았다.

"너 말고도 다른 사람을 알고 있다는 거니?"

"아뇨."

당황해서 고개를 젓는다.

"없어요."

급히 부정하는 묘한 태도가 약간 마음에 걸렸다. 신지는 말을 이었다.

"그래서 난 그냥 '스캔'이라고 부르죠. 이 분야를 진지하게 연구하는 학자 선생님들 중에는 '사이코메트리Psychometry'라고 부르는 분도 있지만 말이에요."

그러곤 슬쩍 어깨를 흔들고 말했다.

"또 다른 의미로 '투시'라고 부르는 사람도 있어요. 그것도 맞는 말인가? 그리고 내가 스캔할 수 있는 건 사람만이 아니에요. 물건도…… 물질도 스캔할 수 있어."

"물질에도 기억이 있어?"

"그럼, 있고말고. 또렷하게 남아 있죠. 주인의 감정이나 기억 같은 게. 그런 장면들이 되살아나요. 기억이란 영상이에요. 혼란스럽기는 하지만 아주 또렷하죠."

기억은 영상이라. 그 말은…… 그 말만은 이해할 수 있을 것 같았다.

"물건을 만지면……. 그렇지, 좀 전에 누군가 앉았던 의자에서는 체온이 남아 있는 게 느껴지듯이, 보이는 거예요. 물론 골라내기는 어렵지만."

"고른다니, 뭘?"

"그 의자를 만든 사람이 남긴 기억, 운반한 사람의 기억, 금방 앉았던 사람의 기억. 여러 가지가 있을 거 아니에요? 그 중 어떤 것을 고를지, 그게 아주 어려워요. 제일 센 것이 멋대로 튀어나오니까."

신지는 입을 다물고 달리 뭐가 있겠느냐는 표정으로 나를 올려다보았다. 버르장머리 없는 학생이 선생님에게 꾸중을 듣고 있는 것 같았다.

"그렇군."

팔짱을 끼고 그를 내려다보았다.

"그래서, 변호인 측 모두진술은 끝인가? 아니면 네가 검찰 측인가? 어느 쪽이든 상관없어. 대체 어쩌려고 이런 마술을 보여주고 연설까지 늘어놓는 거지?"

"믿지 못하겠다는 건가요?"

"미안하지만 무리야. 난 텔레비전 방송국 기자도 아니고."

신지의 표정이 굳어졌다. 불쑥 턱을 치켜들더니 이렇게 말했다.

"빨간색 포르쉐."

"뭐?"

"빨간색 포르쉐 911. 가와사키 넘버야. 번호판을 보진 못했지만, 운전자는 옆에 파란 줄이 있는 스니커를 신고 있어. 젊은 남자고, 두 사람이야. 한 사람은 후드가 달린 빨간 파카를 입고 있어. 두 사람 다 무척 급한 모양이었어."

나는 그를 물끄러미 바라보았다. 그는 시선을 피하지 않고, 눈 하나 깜빡 않고 고개를 끄덕였다.

"그래. 멋대로 맨홀 뚜껑을 열어둔 녀석들이야. 그 애를 죽인 놈들이지. 고사카 씨는 그놈들을 찾아낼 방법을 알고 있을 거야, 기자니까. 그러니까 날 도와주면 좋겠어."

05

어린 시절 《서섹스의 흡혈귀》라는 소설을 읽은 적이 있다.

크리스토퍼 리를 세계적으로 유명하게 만들었지만, 동시에 이류 영화배우로 머물게 만들었던 그 '드라큘라' 이야기를 하는 것이 아니다.

셜록 홈스 시리즈 가운데 한 편이었다. 자세한 내용은 까먹었지만, 어느 젊은 엄마가 밤마다 자기 아기의 생피를 빨아 먹는다는 이야기로 시작해, 마지막에는 멋지게 해결해 내는 소설이다. '왓슨, 브램 스토커에게 속아서는 안 돼'라고 이야기하는 듯한 작품이었다.

하지만 나는 어린 마음에 아무래도 그 여자가 흡혈귀였던 게 아닐까 하는 생각을 했다. 등장인물 중 어느 누구도 홈스의 추리에 의문을 제기하지 않는 게 불만이었다. 어떻게 해석하느냐에 따라 달라질 수도 있는 것인데.

현실과 비현실, 합리와 불합리는 아주 잘 어우러진 형태로 공존한다.

영원히 교차할 일이 없는 철길과도 같다. 우리는 그 양쪽에 바퀴를 얹고 달리고 있다. 그래서 철저하게 현실적이어야 할 정치가가 무당에게 점을 보거나, 현실을 초월해야 할 종교가가 세금을 안 내려고 머리를 쥐어짠다. 인텔리전트 빌딩을 지으면서도 진지한 얼굴로 고사를 지낸다. 합리의 레일 쪽으로 너무 기울어지면 냉혈한이 되고, 불합리의 레일로 기울어지면 광신도가 된다. 그리고 결국에는 어느 지점에선가 탈선하게 되어 있다.

그때 나는 이나무라 신지의 말을 전적으로 믿거나, 완전히 부정하거나 둘 중 어느 한쪽 레일만 달리려고 한 것이나 마찬가지였다. 절대로 믿을 수 없지만, 믿지 않으면 이해할 수 없는 일도 있다. 그래서 꽁무니를 뺐다.

"날 너무 과대평가하고 있구나."

그렇게 말했다.

"뭐라고요?"

"날 과대평가하고 있어. 아니 《애로》를 과대평가하고 있어. 만약 네 말이 맞다 해도…… 네 말을 믿는다 해도 말이야, 가와사키 넘버인 빨간색 포르쉐 911을 어떻게 찾아낼 수 있다고 생각하는 거지? 턱도 없어. 무리야."

신지는 물러서지 않았다.

"그 차는 도요타 코롤라 모델하곤 다르죠. 수입하는 회사가 정해져 있을 거야. 대리점에 물어보면 주인을 알아내 좁혀

갈 수 있잖아? 가와사키 넘버라는 것만으로도 충분할 텐데. 그런 핑계 대지 마세요."

끈질긴 꼬마다. 게다가 머리도 나쁘지 않다.

"만약 그게 가능하다고 해도……."

나는 또 다른 퇴로를 찾았다.

"문제의 그 차를 찾아내고 파란 줄이 들어간 스니커를 신은 사람을 찾아냈다고 해도, 그다음엔 어쩌자는 거지? 증거는 하나도 없어. 아까처럼 시범을 보이고 '네가 그랬지?' 하면 '네, 죄송하게 됐습니다' 하며 자백할 거라고 생각하는 거니?"

"그건……."

신지가 말을 더듬었다.

"조사해서 밝혀낸 다음에 잡으면 되는 거 아닌가? 이야기를 잘 하면 털어놓을지도 모르고……."

"세상은 만만한 게 아니야. 그렇게 간단하지 않아."

"그럼 그냥 내버려 두자는 거야?"

신지가 벌떡 일어섰다.

"믿을 수가 없네. 일곱 살짜리 아이가 죽었단 말이야. 화나지도 않아?"

"화야 나지. 그냥 두면 안 된다고 생각해. 하지만 그건 경찰이 할 일이야. 내 일도 아니고, 네 일도 아니야. 알겠니? 누구도 이 세상에 일어나는 일 모두를 책임질 순 없는 거야. 역할 분담이 있어. 쓸데없는 짓을 하면 오히려 방해가 돼. 그런 것도 모를 만큼 어린애는 아니겠지?"

"꽁무니를 빼고 있네."

신지가 거침없이 말했다. 따귀 감이었다.

"경찰이 어떻게 찾아내죠? 실마리도 없는데. 우발적인 범죄자보다 잡기 어려운 일이에요. 경찰에 잡힐 리가 전혀 없다는 걸 빤히 알면서."

그랬다. 잘 알고 있었다.

"고사카 씨는 꽁무니를 빼고 있어. 책임 회피야. 마음에 들지는 않겠지만 우린 서로 알게 되었고, 애가 죽은 것도 알아. 그리고 나는 그런 어린애가 어처구니없이 죽어야 했던 원인을 만든 놈을 찾아낼 실마리를 갖고 있어. 그런데도 꽁무니를 빼려 하다니. 부끄럽지도 않아요?"

"너무 부끄러워 드릴 말씀이 없군요."

나는 한껏 빈정거리며 말했다.

"그러니 널 그냥 두고 가겠어. 너 혼자 알아서 돌아가. 내게 이래라 저래라 하지도 마. 네 능력이란 것에 그렇게 자신이 있다면 당장 경찰에 신고해. 가서 그 실마리라는 걸 줘. 나보다 진지하게 들어줄 경찰이 있을지도 모르니까."

등을 돌리고 떠나려—도망치려—했을 때 가장 효과적인 한 방이 떠올랐다. 나는 열여섯 살짜리 꼬마를 상대로 한없이 어른스럽지 못했다. 수단과 방법을 가리지 않고, 어떻게든 이 자리를 떠나고 싶었다.

"충고 하나 하지. 그 애는 죽지 않았을지도 몰라. 우산을 잃어버리고 길을 잃은 것뿐일지도 몰라. 그럴 가능성도 있는 거야. 경찰에 가서 네가 그럴듯한 설명을 늘어놓고 있을 때 그 애가 어느 파출소에 무사히 보호되어 있다는 소식이 들어오지 않기를 기도하는 게 나을걸. 그럼 이만."

성큼성큼 공터를 빠져나가는데 거의 절규하는 신지의 목소리가 뒷덜미를 낚아챘다.

"우산을 만졌단 말이야."

나는 걸음을 멈췄다.

"나, 우산을 만졌다고. 기억하지?"

모치즈키 유스케를 차에 태우고, 신지를 남겨두고 차를 몰았을 때의 일이다. 신지에게 우산을 맡겼었다. 그때 그는 숨이 멎는 듯한 표정을 지었다.

'물건에서도 남아 있는 기억을 볼 수 있다. 조금 전까지 의자에 앉았던 사람의 체온을 느끼듯이.'

천천히 어깨너머로 뒤를 돌아보니, 신지는 어깨와 두 팔을 축 늘어뜨리고 완전히 지친 듯이 서 있었다.

"그 애의 노란 우산을 만졌을 때 봤단 말이야. 그 애가 맨홀에 빠지는 걸. 미끄러져서……. 갑자기 어두워지고……. 난 재체험을 한 거야. 그 애의 기억을 스캔할 때, 그 자리에 서서 그 애와 똑같은 경험을 한 거야. 그 애는…… 맨홀에 빠질 때 맨홀 모퉁이에 머리를 부딪쳤어. 머리 이쪽을."

신지는 손바닥으로 왼쪽 귀 뒷부분을 눌렀다.

"그래도 크게 고통스럽지는 않았어. 하지만 춥다고…… 춥다고 느꼈어. 춥다, 무섭다. 그것뿐이야. 거기서 기억은 툭 끊어져. 그 앤 죽은 거란 말이야!"

몸을 부들부들 떨면서 신지는 말을 이었다.

"그래서 오늘 아침에 자전거를 가지러 간다고 하고 현장에 가봤던 거야. 지키고 있는 사람들이 한눈을 파는 틈을 타서 맨홀 뚜껑을 만지러 갔었어. 무서웠어, 나도. 능력을 이렇게 사용하기는 처음이니까. 그랬더니 빨간색 포르쉐가 보였어. 두 남자가 웃으면서 뚜껑을 들어내는 것이 보였어. 웃으면서 말이야. 그래서 그냥 둘 수가 없는 거야."

'이따금 사람들은 치명적으로 무책임해진다. 악의가 있어서 한 것이라면 또 몰라도.'

"부탁이야."

거의 애원하고 있었다.

"부탁드릴게요. 날 믿지 않아도 괜찮아. 도와줘. 경찰에 가봤자 소용없다는 건 제일 잘 알잖아. 경찰은 조직이야. 한두 명이 희한해하며 들어준다 해도 조직이 내 말에 따라 움직이진 않을 거야. 쫓겨나거나 자칫하면 정신병원에 끌려가는 게 고작일 거야. 당신이기 때문에, 당신을 믿기 때문에 부탁하고 있는 거야."

내 마음속에서 뭔가가 움직이는 것을 깨달았지만, 나는 그것을 억지로 무시했다.

신지는 한 손으로 이마를 누르고, 몸을 약간 구부려 목소리를 짜내듯 말했다.

"그놈들은 웃고 있었어. 물을…… 하수구에 모두 흘러들어가게 하자면서. 새 차의 엔진에 물이 들어가면 골치 아프니까. 꾸물거리고 있을 수 없다. 오늘 밤 안으로 하이…… 하이아라이에 가야 한다. 약속이니까. 그래서 서둘러 지름길을……."

"하이아라이?"

가슴이 덜컥 내려앉았다.

"지금 하이아라이라고 했어?"

신지는 고개를 끄덕였다.

"아세요?"

"분명히 하이아라이야? 다른 이름이 아니고?"

"그래요……. 들렸어요. 빨간 파카를 입은 남자가 말했어요."

신지의 표정이 약간 생기를 되찾았다.

"알아요? 하이아라이가 뭐예요?"

대답하기 전까지 몇 차례나 심호흡을 해야 했다. 신지는 나를 물끄러미 바라보며 기다렸다.

"우리 고향집 근처에 그런 이상한 이름이 붙은 바가 있어."

신지는 아아, 하는 소리를 냈다.

"주인은 그곳 토박이지만 가게는 한 군데가 아니야. 체인점으로 운영하고 있지. 어쩌면 이 부근에도……."

신지가 눈을 번쩍 뜨더니 고개를 들었다.

“이 근처에도 한 군데 있을지 몰라.”

내가 졌다. 이제 퇴로는 아무 데도 없었다.

“잘 들어. 딱 한 번뿐이야. 하이아라이를 찾아보겠어. 필요하다면 지점을 전부. 그리고 그곳 주차장에 빨간색 포르쉐가 없다면, 그런 걸 본 일조차 없다고 한다면 그걸로 끝이다. 알겠지?”

“충분해요.” 신지의 목소리는 떨리고 있었다. “고마워요.”

06

바 '하이아라이' 지점은 이 인근에 세 군데 있었다. 본점 번호를 알아내 전화를 하니 껄렁거리는 목소리의 남자가 받아 알려주었다. 그중 한 곳은 나리타 가도 북쪽에 있다고 했다.

"이 근처에 있다는 거죠?"

내가 전화를 끊자, 신지가 덤벼들 듯이 물어왔다.

"내가 말하지 않아도 알잖아? 또 내 머릿속을 읽으면 되지."

"화내지 마세요."

"화내는 게 아니야. 가자."

짜증나게도 차의 시동은 대번에 걸렸다.

사고 처리가 끝났는지 나리타 가도의 봉쇄는 풀려 있었다. 차들이 씽씽 오갔다. 태풍의 흔적이라곤 도로 여기저기에 흩어져 있는, 쓰레기장에서 날아왔을 볼썽사나운 휴지 조각들뿐이었다.

서쪽 하늘은 눈부실 정도로 푸르렀다. 하늘의 구름은 빠르게 흘러갔다. 어젯밤의 집중 호우도, 그 빗속에서 일어난 일들도 모두 지워 버리고 이 날씨를 그대로 어제로 가지고 가 모든 것을 되돌리고 싶었다.

"고양이가 없어진 게 오늘 같은 날씨였다면 좋았을 텐데."

옆에서 신지가 중얼거렸다. 그 말이 지극히 정상적인 자기 감상을 이야기한 것인지, 그렇지 않으면 내 마음을 읽고 난 뒤에 맞장구를 치는 건지 알 수 없다는 것은 매우 당황스러운 일이었다.

모순투성이였다. 신지의 말을 믿지도 않으면서 '당신 머릿속을 들여다볼 수 있다'는 소년 옆에 있는 것만으로도 발가벗겨진 기분이 들었다. 그가 정말로 그 능력이란 것을 갖고 있다면, 적어도 그 능력을 사용하고 있을 때는 알아차릴 수 있는 변화가 겉으로 드러나면 좋을 텐데, 하는 생각을 하고 있었다.

"질문이 있는데."

"뭔데요?"

"다른 사람의 몸을 만지면 네가 그렇게 하고 싶지 않아도 마음을 읽어낼 수가 있는 거니?"

신지는 잠시 생각했다. 할 말을 찾고 있는 모양이다.

"어려운 질문이네……. 의도하지 않아도 읽힐 때가 있고, 그렇지 않을 때도 있어. 하지만 보통 의도하지 않으면 읽을 수 없는 경우가 더 많지. 내가 무의식 중에 안전장치를 살짝 걸어 놓고 있는 건지도 몰라. 그렇게 하지 않으면 지쳐 버리는걸. 그래서 그 안전장치를 날려 버릴 만큼 강한 감정이 흐르지 않으면 평소에는 괜찮아."

그렇게 대답하고는 픽 웃었다.

"그러니 차가 흔들리는 바람에 나하고 닿는다 해도 괜찮아. 안심하세요."

"대단히 고맙군."

알려준 번지수를 찾느라 이따금 차를 세우고 주소 표시를 확인했다.

술집이기 때문에 주택가나 숲속에서 영업을 할 리는 없다. 도로에서 멀리 떨어져 있지도 않을 것이다. 커브를 한 번 돌아 번지수를 확인할 때마다 여긴가 싶어 신경이 쓰였다. 우연히 사람을 죽이고, 어둠을 틈타 지리도 잘 모르는 곳에 시체를 내다 버린 인간이 현장 검증을 위해 다시 그곳에 가게 될 때 이런 생각이 들지도 모른다. 혹시 그런 장소는 처음부터 존재하지 않았던 게 아닐까, 다시는 갈 수 없는 곳이 아닐까 하는 생각이.

그렇지만 '하이아라이'는 찾을 수 있었다.

3층 건물의 2층에 있는데, 1층에는 카페가 있었다. 어느 쪽이나 그다지 보기 좋지 않은 간판을 내걸었다. 어느 가게가 더 효과적으로 이 건물의 등급을 끌어내릴 수 있는지를 겨루는 것 같았다.

"형편없는 가게네." 차에서 내리며 신지가 말했다. "이런 가게에도 손님이 올까?"

건물 주위를 한 바퀴 둘러보았지만 주차장 같은 것은 없었다. 근처에 트럭 운전기사들이 모일 만한 커다란 식당이 있고, 차의 흙받이에 흙탕물이 잔뜩 튄 경트럭이 세워져 있지만 다른 차는 보이지 않았다. 어딘지는 몰라도 이 부근에 더 좋은 주차 공간이 있을지 모른다.

내가 알던 '하이아라이'에는 전용 주차장이 있었다. 그렇지만 생각해 보면 이상한 일이다. 술집에 주차장이라니. 마치 음주운전을 장려하는 꼴이다.

"안에 들어가볼게. 넌 여기 있어."

"왜? 나도 들어갈 거야."

"공연히 번거롭게 만들지 말고."

"싫어. 말려도 소용없어."

나를 밀어젖히듯 가파른 계단을 올라가려 했다. 쫓아가서 팔을 잡았다.

"그럼 약속해. 이야기는 내가 할 거야. 넌 한마디도 하면 안 돼. 알았지?"

신지는 인상을 썼지만 내가 물러서지 않을 것이라는 걸 깨닫자 고개를 한 번 끄덕였다.

계단을 올라갔다. 계단이 끝나는 곳에 좁은 공간이 있고, 왼쪽에 수수한 목공예 문이 보였다. 알아보기 힘든 글자로

'하이아라이'라는 가게 이름이 적혀 있고, 그 아래 '준비 중'이란 팻말이 걸려 있었다. 하지만 손잡이를 돌려보니 잠겨 있지 않아 문은 바로 열렸다. 손님이 이 문으로 나가려고 힘껏 열면 바로 앞에 서 있던 사람은 계단 아래로 굴러떨어져 버릴 것이다. 하기야 그런 사고가 날 만큼 손님이 많이 드나들지는 않을지도 모르지만.

비좁은 가게였다. 정면에 판자로 만든 카운터가 있었다. 묘하게 생긴 등받이 없는 의자가 몇 개 보였다. 마치 기형적인 화성인이 줄지어 있는 것 같았다. 문에서 몸을 들이밀고 들여다보니 여섯 명이 앉을 수 있는 칸막이 좌석이 하나 있었다. 거기 놓여 있는 테이블의 다리나 그 옆에 있는 프런트 램프의 다리도 화재 현장에서 주워온 배수 파이프처럼 뒤틀려 있었다.

"네 취향하고 맞는 가게 아니니?"

신지에게 물었다.

"왜?"

"앉아서 술을 마시기보다는 신흥 종교 집회에나 어울릴 인테리어네. 우리 모두 우주에서 오는 목소리를 들읍시다, 하면서 말이야."

신지는 쌀쌀맞게 대꾸했다.

"이상한 것에 흥미가 있으시네요."

커튼이 걷혀 있어 안은 환했다. 왼쪽 구석에 구슬을 엮어 만든 요란한 발이 드리워져 있고, 그 안쪽으로 작은 가스레인지와 수도꼭지가 보였다. 어디선가 귀에 익지 않은 가요를 흘러 보내는 라디오—아니면 유선 방송—소리가 들린다. 인기척은 없었다.

"실례합니다." 신지가 큰 소리로 말했다. "아무도 안 계세요?"

발소리가 났다. 구슬을 엮어 만든 발이 움직이더니 수염을 기른 사내가 고개를 내밀고 우리를 쳐다보았다.

"네." 하고 의외로 상냥한 목소리로 대답했다.

"아직 가게 문 안 열었는데요."

"손님이 아닙니다. 미안합니다." 신지가 살짝 고개를 숙였다.

사내는 동그란 눈을 껌뻑거리며 나와 신지를 번갈아 쳐다보았다. 나는 왼쪽 벽에 붙어 있는 소방 책임자의 이름을 발견했다. '이마이치 요시부미'라고 적혀 있었다.

"댁이 이마이치 씨?"

"그런데요."

"지배인 되십니까?"

"뭐 그런 셈이죠. 무슨 일이죠?"

"사람을 찾고 있는데요."

이마이치는 그제야 발 안쪽에서 걸어 나왔다. 덩치가 큰 사내였다.

나보다 머리 하나는 더 크다. 나와 신지의 체중을 합쳐도 그의 몸무게만큼은 되지 않을 것 같다. 티셔츠의 가슴께가 꽉 조여진 느낌이었다.

“미안합니다. 어젯밤 일인데요, 태풍이 한창일 때 여기 젊은 남자 두 명이 찾아오지 않았습니까? 빨간색 포르쉐를 타고 있었을 텐데.”

이마이치는 턱수염을 쓰다듬으며 고개를 갸웃거렸다.

“누구시죠?”

가능한 한 명함을 꺼내고 싶지 않아 나름대로 핑곗거리를 궁리했다. 그런데 신지가 나를 밀치듯이 나서며 말했다.

“잡지《애로》편집부 기자예요.”

걷어차 버릴까, 하는 생각이 들었다.

나는 입술을 한쪽만 써서 말했다.

“끼어들지 않겠다고 약속했잖아.”

“알아요.”

이마이치는 “아하,《애로》?” 하고 말을 받으며 물었다.

“무슨 일이죠? 취재?”

“그게 좀.”

“이것 때문에 와준 거라면 좋았을 텐데.”

굵은 팔로 가게 안을 빙 둘러 가리켰다.

“어때요? 꽤 괜찮죠?”

“뭐죠, 이건?”

덩치 큰 사내는 사람 좋아 보이는 웃음을 지었다.

“선물로 받은 겁니다. 오브제죠. 가구이자 동시에 예술품.”

"당신이 만든 건가요?"

"말도 안 되는 소리. 내겐 그런 재주가 없습니다."

차라리 다행이다.

"내가 이런 걸 좋아하죠. 그래서 사장님에게 인테리어를 바꿔도 좋다는 이야기를 들었을 때 제일 먼저 생각이 나더군요. 친구 작품입니다. 곧 유명해질 녀석이죠."

"어젯밤 손님이 왔었어요, 안 왔었어요?"

기다리기 지겹다는 듯이 신지가 말했다.

"젊은 남자예요. 한 사람은 파란 줄이 있는 스니커를 신었고, 또 한 사람은 후드가 달린 빨간 파카를 입었어요."

신지의 말투에 이마이치는 놀란 모양이었다.

"이거 좀 이상하군. 너 진짜 기자냐?"

나는 신지의 머리에 손을 얹어 눌렀다.

"이 녀석은 아직 수습이라서요. 아르바이트죠."

"뭐야, 어쩐지 어리다 싶었네. 아, 어젯밤이라면 사람이 왔었지. 두 사람이 아니라 훨씬 더 많아. 허리케인 파티를 했으니까 말이야."

"다들 일반 손님입니까? 당신과 개인적인 약속 때문에 온 사람은 없었나요?"

"약속? 아아, 약속. 있었죠. 그림을 갖고 오기로 되어 있었죠."

이마이치는 노란 빛을 띤 벽을 올려다보며 말했다.

"여기에 그림을 걸 겁니다. 이 인테리어에 어울릴 만한 작품을 말이죠. 먼 친구 비슷한 녀석인데 딱 어울릴 그림을 그리고 있다며 그걸 갖다 주겠다고 했죠. 기꺼이 선물하겠다고 하더군요. 자기 작품이 전시되는 거니까. 게다가 여긴 앞으로 젊은 예술가들이 모이는 아지트가 될 가게거든요."

"그게 젊은 남자 두 명인가요?"

"그렇죠. 하지만 둘이 그린 그림은 아닙니다. 한 사람이 한 점씩 갖고 오기로 되어 있었죠. 그런데 어젯밤 날씨가 살벌했잖아요? 중요한 그림이 망가지면 큰일이니 무리하지 않아도 괜찮다고 했는데, 두 사람 다 어떻게든 파티가 끝나기 전까지 갖고 오겠다면서 굳이 찾아왔습니다. 어젯밤 파티에는 팝 아트 쪽에선 제법 이름이 난 평론가가 얼굴을 내밀기로 되어 있었기 때문일 겁니다. 당신도 그 사람 이름쯤은 알 거 같은데?"

덩치 큰 사내는 내가 전혀 들어본 적이 없는 사람의 이름을 대더니 "내 친구죠" 하고 덧붙였다.

"그래서? 그림을 갖고 온 두 사람은 어떤 차림이었죠?"

"어떤 차림이라니……."

"스니커는 신고 있었나요?"

"두 사람 다 여기 들어올 때는 맨발이었죠. 입었던 옷은 트레이닝복 차림이었던가. 겹겹이 포장한 그림을 안고, 머리에 비닐 시트 같은 걸 뒤집어쓰고 들어왔습니다. 파카를 입었는지 어떤지는……."

비에 흠뻑 젖었기 때문에 신발과 파카를 벗어 버렸을지도 모른다……. 이런 생각을 하는 나 자신이 우스워졌다. 내가 대체 신지 편을 드는 건가 적으로 여기는 걸까.

"그 사람들 차는…… 봤나요?"

"아뇨. 날씨가 그 모양이었는걸. 난 밖에 나가지 않았습니다."

그렇게 말하며 이마이치는 여유 있게 웃었다.

"어쨌든 이제 곧 당사자들이 올 테니 직접 물어보면 되잖아요?"

"당사자들?" 신지가 상기된 목소리로 말했다. "아직 있나요?"

"그래. 어젯밤 그림을 벽에 걸려 했는데, 내가 준비한 고리가 너무 약해서 걸지 못했지. 그래서 지금 둘이서 고리를 사러 나갔어. 이제 곧 돌아올 거야. 차를 타고 나간 것 같으니까."

"기다려도 괜찮겠습니까?"

"괜찮고말고요. 커피라도 한 잔 드릴까? 그 녀석들 이야기를 기사로 써주면 좋을 텐데."

이상하게 왼쪽 팔이 아프다 싶었더니 신지가 무서운 힘으로 꽉 쥐고 눈을 부릅떴다. 무릎으로 툭 치자 깜짝 놀란 듯이 팔을 놓았다.

"미안해요." 신지는 진짜 당황한 표정이었다.

"지금은 아무것도 하지 않았어요."

이마이치가 안으로 들어가더니, 바로 커피밀로 원두를 가는 소리가 들렸다.

나와 신지는 판결을 기다리듯 말없이 기다렸다. 신지는 벽 쪽에 서서 둥글게 말아 쥔 주먹을 입에 대고 있었다. 나는 창가로 다가가 길을 내려다보며 차 엔진 소리에 귀를 기울였다.

"그 녀석들 작품 한번 보지 않겠어요?" 이마이치가 고개를 내밀며 환하게 웃었다.

"분명히 마음에 들 겁니다."

이마이치가 창문 한 장 정도 크기의 액자를 양쪽 옆구리에 하나씩 끼고 돌아왔다. 채광을 계산하는 건지 벽에 세우더니 이리저리 위치를 조절하고 수염을 꼬면서 "어때요?" 하고 물었다,

왼쪽에 있는 그림은 내가 보기엔 그냥 줄무늬 천으로밖에 보이지 않았다. 기묘하게 생긴 체커드 플래그checkered flag(자동차 경주 때 출발이나 골인 지점에서 신호로 휘두르는 깃발) 같았다.

"왼쪽 건 몬드리안 같네."

신지가 말했다.

"그렇지 않아. 이건 말이야. 도시를 상징하는 거야. 그 도시에 인간이 짓눌려 모두 직선이 되어버린 거지."

이마이치가 진지한 표정으로 설명했다.

오른쪽 그림은 바다를 떠올리게 하는 온통 푸른 배경에 흔히 볼 수 있는 신호등을 그린 그림이었다. 신호는 빨간 등이 켜져 있는 상태였다. 내가 그 그림을 유심히 보고 있다는 것을 눈치챈 이마이치는 신이 났다.

"이거 괜찮죠? 제목이 '경고'예요."

화면을 가득 채운 빨간 신호등에서는 분명 무시할 수 없을 정도의 박력이 느껴졌다. 별 의미는 없을 테지만 긴장감을 불러일으키는 구석이 있었다. 이 그림을 그린 화가는 이 이미지를 어디에서 가져온 것일까. 수많은 사상자를 낸 교통사고 현장일까? 아니면 참사 현장에 흩어진 감정의 잔해, 허공에 방전된 보이지 않는 비명과 절규를 주워 모아 이 이미지를 만들어 낸 걸까?

남겨진 감정들을 모아 재구성하고 다시 체험한다……. 그것은 신지가 설명했던 이야기와 같았다.

'사이킥의 능력도 연습하면 강해진다. 예술적 재능과 마찬가지로.'

경고. 빨간 신호등.

내가 어떻게 된 거 아닌가…… 생각하면서 고개를 저으며 창문 쪽으로 눈길을 돌리다가 숨이 턱 막혔다. 길가에 빨간색 포르쉐가 서 있었다.

07

문을 열고 들어선 두 명의 젊은이를 본 순간 나는 형제인 줄 알았지만 분명히 체격도 달랐고, 자세히 보면 코의 생김새도 달랐다. 하지만 전체적인 인상이 닮았기 때문에 그렇게 보였다. 서로 비슷한 그림을 그리는 동호인이기 때문에 풍기는 분위기까지 비슷해진 건지도 몰랐다.

게다가 옷차림새도 비슷했다. 청바지에 칼라가 달린 셔츠, 흰 스니커. 그냥 흰 스니커다. 빨간 파카도 걸치지 않았다.

이마이치가 나서서 그 젊은이들에게 우리를 소개하는 동안, 나는 창틀에 등을 기댄 채 두 손을 바지 주머니에 넣고 그 안에서 주먹을 꼭 쥐었다. 그렇게 하지 않으면 불쑥 허튼 소리를 해버릴 것 같은 느낌이 들었다. 신지는 아까와 같은 위치에 꼼짝도 않고 서서, 이상하게 생긴 의자 하나에 손을 얹어 몸을 지탱하고 있었다.

이마이치는 멋대로 해석해, 내가 두 사람의 그림에 흥미를 갖고 찾아온 것이라는 투로 설명했다. 젊은이들은 그와 내 얼굴을 번갈아 쳐다보았다. 별로 납득이 가지 않는다는 표정으로 서로 얼굴을 마주 보았다.

"우리처럼 이름도 없는 사람들 이야기를 어디서 들은 건가요?"

한 젊은이가 물었다. 두 사람 가운데 키가 큰 쪽이었다. 오른쪽 팔에 티타늄 손목시계를 차고 있었다.

"좀 사연이 있어서." 나는 대답했다. "그냥 그림 이야기만 하러 온 건 아니야. 미안하지만."

"그럴 줄 알았어요."

젊은이들이 웃었다. 자연스러운 표정이었다.

"그런 기회가 이렇게 쉽게 올 리가 없죠."

"미안하지만 성함이?"

키 작은 쪽 젊은이가 물었다. 작다고 해도 그의 친구와 비교했을 때의 이야기지 나하고는 별 차이가 나지 않았다.

내가 이름을 밝히자 키 큰 젊은이가 고개를 끄덕이며 말했다.

"저는 가키타 순페이, 이쪽은 미야나가 사토시입니다."

"신호등 그림을 그린 건 누구지?"

"접니다." 미야나가 사토시가 대답했다. "마음에 드십니까?"

"응."

"기쁘군요. 저도 마음에 드는 작품이에요."

"넌 네가 그린 건 다 마음에 들지 않는다면서?"

가키타 순페이가 농담하듯 말했다.

“그렇지. 안 그러면 그림을 그릴 수가 없지.”

신지가 나를 가만히 바라보고 있었다. 못 본 척했다.

“자네들 둘 다 대학생?”

“네, 그렇습니다.”

“예술대학인가?”

“아뇨. 전혀 아닙니다.”

두 사람 다 멋쩍은 듯 웃었다.

“문턱이 높아서요.”

“들어가보지도 못했습니다.”

“둘 다 교양학부에 다녀요. 매스컴에서 관심을 보일 일이 없을 만큼 별 볼 일 없는 대학입니다.”

“옛날부터 친구였나?”

“네. 그림을 그리기 시작했을 때부터 알고 지냈죠…….”

드디어 가키타의 얼굴에 미심쩍어 하는 표정이 떠올랐다.

“저어, 그런데 무슨 일인가요? 마치 심문을 받는 것 같군요.”

“어이, 그만둬. 실례야.”

미야나가가 친구를 쿡쿡 찔렀다.

“아니, 괜찮아. 실례는 오히려 내가 했지. 실은 말이야, 좀 묻고 싶은 게 있어서.”

두 젊은이는 힐끔 서로를 마주 보았다.

나는 어깨너머로 창 쪽을 가리켰다.

"지금 저 아래 세워진 빨간색 포르쉐, 자네들 차인가?"

잠깐 뜸을 들였다가 미야나가가 "그렇습니다. 제……"라며 대답했다.

"대단하군. 비쌀 텐데."

"사실은 형 차입니다. 어젯밤 몰래 타고 온 거죠. 여기까지 작품을 싣고 오려면 아무래도 필요해서요."

"택시를 잡을 수가 없어서요."

가키타가 덧붙였다.

"그래. 어젯밤에는 몇 시쯤 여기 왔지?"

"한밤중이죠. 자정이 지나서였던가? 그게 왜요?"

불안해 보였다. 신지가 뭔가 말을 하려 했기 때문에 나는 눈짓으로 제지했다.

"여기 오려면 나리타 가도를 탔겠군. 그게 제일 찾기 쉬운 길이니까."

"아뇨, 히가시간토 자동차도로를 타고 왔어요. 집에서는 그 쪽이 빨라서."

"그렇다면 요츠카이도 인터체인지에서 빠져나와 바로 북쪽으로 향한 거로군."

그러면 현장을 지나갈 일이 없다. 아무리 길을 헤맨다 하더라도 현장을 지나갈 리는 없을 것이다. 그들이 '네, 그렇습니다' 하면 현장을 지나갔을 가능성은 더욱 줄어든다.

그렇지만 미야나가는 이렇게 대답했다.

"아뇨, 사쿠라까지 갔다가 빠져나왔습니다. 그쪽에서 북쪽으로 가는 길이 빠를 것 같아서요. 그래도 결국 길을 헤맸지만요. 우린 이쪽은 초행입니다."

"나도 오는 길을 대충만 가르쳐줬죠."

이마이치가 끼어들었다.

천천히 목이 조여들어 왔다. 숨이 막힐 것 같아 넥타이를 느슨하게 하려고 손을 셔츠 칼라 언저리로 들어 올렸다. 하지만 넥타이는 손에 잡히지 않았다.

"길을 헤맸나?"

"네." 두 사람은 고개를 끄덕였다.

"사쿠라 공업단지 근처를 지나왔는지 어떤지는 기억하나?"

"글쎄요……."

가키타가 고개를 갸웃거리며 친구를 바라보았다.

"운전은 제가 했는데요."

미야나가가 나를 바라보며 말했다.

"날씨가 워낙 험했잖아요. 주위 풍경은 보이지도 않고, 지리도 몰라서요. 그래서 길을 헤맸는지 어땠는지도 모르겠어요."

두 사람 다 불안한 듯이 발을 꼼지락거렸다. 어리둥절한 모양이었다.

재빨리 머리를 굴리고 나는 확신했다. 설사…… 설사 그들이 맨홀 뚜껑을 열어 둔 장본인이라 해도, 그게 위험한 일이라는 생각은 하지 못했을 것이다. 결국 그것 때문에 어린아이

한 명이 행방불명된 사건에 대해서도 아직 모를 것이다. 그래서 어리둥절해하는 것이고, '사쿠라'라는 지명이 나와도 특별히 이상한 반응을 보이지 않는 것이다. 거리낄 게 없다고 생각하니까.

만약 그들이 범인이고, 그 사건에 대해 안다면 누군가 찾아왔다는 사실만으로도 처음부터 경계를 했을 것이다. 그리고 더 아무렇지도 않게 행동하며 '사쿠라 공업단지?', '네, 지나왔습니다' 하고 대답할 것이다. 오히려 그들이 먼저 '어젯밤 끔찍한 사고가 있었던 곳이죠'라는 말을 꺼냈을지도 모른다.

골치 아프게 되었다. 모두 다 알면서 시치미를 떼는 것이라면 훨씬 더 편했을 것이다. 표현을 잘 골라서 묻지 않으면 안 되겠다고 생각했다.

난 웃음을 지어 보였다.

"그런가? 묘한 이야길 물어서 미안하네……."

어떻게 해서든 일단 그들이 맨홀 뚜껑을 열었는지 아닌지만 캐내기로 마음을 먹었다. 쇼크를 주는 것은 그다음에 해도 충분하다. 설령 정말로 그들이 한 짓이라 해도 악의가 있어서 저지른 짓은 아닐 것이다. 과실인 것이다.

그런데 바로 그때 신지가 불쑥 끼어들었다.

"어젯밤에 말이에요, 그 근처에서 어린애가 뚜껑이 열려 있던 맨홀에 빠져 죽었어요."

조심조심 신경 써서 쌓아 올린 카드로 만든 집을 갑자기

입김을 훅 불어 쓰러뜨린 것 같았다. 나는 그 순간 할 말을 잃고 인상을 썼다.

깜짝 놀라기는 젊은 풋내기 화가들도 마찬가지였다. 두 사람 모두 입을 반쯤 벌리고 신지의 얼굴을 바라보았다.

"정말이니, 그게?" 이마이치도 깜짝 놀랐다. "몰랐었네. 뉴스에 나와? 우린 어젯밤부터 텔레비전을 전혀 켜지 않았기 때문에……."

말꼬리를 흐리더니 이마이치는 입을 다물었다. 가키타와 미야나가의 놀라는 모습이 자신의 그것과는 다른 종류라는 걸 눈치챘던 것이다.

나도 눈치챘다. 그들 짓이다,

저 깜짝 놀란 모습. 틀림없다. 하지만 동시에 그들에게서 우리가 그랬습니다, 라는 솔직한 말을 들을 가능성은 바늘 끝 크기로 줄어들어 버렸다.

"맨홀 뚜껑을 연 건 당신들이죠?" 신지는 그들을 노려보았다. "당신들 짓이죠?"

비좁은 가게 안의 공기가 무거워졌다. 침묵의 무게였다.

움찔 손을 움직이며 미야나가가 뭔가 말을 하려고 했다. 하지만 그런 그를 막아서듯 어깨를 내밀며 가키타가 먼저 입을 열었다.

"무슨 이야긴지 모르겠네."

충격 때문에 억양을 잃은 그 목소리, 표정이 사라진 그 얼굴 안쪽에서 정밀한 기계가 소리 없이 돌기 시작하며 계산이 시작되었다는 것을 알 수 있었다. 조심하자, 쓸데없는 소리를 하면 안 돼. 아직 상황 파악이 다 되지 않았으니까.

"거짓말. 당신들이 한 짓이야. 차 엔진이 물을 뒤집어쓰면 곤란하다고 맨홀을 열어서 도로에 차 있던 물을 뺀 거야. 그리고 뚜껑을 열어 놓고 그냥 가 버렸어. 어젯밤 당신은 빨간 파카를 입고 있었어. 저쪽 사람은 파란 줄이 있는 스니커를 신었고. 둘이서 웃으면서 맨홀 뚜껑을 열었잖아."

신지의 목소리가 점점 더 격해졌다. 그리고 가키타는 내가 예상한 답을 했다.

"우리가 왜? 우린지 어떻게 안다는 거야?"

신지가 나를 쳐다보았다. 그 바람에 다른 세 사람도 나를 바라보았다. 이 성질 급한 꼬마는 멋대로 내달리다가 위험한 순간만 내게 미룬다.

"우리는……."

미야나가가 머뭇거리며 입을 열려고 했다.

"넌 가만히 있어."

가키타는 미야나가 쪽은 보지도 않고 딱 가로막으며 나를 쏘아보았다.

미묘한 상황이 되었다. 쓸데없는 설명이나 핑계는 필요 없지만 쇼크를 받은 그들 두 사람에게 퇴로를 열어주는 방법도 생각해야만 했다. 그들이 저지른 짓이 큰 사고를 일으켰다는 사실을 인식시키면서, 동시에 아직 최악의 상태는 아니라고 생각하게 해줘야만 했다.

"아직 애가 맨홀에 빠졌는지 어떤지는 확실치 않아." 내가 천천히 말했다. "그냥 행방불명된 거야. 어젯밤부터 지금까지. 그런데 마침 맨홀 뚜껑이 열려 있는 게 발견되었기 때문에 거기 빠졌을 가능성도 있겠다고 생각할 뿐이지."

"고사카 씨." 신지가 소리를 질렀다. "무슨 잠꼬대를 하는 거예요!"

"닥쳐."

"그럴 순 없어! 당신은……."

"잠자코 있으라고 했어. 안 들려?"

후회스러웠다. 신지를 데리고 오는 게 아니었다. 밖에서 기다리게 했어야 했다.

소용없다는 것을 알면서도 나는 한 번 더 말했다.

"아이는 죽지 않았을지도 몰라. 그냥 행방을 알 수 없을 뿐이야. 맨홀 문제와는 관계가 없을지도 모르지."

가키타는 표정을 바꾸지 않고 나를 쏘아보았지만, 멍하니 서 있는 미야나가의 눈 주위와 뺨은 창백했다. 그 부분만 피부가 죽어가는 것 같았다. 그를 공략해야 했다. 그래서 나는 미야나가에게 말을 걸었다.

"자네들이 맨홀 뚜껑을 열었나? 만약 그렇다면 그렇다고 말해줘. 빨리 이야기하는 게 좋아. 행방불명된 아이가 집을 나간 시각은 정확하게 알아. 그렇기 때문에 너희가 그곳을 지나가다가 뚜껑을 연 시각을 알아내 대조하면 그 애가 거기 빠졌을 가능성이 있는지 알 수 있어. 그러면 경찰도 공연한 수고를 하지 않고 넘어갈 수 있을 거야. 하수도를 뒤지는 작업을 중단하고 혹시 아이를 데리고 갔을지도 모를 정신 나간 놈을 찾거나, 물이 불어난 강을 뒤지는 작업을 시작하겠지. 그게 결국 아이를 구하는 데 도움이 될지도 몰라."

그럴 가능성이 없을 거라는 사실은 안다. 내 눈으로 노란 우산을 보았으니까. 하지만 그들이 사건에 대해 전혀 모르는 상태라 시도해 볼 가치가 있는 도박이었다.

미야나가는 흔들리기 시작했다. 몇 번이나 눈을 껌뻑이더니 목울대를 들썩였다. 내 손은 물에 빠져 가라앉으려는 그의 손을 잡은 셈이었다. 끌어올리기 위해서는 조금만 더 애를 쓰면 될 상황이었다.

"말해줘. 부탁이야. 지금 이러는 동안에도 경찰은 맨홀만 들여다보고 있어. 그사이에 그 애는 전혀 엉뚱한 곳에서 죽어가고 있을지도 몰라."

나는 미야나가에게 의식을 집중했다. 이제 딱 한 걸음 남았다. 그래서 가키타가 손을 뻗어 미야나가의 어깨를 잡을 때까지도 그의 존재를 잊고 있었다.

가키타는 나를 보지 않았다. 신지의 얼굴을 보고 있었다. 그리고 신지는 나를 쳐다보았다. 신지의 표정은 내가 조심스럽게 말을 꼬아 사실을 왜곡한 게 못마땅한 모양이었다.

그때만은 나도 사이킥이 되었는지도 모른다. 미야나가의 어깨에 놓인 가키타의 손을 통해 말재간에 놀아나지 마, 속지 마, 라는 경고가 전달되는 것이 눈에 보이는 기분이 들었으니까.

"부탁이야. 말해 줘." 나는 다시 말했다.

그렇지만 이미 늦었다. 미야나가는 천천히 고개를 저었다.

"우린 아무 짓도 하지 않았어요."

"아무것도 몰라." 가키타가 덧붙였다. "아무것도."

그때 벽 쪽에 있던 신지가 튀어나와 가키타에게 달려들었다.

말릴 새도 없었다. 두 사람이 쓰러지며 의자 몇 개가 함께 넘어졌다. 체격이 훨씬 큰 가키타는 깜짝 놀랐지만, 신지의 팔을 간단하게 비틀어 누르며 올라탔다. 나와 이마이치가 양쪽에서 달려들어 가키타와 신지를 떼어 놓았다. 그렇지만 신지의 오른손은 고집스럽게 가키타의 팔을 잡고 놓지 않았다. 아주 잠깐이지만 나는 소름이 끼쳤다.

"신지, 그만둬!"

그렇게 외치는 내 목소리마저 아득히 멀게 들렸다.

신지는 바닥에 엉덩방아를 찧었다. 등 뒤에서 이마이치가 뜯어냈지만 그래도 가키타의 팔을 놓지 않았다. 눈을 부릅뜨고 관자놀이와 혈관이 파랗게 드러났다. 입술 끄트머리가 찢어져 악문 이를 빨갛게 적셨다.

"도대체……."

가키타가 중얼거렸다. 신지에게서 눈을 떼지 못하고, 팔을 뿌리치지도 못하는 가키타를 등 뒤에서 잡고 있던 나는 그의 온몸이 전기 충격이라도 받은 것처럼 굳어지는 것을 느꼈다.

공터에서 나는 이랬는지 모른다. 신지가 내 손을 잡았을 때 내가 움츠러들어 사라져 버리는 것처럼 느껴져 옴짝달싹할 수 없었다. 그리고 입으로는 "그만둬!" 하면서도 신지의 팔을 떼어낼 수 없었다. 두려웠기 때문이다.

신지를 건드리고 싶지 않았다.

"엔진…… 엔진." 알 수 없는 기도 소리처럼 신지는 중얼거렸다. "엔진이 걱정이야. 물을 뒤집어쓰면…… 큰일이야. 간단해. 뚜껑을 약간…… 열어서 물을 빼면…… 이 동네 사람들도 이 상태면 곤란할 테니까……. 이렇게 해서 물을 빼야 해……. 간단해. 이렇게 해두면 돼……. 분명히…… 분명히…… 다들 좋아할 거야."

무릎에서 힘이 빠져나갔다. 신지의 말투가 가키타의 말투와 비슷하게 느껴졌다.

"하지 않았어!"

가키타가 소리를 지르며 나를 밀쳐내려는 듯이 몸을 뒤틀었다. 그 바람에 신지의 손이 떨어졌다.

"하지 않았어! 그런 짓 하지 않았어! 거짓말이야."

가키타가 마구 몸부림치는 바람에 나와 함께 카운터 아래 벽에 부딪혔다. 쿵, 하는 소리가 나고 눈앞에 불이 번쩍했다. 정신을 차리니 나는 가키타를 껴안은 자세로 바닥에 주저앉아 있었다.

신지는 팔을 축 늘어뜨리고 숨을 쉬기가 힘이 드는지 헐떡거렸다. 뒤에서 그를 잡고 있던 이마이치가 조금씩 몸을 빼면서 기분 나쁘다는 듯이 떨어졌다.

"괜찮아?"

말을 걸어도 가키타는 넋을 놓고 있었다. 떨고 있다.

"저 녀석……. 대체 뭐야?"

간신히 그렇게 말하더니, 기어가듯이 내게서 떨어져 미야나가의 부축을 받으며 일어섰다. 두 사람은 야단맞은 아이들처럼 딱 달라붙어 있었다. 창을 등지고 있어 그 표정은 잘 보이지 않았다. 거친 숨소리만 들려올 뿐이었다.

"미쳤군."

이마이치가 중얼거렸다.

나도 일어섰다. 화가 나는 것을 참고 머뭇거리면서도 신지의 팔을 잡아 일으켜 세우려고 했다. 그는 멍하니 나를 올려다보며 고개를 가로저었다. 혼자서 일어섰지만 비틀거리고 있었다.

"그만 나가!"

이마이치가 말하기도 전에 이미 내 발걸음은 문으로 향하고 있었다. 신지의 등에 손을 얹고 문을 열어주며 어깨너머로 세 사람에게 "미안해" 하고 말했다. 그들은 아무 대꾸도 하지 않았다.

경사가 급한 계단을 내려오고 있는데 등 뒤에서 내가 닫은 문이 다시 한 번 큰 소리를 내며 닫혔다. 나와 신지가 갖고 들어갔던 공기를 몽땅 끄집어내 털어 버린 것인지도 몰랐다.

차로 돌아와 한동안 아무 말도 하지 않았다. 도쿄로 가는 길은 붐볐기 때문에 차가 자주 멈췄다. 기온이 올라가 있었다. 나는 도중에 웃옷을 벗어 뒷좌석에 집어 던졌다. 그러면서도 신지와는 결코 시선을 마주치려 하지 않았다.

도쿄 도내에 들어와서야 신지가 겨우 입을 열었다. 신지는 창문에 머리를 기대고 있었다.

"미안해요."

기어들어 가는 목소리였지만 나는 아무 대답도 하지 않았다. 다음 신호에서 차를 세웠을 때 그는 다시 말했다.

"잘못했어요."

나는 한숨을 내쉬었다.

"왜 잠자코 있지 못했지?"

"참을 수가 없어서."

"그러면 안 된다는 생각은 하지 못했어?"

핸들을 두 손으로 두드리며 그를 바라보았다. 신호가 초록으로 바뀌자 뒤에 있던 차가 성급하게 경적을 울렸다.

"그 친구들은 아이의 사고 소식을 몰랐어. 그런 상태에서 이야기하다 보면 쉽게 털어놓을 수도 있었단 말이야. 우리가 뚜껑을 열었습니다, 엔진이 물을 뒤집어쓰면 안 되겠기에, 그리고 도로에 가득 찬 물을 빼놓으면 근처 주민들도 좋아할 거라고 생각했어요, 라고. 그 녀석들은 나쁜 짓을 할 생각은 없었던 거야."

"나쁜 짓을 할 생각은 없었다고……?" 신지는 천천히 나를 바라보았다. "그런 말이 어디 있어? 비가 쏟아지는 밤에 맨홀 뚜껑을 열어 두면 위험해. 그건 상식 아니야? 그런 상식도 없는 어른이 어디 있어? 게다가 그 사람들은 대학생이잖아."

"있어. 그런 사람은 있게 마련이야."

아니, 누구나 그렇게 될 가능성이 있다. 자기도 모르는 사이에.

"난 이해할 수가 없어……. 그래서 뻔히 알면서도 모르는 척 시치미를 떼는 거라고 생각했어. 그래서 더 세게 나가는 게 좋겠다고 생각한 거야."

"그게 역효과를 냈던 거지."

몇 번이나 신지에게 몰렸기 때문에, 아니 몰렸던 게 부끄러웠기 때문에 나는 필요 이상으로 화를 냈다. 표현을 고를 마음의 여유도 잃어버렸다.

"네가 무슨 짓을 했는지 알기나 해? 그 친구들은 자기들이 무슨 일을 저질렀는지 몰랐어. 그렇지만 결코 나쁜 녀석들은 아니야. 그대로 놔뒀으면 뉴스를 보고, 애가 행방불명되었다는 소식을 들으면 스스로 자기들이 한 일을 밝히고 나섰을지도 몰라. 정말 생각 없고 위험할 만큼 어리석은 녀석들일지 모르지만 악질적인 범죄자와는 달라."

신지는 고개를 숙였다.

"하지만 그런 식으로 몰아세웠으니 거짓말을 할 수밖에. 잘 들어. 그 녀석들은 자발적으로 거짓말을 한 게 아니야. 우리가 거짓말을 하게 만든 거야. 하지 않았어요, 라는 거짓말을. 그런 식으로 몰아세우면 나라도 거짓말을 하게 될 거야. 무서워서. 그 친구들, 분명 후회할 거야. 아마 경찰에 사실대로 이야기하러 가겠지. 그렇지만 가지 않는다 해도 나는 그들을 욕할 수 없어. 물론 경찰에 신고할 수도 없고."

"왜?" 신지는 눈을 동그랗게 떴다. "애가 행방불명되었다는 이야기를 했을 때 그 두 사람 얼굴을 봤잖아? 사이킥이 아니라도 알 수 있을 거야. 그 사람들이 한 짓이야."

"야, 이 멍청한 녀석아." 내가 내뱉었다. "아직도 모르겠어? 내가 그 녀석들을 신고할 수 없는 것은 정당하지 않기 때문이야. 지저분하기 때문이야. 사고가 났다는 걸 알았다면 그 녀석들 스스로 경찰을 찾아갔을지도 몰라. 아까 거기서는 그들이 맨홀 뚜껑을 열었다는 사실만 인정하게 하고, 그냥 내버려뒀어도 그럴 가능성은 충분했어. 그 녀석들에겐 악의가 없었기 때문에, 자기들이 한 행동이 나쁜 짓을 하려고 한 게 아니라고 생각해 줄 것을 믿기 때문에, 깜짝 놀라서 솔직하게 밝혔을지도 몰라."

앞쪽 신호가 아슬아슬하게 빨강으로 바뀌어, 나는 급브레이크를 밟았다. 차가 앞으로 곤두박질치듯이 멈췄다.

"그런데 그런 식으로 겁을 줘서 떨게 만들었어. 이제 그들은 자기들이 저지른 짓을 알아. 악의가 없었다 해도 그걸 믿어주지 않을지도 모른다고 생각하기 시작할 거야. 그렇기 때문에 바로 경찰에 출두하지는 않을지도 몰라. 인간은 말이야, 아니 어른은 자기도 모르는 사이에 나쁜 짓을 했다는 사실을 깨달아도 바로 미안합니다, 라고 할 정도로 단순하지 않아. 나쁜 짓을 저질렀다는 것을 깨닫고 나서야 자기 보신을 궁리하는 경우도 있지. 그 녀석들을 일부러 그렇게 만들어 놓고 나서 자, 이놈이 나쁜 놈입니다, 라고 하듯이 경찰에 찌르는 것은 구역질이 날 정도로 더러운 짓이야."

신지는 몸을 떨기 시작했다. 그리고 나는…… 이제야 털어놓을 수 있지만, 그를 설득해 입을 다물게 했다는 사실에 기분이 좋았다. 그야말로 구역질이 나는 이야기지만.

"사이킥인지 뭔지는 모르지만 당연한 인간의 심리를 당연하게 이해할 수 있는 어른이 되기 전까지는 잘난 척하지 말고 그 잘난 입을 닫아 둬. 내가 생각하기에는 오히려 네가 너무 위험해. 뭐가 사람의 마음을 읽는다는 거야, 사람의 마음이 어떤 건지도 모르는 주제에."

신지는 아무 말이 없었다. 거의 죽은 듯이 입을 다물고 있었다. 그의 힘없는 모습을 곁눈으로 보니 점차 화가 가라앉았다. 어쨌든 상대는 소년이다.

"미안하구나." 겨우 그렇게 말했다. "내가 말이 심했다."

"괜찮아요." 신지가 작은 목소리로 말했다. "고사카 씨 말이 맞아요."

나는 아직 그의 집 위치를 묻지 않은 상태였다. 물어보니 머뭇거렸다.

"네 아버지한테까지 화를 내려고 묻는 게 아니야. 제대로 집에 데려다 주지 않으면 걱정스러워서 그래."

"알아요. 그렇지만 나도 잠깐 머리를 식히고 들어가지 않으면 엄마 아빠한테 걱정을 끼치게 될 테니까."

결국 '여기부터 집까지는 걸어가도 얼마 안 걸린다'는 작은 어린이 공원 옆에서 내려주었다. 아라카와 구와 아다치 구의 경계 부근이었다. 옆으로는 커다란 다리가 보이고, 산뜻한 푸른 하늘을 머리에 인 아파트 몇 채가 어깨를 나란히 하고 서 있었다.

"머리를 식히고 싶을 때는 여기 자주 와요."

트렁크에서 자전거를 내려 조립하는 동안에도 신지는 내내 말이 없었다. 나를 쳐다보려 하지도 않았다. 그렇게 심하게 몰아붙여 놓고도 그 모습이 마음에 걸렸다. 누가 어른스럽지 못했는지, 지금 생각해 보면 얼굴이 붉어진다.

"그 풋내기 화가 두 명 말이야."

내가 말하자 그제야 고개를 들었다.

"신경 써서 상황을 살필게. 나도 걱정되니까. 포르쉐 번호를 적어 두었으니 주소도 알아낼 수 있을 거야."

신지는 고개를 끄덕였다.

"고마워요."

헤어질 타이밍을 잡지 못해 나나 신지나 꾸물거렸다. 뭔가 마음을 풀어줄 이야기를 하고 헤어지고 싶었지만 전혀 생각이 나지 않았다.

"그만 가볼게."

결국 그렇게 말하고 문을 막 닫으려 했을 때, 신지가 나를 불렀다.

"고사카 씨."

돌아보니 신지의 눈에 눈물이 고여 있었다.

"바보처럼 굴어서 미안해요."

"이제 됐어……."

"능력을 쓰는 방법에 주의해야 한다는 걸 뼈저리게 느꼈어요. 잘 기억해 둘게요. 다시는 실수하지 않도록. 그렇지만 말이에요."

"그렇지만?"

"나도 내가 원해서 이렇게 태어난 건 아니에요."

힘없는 목소리였다.

"나는 어쩔 수가 없어요. 보이고, 들리니 어떻게든 해야겠다고 생각하는 거예요. 그건 이해해 줄 수 있죠? 제 능력을 믿지 않아도 좋아요. 하지만 혹시 그런 능력을 지닌 사람이라면 어떻게 할까, 하는 생각은 해줄 수 있겠죠?"

잠깐 뜸 들이고 나서 나는 살짝 고개를 끄덕였다.

"믿어주지 않아도 괜찮아요. 그렇지만, 만약 고사카 씨가 나였다고 생각해 보세요. 나처럼 어리고 아직 세상 물정도 잘 모르는데, 보고 싶지도 않고 듣고 싶지도 않은 것을 알 수 있는 능력을 타고났다면 어떻게 할 거죠? 보이잖아요? 들리잖아요? 그렇다면…… 그렇다면 자신이 할 수 있는 일을 하고, 보고 들은 것을 어떻게든 해야만 한다고 생각하지 않을까요? 고사카 씨라면 어떻게 할까요? 나처럼 행동하지 않을 거라고 자신 있게 이야기할 수 있겠어요?"

그때 거짓말이라도 좋으니 대답해 주었어야 했다. 나도 너하고 똑같이 행동했을지 몰라, 라고. 신지는 그 대답이 듣고 싶어서 물었던 것이고, 그 말을 듣고 위안을 삼고 싶었던 것이다. 그렇게 달래주었더라면 나중에 일어날 사건의 양상은 전혀 달라졌을 것이다.

하지만 나는 이렇게 대답했다.

"모르겠어."

신지는 고개를 숙였다. 그리고 조그만 목소리로 "안녕히

가세요" 하더니 걸어가기 시작했다. 그의 멀어지는 작은 뒷모습을 지켜보다가 그제야 돌이킬 수 없는 실수를 했다는 기분이 들었다. 신지를 불러보았지만 이미 내 목소리는 닿지 않았다.

제2장

파문

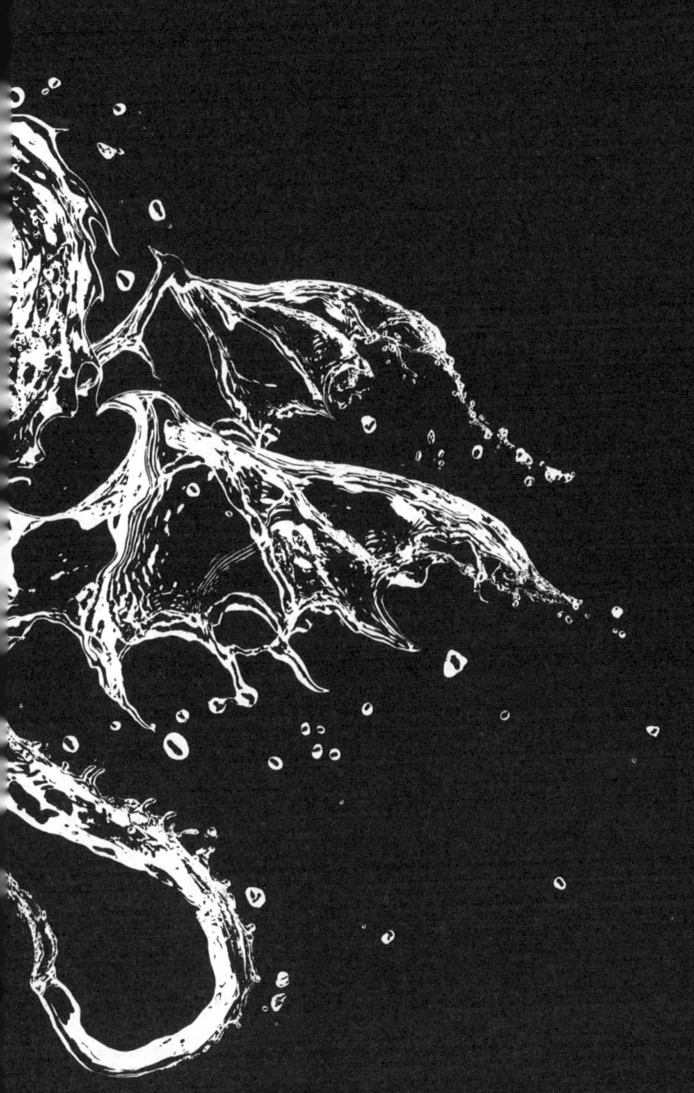

01

일주일이 지나도 모치즈키 다이스케의 시체는 발견되지 않았다. 누군가가 '내가 그 맨홀 뚜껑을 열었다'라고 밝히고 나섰다는 정보나, 경찰이 그럴듯한 인물에 주목하고 있다는 소문도 전혀 들어오지 않았다.

갓길의 맨홀을 아무나 마음만 먹으면 열 수 있게 방치해 두는 것은 위험하다는 당연한 소리가 여기저기서 튀어나왔다. 수도국은 신속하게 조치를 취하겠다고 약속했지만, 높은 분들을 대신해 공식 성명을 읽은 수도국장 대변인이라는 직함을 지닌 사람은 '설마 그걸 열 사람이 있을 줄은 몰랐다'라는 발언 때문에 측은하게도 빈축을 사고 말았다.

일주일 사이에 도쿄 도내에서 두 건, 사이타마 현에서 한 건씩 밤중에 맨홀 뚜껑이 열리는 사건이 일어났다. 다행히 어느 쪽에서도 실제 피해는 없었다. 지바 현에서 일어난 사건을 모방한 짓이 분명했다. 어쩌면 이 세상은 위험을 인식하는 능력이 떨어지는 인간과 인식한 위험을 실행에 옮기고 싶어 하는 인간들로 넘쳐나는 모양인지도 모른다.

《애로》는 그 주의 뉴스를 몇 가지 소개하는 '헤드라인' 페이지에 그 사건을 실었다. 나는 기사를 썼고, 사진기자가 현장에 가서 푸른 하늘 아래 뚜껑이 단단히 닫혀 있는 그 맨홀 사진을 찍어 제목 옆에 실었다.

그리고 개인적으로는 그 포르쉐의 주인인 미야나가 사토시의 형에 대한 신원을 조사했다. 그는 일류라고 해도 좋을 증권회사 영업사원인데, 아직 스물네 살이었다. 용케 1,000만 엔짜리 차를 샀다는 생각에 대리점에 문의해 보니 약간 사연이 있는 사고 차량이고, 5년 할부라고 했다.

미야나가 사토시는 형의 차이고, 새것이라고 했다. 형이 동생을 슬쩍 속인 것이다. 뻐기고 싶었을 것이다. 그리고 동생은 동생대로 형이 끔찍하게 아끼는 차를 그 태풍이 몰아치는 날 밤에 몰래 타고 나왔다.

태풍 다음 날, 틀림없이 한바탕 말다툼을 했을 것이다. 아니, 사토시는 형과 다툴 입장이 아니었는지도 모른다.

미야나가 사토시나 가키타 순페이는 아직 경찰에 자수하지 않았다. 그리고 내게도 이제는 그들에게 다가갈 마음이 없었다. 딱 한 번, 조사해서 알아낸 미야나가의 집으로 전화를 걸어보려고 수화기를 든 적은 있지만 그냥 내려놓고 말았다.

다만 '헤드라인'에 실린 기사에서는 맨홀 뚜껑을 열어둔 인물을 살짝 동정하는 냄새를 풍겨두었다. 악의 없는 단순한 과실이었을 것이다, 라는 표현 정도이기는 했지만.

덕분에 잡지 발매일에는 약간 들뜬 기분이었다. 어쩌면 그 두 사람 중 누군가가 연락을 해올지도 모른다고 생각했다.

하지만 결과는 그렇지 않았다.

술자리에서 농담 삼아 한 동료 기자에게 물어보았다.

“하늘에서 UFO가 날아와 바로 앞에 멈춰 서더니 ‘지금 경찰이 애태우며 찾는 사건의 범인은 어디 있는 누구누구다’라고 알려준다면 어떻게 할래?”

“집에 가서 잘 거야.” 동료의 대답이었다. “그리고 그다음 날 눈을 떴는데, 그때도 아직 그런 일이 현실에서 있었던 것 같은 기분이 들면 병원에 입원할 거야. 아마 링거 병 안에 금붕어가 헤엄치는 모습이 보이겠지.”

나는 웃었다. 동료를 비웃은 것이 아니라 나 자신을 비웃었다. 그리고 그토록 진지했던 이나무라 신지를 느닷없이 UFO로 비유해 버린 것으로 보아 나 역시 진심으로 그를 믿지 않는다는 사실을 깨달았다.

신지는 아무런 연락이 없었다. 나는 일상으로 돌아왔다. 따분하고, 시끌시끌하지만 현실감 있는 일상으로.

《애로》는 신문사 계열의 잡지지만 은행 로비에 비치될 만큼 딱딱한 내용은 아니었다. 이라크의 쿠웨이트 침공에 관한 특집을 내더라도 국제정치학자에게 코멘트를 구하지 않고,

오로지 국내 물가와 외환 시세에 미치는 영향만을 다루었다. 자위대 파병 문제가 나오면 '징병제 부활인가?'라는 자극적인 제목을 써서 독자의 가슴을 철렁하게 만든다. 말하자면 대체로 '지금 이 세상에서 일어나는 일들이 당신에게 손해인가 이익인가'를 주제로 삼는다는 이야기다.

신문과 달리 잡지사 기자에게는 엄격한 의미에서 '담당 분야'란 것이 없다. 다만 사람에 따라 각자 잘하는 것과 못하는 것이 있고, 취재를 하다 보면 각자에게 독자적인 정보망이 생기기 때문에 대충 '○○ 전문'이라고 할 만한 역할 분담은 있다.

내 경우는 원래 사회부 출신이라, 경찰 출입기자로 일하던 기간이 길었다는 이유와 《애로》로 끌어준 데스크가 '사회 문제'가 특기라는 이유 때문에 주로 사건 기사를 다루는 일이 많다. 상당히 화려해 보이기는 하지만 가장 안이하게 흐르기 쉬운 분야이기도 하다.

다만 유감스럽게도 인력 부족 때문에 다른 연재기사나 칼럼 쪽 대타를 요구받는 일도 있다. 맨홀 사고가 난 지 열흘 뒤, 젊은 사진기자와 함께 긴자 4초메(丁目)에 있는 산뜻한 카페로 일을 나가게 된 것도 그 때문이었다. '미인선발대회에 반대하며 성의 상품화에 항의하는 여성들의 모임' 대표자와 인터뷰하는 일이었는데, 상대가 아무리 여성이라 해도 좋아라 하며 나가고 싶은 인터뷰는 아니었다.

"우리 쪽에서도 여자 기자가 나가는 게 낫지 않아? 그러면 대화도 더 잘 풀릴 테고."

그렇게 말하자 복사물 다발을 가져온 미즈노 가나코가 나를 쏘아보았다.

"좋은 기회인데 계몽 좀 받고 오시지?"

그녀가 말했다.

"계몽이라고?"

"그래, 고사카 선배. 편집부 안에서도 생각이 제일 낡았잖아."

"내가?"

"그래. 나를 차나 나르고 복사나 하는 기계라고 생각하잖아? 전형적인 여성 차별자지. 그런 식이면 아무리 나이를 드셔도 결혼할 수 없을 거야."

"아, 그래? 그럼 계속 독신으로 지낼까? 아, 가나코가 서른이 넘어서도 팔리지 않는다면 내가 받아줄게."

"팔리지 않는다니! 그런 말을 쓰는 남자는 정말 밥맛이야. 고사카 선밴 바보야."

버럭 화를 내며 "고사카 선밴 바보라는 말이 발음하기도 좋네" 어쩌고 하면서 가버렸다. 아르바이트 사원이지만 일하는 솜씨는 정사원 못지않게 야무지다. 다만 입이 좀 걸다.

슬슬 출발하려는데 가나코가 또 다가왔다. 인터뷰에 관해 함께 의논하던 사진기자가 눈치를 채고 쿡쿡 찔렀다.

뒤를 돌아보니 가나코가 우편물 다발을 가슴에 안고 뭔가

하고 싶은 말이 있다는 표정을 지었다.

"왜 그래? 계몽 확실하게 받으러 다녀올 거야."

"그게 아니라"라며 그녀는 힐끔 사진기자를 쳐다보았다. 그러자 사진기자가 웃음을 터뜨렸다.

내가 말했다.

"괜찮아. 내가 그렇게 방해가 돼?"

"바보. 그런 게 아니야."

그러면서 아주 진지한 표정으로 우편물 다발 안에서 봉투 하나를 꺼내 내밀었다.

"이게 또 왔어."

한눈에 뭔지 알 수 있었다. 이번이 여섯 통째였기 때문이다.

매우 흔한 흰 편지봉투다. 겉봉에는 《애로》 편집부 주소와 내 이름. 뒤에는 아무것도 적혀 있지 않다.

그리고 전에 온 다섯 통은 내용이 없었다. 아무것도 적혀 있지 않은, 새하얀 편지지가 한 장 들어 있을 뿐이었다.

뜯어보니 이 여섯 번째도 마찬가지였다. 사진기자가 들여다보더니 물었다.

"뭐예요, 이게?"

"백지 러브레터인가? 아니면 내 눈이 나빠 안 보이는 건가. 뭐가 보여?"

"불 같은 데 쬐면 보이는 거 아닐까요?" 사진기자는 편지지를 집어 들고 창 쪽으로 갔다. "비춰보면 글씨가 보인다거나."

"웃지 마. 전부 시도해 봤어, 그거."

"해봤어요? 불에도?"

"다 해봤어. 그런데 전혀 반응이 없어. 결국 그냥 백지라는 거지."

안쪽에서 전화로 상대방에게 호통을 치던 데스크가 눈치 빠르게 그걸 보고 큰 소리로 말했다.

"어, 또 왔어?"

"또 백지입니다."

데스크는 큼직한 손을 설레설레 내저었다.

"그러게 내가 뭐랬어. 외상값 같은 건 제대로 갚아야지. 어느 술집에 드나드는 거야?"

"그럴 형편이 아니에요."

"알았다!" 사진기자가 뒤를 돌아보며 말했다. "이건 말이죠, '기다릴 테니 편지 주세요'라는 암호예요."

"암호?" 나와 동시에 맞은편 책상에 앉은 동료가 소리쳤다. "낡았군."

"가나코, 암호라는 게 뭔지 알아? 간호사 지망생이면 그쯤은 알아야지."{符丁(암호)과 婦長(수간호사)의 일본어 발음이 같은 것을 빗대어 한 농담}

가나코는 눈썹을 찌푸렸다.

"태평하시네요. 기분 나쁘지도 않아요?"

"왜? 특별히 협박하는 내용이 적혀 있는 것도 아니잖아."

"그래도……."

사진기자도 약간 진지해졌다.

"언제부터 온 거예요?"

"글쎄……."

내 대신 가나코가 재빨리 대답했다.

"처음 온 게 6월쯤이었지."

"가나코가 무척 신경 쓰고 있었구나."

사진기자가 씩 웃었다.

"저어, 고사카 선배. 짚이는 구석 없어요?"

"짚이는 구석?"

"네. 백지로 보내는 동안에 그 의미를 눈치채는 게 좋을 것 같은데요. 갑자기 친자확인서 같은 걸 보내오면 문제잖아요."

그 말이 가슴을 푹 찔렀다. 그는 아무것도 모르기 때문에 그런 소리를 했겠지만.

"어라, 깜짝 놀라시네. 수상한걸."

누군가가 놀리듯 휘파람을 불며 "자백하셔!" 하곤 밖으로 나갔다.

"수수께끼로군요, 이건." 조심스러운 손놀림으로 편지지를 접어 봉투에 넣더니, 사진기자는 웃으며 말했다. "결말이 어떻게 날까?"

어떤 결말도 없을 거라고 생각했다. 그냥 장난 편지일 것이다. 매스컴 쪽에는 이런 일이 종종 있다. 형태는 여러 가지지만.

다만 신경 쓰이는 것은 사람을 지목해서 보내고 있다는 것이다. 여태 기명 기사를 쓴 적이 없다. 어떤 형태로든《애로》의 기자로서 문제가 될 만한 행동을 한 기억도 없다. 내가 아는 한 누구의 원한을 살 만한 일을 한 적도 없다. 물론 기간을 길게 잡고 생각하면 혹시 나도 모르는 새에 누군가에게 원한을 살 짓을 했을지도 모르지만 백지 편지가 오기 시작한 것은 최근 몇 개월 사이의 일이다.

그럼, 여자 문제가 아니겠냐고 묻는다면 대답할 말이 없다. 사에코와 헤어진 지 3년. 문제가 생기지 않을 만한 관계를 가졌던 여자는 있어도 끈질기게 편지를, 아무리 백지라 해도, 아니 백지 쪽이 오히려 참을성과 열정이 요구될지도 모르지만, 그래도…… 보내올 만큼 깊게 사귄 여자가 있다면 오히려 내가 가르쳐 달라고 하고 싶을 지경이다.

원래 그런 계통의 여자들에게는 내가 하는 일조차 정확하게 가르쳐주지 않았다. 대충 학교 선생이라고 둘러대면 그런가 보다 하고 넘어갔던 것이다.

"다들 어지간히 하세요. 정말로 무섭지 않아요?" 약간 화난 목소리로 말하며 가나코는 봉투를 바라보았다. "난 무서워. 뭐가 적혀 있는 것보다 훨씬 무서워. 소인도 모두 제각각이야. 어디서 보내는지 절대 알 수 없게 해놓은 것 같아."

"걱정하지 마." 나는 손을 들어 가나코의 머리를 톡 두드렸다. "아무리 짓궂은 장난이라 해도, 이런 식으로 덤비는 녀석은 이 이상 아무것도 하지 못할 테니까."

"그래, 맞아. 그렇다니까, 가나코."

"외상값이라니까, 외상값."

데스크는 또 같은 소리를 했다. 외상값 때문에 어지간히 안 좋은 추억이 있는 모양이다.

"그렇지만 고사카 선배도 지금까지 온 것들을 모두 보관해 두었잖아? 역시 신경 쓰이는 거 아냐?"

분명히 전혀 신경이 쓰이지 않는다면 거짓말이다. 그래서 모두 보관하고 있다. 그 사실을 가나코가 안다니 의외였다.

"전부 갖고 있지는 않아. 한 통은 없어졌어."

"거짓말."

"정말이야. 야키요시 녀석이 암모니아를 쐬면 보이는 편지일 거라고 화장실에 갖고 갔다가…… 그만. 자, 출발하지?"

사진기자를 앞세우고 밖으로 나왔다. 그는 장비를 메고 걸으면서 히죽거렸다.

"뭐야?"

"아뇨, 아뇨. 가나코가 귀엽다는 생각이 들어서요." 햇볕에 그을린 얼굴에 웃음을 지으며 말했다. "순정파야. 아, 정말 귀여워. 한번 진지하게 데이트 신청을 해보시지 그래요."

"네가 하지."

웃으며 말하자 사진기자는 손을 크게 내저었다.

"해봤죠. 몇 번인가 데이트 신청을 했는데도 전혀 먹히지 않았어요. 고사카 선배 이야기만 하려 드는 걸요. 선배에게 애인 있을까요? 전에 약혼자가 있었다면서요? 왜 결혼하지 않았대요? 그 여자는 어떤 사람일까? 나보다 미인이었을까? 이런 식이죠. 두 손 다 들었어요."

"그래?"

솔직히 놀랐다. 가나코는 바로 어제까지 고등학교 교복을 입었을 것 같은 느낌이 드는 아가씨였다. 그녀 입장에서 보면 나는 이미 아저씨 부류다. 그래서 편하게 생각하고 말대꾸를 하는 거라고 생각했다.

"그런데 그 애 몇 살이지? 열아홉인가, 그쯤밖에 안 되지?"

"스무 살이에요. 어엿한 성인이라고 힘을 주던데요. 결혼하고 싶어서 안달이 난 모양이에요."

"내가 가나코라면 결혼 상대는 다른 데서 찾겠네. 이런 직업을 가진 남자와 사귀어서 좋은 꼴 볼 일 없잖아."

"그러니까 가나코도 계산을 하는 거죠. 아무리 외모가 빼어나고 부자라도 저 같은 프리랜서 떨거지나 계약직 기자 따위에겐 눈길도 주지 않는걸요. 고사카 선배는 앞으로 파견이 풀리면 본사로 돌아갈 거라는 계산이 있기 때문에 열심히 매달리는 거겠죠." 그렇게 말하고 나서 사진기자는 슬쩍 웃었다. "뭐, 이건 반쯤 편견이기도 하지만 말이에요."

"그건 별로 기쁜 이야기는 아니군."

"그런 말씀 마세요. 제가 가나코에게 원한을 삽니다. 가나코는 진심이에요. 착한 아가씨죠. 생각 없으세요?"

잠깐 생각하고 나서 대답하지 않기로 했다. 사진기자가 머리를 긁적였다.

"내가 곤란한 이야기를 물었나? 너무 옛날 일에 얽매이시네요."

"뭐가?"

아무 생각 없이 물었는데 사진기자는 당황했다.

"아뇨, 죄송해요. 아무것도 아니에요. 그…… 소문 말이에요. 약간 주워들은 적이 있어서요."

소마 사에코와 관계된 일은《애로》로 오기 전에 있었던 일이다. 아니, 그녀와의 문제가 적어도 간접적인 원인이 되어 나는《애로》로 오게 되었다. 이 동네는 소문이 전염병보다 빨리 퍼지고, 어지간해서는 사라지지도 않는다.

"남들 이야기니까 믿을 수는 없지만 말이에요."

난처한 상황을 모면하려는 듯 사진기자는 웃으면서 그렇게 덧붙였다.

'정말 죄송해요. 제가 너무 아픈 곳을 찌른 거죠?'

'다시는 묻지 않을게요. 약속해요. 절대로, 절대로 묻지 않을게요.'

문득 이나무라 신지의 얼굴이 떠올라, 나 자신도 놀랄 만큼 가슴이 덜컥 내려앉았다.

긴 이름을 가진 모임의 대표는 인터뷰를 하러 온 게 아니라 마치 배팅센터에라도 나오는 각오로 와 있는 것 같았다. 내가 던지는 질문을 눈을 흘기며 되받아쳤다.

"어째서 당신같이 매스컴에 종사하는 사람들은 우리가 샘이 나서 활동하는 못생긴 여자들의 집단이라고 생각하는 거죠? 우린 정당한 인권을 지키기 위해 애쓰는 거예요. 무슨 소릴 듣건 상관없어요."

정말로 무슨 소리를 들어도 상관없다고 생각하는 사람은 이런 말을 하지 않는다.

외모가 아름답고 추하고는 태어날 때 정해지는 것이라 개인의 노력으로는 어떻게 할 수 없다. 그렇기 때문에 그걸 기준으로 삼아 여성의 순위를 매기는 것은 부당하다. 미인대회를 여는 것은 세상 남자들이 남성 시각에서 보기 좋은 여성들만 그런 식으로 추켜세우고 선전해 모든 여성을 그 틀에 끼워 넣으려는 짓이다. 대표는 열변을 토하며, 나와 사진기자가 '세상 남자들'의 대표라도 된다는 듯이 따지고 들었다. 이따금 "어떻게 생각하세요?" 하며 의견을 구하는 듯한 말을 던지기도 했지만, 내가 입을 열기 전에 "어차피 이렇게 생각하시겠죠." 하며 발언을 막아 버렸기 때문에 말없이 경청하고 있을 수밖에 없었다.

인간은 모두 평등하다. 후천적인 노력을 통해 바꿀 수 없는 것으로 순위를 매기는 것은 옳지 않는 일이다.

"예, 그건 분명 잘못된 일이라고 생각합니다."

내가 계속 입을 다물고 있자 사진기자가 말했다.

"그렇지만 잘못된 걸 모조리 정색하고 고치지 않으면 안 된다고 할 건 없지 않나요? 미인선발대회쯤은 그냥 내버려둬도 괜찮을 것 같은데. 좀 더 대범하게 생각할 수도 있지 않을까요?"

이런 걸 두고 불에 기름을 붓는다고 한다. 모임 대표는 그 말을 꼬투리 잡아 계속 이야기를 했다. 사진기자는 고개를 움츠리고 그 뒤로는 찍소리도 하지 못했다.

대표가 계속해서 반복하는 "타고난 것은 어쩔 수 없다"는 말이 마음에 걸렸다.

'나도 내가 원해서 이렇게 태어난 건 아니에요.'

계속 연설을 늘어놓는 여성을 앞에 두고 나는 생각에 잠겼다. 만약…… 만약 내게 다른 사람을 스캔하는 능력이 있다면, 지금 그것을 썼다면 어떻게 될까 하고. 그녀의 마음속을 들여다보고, 본인마저 느끼지 못하는, 또는 알면서도 꾹꾹 눌러 숨기고 있는 소망이나 일그러진 콤플렉스를 들여다볼 수 있다면…….

'어지간해선 하지 않아요. 하기 싫어서.'

바로 앞에 있는 여성이 주장하는 내용은 옳은 이야기다. 그녀의 활동에는 의미가 있고, 그 의견에는 귀 기울일 가치가 있다. 하지만 그런 주장을 하는 동기 깊숙한 곳에는 매우 개인적인, 불끈불끈 솟구치는 분노가, 복수심이, 질투심이 숨어 있을지도 모른다. 그게 전부는 아니라고 하더라도 그녀를 움직이고 있는 톱니바퀴 중 하나이기는 할 것이다.

지극히 평범한 인간인 나도 그런 것을 상상할 수 있다. 지금 여기서 저 대표의 얼굴을 바라보고 있는 것만으로도.

하지만 상상하는 것과 마음의 촉수를 뻗어 그녀를 더듬고, 그녀의 진짜 목소리를 듣는 것은 전혀 차원이 다르다.

'보고 싶지도 않고, 듣고 싶지도 않은 것들을.'

모두 본다. 모두 듣는다.

갑자기 소름이 끼쳤다. 그때까지 전혀 생각도 못했던 의문이 비로소 머릿속에 떠올랐다.

신지가 정말로 사이킥이라고 한다면 앞으로 살아가는 일 자체가 거의 고통에 가까운 것 아닐까? 그는 어떻게 살아갈까? 어떤 직업을 갖고 어디서 살며, 어떤 여성과 연애를 하고 결혼 생활을 꾸려갈까?

끊임없이 밀려오는 속마음, 속마음, 속마음의 홍수. 거기서 자신을 지키기 위해서는 능력을 컨트롤해야 할 뿐 아니라 자기감정까지 자제해야 한다. 속된 말로 듣고도 못 들은 척, 보고도 못 본 척해야 한다. 보통 사람들은 다른 이가 말이나 태도로 표현하지 않는 한 주위 사람들의 속마음을 알 수 없다. 그렇기 때문에 다소 문제가 있어도 살아갈 수 있다.

그런데 전부 들린다면? 듣는 능력을 지니고 있다면? 듣지 않아야 마음의 평화를 지킬 수 있다는 사실을 뻔히 알면서도 과연 그 호기심을 완전히 억누를 수 있을까? 그리고 상대방의 진심을 알게 되고 나서도 아무렇지도 않은 태도로 계속 살아갈 수 있을까?

누군가를 믿는다는 것이 가능한 일일까?

'당신을 믿기 때문에 부탁하는 거야.'

신지 입장에서 보면 그것은 쉽게 내뱉은 대사가 아니었던 것이다.

신지에게 더 부드럽게 이야기해야 했다……. 그런 마음이 절실하게 들었다. 이때는 이미 '그가 정말 사이킥이라면'이라는 단서를 붙이지 않고 생각했다. 그의 말을 모두 믿는 입장에 서 있었던 것이다.

바로 회사로 돌아와 신지에게 연락을 하려고 했는데 편집부에 들어서자 미즈노 가나코가 다가왔다.

"이제 와요? 손님이 오셨는데. 세 시쯤부터 내내 기다리고 있었어."

그러곤 외부 손님용 작은 응접실 쪽을 가리켰다. 시각은 오후 4시 반이었다.

"누구지?"

"그러게 말이야. 어린 남자애야. 이름은 물어봐도 가르쳐주질 않아서."

"어리다니, 가나코보다 위야, 아래야?"

"글쎄, 아래 아닐까?"

바로 신지가 찾아왔구나, 하는 생각을 했다. 잘되었다는 생각이 들었다. 그 마음이 얼굴에 드러났는지, 가나코가 나를 올려다보며 방긋 웃었다.

"기다리던 사람이었네, 그렇지?"

"응."

하지만 응접실 소파에는 이나무라 신지가 아닌 전혀 다른 청년이 앉아 있었다. 나의 "잘 왔어"라는 대사는 공중에 떠 버리고 말았다.

청년은 나의 얼굴을 바라보며 자리에서 일어섰다. 약간 창백하고, 조금 긴장한 모습이었다. 그가 오른손을 들어 귓불을 만졌다.

"고사카 씨죠?"

그 청년이 오다 나오야였다. 나중에 발생하는 사건 속에서 너무나도 안타깝게 죽어갈 청년과 나는 이렇게 처음 만났다.

02

우린 친구였어……. 좋은 친구 사이였지. 이때의 이야기를 물어보면 이나무라 신지는 이렇게 대답할 것이다.

"하지만 의견은 달랐어. 그래서 그때 나오야는 고사카 씨를 만나러 갔던 거야."

"거짓말이라고?"

"그래요. 당신은 속은 겁니다."

오다 나오야는 내게 이나무라 신지가 '사이킥'이라고 했던 것은 모두 속임수라는 이야기를 하러 왔다고 했다.

그는 매우 서둘렀다. 빠른 말투로 자기소개를 하더니, 프리터이기는 하지만 수상한 사람은 아니라면서 바로 본론으로 들어가려 했다.

"잠깐…… 잠깐만 기다려."

나는 손을 들어 그를 제지했다. 마침 그때 가나코가 커피를 들고 들어왔기 때문에 겨우 틈이 생겼다.

우리 두 사람을 흥미롭다는 듯이 바라보면서 가나코가 나가자 나오야와 나는 동시에 입을 열었다.

"제대로 설명하자면……."

"그렇게 서둘지 말고……."

우리는 동시에 입을 다물었다. 그리고 또 동시에 말을 하려다 다시 입을 다물었다. 나오야는 뼈가 드러난 어깨를 움츠리더니 말했다.

"먼저 말씀하세요."

"잘은 모르겠지만 말이야." 나는 천천히 말을 고르면서 이야기했다. "일단 자네는 이나무라 신지의……."

"외사촌입니다. 제 어머니와 신지의 어머니가 자매간이죠."

"외사촌이라. 자네가 형인가?"

"네. 저는 이미 성인입니다. 올해 스무 살이 되었으니까요."

슬쩍 웃음을 지으며 또박또박 대답했다. 기분 나쁜 웃음은 아니었지만 억지로 웃고 있다는 느낌이 들었다.

야윈 청년이었다. 키는 나하고 비슷했는데, 허리띠는 구멍 한두 개쯤 더 조일 것 같았다. 전체적으로 혈색도 좋지 않았다. 문득 그 레스토랑에서 속이 좋지 않다며 화장실로 달려가던 신지의 얼굴이 떠올랐다.

"잠깐 실례. 미안한 질문이지만, 자네 요즘 무슨 큰 병이라도 앓았나?"

나오야는 고개를 저었다.

"아뇨. 왜 그러시는데요?"

"안색이 좋지 않아서."

"그런가요……?" 턱 언저리를 쓰다듬으며 살짝 이를 드러내고 웃었다. "아마 술기운이 다 빠지지 않아서 그럴 거예요. 아직도 머릿속에 알코올이 돌아다니고 있는 기분이에요."

숙취라면 나도 경험이 있고, 숙취에서 벗어나지 못한 다른 사람의 모습도 여러 번 보았다. 하지만 지금 이 청년은 숙취 때문인 것 같지 않았다. 거짓말이라는 생각이 들었다.

"그래. 뭐, 그건 그렇고……. 이나무라하고는 친한가?"

"친한 편 아닐까요? 함께 여행을 간 적도 있습니다. 저도 여기저기 혼자서 여행하는 걸 좋아해서요."

"아, 그런가? 그러니까 취미가 일치해서 사이가 좋아졌다?"

"그런 셈이죠. 뭐, 형제 같다고나 해야 할까? 우린 둘 다 외아들이니까요. 형제 놀이를 하는 셈이죠. 이따금 진짜 형제로 생각할 때도 있습니다."

둘이 나란히 서 있으면 비슷한 구석을 찾을 수 있을지 몰라도 얼굴 생김새에서 닮은 부분은 찾기 힘들었다. 굳이 공통점을 들자면 둘 다 여자들에게 인기를 끌 만큼 눈이 맑다는 정도일까?

"형제 놀이라고? 목가적이군."

"멋지죠?"

또 웃음을 지었다. 이야기를 시작하고 나서 내내 색 바랜 청바지를 입은 왼쪽 무릎을 살살 떨고 있었는데, 웃는 표정을 지을 때만 다리를 떨지 않았다.

"아, 죄송합니다." 나오야는 자기 무릎을 내려다보았다. "나쁜 버릇인지는 알면서도. 다리를 떨면 복이 달아난다고 어머니에게 늘 야단을 맞았죠."

상당히 민감하구나, 하는 생각을 했다. 이종사촌 동생 일 때문이기는 하지만 불쑥 낯선 사람을 찾아왔으니 긴장하는 것도 당연할 테지만.

"저도 싫지만요."

"다리 떠는 거? 흔히 있는 버릇이지."

"아뇨, 고자질하러 온 것 말입니다."

다시 진지한 표정을 지으며 고개를 숙였다.

"그래도 그냥 놔두면 일이 커질 테고, 신지도 상처를 입고 당신에게도 폐를 끼치게 될 것 같아서요."

"내게 무슨 폐를?"

"기사로 쓰실 거죠?"

"뭘?"

"신지 이야기요. 맨홀 사건의 범인을 그 녀석이 밝혀냈다는 기사 말입니다."

놀랐다.

"그 애가 그렇게 이야기했나?"

"하지는 않았지만……." 왼쪽 무릎을 더 심하게 떨고 있다.

"그런 기대를 갖고 있기 때문에 당신을 속였을 테니까요."

나는 의자 등받이에 기댔다.

"속은 것이든 아니든, 난 그 이야기를 기사로 쓸 생각이 없어."

생각도 해본 적 없는 일이었다. 하지만 나오야는 아주 뜻밖이라는 표정을 지었다.

"네에……, 요즘 초능력이 유행 아닌가요?"

"그렇긴 하지. 그렇지만 이나무라에게 그런 목적이 있었던 것 같지는 않았어. 그 애한테 자세한 이야기를 들었나?"

나오야는 고개를 끄덕였다.

"어처구니없는 바봅니다, 그 녀석은."

"어째서?"

"어른에게 속임수를 쓰다니." 고개를 들더니 그게 이유의 전부라는 듯이 힘주어 말했다. "그 녀석은 아직 어린애예요."

"하기야 아직 어리긴 하지만……."

"튀고 싶어서, 드라마틱한 걸 동경하고 있어요. 그 녀석 나이 때는 다들 그렇지 않나요? 자기는 뭔가 다른 사람들과 다르다고 생각하고 싶어 하고. 신지는 그게 초능력이라는 거죠. 뭣에 홀린 것처럼 정신이 팔려서 그 이야기만 하고 있어요. 그 녀석 방엔 그쪽 분야 책만 산더미처럼 쌓여 있습니다. 그럴듯한 이론이나 깜짝 놀랄 만한 실화가 담겨 있는 책들 말이에요."

"그렇겠지. 내게도 설명해 주었으니까."

"역시." 나오야는 얼굴을 찌푸렸다. "정말 못 말릴 바보 녀석이네."

나는 잠시 그의 얼굴을 들여다보았다. 관자놀이가 꿈틀거리는 것이 보였다. 아마도 진짜로 화가 난 모양이다.

"만약 이나무라가 한 짓들이 속임수였다면." 내가 몸을 앞으로 디밀자 나오야는 자세를 바르게 했다. "미리 말하지만, 처음엔 나도 완전히 속임수라고 생각했어. 초능력이라는 건 아, 그렇습니까, 대단하군요, 하면서 인정할 수 있는 게 아니지. 실제로 처음에는 이나무라가 맨홀 뚜껑을 열어 둔 장본인일 거라는 생각까지 했으니까."

나오야가 바로 긍정했다.

"네, 그렇습니다. 그게 옳은 판단이죠."

"다만 그 애가 이야기하는 걸 믿지 않으면 이해할 수 없는 일도 있었기 때문에……."

나는 나오야에게 태풍이 왔던 날 밤과 그다음 날 일어났던 일들을 세세하게 이야기해 주었다. 그는 가만히 듣고 있었다.

"당연하지만, 신지가 제게 한 이야기와 같은 내용입니다. 못 말리겠군. 그 녀석, 정말 머리가 잘 돌아."

나오야가 어깨를 움츠려 보았다. 나는 쓴웃음을 지었다.

"그 일이 모두 우연의 일치였다거나 미리 준비된 속임수였다면 오히려 그게 더 기삿거리가 되겠지. 그야말로 교묘하기 짝이 없으니까."

"그럼, 그 비밀을 알려드릴까요?" 약간 도전적인 말투였다. "그 녀석이 저지른 짓들 모두가 합리적으로 설명이 되니까요."

나는 그에게 기다리라 하고 메모지와 펜을 가지러 갔다. 모두 적어 두고, 아무리 사소한 점이라도 놓치지 않을 셈이었다. 그야말로 상상하지도 못한 전개였기 때문이다.

"우선 맨홀 문제인데요." 나오야는 입을 열었다. "이건 간단합니다. 말하자면 신지는 우연히 목격한 거죠. 빨간색 포르쉐를 탄 두 사람이 홀 뚜껑 여는 모습을 말입니다. 두 사람의 복장도, 차 넘버도 전부 봤겠죠. 당신에게 이야기할 때는 그럴듯하게 들리도록 가와사키 넘버였다고 했을 뿐입니다. 그렇게 하는 게 진짜 같으니까요. 물론 그 두 사람이 '하이아라이'란 곳에 간다는 것도 들었기 때문에 알고 있었던 겁니다."

"보고 있었다면 왜 그 자리에서 말리지 않았을까?"

"그렇게 큰 사고가 일어나리라고는 생각하지 못했기 때문이죠. 게다가 상대는 자기보다 큰 남자 두 명이니까요. 대개는 보고도 못 본 척하지 않습니까? 그 녀석 혼자 힘으로 맨홀 뚜껑을 되돌려 놓기는 불가능하고요."

나는 고개를 끄덕였다.

"그래서?"

"두 사람이 가 버린 뒤, 신지는 그 험악한 날씨 속에서 허둥대고 있었는데, 이번엔 행방불명된 아이가 고양이를 부르는 모습을 보게 된 거죠. 물론 그때는 그 애가 맨홀에 빠질 거라고는 생각도 하지 못 했겠지만요."

그래서 '모니카'란 고양이 이름도 알고 있었다……. 거기까지는 나도 한때 생각해 본 적이 있다.

"그다음에 당신 차를 얻어 탄 겁니다. 그런데 우연히 맨홀 뚜껑이 열려 있는 현장을 지나가게 된 거죠. 그래서 녀석은 이런 생각을 했던 겁니다. 야, 이거 꽤 재미있는 초능력 놀이가 되겠구나, 하고요."

"초능력 놀이?"

"그렇죠. 그게 '내가 다 보고 있었던 거예요' 하는 것보다 훨씬 드라마틱하고 재미있잖아요? 아까도 말씀드렸듯이 그 녀석은 사이킥을 동경하고 있는데, 마침 자기를 사이킥인 양 꾸밀 수 있는 좋은 기회라고 생각했던 겁니다. 게다가 당신은 잡지기자죠. 이런 화젯거리에는 금방 흥미를 느껴 요란을 떨어줄지도 모른다고 생각했겠죠."

"한 가지 물어봐도 괜찮겠나?"

"그렇게 하시죠."

"지금 한 이야기, 이나무라가 그렇게 말한 건가 아니면 자네 추측인가?"

"죄송합니다." 나오야는 미안하다는 표정을 지었다. "전부 신지가 제게 이야기한 겁니다."

"그 애가 자네에게 털어놓았다고?"

"네, 그렇습니다."

"아주 쉽게 속아 넘어갔다고?"

"그렇습니다."

"좋아. 계속하지." 나는 등받이에 기댔다. "흥미가 당기는군."

나오야는 살짝 헛기침을 하고 내 안색을 살피듯 눈치를 보더니 입을 열었다.

"노란 우산을 발견했을 때 얼굴이 창백해지는 건 누구나 마찬가지일 겁니다. 이러저러해서 아이가 맨홀에 빠졌다는 생각에 쇼크를 받았기 때문입니다. 전혀 이상할 게 없죠. 우산을 만지면서 아이가 빠지는 장면을 스캔하지 않아도 누구나 상상할 수 있어요. 당연히 안색이 창백해질 겁니다. 게다가 그 녀석은 그 애를 한 번 봤으니까요."

나는 고개를 끄덕였다.

"당연하겠지. 하지만 이나무라는 내게 그 애가 떨어지면서 맨홀 모퉁이에 뒤통수를 부딪쳤다고 말했어. 그건?"

"그야 당연히 어딘가 부딪쳤겠죠." 나오야는 내뱉듯이 말했다. "시체는 분명 여기저기 멍투성이가 되어 있지 않겠어요? 그쯤은 누구나 쉽게 짐작할 수 있고, 그렇게 말할 수 있을 겁니다."

"그렇군. 나도 그걸 결정적인 증거로 여기고 싶은 마음은 없어. 뭐랄까, 맨홀 뚜껑을 여는 현장을 봤다면 그 부분에 대한 이야기는 신지가 사이킥이라는 증거가 전혀 될 수 없을 거야. 다만…….”

“호텔 프런트 담당자와 근처에 있는 레스토랑 웨이트리스 이야기 말이죠?” 나오야가 먼저 말을 꺼냈다. “그것도 간단합니다. 당신이 밤새 수색 현장에 나가 있는 사이 그 웨이트리스가 프런트 담당자를 찾아와 둘이 이야기하는 걸 신지가 들었을 뿐이죠.”

“프런트 담당자의 별명이 ‘히바’라는 이야기나, 두 사람이 이따금 호텔 102호실을 사용한다는 이야기나……?”

“웨이트리스가 모델이 되고 싶어 한다는 것도요.” 나오야가 슬쩍 웃었다. “눈에 선해요. 프런트 담당자가 ‘《애로》 기자가 와 있어. 내일 아침은 그쪽에 가서 아침 식사를 하라고 할게. 서비스를 약간 해주면서 모델로 써 달라고 부탁해 봐’라는 식으로 이야기하는 장면이요.”

분명히 있을 수 있는 이야기이기는 하다. 분명히.

그렇지만 그렇게만 생각할 수도 없다는 저항감이 느껴졌다. 그날 아침, 이나무라 신지가 스스로를 사이킥이라고 이야기했을 때 믿을 수 없다고 생각했던 것과 비슷한 저항감이었다. 그가 약삭빠르게 머리를 굴려 행동하는 사기꾼이라고는 생각하고 싶지 않았다.

안녕히 계세요, 하면서 돌아서던 그 기운 없는 모습이 떠올랐기 때문인지도 모른다. 아니면 어느 쪽 이야기를 믿건 나

자신이 완전히 바보가 되어 버린다고 생각했기 때문일지도 모른다.

"그 애를 태운 날 밤, 좀 불쾌한 일이 있어 고향집에서 도쿄의 아파트로 돌아오는 중이었어."

나는 천천히 말했다. 나오야도 천천히 고개를 끄덕였다.

"신지는 그것도 알아맞혔어. 누군가와 말다툼을 하고 잔뜩 화가 나 있죠, 라고. 게다가 내가 네 번째 금연을 하고 있는 중이라는 것도. 이건 어떻게 알 수 있지?"

"화가 났다는 것은 당신을 만났을 때 당신의 태도를 보고 짐작해서 이야기한 겁니다. 금연 이야기는……."

"어떻게 알아맞힌 거지?"

"차 안의 재떨이가 깨끗했고, 함께 있는 동안 당신은 담배를 전혀 피우지 않았으니까요. 대시보드에는 새 가스라이터가 두 개나 있었지만 둘 다 가스가 떨어져 있었죠. 그리고 이른바 금연 사탕이란 게 하나 있었다. 그렇게 이야기하더군요."

질렸다.

"마치 셜록 홈스 같군. 그럼 금연 횟수는 어떻게 알아냈지?"

"정말로 네 번째인가요? 금연을 시도했다가 끊지 못한 사람은 몇 번째인지 정확하게 기억하지 못하는 거 아닌가요?" 나오야는 그렇게 말하며 슬쩍 웃었다. "여기서 함께 일하시는 분에게 '이봐 너, 이번 금연이 세 번째야'라는 말을 들었다면 '아, 그런가 보다' 하고 생각하지 않으세요? 신지도 그랬던 겁니다. 금연이란 것 하나만 맞히면 나머지는 대충 넘어가도 당신을 쉽게 납득시킬 수 있다고 생각했겠죠."

심리학인가, 하는 생각을 했다. 남들을 설득하기 위해 어떻게 하는 게 좋은지 가르쳐주는.

"그리고 다음이." 나오야는 나를 똑바로 바라보며 말했다. "당신이 어렸을 때 교통사고를 당했다는 이야기."

"그래." 나는 중얼거렸다. "그게 가장 놀라웠어."

"저도 놀랐습니다. 신지의 기억력이 그렇게 뛰어나다니. 《애로》 올해 4월 5일자를 보세요. 신지에게 이야기를 들은 뒤 도서관에서 지난 호를 뒤져봤는데요……."

그가 말을 마치기도 전에 나는 자리에서 일어섰다. 편집부 진열장을 뒤져 문제의 지난 호를 찾아 페이지를 뒤지며 응접실로 돌아왔다. 그제야 짐작이 갔다.

네 번에 걸쳐 실은 기사 중 '제2차 교통 대전쟁'이라는 특집이 있었다. 나는 직접 관계하지 않았다. 그래서 잊고 지낸 모양이다. 하지만 그때 내 교통사고 경험을 그 기사 담당자에게 이야기한 적이 있다. 잡담하듯 한 이야기였는데 분명히.

"4월 5일자에는 대형 트럭 관련 사고에 관한 특집이 실려 있어요."

나오야가 말했다.

그의 말 그대로였다. 기사는 깊은 밤, 거리를 잘못 계산한 일반 승용차가 노상에 주차되어 있는 대형 트럭에 정면으로 충돌하여 짐칸 아래로 파고드는 '서브머린 현상'이라는 사고가 날로 늘고 있다는 내용을 다뤘다.

그뿐만이 아니었다. 특집 마지막 페이지에는 운전석 높이와 언더미러를 감안할 때 보이지 않는 사각이 많은 대형차의 위험한 특징 때문에 일어나는 '말려드는 사고'의 건수가 여전히 감소하지 않고 있다는 이야기도 있었다. 그리고 좁은 길에서 커브를 돌 때, 대형 트럭의 앞바퀴가 그리는 궤도와 뒷바퀴가 그리는 궤도가 얼마나 크게 차이가 나는지 보여주는 흑백사진 연속 컷이 실려 있었다. 담당 기자는 그 사진을 이렇게 설명했다.

어린아이들은 너무 쉽게 차바퀴 아래로 말려들고 만다. 본지 편집부에는 초등학생 때 삼거리에서 신호 대기를 하고 있다가 목재를 실은 대형 트럭 뒷바퀴에 말려들어 정강이에 흉터가 남은 K 기자가 있는데, 그의 말에 따르면 트럭이 천천히 움직이고 있었는데도 순식간에 어쩔 수 없는 상황이 되어 버렸다고 한다. 그래서 지금도 대형 트럭을 보면 자신도 모르게 발이 저절로 도망치려고 한다고 했다.

'삼거리에서 신호를 기다리다가.'
'목재를 실은 트럭에.'

'발이 저절로 도망치려는 것 같다.'

내가 얼굴을 들자, 나오야는 말없이 고개를 끄덕였다.

"그렇지만 여기에는……." 나는 간신히 말했다. "이니셜뿐이야."

"본 거죠. 당신 다리에 난 흉터를."

"언제? 그럴 기회는 없었어."

"있었어요. 맨홀 뚜껑이 열려 있다는 걸 발견했을 때. 도로로 내려가기 위해 맨발이 되었다면서요. 웃옷도 벗고, 바지자락도 걷었습니다. 그러지 않았나요?"

그랬었다.

"정강이 앞쪽에 난 흉터는 누구에게나 있는 건 아니니까요……. 나중에 사고에 대한 자세한 내용을 적당히 각색해서 이야기했겠죠. 약간 틀리는 것쯤이라면 아무렇지도 않아요."

잡지를 펼친 채 테이블 위에 내던지고, 나도 모르게 천장을 올려다보았다.

"이럴 수가."

"마지막으로 한 가지 더. 여자 이야기가 있었죠?"

사에코 이야기다.

"좋아, 이야기해 줘. 무슨 소릴 듣더라도 놀라지 않을 테니까. 설마 그 사람이 자네들 사촌누나라는 건 아닐 테지?"

그런데 나오야는 전혀 엉뚱한 질문을 던졌다.

"오늘 입고 계신 그 옷이 사건이 있던 날 밤에 입었던 것과 같은 옷인가요?"

"뭐라고?"

"그날 입었던 것과 같은 옷이냐고요."

"아니, 다른 거야. 왜?"

"그렇다면 댁에 돌아가셔서 사건이 있던 날 밤에 입었던 웃옷의 안쪽을 살펴보세요. 왼쪽 소매가 시작되는 부분 바로 아래 찢어진 걸 기운 자국이 있을 테니까요."

"뭐라고?"

나오야는 차분하게 말했다.

"찢어진 걸 기운 흔적이 있을 겁니다. 흰 실로요. 기운 부분 옆에 같은 색 실로 '사에코'라는 이름이 가타카나로 표시되어 있다더군요. 신지는 그걸 본 겁니다. 아까도 말했지만 차 밖으로 나가기 전에 당신은 웃옷을 벗어서 차 안에 두고 나갔습니다. 그때 봤던 거죠. 그렇게 말하더군요."

어처구니가 없었다.

"정말로?"

"정말입니다. 확인해 보시면 바로 알 수 있을 겁니다." 그렇게 말하고 나오야는 다시 고개를 움츠리면서 머리를 숙였다. "죄송합니다. 아주 사적인 이야기인데."

"그렇게 기운 데가 있는 줄은 여태 몰랐어."

그걸 알았다면 그대로 남겨두었을 리가 없다.

"누가 이야기해 주지 않으면 눈치채지 못할 만큼 작다고 신지가 말하더군요. 그런 장난스러운 흔적을 남길 여성이라면 당신 애인이나 부인이겠죠. 설마 어머니가 그럴 리는 없을 테고요." 나오야가 살짝 웃었다. "이 옷을 입는 사람은 내 것이라는 서명 같은 건가요? 귀여운 여성이었겠군요."

분명 손재주가 있고 가정적인 여자이기는 했다. 일이 늦게 끝나 만나지 못하고 엇갈린다 해도 그녀가 집에 다녀갔는지는 바로 알 수 있었다. 늘 깨끗하게 청소가 되어 있었으니까. 자기 재능은 집안일을 잘하는 것이라고 말하기도 했다. 그렇기 때문에 완벽한 모범 가정을 원했고, 아기를 갖고 싶어 했다.

"죄송합니다." 나오야가 다시 고개를 숙였다. "그런 여성이라면 당신이 교통사고 이야기를 했을 거라는 건 쉽게 상상할 수 있고, 그 사람의 이름을 댔을 때 당신의 반응을 보니 지금은 사귀고 있는 여성이 아니라는 것도 알 수 있었다고……."

"이제 됐네." 내가 무뚝뚝하게 말을 막았다. "알았어."

나오야는 말없이 고개를 끄덕였다.

"그 밖에는?"

겨우 그렇게 물었다.

"없습니다. 다만 부탁이."

자세를 고치며 나오야가 말했다.

"정말 죄송한 짓을 저질렀지만, 그 녀석을 용서해 주시기 바랍니다. 화내시지 마시고……. 이제 만나지 말아주세요. 잘

타이르고 야단치겠습니다. 다시는 어리석은 짓은 하지 않을 겁니다. 아니, 제가 하지 못하게 하겠습니다. 약속드리겠습니다."

그는 진지한 눈빛으로 입을 꾹 다물었다.

"화낼 생각은 없지만."

이 상황에서 화를 낸다면 더욱 바보 같은 어른으로 보일 뿐이다.

"그런데, 신지를 만나는 것도 곤란한가?"

"그 녀석 병입니다." 나오야가 딱 잘라 말했다. "당신을 만나면 또 거짓말을 하려 들 거예요. 좀 오래된 이야기지만 숟가락 구부리기 소동이라고 있었죠?"

1974년에 있었던 일이다. 이른바 초능력 붐이 일어, 금속 스푼을 손가락으로 만지기만 해도 꺾거나 구부릴 수 있다는 아이들이 계속 나타나 사회 현상으로까지 발전했던 적이 있다. 《주간 아사히》가 그 트릭을 폭로하면서 초능력 반대 캠페인을 펼쳤고, 그 또한 화제가 되었다.

"있었지. 잘 알아. 그 무렵이면 자네 또래는 아직 초등학교에도 다니지 않았을 나이인데."

"신지는 그 무렵의 일을 자세하게 조사해 둔 겁니다. 저는 그게 일종의 집단 히스테리 같은 거라고 생각하지만 애들은 쉽게 감동하죠. 자기가 다른 친구들과는 뭔가 다른 능력을 갖고 있다고 생각하는 건 아주 짜릿한 일이니까요."

"어른을 멋대로 농락하는 것도?"

"글쎄요……. 신지도 그 애들과 마찬가지입니다. 말리기 힘든 지경으로 중증이지만요. 빨리 정신을 차리게 해줘야 해요." 그리고 짧게 웃더니 나오야는 말을 이었다. "만약 정말로 초능력자란 게 있다면……."

그러고는 말을 끊었다.

"있다면, 뭐?"

내가 재촉하자 내뱉듯이 이렇게 말했다.

"매스컴 앞에 나가서 스푼이나 포크를 구부리는 짓 따위는 하지 않을 겁니다. 자기 자신에 대해 떠들어대거나 하지도 않겠죠. 두려워서 숨을 겁니다. 분명히 그럴 거예요."

마지막으로 한 번 더, 다시는 신지를 만나지 말고 없었던 일로 넘어가 달라고 못 박듯이 말하고 나오야는 자리에서 일어섰다.

"맨홀 뚜껑을 연 그 두 사람, 아직 자수하지 않았죠?"

"응, 그래."

"신지가 쓸데없는 짓을 했기 때문일까요? 고사카 씨는 어쩔 생각이십니까? 그 사람들 이야기, 경찰에?"

"그렇게 한다면 신지 이야기도 할 수밖에 없겠지."

나오야의 입술이 찔끔 움츠러들었다. 무엇보다 그것을 두려워하고 있는 거라는 사실을 쉽게 눈치챌 수 있었다.

"이야기하지 않을 거야." 나는 조용히 말했다. "신지에게도 말했지만, 그건 너무 지나친 짓이니까 내가 잠자코 있어도 분명히 그쪽에서 알아서 행동을 할 거라고 생각해."

"그렇게 되면 다행이겠습니다, 정말로."

나오야는 돌아갔다. 젊은이답지 않게 구부정한 뒷모습이 뭔가 지독하게 무거운 짐을 등에 진 것처럼 보였다. 하지만 내가 공연히 심각하게 생각하는 것이라고 마음을 고쳐먹었다. 쓸데없는 억측이나 감정이입은 이제 그만두자……. 이런 생각이 들었기 때문이다.

그래도 호텔 '피트 인'에 전화를 걸어, 그날 밤 프런트 담당자를 바꿔 달라고 해보았다. 서글픈 습성이라고나 해야 할까? '뒤를 캔다'는 직업적 명령을 떨쳐버릴 수 없었다.

잠깐 기다리자 묘한 억양을 지닌 그의 목소리가 들려왔다.

"어, 뭐야? 그때 그 기자 선생님인가? 깜짝 놀랐네."

"바쁠 텐데 미안해요. 묘한 질문을 하려 하는데, 대답해 줄 수 있겠어요?"

"네? 뭔가요?"

맨홀 사건이 있던 날 밤, 호텔 안에서 여자친구인 웨이트리스와 이야기를 했느냐고 묻자 그는 웃었다.

"그게 중요한 일입니까?"

"매우."

"하하, 그럼 대답하겠습니다. 네, 만났습니다. 그 친구가 원래 밤에는 9시까지만 일하거든요. 그런데 그날 밤 날씨가 그 모양이었잖아요. 집에 돌아갈 수 없어서 밤새 레스토랑에 있었죠. 그럴 땐 저한테 야식 같은 걸 갖다 주곤 하죠."

"102호실 이야기 같은 것도 했나?"

"으악! 이상하네. 어떻게 그런 걸 알지? 우리 사장님한텐 비밀이에요. 침대 시트는 확실하게 갈아 놓으니까."

"그 여자가 당신을 뭐라고 부르죠?"

"저를요?"

"그래요. 히바라고 부르나요?"

그는 깜짝 놀란 모양이었다.

"정말《애로》는 무서운 잡지로군요. 어떻게 그런 것까지 알고 있는 거죠?"

"아무것도 아닙니다. 고맙습니다." 수화기를 내려놓으려다 덧붙였다. "그 여자 친구한테 내가 모델 따위는 꿈꾸지 말고, 얼른 당신하고 결혼하라고 했다고 말해 줘요."

프런트 담당자는 웃었다.

"그 친구는 일류 모델이 되어 돈을 벌면 결혼하겠답니다."

"너무 쉽게 생각하는군. 그렇게 되면 당신을 바로 차버릴 텐데."

"으음, 정말 그럴까요? 전 이래 봬도 이 나라 최고의 기둥서방이 될 소질이 있다고 생각하는데 말이에요."

그는 "또 들러주세요" 하면서 전화를 끊었다.

나는 아무것도 할 의욕이 생기지 않아 한동안 책상에 팔꿈치를 괴고 있었다. 겨우 고개를 들어 높이 쌓여 있는 자료 너머로 동료기자에게 담배가 있느냐고 물었다.

"어, 결국 네 번째 금연도 포기야?"

"또 할 거야. 마음이 내키면."

담배 맛은 썼다. 어처구니없는 일이라는 생각이 들었다. 그런데도 헛웃음조차 나오지 않는 것이 이상했다.

그날 밤, 아파트에 돌아와 찾아보니 그 웃옷 안감에 분명 '사에코'라고 꿰매 놓은 곳이 있었다.

역시 웃음도 나오지 않았고, 화도 나지 않았다.

가위로 실을 뜯어내려다 그만두었다. 그대로 쓰레기장에 내다 버렸다. 그것 하나만은 후련했다.

주말에 또 태풍이 올라왔다. 어떤 의미에서는 태풍만큼 느긋한 재해도 없다. 시시각각 다가오는 모습을 지켜볼 수 있으니 말이다.

이번에도 엄청난 비를 동반한 태풍이었다. 하늘이 천식을 앓고 있는 것처럼 바람이 불어 댔다. 집이 떠내려가고 산이 무너졌다. 태풍이 불면 늘 있는 일이다. 하지만 이번에는 아이가 행방불명되는 일은 없었다.

거꾸로 이번 태풍은 아이를 찾아냈다.

"모치즈키 다이스케의 시체가 나왔어."

연락을 준 것은 지난번 접촉했던 지국에 있는 기자였다.

"이번에 물이 불어나면서 하수구 진흙탕 안에서 떠오른 모양이야. 불쌍하게."

더러운 진흙탕 속에. 불쌍하게.

"부검은?

"아직. 무슨 문제라도 있나?"

"아니. 별로."

'여기저기 멍투성이 아니겠어요?'

고양이는 어떻게 되었을까……. 멍하니 생각했다.

03

전화벨 소리에 잠에서 깼다.

마감을 한 다음 날 아침이었다. 손으로 더듬어 베갯머리의 수화기를 들자 가나코의 목소리가 들려왔다.

"고사카 선배? 미안, 미안해요."

"그래." 눈을 감은 채로 말했다. "무슨 이야기든 괜찮아. 뭘 어쨌건 용서할게. 사과하지 않아도 되니까 신경 쓰지 마. 난 더 자야겠어."

"잠깐! 끊지 말아요! 급한 일이야."

"알았대도. 더 자고 싶어."

"어휴! 급하다니까! 손님이야! 아침에 나보다 먼저 와서 기다리고 있었다니까. 사내애야. 꼭 만나고 싶대. 불쌍하게도 얼굴이 너무 창백해. 빨리 일어나란 말이야!"

이번에는 이나무라 신지였다.

신지를 만나지 않겠다고 약속을 했었다. 옷을 갈아입으면서 몇 번이나 생각했다. 오다 나오야에게 연락을 할까, 하고.

그렇지만 그것도 한심한 짓이고, 그토록 자세하게 속임수에 대한 이야기를 들은 뒤였다. 또 걸려들지는 않을 것이다.

결국은 회사로 나갔다. 신지를 야단치거나, 이야기를 다 들었다며 화를 내지도 않겠다고 마음을 다져 먹었다. 어떤 의미에서는 흥미로운 소년이었고, 그가 무슨 이야기를 하고 싶어서 왔는지 차근차근 들어보기로 했다.

아침 아홉 시의 편집부는 한창 마감 때 보던 편집부와는 전혀 다른 곳 같았다. 자욱한 담배 연기가 없기 때문일지도 모른다. 가나코는 걸레를 한 손에 들고 청소를 하고 있다가 나를 보더니 바로 뛰어나왔다.

"상쾌하네." 내가 그녀에게 말했다. "이런 기분은 오래간만이야. 그런데 출근 시간 교통 체증은 너무 심해. 가나코는 매일 아침 그런 전철에 시달리면서 출근하는 건가?"

"머리는 정상이네." 가나코가 내 얼굴을 들여다보았다. "그 애는 응접실에서 기다리고 있어. 커피 필요하겠지?"

"톤 단위로 부탁해."

우연이겠지만 신지는 나오야가 앉았던 그 자리에 있었다. 무릎을 모으고 어깨를 움츠린 상태였다. 요즘 나를 만나러 오는 청소년들은 다들 어딘가 상태가 좋지 않은 모습이다.

"미안해요."

불쑥 입을 열며 신지가 벌떡 일어섰다.

"아침부터 그렇게 사과를 받으니 내가 신부님이라도 된 기분이 드네. 무슨 일이야?"

"잠이 안 와서." 신지는 털썩 주저앉았다. "마음에 걸려서."

눈 아래 다크서클이 생겼고, 뺨도 야윈 느낌이 든다. 공연히 마음이 아팠다.

"식사는 제대로 했어?"

신지는 고개를 저었다,

"학교는?"

"오늘은 쉬기로 했어요."

"그게 좋겠지. 돌아가서 뭘 좀 먹고 누워서 푹 쉬어라. 그러면 기운이 좀 날 거야."

신지는 충혈된 눈으로 나를 올려다보았다.

"그 애 시체가 발견되었죠?"

나는 고개를 끄덕였다.

"그렇지만 그 두 사람은 경찰에 자수하지 않았고요."

또 고개를 끄덕였다.

"나 때문이죠?"

"아니야."

"아냐, 나 때문이야."

나는 한숨을 내쉬며 철퍽 주저앉았다. 소파도 한숨 쉬는 소리를 냈다.

"너 때문이라면? 어떻게 하려고?"

신지는 아무 말이 없었다.

"별수 없잖아? 별수 없는 일이라는 건 네 책임이 아니라는 거야."

모치즈키 다이스케가 죽은 것은 적어도 신지의 책임이 아니다.

"어떡하면 좋을지 모르겠어요."

"잊어. 잊는 게 최고야."

"잊히지가 않아요."

"그럼 노력해서라도 잊어. 학교에서 배웠지? 인간에겐 노력이 제일 중요한 거야."

"날 놀리고 있군요. 이상하네. 왜 그런 농담 같은 소리만 하는 거지?"

"어제 밤을 샜어. 사람이란 한계 이상으로 피로하면 머릿속에 모르핀이 생기는 모양이야. 그래서 신경이 날카로워지는 거지."

신지는 안색이 더 창백해지더니 입을 다물었다. 나는 고개를 돌렸다.

역시 이 소년에게 어느 정도 화가 난 것이다. 신지가 남을 속일 소년으로는 보이지 않는다는 사실 때문에 화가 났다. 너무 진지해 보이는 표정에 화가 났다. 도저히 거짓말쟁이로 보이지 않았기 때문에 화가 났다.

이윽고 신지가 낮은 목소리로 말했다.

"알았다."

"응?'

"나오야를 만났던 거지?"

선두타자 홈런 같은 것이었다. 얼버무릴 여유도 없었다.

노크 소리가 들리더니 가나코가 쟁반을 들고 들어왔다. 내가 입을 연 것과 거의 동시였다.

"누구 말이야?"

가나코가 흠칫 놀랐다. 곁눈으로도 알 수 있었다.

신지가 발끈했다.

"뻔히 알면서. 왔었잖아, 여기에. 그런 짓을 할 줄 알았어. 나오야가 무슨 소릴 했지?"

나는 손바닥을 펼쳐 보였다.

"누구 이야기를 하는 거냐고 내가 물었잖아?"

신지는 나를 바라보며 목소리를 높였다.

"누나!"

가나코가 두 번째로 흠칫 놀라며 "네!" 하고 대답했다.

"학생처럼 보이는 남자가 고사카 씨를 만나러 왔었죠?"

가나코가 나를 내려다보았다. 나는 그녀를 쳐다보지 않았지만 얼굴 한쪽으로 대답하지 말라는 신호를 보냈다. 전달되었을 거라고 생각했다.

"누나." 신지는 반쯤 일어서서 가나코에게 다가갔다. "왔었죠. 그렇죠?"

가나코는 뒷걸음질 치며 내 쪽으로 다가왔다. 나는 그녀의 팔꿈치에 손을 얹어 문 쪽으로 밀었다.

"미안, 좀 나가 있어줘."

"누나!"

"나가줘, 응?"

가나코는 간신히 고개를 끄덕이더니 거의 도망치듯 밖으로 나갔다. 신지는 엉거주춤한 상태에서 나를 돌아보며 갈라진 목소리로 말했다.

"너무하잖아. 왜 이렇게 심술궂게 구는 거지? 나오야한테 무슨 소릴 들은 거야?"

이 순간 나는 화가 난다기보다 몹시 짜증이 났다. 대체 내가 왜 이런 귀찮은 일에 말려든 걸까.

"앉아." 신지는 따르지 않았다. "앉아. 부탁이야."

그제야 겨우 입술을 부들부들 떨면서 자리에 앉았다. 그의 거친 숨소리가 약간 가라앉기를 기다려 입을 열었다.

"난 말이야, 너보다 곱절이나 나이가 많아."

스스로도 무슨 소리를 하려는 것인지 알지 못하면서 말을 이어 나갔다.

"나이 더 많은 사람 입장에서 보면 아직 나도 어린 편이겠지만 말이야. 하지만 너나 오다 나오야보다는 훨씬 나이가 들었어. 그만큼 머리도 굳었고, 너희가 생각하는 것을 따라가기는 힘들어."

신지는 '오다 나오야'라는 이름에만 반응을 보였다.

"역시 나오야가 왔었네."

"그래, 왔어. 이야기도 들었고."

"내가 속임수를 썼다고 했지?"

"그래, 그랬어. 앞뒤가 맞아떨어지는 이야기였어. 증거도 있었고."

뜻밖에 신지는 "헤헤" 하고 웃었다.

"웃겨? 웃기겠지. 나도 웃을 수만 있다면 웃고 싶구나. 하지만 그럴 수가 없어. 웃으면서 너희를 상대해 줄 수는 없어. 누구에게 도움이 될지는 모르지만 해야 할 일이 있으니까. 아니 누굴 위해서 하는 게 아니지 먹고 살기 위해 일하는 거야. 그건 알겠지?"

신지는 고개를 끄덕였다.

"그러니까 단도직입적으로 이야기하자. 가장 곤란한 건 나야. 나도 한때는 널 믿었으니까."

그제야 신지가 고개를 들었다.

"그래, 믿었어. 이런 말을 하고 싶지는 않지만, 믿기는 했어. 그 상황에서는 그게 제일 앞뒤가 맞는 이야기였으니까. 이 세상에 한 가지쯤 이치에 맞아 떨어지지 않는 일이 있어도 상관없다, 흔히 있는 이야기지, 멀리 살고 있던 친구가 죽기 직전에 작별인사를 하러 찾아왔다거나 꿈에서 본 것이 그대로 현실이 되었다거나, 누구나 그런 경험을 하나쯤은 간직하고 있다, 나도 그런 일을 당한 거다, 그렇게 생각했지. 네가 실제로 사이킥이라면 살아가기 힘들겠다는 생각도 했어."

몇 차례 눈을 껌뻑이고 나서 신지는 다시 고개를 숙였다.

"그런데 말이야, 네 이종사촌 형이라는 나오야가 찾아와서 이야기했어. 너는 초능력을 동경하는 거짓말쟁이라고. 그리고 아주 멋지게 그걸 증명해 냈지. 게다가 나오야는 네 일에 관계하지 말아 달라고 했어. 그런데 이번엔 네가 찾아와서 왜 믿어주지 않느냐 하고 있고. 자, 너희는 내가 어떡했으면 좋겠니?"

긴 침묵이 흘렀다. 가나코는 무엇을 하고 있는지 발소리조차 들리지 않았다.

"그냥 믿어주면 좋겠어."

신지는 그렇게 말하며 두 손으로 얼굴을 쓱쓱 문질렀다.

"그뿐이에요. 사실대로 이야기하고 있는 건 나니까."

"그럼 나오야는 왜 거짓말을 한 거지?"

"나오야도 내 동료니까. 사이킥이니까."

나는 잠자코 신지를 쳐다보았다. 뫼비우스의 띠 안으로 빨려들어 간 것 같은 기분이 들었다.

신지는 더듬더듬 말을 이었다. 억양이 없는 말투였다.

"그 사람은 내 이종사촌 형이 아니야. 그렇게 말하는 게 편하니까 거짓말을 했겠지. 나오야는 내가 처음 만난, 같은 초능력을 지닌 동료야. 나보다 나오야가 훨씬 더 능력이 강하지만."

알게 된 것은 이태 전이라고 했다.

"신주쿠에 있는 기노쿠니야 서점에서 만났어. 거긴 늘 만원 전철 못지않게 붐비잖아? 내가 뭘 사러 갔었는지 이젠 까먹었지만, 어쨌든 그 안에서 어슬렁거리고 있었어. 그런데 나오야가 말을 걸어온 거야" 그러고는 "머릿속으로 말이야" 하며 정말로 오래간만에 희미한 웃음을 지었다.

"그렇게 사람이 붐비는 곳에 나가는 건 꽤 설레긴 하지만 무척 피곤한 일이기도 해. 능력을 확실하게 컨트롤하지 않으면 아무거나 막 캐치하게 되니까. 조금만 방심해도 바로 옆에 있는 사람과 주파수가 맞아 버려서 그 사람이 생각하는 내용이 읽혀져. 무엇에 비유하면 좋을까……. 고사카 씨는 돌림노래 해본 적 있어?"

"돌림노래?"

"응. 〈동네 한 바퀴〉 같은 거."

그러더니 약간 가락을 붙여 노래하면서 신지가 미소를 지었다.

"아아, 했었지. 학교에서. 나는 형편없이 못했지만."

"나도 잘 못해. 금방 다른 사람 노래를 따라하게 되는걸. 그것과 비슷해."

"번잡한 곳에 있는 것이?"

"응, 내 소절을 제대로 부르려고 애써도 금방 옆 사람 노래를 부르게 되는 꼴이야. 아, 이러면 안 된다 싶어 다시 내 노래를 하려고 노력하지. 그렇지만 조금 지나면 또 남의 노래를 따라 부르는 거야. 그런 것과 마찬가지지. 자신이 없어진다고 해야 할까……. 심한 경우에는 내가 무엇을 사러 갔는지도 까먹고 다른 사람이 사고 싶어 하는 걸 사오기도 해. 나오야는 그런 걸 '남의 사고에 취한다'고 표현하지만."

한 번 숨을 내쉬고 신지는 말을 이었다.

"나오야와 만났을 무렵, 나는 막 능력을 컨트롤하는 방법을 익히고 있을 때였어. 그래서 피곤하기는 해도 사람 많은 곳에 나가는 것이 좋았지. 생각해 봐. 자전거를 탈 수 있게 되면 자꾸 타러 나가고 싶어지잖아? 시험해 보고 싶은 거지. 그것과 마찬가지야. 사람 많은 곳에서 능력을 사용해 보거나 취소해 보거나 하지. 그게 무척 재미있었어. 그러다가 그를 캐치한 거야."

"어떻게? 좀 전에 '나오야가 말을 걸었다'고 했잖아."

"맞아. 말을 걸었어. 하지만 귀로 들은 게 아니야."

"나오야가 뭐라고 했는데?"

"그때 나오야는 돈이 너무 없었어. 절실했지."

"돈이라. 그렇지만 지금부터 두 해 전이라면 나오야도 아직 학생이었을 때 아니야? 가족은 어떻게 하고?"

"나오야는 중학교를 마치자마자 바로 가출했어. 그 뒤로 내내 혼자 살아왔지. 자기 일은 모두 스스로 해결해야 했어."

프리터라고 했던 오다 나오야는 분명 옷차림이 번듯하지

는 않았다. 무릎이 튀어나온 청바지에 계절에 어울리지 않게 너무 얇은 셔츠…….

"왜 가출을 한 걸까? 이유를 물어봤니?"

갑자기 신지의 언성이 높아졌다.

"간단하지. 사이킥이기 때문이야." 무슨 바보 같은 질문을 하느냐는 투였다. "그것도 나보다 훨씬 능력이 강하기 때문이야. 너무 세서 이따금 컨트롤할 수 없게 돼. 나오야는 운이 없었어. 나처럼 먼 친척이라도 좋으니 주위에 능력자가 있었다면 좀 달랐을 거야. 나오야는 내내 혼자 고생해 왔어. 게다가 나오야의 집안은 계속 시끄러웠대. 부모는 이혼하고, 거기다 재산 다툼도 있었지. 일반적인 아이라도 그런 환경이라면 우울해할 거야. 그런데 사이킥이니 어떻게 그런 환경 속에서 버틸 수 있겠어?"

내가 잠자코 있자, 신지는 멋대로 흥분한 것이 겸연쩍었던지 쑥스럽다는 듯 고개를 숙였다.

"죄송해요. 큰 소리를 내서."

"괜찮아. 신경 쓰지 마."

"이따금 나도 무서워져. 가족과 잘 지내지 못하게 되는 날이 오는 게 아닐까 싶어서." 그리고 무척 쓸쓸한 표정을 지었다. "가족만이 아니지 아무하고도 잘 지내지 못해서……."

"외톨이가 되는 게 아닐까 걱정된다고?"

"응……. 지금도 친구 만들기가 너무 힘들다는 생각을 하고 있으니까 말이야."

나는 그 이름 긴 모임의 대표자를 인터뷰할 때 했던 생각을 떠올렸다

"듣고 싶지 않은 속마음만 들리기 때문에?"

"그래, 맞아."

"하지만 그런 것은 들리지 않도록 컨트롤하면 되는 거잖아?"

"그렇지만……." 신지는 고개를 숙였다. "고사카 씨, 내 나이였을 때를 떠올리면서 생각해 보세요. 눈앞에 마음에 드는 여자애가 쓴 일기가 있는데 아무도 모르게 그걸 읽을 수 있다면 어떡할 거야? 프라이버시를 침해해선 안 된다고 생각하고 절대로 손도 대지 않을 거야?"

나는 웃었다.

"난 그렇게 성실하지 않아."

신지도 웃었다.

"그렇지? 나도 마찬가지야. 상대가 신경 쓰이면, 좋아지면 더 알고 싶어져. 나는 알아낼 수 있다는 걸 아니까. 참을 수가 없어지지."

"그래서? 스캔해 보면 어떻게 돼? 만족해? 아니면 실망하는 경우가 더 많아?"

"모르겠어……. 대개는 좀 실망스러운 기분도 들고……." 신지는 마치 바늘귀에 실을 꿰려는 듯 눈을 가늘게 떴다. "때론 아주 좋을 때도 있어. 작년 크리스마스 때 여자친구에게

선물을 하려고 했지. 이런저런 궁리를 해보다가 참 바보 같다는 생각을 했어. 그녀 마음을 읽어보면 되잖아."

"그럼, 여자친구를 스캔했어?"

"응. 스케이트를 타러 가자고 했지. 좋은 수법이지? 예쁘고 글래머였는데 운동신경은 정말 둔했어. 내가 손을 잡아줘도 1미터도 타지 못했어."

"그래서, 뭘 알아냈어?"

나는 궁금해졌다.

"그 애가 내게 주려고 스웨터를 짜고 있다는 것과 선물로 화장품을 받고 싶어 한다는 것을. 그 애 언니가 쓰는 것과 똑같은 화장품 세트를 갖고 싶어 했어. 작은 거지만 아주 비싼 화장품이야. 할 수 없이 로션과 스킨만 사줬지."

"기뻐했겠네."

"처음에는." 작은 목소리로 말했다. "처음엔 그랬어. 하지만 그 애의 태도가 점점 이상해졌지……. 지금 생각하면 내가 너무 자주 그런 짓을 했던 거야. 함께 영화 보러 가지 않을래? 글쎄 뭘 보지? 이런 상태가 되면 그 애가 어떤 영화를 보고 싶어 하는지, 이쪽인지 저쪽인지 스캔했어. 그래서 그 애가 보고 싶어 하는 쪽을 골라보고……."

"그게 어때서? 요즘은 그렇게 배려해 주는 남자가 더 인기 있어."

나는 가볍게 말했지만 신지는 웃지 않았다.

"기분 나쁘다고 했어."

나는 웃음을 거두었다.

"이렇게 말했어. '나에 대해 뭐든 알고 있는 것 같아. 기분 나쁘네. 그리고 이따금 내가 생각하는 건 뻔히 알고 있다는 표정이야. 그런 건 싫어'라고."

신지는 자조 섞인 코웃음을 치더니 한숨을 내쉬었다.

"그래요. 그래서 그 애하고 헤어졌죠. 그 뒤로 여자친구는 생기지 않았고. 무섭다는 생각도 들어요. 새 여자친구가 생긴다 해도 똑같은 일이 반복될 테니까 말이야. 내가 유혹을 이기지 못하겠지. 여자친구에 대해서는 무엇이든 알고 싶어 할 거야. 그러다보면 그 애도 날 싫어하게 될 테고." 그러더니 "계속 그런 일이 반복되겠지" 하며 작은 목소리로 중얼거렸다.

"남자친구들도 마찬가지야. 선생님 중에도 나를 노골적으로 피하는 분이 있고. 나는 결코 그럴 생각이 없는데도 내 표정에 우월감 같은 게 드러나고 마니까. 전부 다 알고 있다는 표정 말이야……."

말은 하지 않았지만 그의 심정이 이해가 갔다. 나도 신지의 얼굴에 그런 표정이 드러나 있던 것을 보았으니까. 그 공터에서.

'날 건드리지 않는 게 좋아. 또 스캔당하고 싶지 않다면.'

모든 것을 다 치워놓고—오다 나오야를 믿을지, 이나무라 신지를 믿을지는 제쳐 두고— 일반적인 상식으로 생각한다

해도, 만약 사이킥이 존재한다면 지금 신지가 말하는 것과 같은 문제는 분명히 매우 현실적으로 그 어깨를 짓누를 것이다.

머리가 좋은 아이다. 나는 놀랐다, 그 창조력, 상상력에. 그리고 신지가 만약 사이킥인 척하는 중이라 해도 그것은 의도적인 게 아니라 오히려 무의식적인 자기 암시에 가까운 행동이라고 생각했다. 그냥 연극을 하는 거라면 도저히 이렇게 깊이 있고 구체적인 통찰까지는 할 수 없을 거라고 생각했다.

만약에 사이킥인 척하고 있는 것이라 해도? 나는 스스로 떠올린 그 전제에 쓴웃음이 났다. 또 제자리로 돌아온 것이다.

"왜 웃어요?"

신지가 바로 물어 왔다. 나도 숨 돌릴 틈 없이 솔직하게 말했다.

"너희 두 사람 중 누굴 믿어야 좋을지 모르겠어서."

"그렇겠네요. 미안해요." 고개를 꾸뻑 숙이며 신지가 말했다. "하지만 혼란스러워하는 것도 당연해. 이런 문제를 전문적으로 다루는 학자 선생님들도 속임수를 쓰는 사이킥에게 속아 넘어가고, 진짜 사이킥을 진짜인지도 모르고 넘어가니까. 유리 겔라 소동이 좋은 증거지."

"유리 겔라는 속임수였던 모양이군."

"대표적인 사기꾼이죠." 내뱉듯이 말하고, 신지는 입을 꾹 다물었다. "그런데 나오야는 내가 속임수를 썼다는 걸 증명하기 위해 어떤 증거를 갖고 왔지? 나는 고사카 씨와 만난 일하고 그날 밤에 있었던 일들을 빠짐없이 나오야한테 이야기 했어. 나오야는 그걸 어떻게 써먹은 걸까?"

내가 설명하는 동안 신지는 말없이 눈을 감은 채 꼼짝 않고 듣고 있었다. 하지만 이야기가 《애로》의 4월 5일자 이야기에 이르자 눈을 번쩍 떴다.

"난 그런 것 몰랐어. 고사카 씨 다리에 난 흉터도 직접 보지 못했고."

"그렇지만 기사 내용과 네가 알아맞힌 내용이 너무 비슷하다고 생각하지 않아? 똑같아."

신지는 몇 차례 침을 삼키면서 필사적으로 머리를 굴리고 있는 것처럼 보였다.

"그 문제에 대해서는 나오야가 나도 모르던 증거를 애써 찾아냈다는 이야기네요."

"그 말만으론 설명이 안 되지. 네가 스캔했다고 주장하는 것과 기사 내용이 우연이라고 하기엔 너무 심하게 똑같잖아?"

차분하게 허벅지 주변을 손바닥으로 문지르며 신지는 혀로 입술을 적셨다.

"한 가지 생각할 수 있는 것은……" 하고 신지가 고개를 들었다

"말해 봐."

"사고는 20년이나 지난 일이잖아? 고사카 씨는 자세한 내용을 잊고 지냈을 거야. 그런데 올해 들어 4월 5일자 기사 때

문에 애써 기억을 떠올렸겠지."

분명히 그랬다.

"사고에 대해 다른 사람에게 이야기를 한 거야. 말로 이야기하면 기억이 재구성되지. 그래서 재구성된 형태로 다시 보존돼. 다음 기회에 같은 기억을 불러낼 때는 그 재구성된 형태의 기억이 나오게 되지. 그렇기 때문에 내가 고사카 씨를 스캔해서 사고의 기억을 읽어낸 것은 4월 5일의 기사를 위해 고사카 씨가 떠올렸던 것과 같은 내용이라 해도 전혀 이상할 게 없지. 오히려 당연한 일이야."

내가 얼굴을 찌푸리자 신지는 걱정스러운 표정을 지었다.

"이해가 안 돼?"

"아니, 이해가 안 되는 건 아니야."

그렇지만 아무래도 궤변 같은 기분도 들고…….

"나도 잘 설명할 수가 없네."

신지는 어찌할 바를 모르겠다는 듯이 어깨를 축 늘어뜨렸다.

"다른 내용에 대해서는 어때? 예를 들어 내 웃옷 안감에 꿰맨 흔적이 있었다거나 하는 건?"

그것만은 신지가 실제로 눈으로 보고 오다 나오야에게 이야기한 것이 아니라면 설명할 수 없는 일이었다.

불편한 표정을 지으며 신지는 인정했다.

"봤어……."

"그랬니?"

"그렇지만 그것하고 스캔해서 '사에코'란 이름이 나온 것하고는 관계가 없어!"

법정에서는 통하지 않을 주장이다.

"프런트 담당자 문제도 설명할 수 있어. 맞아, 그날 밤 웨이트리스가 놀러 와서 둘이 카운터를 사이에 두고 이런저런 수다를 떨었겠지. 하지만 난 그걸 듣지 못했어. 정말이야! 난 프런트 담당자가 혼자 있을 때 젖은 옷을 말려 달라고 부탁하러 내려갔다가 카운터를 만지게 되었는데, 그때 그 두 사람의 대화를 읽어냈던 거야! 그래서……."

"알았어."

"아니야, 더 들어……."

"됐다. 자세한 이야기는 이제 그만. 혼란스러울 뿐이니까. 중요한 것 한 가지만 가르쳐줘."

신지는 화난 표정을 지었다.

"뭔데요?"

"오다 나오야는 왜 내가 너한테 속고 있다는 이야기를 하러 수고스럽게 찾아온 걸까?"

신지는 고개를 숙이며 또박또박 대답했다.

"무서우니까."

"뭐가 무서워?"

"자기가 사이킥이라는 사실이 세상에 알려지게 되는 것이."

가슴이 덜컥 내려앉았다. 나오야의 말이 떠올랐기 때문이다.

'만약 진짜 사이킥이 있다면 무서워서 숨을 겁니다.'

"그렇지만 이건 네 문제야. 오다 나오야의 일이 아니지."

"마찬가지야. 우린 동료지만 이 문제에 대해서는 완전히 의견이 다르니까."

신지는 무릎 위에 얹은 주먹을 꽉 쥐었다.

"난 내가 타고난 능력을 활용하고 싶어. 다른 사람들에게 도움이 될 수 있다면 그렇게 하고 싶어. 안 그러면 의미가 없는걸. 힘들다는 생각만 할 거라면 뭐 하러 살아? 외국에서는 사이킥이 경찰의 수사 활동을 돕기도 해. 당당하게 공식적으로. 금방 그렇게 되기는 불가능할 테지만 기회가 된다면 점점 밖으로 나가야 한다고 생각해. 뭐…… 이번엔 내가 생각이 부족해서 오히려 골치 아프게 만들어 버렸지만."

말꼬리가 떨렸다.

"그런데 나오야는 그렇지 않아. 피할 생각만 하고 있어. 그 심정은 나도 이해할 수 있어. 괴로운 일들만 당했으니까. 초능력을 갖고 있다 보니 좋지 않은 일을 아주 많이 겪었어. 집에서 뛰쳐나왔고, 직장도 오래 다니지 못해, 그래서 경제적으로도 힘들고, 사는 곳도 일정하지 않은 거야. 나하고 처음 만났을 때도 나오야는 푼돈밖에 없었고 일자리도 없었어. 어떻게 해야 하나 고민하고 있었지. 아예 죽는 편이 낫겠다, 그러면 이 능력하고도 관계가 없어진다. 그 생각이 내게 들렸던 거야. 나오야는 문고본 서가에 기대어 정말 당장이라도 죽을 것 같은 표정을 짓고 있었어."

야위고 안색이 좋지 않은 오다 나오야의 얼굴이 떠올랐다.

"직장 생활을 꾸준히 못 하는 건 나오야가 주위 사람들을 너무 스캔하기 때문이야. 편의점에 근무한다고 해봐. 그런데 어느 날 밤 계산대의 수입 금액이 맞지 않았어. 이상해서 조사를 하다 보면 다들 각자 난처한 표정을 지으며 여러 가지 생각을 하게 되겠지. 나오야는 보았으니 알 테지만 약간 환자처럼 보이고, 학교도 제대로 나오지 않은데다 사는 곳도 일정하지 않으니까 먼저 의심을 받게 돼. 그렇지만 모두 말은 하지 않을 거야. 그런데 말을 하지 않아도 나오야에겐 들려. 그냥 들려 버리니까. 그런 것들이 쌓이고 쌓여서 거기서 일할 수 없게 되는 거야. 쫓겨나는 건 아니지만, 나오야는 자기를 그렇게 몰아가는 거야. 계속 그런 일들이 반복되는 거지……. 이런 걸 악순환이라고 하나?"

"그럼 스캔을 하지 않으면 되잖아?"

"그렇기는 하지만." 신지는 화가 난 표정이었다. "그래. 호기심을 누르면 되지. 하지만 그건 너무 어려워. 나오야는 나보다 더 어려워해. 왜냐하면 나오야는 능력이 나보다 더 크니까. 그리고 아까도 이야기했지만, 나오야에겐 도와줄 사람이 없었어. 처음부터 외톨이였으니까. 이제는 힘을 컨트롤하는 기술을 익힐 수 없어. 능력이 제멋대로 움직여 버리니까."

'오픈된다.'

그 말을 떠올리며 나도 모르게 섬뜩해졌다.

"두려워. 정말 힘든 나날일 거야. 그래서 나도 될 수 있으면 도와주고 싶은데 어떻게 할 수가 없네."

말을 꺼내기 어려운 듯이 우물거리더니 신지가 말을 이었다.

"한번은 말이야, 돈으로 여자를 산 적이 있대."

나는 오싹했다. 매춘 이야기에 놀란 것은 아니고, 그다음 이야기가 짐작이 갔기 때문이다.

"어때? 짐작이 가지? 지금 그런 표정을 지었어." 신지는 빈정거리듯 웃음을 지었다. "나오야는 웃으면서 이야기해 주었지만 눈빛이 어두웠어. 하고 있는 내내 상대 여자가 아아, 싫어, 싫어, 싫어, 싫어, 싫어, 싫어……."

고개를 마구 저으면서 신지는 "싫어, 싫어"를 반복했다. 그리고 갑자기 입을 다물었다. 잠시 뜸을 들인 뒤 툭, 내뱉었다.

"결국은 하지 못했대. 그런 욕구불만 때문에라도 자기는 일찍 죽을 거라고 했어."

뭔가 위로가 될 말을 해주려 했지만 불가능했다. 너무도 생생해서.

"나도 각오하는 게 좋을 거라며 겁을 줬어. 그걸 할 때는 좋기만 한 것이 아니라 진짜 본심이 드러날 때이기도 하다면서."

"그렇겠구나……."

의문이 부메랑처럼 원을 그리며 되돌아왔다. 그들은 결혼 생활을 어떻게 해 나갈까?

모르는 게 약이라는 말이 있다. 모르기 때문에 아무렇지도 않게 지낼 수 있고, 살아 갈 수 있는 것이다.

"그래서 연애 같은 건 할 수도 없어. 나도 할 수 없을 거라고 생각할 때가 있지. 그렇지만 말이야, 그렇다고 해서 나오야는 범죄자가 될 만큼 강하지는 않아. 착한 거지." 그래서 걱정이라며 신지는 큰 소리로 말했다. "농담이 아니라 지금 이대로 가다가는 그리 오래 버티지 못할 거야. 다 소모되어 버릴 거야. 나오야는 위험할 정도로 자주 오픈되고 있어. 당연히 몸이 약해지지. 몸이 약해지니까 더 컨트롤할 수 없게 되고, 그러니 더 오픈되지. 그래서 어떻게든 도와주고 싶은 거야. 도움이 필요해. 그런데 나오야가 너무 두려워하고 싫어해. 나오야는 절대로 자기 능력을 남들에게 보여주거나 하지 않으니까. 나는 어떻게든 뭔가 발판을 만들 수 있으면 좋겠다고 생각하는데, 나오야는 그것을 모두 부숴 버리고 마는 거야."

떨리는 손으로 머리를 감싸 쥐더니 눈을 감았다.

"이번 일은 처음부터 내가 지나쳤지만, 힘들어. 너무 힘들어. 어떡해야 좋을지 모르겠어."

침묵이 흘렀다. 신지는 심장 발작을 일으킨 것처럼 숨을 헐떡이고 있었다.

"괜찮니?"

말을 걸어도 한동안 대답하지 않다가 겨우 고개를 들며 대답했다.

"응…… 난 괜찮아."

내가 말했다.

"어디 공공기관 같은 데를 찾아가 도움을 청하는 건 생각해 봤어?"

신지는 고개를 끄덕였다.

"그런데 어디가 좋을까? 방위청에서도 연구하고 있다는 소문은 들은 적이 있지만 확실치 않은걸. 그리고 우리를 무기 취급하는 건 싫어. 정말 싫어."

"하지만 매스컴도 너희를 제대로 취급해 주지는 않을 텐데."

"그래. 뻔하지." 신지는 애써 웃음을 지었다. "그래서 어떻게 해볼 수도 없어. 알고 있어."

긴 이야기가 끝났다. 결국 내게 남겨진 건 어깨를 잔뜩 웅크리고 있는 소년을 믿느냐, 아니면 노이로제 환자로 취급하느냐 이 두 가지뿐이었다.

이성적으로는 아직 후자에 마음이 쏠렸다. 오다 나오야의 폭로는 충격적이고 명쾌했다. 그리고 오다 나오야의 주장에 무게를 두는 것이 마음 편했다.

그렇지만…….

"좀 생각해 볼게."

이렇게 말하자, 신지는 새빨개진 눈을 깜빡이며 나를 바라보았다.

"내가 뭘 해줄 수 있을지 모르겠고, 자신도 없지만 말이야. 뭔가 방법이 있을지도 모르겠어. 일단은 좀 진정해."

"응……."

"우선 그렇게 하자."

"네."

신지는 천천히 일어섰다. 쓰러지는 게 아닐까 걱정했지만 의외로 잘 버텼다.

"모치즈키 다이스케 문제나 맨홀 사건도 이젠 신경 쓰지 마. 그건 이미 네 손을 떠난 일이야. 알겠지?"

"알았어요."

그렇지만 문으로 향하던 신지는 툭 내뱉었다.

"7 대 3 정도네."

"뭐가?"

"70퍼센트 정도는 믿지 않죠?"

급소를 찔렀지만 나는 지쳤고, 신지는 더 지친 것 같아 보였다.

"자." 신지의 머리에 손을 얹고 가능한 한 부드러운 목소리로 말했다. "이제 그만 접어 두자, 일단은. 알겠지?"

신지가 살짝 고개를 끄덕였다.

응접실에서 나오자 가나코가 접수창구 책상 안쪽에서 겁

먹은 눈길을 보냈다. 신지는 내내 고개를 숙이고 걸었지만 가나코 옆을 지날 때는 고개를 들었다.

"아깐 죄송했어요, 놀라게 해서요."

가나코는 다시 놀란 표정을 지으며 반사적으로 대답했다.

"아뇨, 천만에요."

신지를 택시에 태워주고 집에 도착하면 전화를 하라고 했다. 편집부에 돌아오니 데스크가 나와 있었다.

"일찍 나오셨네요."

"머리맡에서 여편네와 딸년이 생명보험을 더 들어야겠다고 이야기하는 소릴 들어봐. 잠이 오나."

"으스스하겠죠."

"그래, 지금은 웃지? 두고 봐." 그러더니 힐끔 가나코 쪽을 턱으로 가리켰다. "이야기 들었어. 청소년 상담 코너라도 차린 건가?"

"죄송합니다."

"상관없어. 대신 리베이트는 받아낼 거야. 무슨 일 있어?"

대답을 머뭇거리자 툭, 하고 등을 두드렸다.

"뭐, 됐어. 정리가 되면 이야기해 줘. 뭔지 몰라도 꽤 소모전인 모양이군."

"어떻게 아세요?"

"자네도 흰머리가 나는 걸보니 말이야."

화장실에서 확인해 보았다. 거짓말이었다. 정말 못 말리는 선배다. 부루퉁한 얼굴로 사무실로 돌아오니 데스크는 쌤통이다, 하는 표정으로 웃고 있었다.

40분쯤 지나 신지한테서 전화가 왔다. 부모님과 통화할 필요가 있겠느냐고 묻자 신지가 말했다.

"그런 걱정하지 마세요. 난 잘하고 있으니까. 택시비 고마워요. 대단한 사람이 된 것 같은 기분이었지만 내겐 너무 사치야."

"신경 쓰지 마. 어차피 내 돈 나가는 게 아니니까."

"고사카 씨, 어제 마감했다고 그 누나가 말하던데. 오늘은 좀 쉴 수 있는 거지?"

"뭐 그렇겠지."

"그럼 잘하면 오늘 밤 바흐를 들을 수 있을 거예요."

"바흐? 클래식?"

"응, 사랑니가 부어서. 혼자 가는 건 재미없다고 할 거야. 하지만 그건 거짓말이지. 처음부터 두 장을 샀어. 산토리 홀이야."

그러고는 일방적으로 전화를 끊었다.

오전 중에는 빈 시간을 이용해 책방을 몇 군데 돌며 사이킥 관련 책을 사 모았다. 엄청나게 많은 책이 나와 있다는 사실에 놀랐다.

다음 호 특집 기사에 관한 회의를 할 때도, 취재 계획에 대해 의논할 때도 머릿속의 반쯤은 그쪽으로 가 있었다. 네 시가 지나서야 시간이 비어, 회의실을 차지하고 앉아 잔뜩 쌓아 놓은 책을 닥치는 대로 읽었다.

모아 놓고 보니 콜린 윌슨(영국의 소설가 겸 평론가)이란 저자의 이름이 눈에 띄었다. 《아웃사이더》를 쓴 작가인데, 이 방면에 권위자인 모양이다. 매우 진지하게 검증하고 있었다.

한편 초능력으로 알려진 것들은 모두 트릭으로 설명할 수 있다는 사실을 증명하는 책도 있었다. 이 책도 설득력이 있었다. 스푼 구부리기 따위는 마술의 초보적인 기술에 불과하다며 그림을 곁들여 설명했다.

다용도실에서 티스푼 두 개를 가져와 손끝으로 만져보았다. 왜 이런 것에 그 많은 아이들이 몰려들고 빠져들었던 걸까…….

문을 노크하는 소리가 나더니 가나코가 고개를 디밀었다.

"잠깐 실례해도 돼?"

"그러셔."

"뭐 하는 거야?'

"그냥." 역시 좀 쑥스러웠다. "약간 학술적인 검토를 하고 있었어."

가나코는 다가와 어질러져 있는 책의 제목을 들여다보았다.

"초능력? 어머, 어울리지 않게."

"쑥스럽군."

"스푼 구부리기지? 어깨 너머 뒤로 던지면 구부러지는 거야. 유행이었어. 옛날에."

가나코가 1974년의 붐을 알고 있을 리는 없다. 그렇다면 이 트릭이 계속 이어져 내려오고 있다는 것일까?

"정말이야?"

"정말이지. 내가 보여줄게."

가나코는 내 손에서 스푼을 빼앗아 들더니 에잇, 소리를 질렀다. 스푼이 바닥에 떨어지며 요란한 소리를 냈다. 그것을 후다닥 집어 들었다.

"봐, 구부러졌지?"

던지지 않은 것과 비교해 보니 분명히 약간 구부러져 있다.

"그렇게 난폭하게 던지면 뭐든 다 구부러지겠지."

"그렇지." 가나코는 웃었다. "하지만 이상하네. 초능력이라고 하면 왜 바로 스푼 구부리기를 생각하지? 스푼 같은 것 구부려봤자 어디에 쓴다고?"

사실 그랬다. 진지하게 달라붙어 자료를 읽어보니 그런 속임수는 쉽게 알 수 있었다. 문제는 그런 것이 아니다.

"간단하고, 눈에 잘 띄고, 알기 쉽기 때문이 아닐까?"

"그것뿐? 그렇다면 자전거 바퀴 테도 괜찮잖아? 내가 초능력자였다면 더 의미 있는 걸 골라 구부릴 텐데."

"그래, 구부려. 실컷 구부리셔. 뭐든 구부려도 돼. 도쿄 도청 신청사에 있는 그 무지 큰 타워는 어때? 그런 걸 구부리면 기뻐할 거야."

"그러면 내가 킹콩 같잖아." 가나코는 웃더니 새침하게 입을 비죽거렸다. "우선 구부려야 할 것은 고사카 선배의 심술보야. 구부러져 있으니 다시 구부려주면 정상이 될지도 모르지."

"그보다는 데스크의 십이지장을 구부려줘. 쇼크로 궤양이 치료될지도 몰라."

"으아, 징그러워."

가나코는 묘하게 들떠 있었다. 나는 스푼을 책상 위에 내려놓고 그녀를 쳐다보았다.

"그래, 무슨 일이야?"

"뭐가?"

"나한테 할 말이 있는 거 아니야?"

"아, 그런가? 그렇군."

갑자기 진지한 표정이 되었다. 얼핏 짐작이 가 '또 왔나보다'는 생각을 했다.

"그 우편물이 또 온 건가?"

가나코는 두 손을 등 뒤로 숨기고 어깨를 으쓱 움츠렸다. 그러나 포즈와는 달리 태연한 목소리로 이렇게 말했다.

"저어, 오늘 밤 시간 있어?"

가슴이 덜컥 내려앉았다. 다른 이유 때문이 아니었다. 신지가 전화로 한 이야기가 떠올랐기 때문이다.

"왜 그러시지?"

"콘서트 티켓이 있어. 두 장."

'잘하면 오늘 밤 바흐를 들을 수 있을 거예요.'

"친구와 함께 가기로 약속했었어. 그런데 그 애가 갑자기 사정이 생겼다고 전화가 와서. 아깝잖아? 혼자 가면 심심해서. 편집부에서 클래식 들을 만한 사람이라고는 고사카 선배와 아미노 선배뿐인데, 아미노 선배는 신혼이고. 나, 불륜은 싫어."

농담하듯 밝게 말하고 있지만, 말투가 평소보다 두 배는 빨랐다. 그 사진기자 말대로 귀여운 순정파 아가씨라는 생각이 들었다.

"안 돼? 꽤 좋은 자린데. 홀도 멋져."

"장소가 어디지?"

"산토리 홀."

가슴이 덜컥 내려앉았다. 신지의 목소리가 머릿속에서 되살아났다.

'오늘 밤 바흐를 들을 수 있을 거예요.'

"고사카 선배?" 가나코가 내 얼굴을 들여다보고 있었다. "왜 그래? 심각한 표정을 하고."

"미안해." 가나코 쪽을 보지도 않고 반사적으로 그렇게 대답했다. "오늘 밤은 안 돼. 선약이 있어서."

"그래?" 하는 힘없는 목소리가 들렸다. "그럼 할 수 없지.

다른 사람한테 가자고 해봐야겠네."

'처음부터 두 장을 산 거야.'

"가나코."

불러 세우자, 문 쪽에서 얼른 되돌아보았다.

"왜 그래?"

"친구 말이야, 갑자기 무슨 사정이 생긴 거지?"

가나코는 눈에 보이게 당황했다. 이 아가씨는 아직 어려서 진짜 열심히 여러 가지 핑계를 생각하고 있을 것이다. 그중 하나를 고르려고…….

이러면 안 된다, 안 된다 하면서도 확인해 보고 싶은 유혹에 무릎을 꿇었다.

"사랑니가 부은 거지?"

가나코가 눈을 동그랗게 뜨고, 등을 쭉 폈다. 그러고는 겨우 이렇게 말했다. "그래. 어떻게 알았지?"

입술을 씰룩거리면서 "심술궂기는" 하고 내뱉으며 문을 닫았다. 달려가는 발소리가 들려왔다.

이렇게 남에게 마음의 상처를 입히기도 쉬운 일이다.

'뭐든 다 알고 있다는 눈빛이라 기분 나쁘다는 소리를 들었어.'

비로소, 무릎이 떨렸다.

04

전문가의 조언을 받아봐야겠다.

그렇게 생각했지만 탁 막혔다. 대체 이 분야에 전문가가 있기나 한 걸까?

원자력발전소나 소비세, 헌법 개정 같은 문제와는 성격이 다르다. 원자력발전소 문제라면 반대파든 추진하는 쪽이든 기본적인 지식과 데이터 수집 단계에서는 서로 같은 것을 모은다. 만약 이 단계에서 서로 다른 것을 모으고 있다면 그것은 이미 편파적인 것이고, 말이 되지 않는 일이다.

하지만 초능력은 아예 그 존재 자체가 아직도 확인되지 않은 상태다. 전문가라는 평가를 받고 있는 인물이든, 스스로 전문가나 연구자라고 나서는 인물이든 긍정과 부정 어느 쪽에 서 있느냐로 이미 색깔 구분이 되어 버린다. 긍정파가 갖고 있는 데이터가 얼마나 신뢰할 만한지, 부정파가 수집한 사실들이 얼마나 편견에서 자유로운 내용인지는 알 수가 없다. 결국 어느 쪽 의견을 듣건 지금의 혼란 상태를 더욱 심하게 만들기만 하는 건 아닐까?

그래도 사 모은 책의 지은이와 옮긴이 리스트를 만들어, 직접 만나 이야기를 들을 만한 인물에 표시를 했다. 붙여 놓은 메모와 접은 페이지투성인 책을 골판지 상자에 담아 회의실을 나왔다. 편집부로 돌아와서 상자를 책상 밑에 밀어 넣었다.

"공부는 끝났나?"

옆자리에 앉은 이코마 고로가 말을 걸어왔다. 다른 기자들은 퇴근했는지 아무도 없었다. 가나코의 모습도 보이지 않았다. 천장의 형광등도 이코마가 있는 쪽만 남기고 반은 꺼져 있었다.

"상당히 열심히 하더군."

그렇게 말하고 이코마는 신음을 하며 등을 폈다. 마치 곰, 만화영화에 나오는 곰 같았다. 기성복은 도저히 맞는 것이 없을 것 같은 거구인데 본인은 '난 내 몸무게만큼 나가는 금덩어리만한 가치가 있는 기자'라고 한다. 하지만 그의 아내에게 물어보면 '체중만큼의 타르와 니코틴 덩어리예요'라는 소리를 듣는 양반이다. 지독한 골초다. 지금도 손톱이 누렇게 된 손가락 사이에 거의 다 타들어 간 담배를 끼우고 있다. 책상 끄트머리에 쌓아 올린 파일 위에는 당장이라도 떨어질 것 같은 재떨이가 하나 얹혀 있었다. 물론 꽁초가 잔뜩 쌓여서. 그 재떨이가 떨어지면 정통으로 내 무릎에 떨어질 것 같다. 나는 그 꽁초들을 쓰레기통에 버리고 내 의자에 걸터앉았다.

이코마가 히죽거렸다.

"깔끔한 이웃이 있어서 좋군."

"폐암으로 죽고 싶어 어지간히 안달이 난 모양이시네."

"무슨 소리야. 우리 아버진 술도 담배도 하지 않았어. 그런데 간암으로 일찍 돌아가셨지. 아마 돌아가실 때는 분명히 후회하셨을 거야. 그 생각만 하면 측은해서 견딜 수가 없다니까. 난 담배를 피우는 게 아니라 아버지를 위해 향을 피우고 있는 거야."

"말은 잘하셔." 나는 웃으며 담배에 손을 뻗었다. "대학 때 웅변부에 있었던 것처럼 말 잘하는 마누라를 얻어봐. 이론 무장을 하지 않으면 끼니도 못 얻어먹어. 아니, 뭐야. 금연은 포기했나?"

"휴전인 셈이죠."

"그만둬. 내가 옆에 있는 한 어차피 담배는 실컷 피는 셈이잖아."

이를 드러내며 웃더니, 꽁초를 눌러 끄고 다시 새 담배를 꺼냈다. 이코마의 마나님은 올봄에 새로 지은 집의 벽이 지저분해진다면서 그가 담배에 불을 붙일 때마다 베란다로 내쫓는다고 한다. 물론 그렇게 한다면 이코마는 하루 종일 베란다에 있게 될 테니 아무래도 거짓말일 것이다.

"뭐 하고 있었던 거죠?"

내가 묻자 이코마는 책상 위에 펼쳐 놓았던 주간지를 들어 슬쩍 표지를 보여주었다. 《슈칸분슌(週刊文春)》이었다.

"미용 성형에 관한 특집 시리즈가 실렸어. 정말 무서운 이야기만 늘어놓았는데, 재미있기는 하군. 집에 갖고 가서 유미코한테 보여줄 생각이야."

유미코란 이코마의 큰딸 이름이다. 아마 아직 고등학생일 것이다.

"유미코? 아니, 왜?"

이코마는 인상을 팍 썼다.

"성형수술을 하고 싶대. 코 모양이 마음에 들지 않는다고. 그냥 둬도 어른이 되면 예뻐질 거라고 했지만 전혀 들어 먹지를 않는군."

두세 번 집에 놀러간 적이 있어 얼굴을 봤는데, 이코마 유미코는 자기 엄마를 닮아 귀엽게 생긴 소녀였다. 어른이 되면 분명히 미인이 될 것이다.

"그럴 필요 없다고 하지 그래요."

"부모가 그런 소릴 해봐야 소용 있나? 그 나이 때는 한번 마음먹으면 그것밖에 생각을 못하지."

"그럼 지금은 뼈가 다 성장하지 않았기 때문에 성형수술을 해봤자 소용없다고 해보지."

"그러면 자기 청춘이 우울하게 끝나 버린다고 난리야. 아, 요즘 애들은 '청춘'이 스무 살까지래. '아버진 그 나이에 무슨 재미로 사느냐'고 쫑알거린다니까. '그럼 아빠가 죽으면 누가 생활비를 벌어다 주지?'라고 물으면 '보험이 있잖아' 하고 쏘아붙여."

"반항기로군."

"정말 웃기지도 않지. 그래서 내가 한마디했지. '아빠는 네가 욕실 들어가면 엿보는 것이 재미있어서 살고 있다'고 그랬더니 이젠 안에서 걸어 잠그고 불도 켜지 않은 채 욕실에 들어간다니까. 내가 화장실에 가려고 욕실 앞 복도를 지나가기만 해도 비명을 질러대는 거야. 여자들은 왜 그렇게 다들 단순할까?"

그 광경이 눈에 선해서 나는 오래간만에 소리 내어 웃었다.

"웃을 일이 아니야, 이 사람아."

무뚝뚝하게 말했지만 이코마도 눈으로는 웃고 있었다. 이러쿵저러쿵하면서도 늘 집 생각을 많이 하는 사람이라는 걸 잘 알고 있다. 확인해 본 적은 없지만 이력서의 가족 구성원 '관계' 칸에 그냥 '아내', '딸'이라고 적지 않고 '사랑하는 아내', '사랑하는 딸'이라고 적었을 것이다.

"너 요즘 아주 바빠." 이코마는 발을 꼬고 큼직한 발끝을 흔들면서 나를 바라보았다. "게다가 요즘 매일 치과에 다니는 사람 같은 표정이고. 그것도 금방 어금니를 뺀 것 같은 표정. 아니면 요로결석이라도 있는 건가?"

"설마요." 나는 의자에 기대며 팔짱을 꼈다. "그렇지만 사실 골치가 좀 아파."

"그야 그렇겠지. 얼굴을 보면 알 수 있어. 무슨 일 있나?"

이코마가 진지하게 물었다.

이코마 고로. 47세. 잡지기자 경력은 나보다 훨씬 길다. 물류 관련 업계 잡지를 비롯해 본인 이외에는 기억할 수 없을 만큼 많은 출판사와 잡지사를 돌아다닌 베테랑이다.

이코마라면 의논해 봐도 좋겠다……. 아니, 의논을 한다면 그 대상은 이코마밖에 없다고 생각했다.

내가 관련된 이 사건을 기사로 쓰겠다거나 재미있는 소재가 될 것 같다는 생각은 할 수 없었다. 그래서 쓸데없이 다른 기자들에게 이야기했다가 '재미있겠네, 그거. 한번 해보자'는 소리가 나오게 되는 일은 최대한 피하고 싶었다.

이코마는 입도 무겁다. 나는 힐끔 주위를 둘러보며 다시 아무도 없다는 걸 확인하고 나서 이코마를 바라보았다.

이코마는 눈치가 빨랐다.

"다른 사람이 들으면 곤란한 이야긴가?"

"가능한 한 소문이 나지 않았으면 좋겠어요. 자극적이라 우리 기자 중에는 이런 쪽 이야기를 좋아할 녀석이 있을 테니까."

처음부터 차근차근 설명했다. 오늘 오후에 있었던 가나코 이야기까지 빼먹지 않고. 그동안 이코마는 담배를 열 개비나 피웠다.

다 듣고 나더니 그는 꽁초를 재떨이에 눌러 끄고, 그제야 새 담배에 불을 붙이지 않은 큼직한 손을 책상 위에 얹었다.

"심각하군."

굵은 숨을 토해내며 이코마가 말했다.

"그렇죠? 어떻게 해야 할지 모르겠어."

"아이들은 무슨 일이든 진지해. 그래서 골치 아프지. 장난도 진지하게 치니까."

"장난이라고는 생각할 수가 없어. 너무 치밀하잖아요?"

"아냐, 그게 아니야. 치밀하기 때문에 장난인 거지. 좋아서 하는 일이기 때문에 얼마든지 신경을 쓸 수 있는 거야."

나는 눈썹을 치켜들었다.

"그럼, 전부 속임수라고?"

"난 그렇게 생각해." 이코마는 천천히 고개를 끄덕였다. "아마 그 오다 나오야란 녀석의 말이 정답일 거야. 앞뒤가 맞아. 그렇지만 문제는 그걸 어떻게 이나무라 신지에게 이해시키느냐 하는 거지."

"그럼 음악회 티켓 문제는 어떻게 설명하게요?"

이코마는 두툼한 어깨를 으쓱했다.

"네가 사무실에 나올 때까지 이나무라 신지는 가나코와 둘이 있었잖아? 그사이에 가나코가 티켓을 갖고 있는 걸 봤겠지. 가나코가 혼자서 너한테 할 말을 연습하고 있었을지도 모르고. 가나코는 생각이 얼굴에 그대로 드러나는 타입이야. 특히 최근 보름가량 아주 몸이 달아 있어. '나는 고사카 쇼고와 자고 싶다'며 광고하고 다니는 꼴이지. 너도 눈치챘을 테지만."

고개를 끄덕였다.

"좀 이상하다는 건 알고 있었죠."

"내겐 제법 큰 딸이 있기 때문에 알아. 그건 일종의 병이지, 누구나 걸리는."

이코마는 의자를 삐걱거리며 자세를 고쳐 앉더니 머리 뒤로 손깍지를 꼈다.

"뭐랄까……. 그건 고사카 쇼고라는 남자의 실체를 사랑하고 있는 게 아니야. 환상을 보고 있는 거지. 아마도 사이좋은 친구나 누군가가 나이 차이 나는 남자와 결혼했을지도 몰라. 그 영향을 받아 멋대로 환상을 만들어 내고 있는 걸 거야. 좀 지나면 정신을 차리겠지."

이코마는 픽 웃으며 말을 이었다. "그 상대가 모리오나 이데였다면" 하면서 젊은 계약직 기자 이름을 댔다. "나도 그냥 놔두진 않았을 거야. 가나코를 붙들고 설교했겠지. 남자는 다 늑대다, 여자라 손해다, 무슨 일이 생기면 가나코가 더 후회하게 될 것이다, 라고. 그렇지만 넌 그 아가씨 병을 틈타 덮칠 만큼 나쁜 놈은 아니야. 그런 교활한 짓을 하기엔 너무 성실해. 예전에 아무리 아픈 경험을 했다고 해도, 그걸 앙갚음하겠다고 생각할 만큼의……."

"근성이 없죠."

내가 말했다. 이코마가 껄껄 웃었다.

"그런가? 난 거기까진 모르겠어. 하지만 확실히 착한 사람이라고 생각해. 우리 집사람도 동의했어. 남자나 여자나 상처를 입으면 착해지는 사람도 있고 잔혹해지는 타입도 있대. 자넨 착해지는 타입이라더군."

"고마운 분이시네요."

"그런 중고품이라도 좋다면 언제든지 내놓을게."

이코마는 마음에도 없는 소리를 했다.

이코마는 나와 소마 사에코 사이에 어떤 일이 있었는지 자세하게 알고 있다. 《애로》에서 그만큼 알고 있는 사람은 없다.

이코마와 나는 처음부터 콤비로 움직인 일이 많았다. 그리고 어느 날 밤 2차, 3차 옮겨가며 술을 마시다가 몇 차째인지 단둘이 남게 되었을 때 불쑥 물었다.

'소문은 자주 들어. 그렇지만 난 소문 따위 믿지 않아. 그리고 네가 이곳으로 발령받은 이유가 뭐건 상관없어. 하지만 잡음이 많은 건 곤란해. 소문이 사실인가, 완전 엉터리인가만 가르쳐줘. 그것만 알면 돼.'

그래서 나는 솔직하게 털어놓았다. 그는 아무 말 없이 듣더니 '알았네. 이제 묻지 않겠어'라고 했을 뿐이다. 그가 그 문제를 입에 올린 것도 지금이 처음이다.

"충고하겠는데, 말 하나하나에 매달려서는 안 돼. 가나코 문제가 아니라, 그 초능력 소년 이야기 말이야."

이코마는 자리에서 일어서며 진지한 표정을 지었다.

"전체를 봐. 세부적인 것에는 잔재주를 부릴 수 있어. 그런 일에 열을 올리는 아이는 깜짝 놀랄 만큼 치밀하게 계산해서 어른의 눈을 속여. 그 속임수에 넘어가면 발판이 마련되는 거지."

"신지가 사기꾼일까?" 나는 천장을 올려다보았다. 낡은 형광등 안에 날벌레의 검은 잔해가 군데군데 보였다. "문제아일까?"

"그렇게 생각하고 싶진 않겠지?"

나도 모르게 쓴웃음을 지었다.

"네."

"심정은 이해해. 하지만 그 짓을 멈추게 하지 않으면 언젠가는 더 불쌍해질 거야. 이건 내 반성의 의미를 담아 이야기하고 있는 거야. 내게도 비슷한 경험이 있으니까 말이야."

놀라서 쳐다보니 이코마는 둥근 턱을 끌어당기며 고개를 크게 끄덕였다.

"부끄러운 이야기지. 평생 돌이킬 수 없는 인생의 오점이라 생각하고 있어." 이코마는 "1974년, 그 초능력이 붐을 이루었을 때였어" 하며 말문을 열었다.

"그때 내가 일하던 잡지는 《주간 아사히》에 대항해서 스푼을 구부리는 아이들을 치켜세우는 방향으로 나가고 있었지. 유행이었어, 사실 그건 그럴듯한 재주에 지나지 않았어. 알지? 우리 모두가 홀려 있었던 거야. 그렇지만 《주간 아사히》의 취재는 철저했어. 계속해서 공격해 왔지. 어쨌든 우리 쪽은 제대로 대응을 했던 것도 아니었고. 같은 주장을 하던 잡지들도 차츰 입장을 바꾸면서 우리가 몰리게 되었지. 그런데 어느 날 편집장이 이렇게 말했어. 우리가 접촉하고 있는 애들을 그냥 놔둘 수는 없다, 그 애들에게 털어놓으라고 해야 하지 않겠느냐, 라고 말이야."

"털어놓으라고 한다고요?"

"그래. 여태 우리를 어떻게 속여 왔는지, 그걸 털어놓게 한다는 거지."

"거짓말을 인정하게 만든다는 건가요?"

이코마의 큼직한 얼굴이 어두워졌다.

"그래" 하며 툭 내뱉었다. "그냥 놔줘야 했어. '미안하다. 이제 더는 밀어줄 수가 없구나. 부수도 딸리고, 아저씨들도 이제 곤란해졌어. 게임은 끝이다. 그럼 잘 가거라.' 그렇게 놔줘야 했던 거지. 《주간 아사히》는 잘했어. 처음부터 반대하는 입장을 유지하고 있었으니까. 하지만 우리는 애들을 옹호했거든. 그러다 어느 날 갑자기 아이들을 도마 위에 올려놓은 거야. '본지 기자도 놀란 이 완벽한 트릭.' 이런 식으로 나간 거지. 지금 생각해도 구역질이 나."

침을 뱉듯이 고개를 돌리더니 이코마는 담배에 손을 뻗었다. 나는 잠깐 뜸을 들였다가 물었다.

"결과는요?"

담배 연기를 길게 토하면서 이코마가 대답했다.

"죽은 아이가 나왔어."

"애가?"

"그래. 학교 옥상에서 뛰어내렸어. 우리가 나무에 사다리를 걸치고 올라가게 해 놓고, 이게 아니다 싶으니까 사다리를 치워 버린 셈이지. 그러니 뛰어내리는 길 말고는 없었던 거야. 열 살짜리 아이였어."

이코마는 "열 살"이라고 반복해서 중얼거렸다. "절대로 일어나선 안 될 일이었지. 난 한때 이 바닥을 떠날까 하는 생각까지 했어. 판매 부수를 늘리기 위해 애들을 죽이면서 보도는 무슨 놈의 보도."

천장의 형광등이 소리를 내며 깜빡이고 있었다. 수명이 다 되어 가는지도 모른다. 그 아래 있는 사람의 신경과 연동하고 있는 것인지도 몰랐다.

"그런데 아직도 이 일을 계속하고 있지. 어지간히 업보가 깊은 모양이야."

이코마는 씁쓸하게 웃었다. 그 웃음이 사라졌을 때는 다시 두 아이의 아버지와 기자 얼굴로 되돌아왔다.

"다시는 그런 짓을 해선 안 돼. 내 생각은 이래. 초능력 같은 건 존재하지 않아. 그건 꿈이야. 어른들의 환상이지. 아이들은 어른들이 꿈을 꾸면 슬쩍 장난기가 동해서 그걸 이루어

주고 싶어 하는 경향이 있어. 그 애들은 냉정해. 거기까지는 말이야. 하지만 어른들이 꿈에서 깨어났을 때의 일까지는 생각하지 못하지. 애들에게 꿈이란 깨어나거나 하는 게 아니라 계속되는 것이니까 말이야."

이코마는 눈을 들어 나를 똑바로 바라보았다.

"이나무라 신지를 구해줘. 끌어내야 해. 푹 빠져 있는 꿈속에서 말이야. 쉽지는 않을 테지만 해야 해. 옷자락만 스쳐도 인연이라고 했어. 너는 부탁을 받은 거야. 부탁을 받은 이상 응해야만 해. 아니 내버려 둬도 상관없겠지. 신경 쓰이지 않는다면. 하지만 그렇게 되진 않을 거야. 너도 마음이 아프겠지?"

나는 그의 눈을 피하며 꽁초가 타고 있는 재떨이를 바라보았다. 푸른 연기가 피어오르고 있었다.

"마음이 아플 거라는 사실을 알기에 고민하는 거야." 이코마가 말을 이었다. "나는 철저한 무신론자야. 하지만 이 세상이 돌아가는 건 뭔가가 아주 잘 설계되어 있기 때문이라고 느낄 때가 있어. 그래서 이 이야기만은 할 수 있지. 무거운 짐은 그걸 짊어질 어깨를 선택해서 얹어지는 거야. 그리고 지금 네 어깨에는 이나무라 신지라는 아이의 장래가 얹혀 있어."

나는 고개를 들었다.

"그렇지만 구체적으로 어떻게 해야 하죠? 난 지금 완전히 휘둘리고 있는데."

"그러니까 아까도 말했잖아. 눈앞에 보이는 것에 현혹되어

선 안 돼. 외곽부터 메워 나가는 거야. 열여섯 살 소년에게는 16년의 역사가 있어. 진짜 사이킥이라면 그에 어울리는 역사를 지니고 있을 거야. 지난날에는 잔재주가 먹히지 않지. 그건 절대적이야. 조사하면서 그 애 주변 사람들의 이야기를 들어보는 거야. 가족도 좋고, 친구도 좋고, 선생님도 괜찮아. 물론 오다 나오야란 친구도 말이야. 그의 말을 가장 귀 기울여 들어야 할 거야. 열쇠는 그가 쥐고 있을지도 몰라."

커다란 손가락으로 자기 가슴을 가리키며 "물론 내가 할 수 있는 일이 있다면 도와줄게. 이런 방면의 문제를 다룬 경험이 있는 믿을 만한 인물이 두세 명 정도 있기는 해. 그러니 그쪽은 내게 맡기고. 알았지?"

다시 한 번 힘주어 "눈을 뜨게 해주라고" 말하며 이코마는 말을 끊었다. 그리고 잠깐 생각하고 난 뒤 이렇게 덧붙였다.

"할 만큼 조사해 보고 그들이 진짜 사이킥일지도 모른다는 증거가…… 아니, 그 애들이 사이킥이라고 생각할 수밖에 없는 증거가 나온다면 내가 완전히 담배를 끊지."

그러면서 이코마는 히죽 웃었다.

"어때, 내기 한번 해볼 텐가?"

팔짱을 낀 채로 나는 고개를 끄덕였다.

"좋아요, 해보죠."

제3장

과거로의 여행

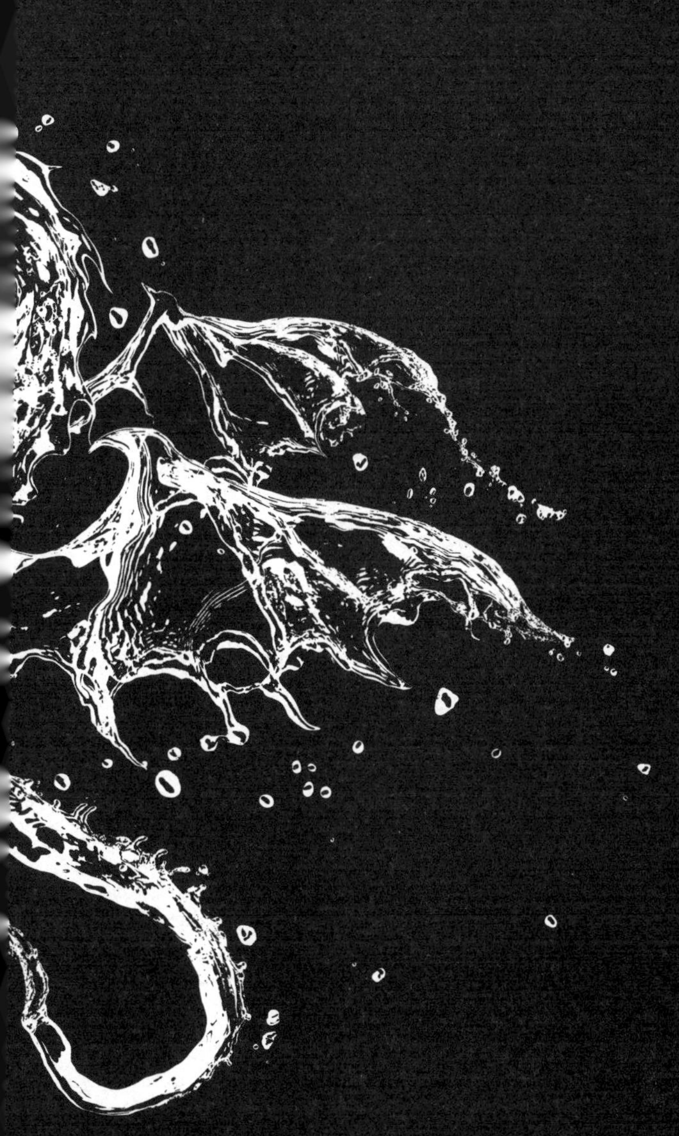

01

오다 나오야가 알려준 그의 근무처는 주유소였다. 고층 아파트와 주택 단지가 늘어선 도쿄 동쪽 변두리에 있는 동네 한 모퉁이였다.

하지만 그는 거기 없었다. 일을 그만두었기 때문이다.

"일은 잘했었는데, 왜 그랬을까?"

주유소 소장이라는 자그마한 중년 남자는 내가 나오야의 이름을 대자 바로 그렇게 말했다. 제복과 한 세트인 챙이 있는 모자를 비스듬히 쓰고, 자동세차기 쪽에서 흘러나오는 세제 거품을 호스의 물로 조심스럽게 씻어내고 있었다.

"언제 그만둔 거죠?"

소장은 살짝 얼굴을 찌푸렸다.

"일주일쯤 됐나?"

그렇다면 나를 찾아온 뒤 바로 그만둔 셈이다. 예상도 못했던 일이라 불안감이 느껴졌다. 그만둔 날짜를 보면 나오야는 분명히 '도망친 것'이다.

"이유는요?"

"그건 오히려 내가 알고 싶군. 피치 못할 사정이 생겼다고는 했지만, 그 나이 또래 애들에게 '피치 못할 사정'이란 게 뻔하지."

"옮길 직장이 있다는 이야긴 했습니까?"

"전혀 없었는데."

그랬을 것이다.

"여기서는 오래 근무했나요?"

"그리 오래되지는 않았지. 3개월쯤 했을까?"

"주소나 전화번호는 알고 계십니까?"

"있기는 하지만……." 소장은 나를 위아래로 훑어보았다. "당신이 왜 나오야를 만나려 하는 거지?"

"피치 못할 사정이 있어서요."

"하하." 웃더니 소장은 한쪽 손을 들어 올려 모자챙을 만졌다. "세상이 온통 피치 못할 일들뿐이로군. 뭐, 좋아. 가르쳐주지. 사무실 쪽으로 가세."

어질러진 책상 끄트머리를 빌려 오다 나오야의 이력서에서 필요한 사항을 옮겨 적는 동안 소장은 내내 옆에 서서 팔짱을 끼고 바라보고 있었다. 손끝이 불안하게 움직였다.

이력서는 별 내용이 없는 한 장짜리였다. 한쪽 구석에 구인 정보지의 이름이 적혀 있었다. 사진은 붙어 있지 않았다. 나오야의 글씨는 작고 그리 깔끔한 편은 아니었지만 잘못 쓰거나 고쳐 쓴 부분은 없었다. 이력서를 쓰는 일에 익숙해졌는지도 모르겠다는 생각을 얼핏 했다. 취미는 공백, 건강 상태는 '양호'라고 적혀 있었다. 가족 구성에는 아무것도 적혀 있지 않았다.

"이 주소로 연락해 본 적 있습니까?"

소장은 고개를 저었다.

"지각도, 결근도 않고 성실하게 일하던 녀석이라 그럴 필요가 없었지. 왜?"

나는 손가락 끝으로 이력서의 주소를 가볍게 두드렸다.

"전화번호 국번과 주소지가 다릅니다."

"정말인가?"

"주소는 아다치 구인데 국번은……. 그래요. 이 번호는 에도가와 구일 겁니다. 어쨌든 다르다는 건 확실합니다."

"이런." 소장은 내 손에서 이력서를 빼앗아 들더니 턱을 당기면서 거리를 두고 작은 글자를 들여다보았다.

"나도 노안이 시작되었어." 변명하는 투로 이렇게 말했다. "요즘 이만한 일 가지고 잔소리를 하면 사람이 오질 않아서……. 요새 젊은이들에겐 일일이 신원보증인 같은 걸 요구하면 안 돼."

"그건 알고 있습니다. 그렇지만 신원을 숨기는 것은 드문 일이죠. 이 친구, 사람이 어땠습니까?"

"어땠느냐니……?"

"성실하고 열심히 일했다거나."

"아, 게으름을 피우는 친구는 아니었어. 다만 싹싹하지는 못했지. 사귐성도 없는 편이었고."

"다른 종업원 중 이 친구와 친하게 지낸 사람은 있습니까?"

아랫입술을 꾹 다물면서 잠시 생각하더니, 소장은 대답했다.

"굳이 따지자면 아사코?"

"여자앤가요?"

"응, 우리 마스코트 같은 애지. 역시 아르바이트지만."

"그 아가씨 만날 수 있습니까?"

"오후 근무니까 저녁이 되겠군. 6시쯤 와보면 어떻겠나? 아사코에겐 내가 이야기해 둘 테니까."

고맙다는 인사를 하고 사무실에서 나오려는데 소장이 급히 물었다.

"그 친구 무슨 일을 저지른 건가?"

"그런 건 아닙니다."

"그렇다면 다행이지만……." 그러면서 사내는 눈썹을 찡그리며 생각에 잠겼다. 잠자코 기다리자 약간 우스꽝스럽게 보일 만큼 심각한 표정을 지으며 이렇게 말했다.

"좀 이상한 구석이 있는 녀석이라서 말이야. 혹시 위험한 짓을 하고 있는지도 모른다는 생각을 한 적도 있고."

"구체적으로 어떤?"

소장은 또 모자챙을 만졌다.

"내게 고등학교 다니는 아들놈이 있는데, 이 녀석은 뭐 아무 생각도 없는 멍청이지. 학교는 거의 나가지도 않고 놀러 다니기만 하는데, 이따금 여기로 돈을 달라고 조르러 찾아와. 애비 직장에 말이야. 그렇게 키우고 싶진 않았는데."

그럴 생각은 아니었겠지만 자식이 계속 찾아오는 것은 여기 오면 돈을 타낼 수 있다고 생각하기 때문이고, 결국은 자식이 조를 때마다 돈을 주고 있다는 이야기다.

"나오야가 아르바이트를 할 때도 한번 찾아온 일이 있는데, 그 녀석이 돌아간 뒤 나오야가 불쑥 이러더군. 시너는 못하게 하는 게 좋아요, 라고 말이야. 난 깜짝 놀랐지."

"자제분이 시너를 하나요?"

키 작은 소장은 눈을 감았다.

"사귀는 놈들이 나쁜 녀석들이라. 그런 것 같다는 생각은 했지."

"그만두게 하는 게 좋아요."

"그야 알지. 하지만 그게 그리 간단하지가 않아. 이 녀석이 나보다 덩치가 커서. 뭐 그런 거야 아무래도 상관이 없지만."

화가 난 듯 코웃음을 치더니 "일반적으로 얼핏 보고 다른 사람이 시너를 하는지 어떤지 알 수 있다는 건 좀 이상하잖아? 그래서 나오야도 경험이 있는 게 아닐까 생각한 거지. 하는 녀석들끼리는 쉽게 알잖아. 어쩌면 우리 자식 놈보다 더 중증일지도 모르지. 안색도 나빴고. 늘 마치 환자처럼 보였으니까. 하지만 우리 애는 겉보기엔 건강하기 때문에 알 수 없을 텐데 슬쩍 지나치면서 본 것만으로도 시너를 한다는 걸 맞혔단 말이야."

슬쩍 지나치면서.

'지난날에는 잔재주를 부릴 수 없어. 이건 절대적이야.'

이코마의 말이 떠올랐다.

"냄새가 났을지도 모르죠. 멍한 표정을 짓고 있었을지도 모르고요."

"말도 안 되는 소리. 그렇다면 애비인 내가 제일 먼저 눈치를 챘겠지. 얼핏 보고 알 수가 있나? 절대 없지."

사무실에 도착해 편집부 시계를 보니 오전 11시 정각이었다. 편집장이나 데스크는 안쪽 회의실에서 한창 기획회의 중이라 사무실은 한가해 보였다.

가나코는 보이지 않았다. 접수 테이블 위에는 정리되지 않은 우편물들이 쌓여 있었다. 깔끔하게 접혀 있는 무릎 덮개가 의자 등받이에 걸려 있는 것을 보면 휴가를 낸 모양이다.

우편물을 안고 내 책상으로 와 털썩 앉자 이코마 고로가 나를 불렀다. 어디 있는가 싶었더니 창가에 놓인 한 대뿐인 컴퓨터 앞에 앉아 있다. 입에 담배를 물고 연신 손짓을 하고 있다.

"어때?"

이코마가 물었다.

"사라졌어요."

"어느 쪽이?'

"오다 나오야. 직장을 그만뒀어요. 완전히 잠수 탄 모양이야."

"어떻게 된 걸까?"

"나도 궁금해요. 그런데 뭐 하고 있는 거죠?"

"고급 기술이지. 나도 연수를 엉터리로 받은 건 아니야."

큼직한 손가락으로 모니터를 툭툭 두드렸다.

"1974년 이후 초능력 관련 기사가 신문에 얼마나 실렸는지 보는 중이야. 전부 출력해 줄 테니 나중에 읽어. 잡지는 큰 회사 것들만 해둘게. 늘어놓고 들여다보면 자주 언급되는 인물이 몇 명 나오겠지. 그럴싸한 인물을 찍어서 만나보자고."

"고마워요. 그렇지만 전문가라면 생각나는 사람이 있다고 하지 않았나?"

"응. 내가 좀 기억이 떠오른 게 있어서 말이야."

턱을 긁적이더니 키보드 위에 잔뜩 흘린 담뱃재를 치우면서 말했다.

"초능력 붐이 일었을 때, 아주 독특한 사람이 하나 있었어. 경찰 쪽 사람이야. 미궁에 빠진 사건을 초능력자의 도움을 받아 해결했다더군. 나도 직접 아는 사람은 아니야. 어디선가…… 신문이었던 것 같은데 잠깐 소개된 적이 있어. 그게 어디였는지 기억이 나지 않아서. 어젯밤 집사람한테 귀지를 후비게 하면서 생각해 봤는데 도통 기억이 나지 않더군. 나는 기사 스크랩 같은 건 하지 않으니까. 그렇지만 도쿄에서 발행되는 신문이었던 건 확실해. 그러니 찾으면 나올 거야. 재미있지? 흥미 없나?"

"흥미야 많죠."

이코마 곁에 서서 컴퓨터 본체 옆에 놓여 있는 작은 모뎀의 녹색 램프가 깜빡이는 것을 보다가, 문득 이 시스템이 어떻게 돌아가는 건지 전혀 모른다는 생각이 들었다.

편리하게 사용하고 있기는 하지만 원리나 구조를 모른다. 뭔가 문제가 생기면 시스템 센터에 연락해 와달라고 할 뿐이다. 그야말로 블랙박스다. 다만 컴퓨터는 분명 사람이 만든 것이라는 것을 알고 있기 때문에, 나는 모르지만 어딘가에는 아는 사람이 있을 것이라는 생각이 들기 때문에 안심하고 쓰는 것이다.

초능력은—만약 그것이 존재한다면—인간이 갖고 있는 블랙박스이고, 그것에 관해 잘 알고 있는 것은 그 초능력을 지니고 있는 사람뿐일지도 모른다. 컴퓨터에 대해 아무것도 모르는 인간이 컴퓨터의 성능에 그저 감탄할 수밖에 없는 것과 마찬가지로, 오감밖에 갖추지 못한 평범한 사람들에게 초능력이란 어차피 이해할 수 없는 것인지도 모른다.

"좋아. 이제 프린트다."

이코마가 시끄러운 소리를 내는 프린터를 작동시켰기 때문에, 멀리 떨어진 곳에 있는 전화로 아다치 구청에 연락했다.

오다 나오야는 이력서 주소에 '아다치 구 아야세 8초메 10-6'이라고 적어 놓았다. 지도에서 보면 아야세에는 7초메까지밖에 없다. 교환원도 똑같은 이야기를 했다.

"지금은 없지만 예전에는 있지 않았습니까? 구획 정리로 없어지는 경우도 있지 않은가요?"

"그런 경우도 있지만 아야세에는 옛날부터 7초메까지만 있었습니다."

일단 전화를 끊고 다시 이력서에 있던 번호로 전화를 걸어보았다.

뜻밖에 전화가 연결되었다.

신호가 간다. 완전 엉터리 전화번호는 아니었던 것이다. 그렇지만 신호음이 열 번, 열다섯 번 울려도 전화를 받지 않았다. 스무 번까지 울리는 신호음을 듣고 수화기를 내려놓았다.

NTT(일본의 거대 통신회사)라는 곳은 융통성이 없어, 일반 이용자에게는 전화번호의 주소를 알려주는 서비스 따윈 해주지 않을 것이다. 누군가가 받을 때까지 틈틈이 계속 걸어보는 방법밖에 없을 것 같았다.

그렇다면 남은 길은 이나무라 신지다. 이쪽부터 알아보는 것이 빠를 것이다.

우선 만나보고 싶은 것은 이나무라 신지가 아니라 부모 쪽이었다. 착실한 고등학교 1학년생은 평일 이 시각이라면

학교에 얌전히 앉아 있을 것이다.

신호음이 두 번 울리자 차분한 여성의 목소리가 들려왔다. 이쪽이 이름을 밝히자 놀랐는지 잠깐 말이 없었다.

"갑자기 전화를 드려 죄송합니다. 신지가 제 이야기를 하지 않았을 거라고 생각합니다만……."

"아뇨, 아닙니다. 들었습니다." 전화를 받은 여성이 서둘러 말했다. "고사카 씨라고 하셨죠? 저는 신지 엄마입니다. 지난번에는 신지가 큰 폐를 끼쳐서……."

"긴히 드릴 말씀이 있는데요" 하고 말하자 서둘러 전화를 바꿔주었다. 태풍이 있던 날 밤 호텔 전화로 통화한 목소리의 주인공이다. 신지의 아버지였다.

신지의 말에 따르면 그의 아버지는 신지가 사이킥이라는 것을 알고 있을 터였다. 말하자면 첫 번째 시험대인 셈이다. 내가 말했다.

"사실은 아드님한테 상당히 복잡하고 묘한 이야기를 들었습니다. 그 문제로……."

상대방이 내 말을 가로막으며 물었다.

"그 아이……. 뭐라고 해야 할까, 일반적이지 않은 문제에 대해서 말입니까?"

"일반적이지 않다는 건?"

전화에서 잡음이 약간 들려 고개를 드니 이코마가 내선을 통해 함께 듣고 있었다. 굳은 표정으로 고개를 끄덕이고 있다.

"말로 표현하기는 힘든데, 신지가 뭐라고 했습니까?"

내가 말했다.

"다른 사람의……."

"생각을 알 수 있다고?"

수화기를 귀에 댄 채 이코마 쪽을 보니 또 고개를 끄덕였다.

"여보세요?"

상대방이 말했다.

"듣고 있습니다. 네, 그렇습니다. 신지는 제게 다른 사람의 마음을 읽어낼 수 있다고 했습니다. 사람만이 아니라, 물질도 말입니다. 주변에 있는 의자 같은 것의 기억도……."

"네, 네. 압니다."

"그 일로 신지가 매우 괴로워하고 있는 것 같아서요."

"혹시 제게 하실 말씀이라도?"

"네, 가능하면 시간을 내주셨으면 합니다만."

약간 뜸을 들이고 신지의 아버지가 대답했다.

"그렇게 하겠습니다. 언젠가는, 언젠가는 이런 때가 올 거라고 생각하고 있었습니다."

시간을 정하고 전화를 끊기 전에 신지의 아버지는 "아까부터 잡음이 들리는 것 같은데 무슨 일인가요?" 하고 물었다. 도저히 동료의 숨소리입니다, 라고는 할 수 없어서 "죄송합니다. 프린터가 작동 중이라서요" 하고 대답했다.

이코마는 수화기를 내려놓더니 바로 말했다.

"흔히 있는 일이야. 부모도 믿고 있어. 발판이 만들어진 거지. 함께 산다고 속임수를 금방 알아차릴 거라는 생각은 하지 마."

"왜 이렇게 흥분하시나?"

"스푼 구부리기 소동 때와 똑같으니까 그러지."

화가 난 듯한 이코마의 말이 끝나기도 전에 "누가 내 일을 가로채려 하는 거야?" 하는 소리가 들려왔다. 가나코였다. 잔뜩 쌓여 있는 우편물 더미 옆에 서서 두 손을 허리에 얹고 있다.

"왜 그래, 가나코?" 이코마가 웃는 표정을 지으며 다가가 "그렇게 화내지 마. 난 말이야, 오늘 가나코가 쉬는 날인 것 같아서 일을 도와주려 한 것뿐이야" 하며 우편물 구분하는 시늉을 해보이자 가나코는 더 언짢아했다.

"웃기셔" 하고 내뱉더니 그를 밀쳐냈다. 그리고 우편물더미를 끌어안고 접수 테이블 쪽으로 가지고 가 버렸다.

"저렇게 기운이 넘치면 괜찮지? 울면서 밤을 지새운 건 아니겠지?"

이코마는 그렇게 말하며 건들건들 다가오더니 갑자기 진지한 표정으로 목소리를 낮췄다. "먼저 발견해서 다행이야. 가나코에겐 보여주지 마. 또 시끄러워져."

그러면서 내민 것은 그 봉투였다. 이전에 온 것과 같은 모양의 봉투에 같은 글씨.

"이게 몇 통째지?"

"일곱 통이요."

또 보낸 사람 이름은 없고, 열어보니 지난번과 같은 편지지가 나왔다. 딱 한 장.

그렇지만…….

"왜 그래?"

말없이 이코마에게 편지를 내밀었다. 편지지를 보더니 그는 입을 꾹 다물었다.

이번 편지는 백지가 아니었다. 흰 종이 위에 글자 하나가 적혀 있었다.

한(恨).

02

'카페 이나무라'는 큰길 쪽으로 난 하얀색 빌딩 1층에 있었다. 한 짝뿐인 흰 문 옆에 코카콜라 상표가 새겨진 작은 흑판이 나와 있다. 깔끔한 필기체로 오늘의 런치 메뉴 세 종류와 커피 스트레이트 서비스는 '킬리만자로'라는 내용이 적혀 있었다.

오후 2시가 지난 시각이지만 가게 안에는 의외로 손님이 많았다. 문을 열고 들어간 순간, 그 손님들이 일제히 고개를 돌려 나를 바라보는 바람에 약간 멈칫했다.

"고사카 씨?"

카운터 안쪽에 있던 중년 남자가 당황한 듯 말을 걸어왔다. 역사 코카콜라 상표가 들어간 새빨간 에이프런을 걸치고 있었다.

"제가 신지 애빕니다. 이쪽이 집사람이고요."

가지런히 정렬된 사이폰 너머에서 자그마한 중년 여성이 고개를 숙였다. 무척 불안한 표정이다. 그 때문인지 손님들은 아직 나를 바라보면서 무슨 일인가 싶어 귀를 세우고 있었다.

"처음 뵙겠습니다." 나는 카운터로 다가가 슬쩍 목소리를 죽였다. "불편하시다면 다음에 다시 오겠습니다."

신지의 아버지는 서둘러 내게 다가왔다.

"아, 아닙니다. 상관없습니다. 괜찮습니다. 이거 죄송합니다."

그의 태도가 지나치게 저자세여서 안에 있던 손님들은 단골가게 주인을 꾸뻑거리게 만드는 내게 불쾌감을 느낀 모양이었다. 안쪽 테이블에 앉아 있던 사내가 말을 걸었다.

"사장님, 무슨 일 있어요?"

"아무 일도 아닙니다." 신지의 아버지는 상냥하게 대답했다. "죄송합니다."

"신지에게 무슨 일이 있는 건가?"

그 사내가 물고 늘어졌다. 나를 노골적으로 힐끔힐끔 쳐다보았다.

"정말 아무 일 없습니다." 웃음을 지으며 신지 아버지는 내 팔꿈치를 밀면서 작은 목소리로 말했다. "죄송하지만 밖으로 나가시죠." 그러고는 어깨너머로 "어이, 부탁해" 하고 아내에게 말하더니 문을 밀어 열었다. 여전히 불안한 표정을 짓고 있는 신지 어머니에게 고개를 숙여 인사하고 나는 거의 끌리다시피 밖으로 나왔다.

"정말 죄송합니다."

머리카락이 꽤 뒤로 물러난 넓은 이마를 손으로 닦으며,

신지의 아버지는 연신 사과했다. 창 너머로 아직도 손님들의 수상하게 여기는 시선이 쏟아지고 있어 나는 속삭였다.

"너무 그러지 마세요. 무슨 사금융 해결사인 줄 알겠습니다."

"네? 아아, 그렇군요. 거참."

신지의 아버지는 그제야 겨우 웃음을 지으며 등을 폈다.

"아, 각오는 하고 있었습니다만 역시 긴장되는군요."

'부모도 속고 있다. 발판이 만들어진 것이다…….' 이코마는 이렇게 말했다. 분명히 그렇게 보였다. 하지만 신지 아버지의 순수하게 긴장한 모습을 보니 마음에 와닿는 것이 있었다. 아버지란 참 좋은 존재로구나……. 이런 생각을 했다.

"이나무라 노리오라고 합니다. 인사가 늦었습니다."

화창하고 기분 좋은 오후였기에 그냥 걸으며 이야기하기로 했다. '카페 이나무라'에서 한 블록 안으로 들어가니 거기에는 아라카와 강을 따라 높은 둑이 뻗어 있고, 그 위로 가을 햇볕이 가득 내리쬐고 있었다. 계단을 올라가 둑 위에 서자 오른쪽으로는 강이, 왼쪽으로는 동네 거리가 내려다보였다.

"좋은 곳이군요. 이 동네에 사신 지 오래되셨나요?"

"아니요, 그렇지 않습니다. 이쪽에 가게를 마련하고 나서죠. 지금은 살림집이 따로 있습니다만, 역시 여기서 가깝습니다."

둑길을 걸으며 텔레비전 드라마에서 본 적이 있는 풍경이라는 생각이 들었는데 실제로 한때 학원물 촬영지로 자주 이용되던 장소라고 했다.

"촬영팀이 오면 신지도 구경하러 나가곤 했죠. 예쁜 소녀가 있다면서요."

"그러고 보니 여자친구가 있었던 모양이더군요."

"네, 학교 같은 반 학생이었던 모양입니다. 저나 아내는 만나본 적은 없습니다. 전화를 받아 바꿔준 적이 두세 번 있었나? 뭐 마음에 들고 안 들고를 떠나서 요즘 여자애였죠. 우리 신지도 마찬가지지만."

"아뇨, 신지는 예의 바르고 착한 아이라고 생각합니다."

이나무라 노리오는 손을 들어 머리 뒤를 쓰다듬으며 발아래를 내려다보고 있었다. 잠시 후, 그제야 본론에 들어갈 마음이 되었는지 고개를 들었다.

"그래, 하실 말씀이라는 건……. 아, 물론 짐작은 하고 있습니다만."

"신지한테 무슨 이야길 들으셨습니까?"

"네, 지난번 태풍이 불던 날 밤에 고사카 씨에게 도움을 받았고 크게 신세를 졌다는 이야기는 들었습니다. 그래서 그 녀석이 집에 돌아온 뒤에 아내와 함께 고사카 씨에게 한 번 인사를 드리려고 했는데 신지가 심하게 말려서요. 이유는 말해주지 않았습니다만……."

당연히 그랬을 것이다.

"그럼 말씀드리겠습니다. 먼저 부탁드리고 싶은 게 있습니다. 신지가 무슨 이야기를 하기 전에는 제게 들은 이야기는 없었던 일로 해주십시오. 꾸짖거나 캐묻지도 않으면 좋겠습니다. 그렇게 해주시겠습니까?"

이나무라 노리오는 고개를 크게 끄덕였다.

"약속드리겠습니다. 고사카 씨, 저나 집사람은 이제 신지에 관한 일로는 전혀 놀라거나 하지 않기로 했습니다."

태풍이 불던 날 밤에 시작된 일들을 이야기하는 동안, 그는 말없이 듣고 있었다. 한마디도 끼어들지 않고 고개를 약간 숙인 채 긴 둑을 천천히 걸었다.

이야기를 시작했을 때는 앞쪽 멀리 커다란 다리가 보였다. 내 이야기가 끝났을 때는 그 다리 바로 앞까지 와 있었다. 기울어진 보행자용 신호등이 녹색으로 바뀔 때까지 우리는 말없이 기다리며 차가 여러 대 지나가는 것을 바라보았다. 먼지가 덮인 아스팔트 횡단보도를 건넜다. 다시 이어진 둑 위로 올라서자 이나무라 노리오가 입을 열었다.

"그랬습니까……? 그 애가 요즘 우울해하고 있는 이유를 이제야 알겠군요."

"어제, 제가 근무하는 사무실에 찾아왔을 때도 야위어 보이더군요. 부모님께서도 걱정하시겠다는 생각이 들었습니다."

"좋은 말씀 해주셨습니다. 정말 감사드립니다."

고개를 숙이더니 다시 이마를 닦는 시늉을 했다.

"신지 말로는 부모님께서 자기의…… 그 능력이란 것을 알고 계신다고 하더군요. 같은 능력을 지닌 친척 분이 계셨다고도 하고."

"네, 네. 그랬습니다. 제 아버지의 막내 여동생이었으니 신지에게는 고모할머니가 되죠. 이미 돌아가셨습니다. 올해로 3년이 되는군요."

"신지 이야기에 따르면 처음 그 능력에 대해 털어놓았을 때 아버님이 그 할머니 댁에 데려가주셨다고 하던데요."

"그렇습니다. 데려갔었죠. 고모를 믿었기 때문에요. 고모가 얼마나 많은 고생을 했는지…… 알고 있었으니까요."

그는 발길을 멈추고, 가을의 차가운 강물 위를 건너오는 바람을 몸에 받으며 강 쪽으로 눈길을 돌렸다.

"이나무라 씨."

이름을 부르자 그는 정중하게 "네" 하고 대답하며 돌아보았다.

"사실대로 말씀드리면 저는 아직 신지가 하는 이야기를 그대로 믿지는 않습니다. 곧이곧대로 믿어도 좋을 종류의 일은 아니라고 생각합니다."

"네, 이해합니다."

"신지가 저를 아주 치밀한 방법으로 속인 거라는, 오다 나오야의 폭로도 설득력이 있습니다. 그 친구에 대해서는 아시죠?"

"만난 적은 없습니다" 하며 안타까운 듯이 고개를 저었다. "신지에게 이야기를 들었을 뿐이죠. 아빠, 나하고 같은 사람이 있어, 라고 했습니다. 깜짝 놀랐어, 정말 깜짝 놀랐어, 라고 하더군요."

"집에 데려오라고 권해보신 적은?"

"여러 번 있었죠. 하지만 소용없더군요. 미안해, 아빠. 나오야는 그런 거 싫어해, 라고 하더군요. 그건 이해가 가는 일이죠. 누구나 모르는 사람을 만나는 건 내키지 않겠죠. 하물며 남의 마음을 읽을 수 있는 능력이 있다면 더욱 그럴 겁니다. 저와 아내도 오다 나오야를 만나게 되면—될 수 있으면 그런 생각은 하지 않으려 해도—마음속으로는 이런 생각을 할 테니까요. 신지에게 나쁜 영향을 줄 사람은 아닐까, 둘이 있을 땐 무얼 하는 걸까, 신지와 떼어 놓는 것이 좋겠다, 이런 생각 말입니다. 그런 생각이 읽혀지는 게 나오야도 싫었을 겁니다."

고개를 뒤로 젖히고 눈부신 하늘을 바라보며 나는 말했다.

"그러면 두 사람이 하는 이야기를 전적으로 믿고 계시는 건가요?"

이나무라 노리오는 조용히 대답했다.

"믿고 말고의 문제가 아닙니다, 저와 제 아내에게는. 그냥 그것이 거기 있는 겁니다."

무심코 그의 얼굴을 바라보니, 이나무라 노리오는 희미하게 미소를 짓고 있었다.

"신지는 저와 제 아내의 자식입니다." 그가 조용히 말했다.

"그 애 문제는 바로 우리 부부의 문제죠. 저는 지금까지 그 애가 상식으로는 설명할 수 없는 일들을 하는 모습을 수도 없이 봐왔습니다. 정말 헤아릴 수 없을 정도입니다. 게다가 저는 고모에 대해 잘 알고 있었으니까요."

"그 고모님은 어떤 분이셨죠?"

잠시 말을 고르는 듯 뜸을 들인 뒤, 그가 대답했다.

"가엾은 분이셨죠. 정말로……. 고단한 인생이었을 겁니다. 하지만 강한 분이었어요. 강철처럼 강한 여성이었죠. 그래서 그 연세까지 살아남을 수 있었던 게 아닐까 생각합니다."

이나무라 노리오도 '살아남는다'는 표현을 썼다.

"대단한 미인이셨습니다. 혼담이 밀려들어 왔다고 하더군요. 제 할아버지…… 그러니까 고모의 아버지는 기바에서 목재 도매상을 하셨는데 집안 형편이 좋았다고 합니다. 아버지 말씀에 따르면 집 뒤에 광이 있었는데, 한 해에 한 번 여름에 곰팡이나 벌레를 막기 위해 바람을 쐬게 할 때만 안을 들여다볼 수 있었다고 하더군요. 그 안에는 일본도와 갑옷, 투구 같은 것도 있었다고 하고, 등나무 상자에 들어 있는 화려한 후리소데(일본 전통 예복) 같은 것도 있었답니다. 그런 것들을 입고 마당을 돌아다니다가 호되게 야단을 맞기도 했다더군요."

그리운 시절이라는 듯이 눈을 가늘게 뜨고 있었다.

"태평양전쟁으로 모두 잃었지만 말입니다. 그 무렵에는 아버지가 사업을 물려받았는데, 아쉽게도 아버지는 사업 수완

이 없어서 세상이 평화로웠다 해도 결과는 같았을 거라고 생각합니다. 이런, 미안합니다. 고모 이야기를 하다가 그만."

"아름다운 분이셨다고."

"네, 그랬습니다. 전쟁이 시작되었을 무렵에는 이미 출가한 상태였다고 합니다. 야마나시 쪽으로 피난을 가 계셨는데, 대공습이 있던 날 밤 도쿄에 남아 있던 친척이 불에 타 죽었다는 이야기를 알아맞혔답니다. 처음에는 시어머니나 시댁 식구들도 귀 기울여 듣지 않았던 모양인데 실제로 도쿄에 돌아와 보니 고모가 여기다, 라고 한 곳에서 시체가 나왔다더군요. 그 뒤로 시댁 식구들의 기분이 께름칙했던지…… 아마 그게 좋지 않았던 모양입니다. 전쟁이 끝난 지 얼마 되지 않은 1946년 봄에 친정으로 돌아오셨답니다. 자식도 셋이나 있었지만 쫓겨나다시피 한 이혼이었습니다. 그때 고모는 30대 후반이었고, 저는 일고여덟 살 때였죠. 슬슬 어른들 이야기에 흥미를 느낄 나이였기 때문에 잘 기억하고 있습니다."

"고모님은, 그럼 그…… 초능력이 원인이 되어 이혼을?"

"그랬던 거라고 생각합니다. 그런 이상한 능력을 지닌 며느리는 집에 둘 수 없다면서요. 아버지는 무척 화를 냈습니다. 그때만 해도 시집갔다가 친정으로 쫓겨 온다는 건 엄청난 불명예였으니까요."

그는 무심코 에이프런 자락을 손으로 잡아당기며 말을 이었다.

"아버지는 크게 화를 냈는데, 고모도 지지 않았습니다. 할 수 없지 않느냐, 나도 좋아서 이러는 건 아니다, 라고 주장했습니다. 미인인데다가 기가 센 분이었기 때문에 애당초 시어머니와는 사이가 좋지 않았던 모양입니다. 그러니 공습 때의 일이 좋은 구실이 되었을지도 모르죠."

'나도 좋아서 이러는 건 아니야.'

'내가 원해서 이렇게 태어난 건 아니야.'

"자세한 이야기는 나중에 고모를 다시 만났을 때 들었습니다. 아마도 고모님은 열네다섯 살부터 자신에게 특이한 능력이 있다는 걸 의식하셨던 모양입니다. 다만 그때는 여성들이 고개도 못 들던 세상이었죠. 밥 먹을 때나 잠잘 때나 집안 남자들 눈치를 살펴야 했죠. 자신을 죽인 채 살고 있었던 겁니다. 여자가 자기주장을 한다는 건 상상도 할 수 없었죠. 그래서 고모는 모든 것을 가슴에 담아둔 채, 입을 다물고 살았던 겁니다. 그런데 그게 공습 때 폭발했다고 해야 할까요……. 사람의 생사에 관계된 일이라 그만 말을 하게 된 걸 겁니다. 아버지와 한바탕 다투고 난 뒤 구석방에서 몸부림치며 울던 고모 모습이 생생하게 기억납니다. 그 일이 있은 뒤, 고모는 바로 집을 나가 버렸죠. 그 뒤로는 전혀 소식이 없었습니다. 다시 만났을 때, 고모는 이미 예순에 가까운 나이가 되어 있었죠. 저는 결혼을 해서 가정을 꾸렸고, 아내의 배 속에는 신지가 있었습니다. 그러니까 16년쯤 된 일이군요."

도쿄 역 앞 야에스에서였다고 한다.

"버스 터미널 쪽으로 걸어가는데 인파 속에서 노리짱, 하고 부르는 소리가 났습니다. 저를 그렇게 부를 사람은 거의 없죠. 뒤돌아보니 조금 떨어진 곳에 고모가 서 있었습니다. 그때가 꼭 이맘때였어요. 수수한 빛깔의 겹옷을 입고 계셔서 바로 알아봤습니다. 상당히 야위고 지친 모습이지만요. 고모는 웃고 계셨습니다. 아아, 역시 노리짱이었구나, 부를까 말까 망설였는데, 라고 하시더군요. 근처 찻집에 들어가 약 한 시간가량 이야기를 나누었습니다. 그런데 고모는 제가 아무 말도 하지 않았는데도 '너 장가갔구나. 넌 네 아버지와 달리 장사에 재주가 있는 것 같으니 분명히 잘 풀릴 거야'라고 하시더군요." 이나무라 노리오가 빙긋 웃었다. "이렇게만 말씀드리면 무슨 일인지 잘 모르시겠죠? 그때 저는 커피 원두 도매상에 다니고 있었는데, 그만두고 제 가게를 내볼까 어쩔까 망설이던 중이었습니다."

"그게 지금 하시는 가게인가요?"

"네, 그렇죠. 놀랐습니다. 바로 옛날 일이 떠오르더군요. '고모, 아직도 그런 일이 가능해?' 하고 물었더니 고모는 방글방글 웃으셨습니다. '가능하지. 내내 가능했어. 이제 이건 내 직업이나 마찬가지야'라고 하시더군요. 게다가 나는 아무 말도 하지 않았는데, 아내 이름과 배 속에 있는 아기가 거꾸로 섰다는 것까지 알아맞히지 않겠습니까? 신지는 거꾸로 선 애였습니다. 그때 아내는 무척 불안해하고 있었고요. 결국 제왕절개로 낳았죠."

나도 모르게 한숨이 흘러나왔다. 이나무라 노리오는 조심스럽게 웃었다.

"당황스러우시죠? 당연한 일입니다. 아, 고모는 이런 말씀도 했습니다. '얘, 노리짱. 너 이시…… 이시모리인가 하는 사람한테 돈 빌리는 건 그만둬라. 조건이 까다롭게 붙는 돈을 빌리는 건 좋지 않아. 힘들더라도 은행에서 빌리는 게 더 나을 거야. 이 이야기를 꼭 하고 싶어서 널 불러 세운 거란다.' 이시모리는 알고 지내던 사람인데, 제가 독립한다면 자금을 빌려주겠다고 했죠. 그날 버스 터미널로 걸어가면서 저는 그의 권유를 받아들일까 어쩔까 내내 고민하던 중이었죠."

나는 씁쓸하게 웃었다.

"그래서, 빌리셨습니까?"

"빌리지 않았습니다. 그게 다행이었죠."

그 뒤로 이나무라 노리오는 이따금 고모와 만나게 되었다고 한다.

"집으로 오시라고 권해도 결코 그러려 하시질 않았습니다. 딱 한 번, 신지가 태어났을 때만 병원을 찾아와주셨죠. 고모는 독신이었고 혼자서 열심히 살고 계셨습니다. 어떻게 생활하셨는지 자세히 이야기해 주신 적은 없지만, 재혼도 하지 않고 내내 독신으로 지내신 모양이었습니다."

그리고 신지가 '능력'을 보이기 시작했을 때…….

"저는 바로 고모에게 의지하기로 했습니다. 처음엔 아내에게도 비밀로 했죠. 고모는 우리 편이 되어주셨습니다. '노리짱, 가엾지만 어쩔 수 없단다. 별도리가 없는 일이야. 이나무라 집안에는 몇 대에 한 명씩 이런 능력을 지닌 사람이 나오는 모양이다. 네 아버지도 그런 걸 어렴풋이 알고 있었어. 우리 집안의 대를 이을 장손이기 때문에 친척 누군가한테 이야기를 들었겠지. 그래서 내 문제가 터졌을 때도 무섭게 화를 내기는 했지만 그다지 놀라지는 않았던 거야. 이게 우리 집안의 운명인 거지' 이렇게 말씀하셨습니다."

이 능력은 유전된다. 마치 혈우병처럼. 한 가계의 피 안에 잠재적인 요소로 숨어 있다가 그 유전자를 밖으로 드러내는 유전자와 맞물려 나타나게 되는 것이다. 이런 내용을 읽은 기억이 났다.

"고모는 학교를 다니지 않은 분이라 어려운 이야기를 하는 법이 없었습니다. 다만 신지가 어떻게 살아가야 할지, 가르쳐 줄 수 있는 것은 가르치겠다고 약속해 주셨죠. 실제로 그래주셨던 걸로 알고요."

잠깐 말을 끊고 머리를 쓰다듬더니, 살이 두툼하게 붙은 어깨를 들썩이며 한숨을 내쉬었다.

"고모가 돌아가신 때가 2월 한밤중이었는데, 3시쯤이었습니다. 갑자기 돌아가셨죠. 심부전이었습니다. 침대에서 주무

시듯 돌아가셨어요."

"누가 발견했나요?"

"신지입니다. 그 애가 느꼈던 거죠."

"느꼈다니?"

"그랬겠죠. 고모는 고엔지에 살고 계셨고, 우리는 그때 이미 이 동네에 살고 있었습니다. 밤중에 신지가 일어나 저를 흔들어 깨웠습니다. '아빠, 고모할머니가 돌아가셨어'라고 하더군요. '무슨 소리냐?' 하고 묻자 '나, 느꼈어'라고 하더군요. 그러고는 엉엉 울기만 했습니다. 그래서 달려가 보니 진짜 그 애 말대로였습니다."

'지난날에는 잔재주가 통하지 않는다. 이건 절대적이다.'

이코마의 말을 떠올리며 나는 생각했다. 아니, 선배. 그럼 이건 어떻게 생각하세요?

"장례식이 끝난 뒤 신지가 불쑥 이렇게 말했습니다. '고모할머닌 많이 힘들지 않았어'라고요. 고사카 씨는 웃으실지 모르겠지만, 저는 그 말에 마음이 한결 가벼워졌습니다."

나는 아무 말도 하지 않았다. 쓸데없는 소리를 해서는 안 될 것 같은 기분이 들었다.

"옛날이야기를 길게 했습니다만, 그 고모님이 계셨기 때문에 저는 신지의 능력을 인정하고 있는 겁니다. 그리고 고모는 생전에 딱 한 번 저와 아내에게 거의 애원하듯 이렇게 말씀한 적이 있습니다. '노리짱, 너희도 딱하지만 신지의 부모는 너희니까 잘 새겨들어다오. 그 애는 살아가기 매우 힘들 거다. 우리 때와는 시대가 달라서 더 힘들 거야. 그렇지만 그렇게 타고났으니 어쩔 수 없지. 그리고 그 애가 짊어져야 할 운명은 그 애밖에 모른다. 부모가 어떻게 해줄 수도 없어. 그러니 잠자코 지켜보거라. 그리고 그 애가 의논을 해오면 할 수 있는 한 다 해줘라. 그것밖에 없어. 그 애가 갖고 있는 능력은 너희에겐 없는 것이니까. 부모니까 어떻게든 자식을 이끌어 줄 수 있을 거라는 생각은 하지 말아야 한다. 그 애는 자기한테 정해진 길로 갈 수밖에 없단다. 그래도 신지는 머리가 좋은 애고 마음씨도 착해. 나도 할 수 있는 일들은 다 할 생각이니 분명히 바르게 자라줄 거라고 믿는다. 그러니 너희는 그 애를 뒷바라지해 주고 무슨 일이 있을 때는 그 애와 함께 모든 걸 겪을 각오를, 그런 마음의 준비를 하고 있어다오.' 저는 고모의 가르침을 따를 생각입니다."

이나무라 노리오는 조용히 말하며 나를 올려다보았다.

"그것밖에 해줄 수 없다는 건 부모로서 정말 괴롭고 답답한 일이죠. 아내는 한 번 이런 이야기를 했습니다. 텔레비전에서 어느 나라 자동차 경주를 보고 있을 때였습니다. 우리나라 레이서도 나왔었죠. 크래시Crash라고 합니까, 그런 충돌 차고가 나서 차가 크게 부서지고 불타오르는 장면이 나왔습니다. 그걸 보고 아내는 '자식이 저런 길을 가는 걸 보면 부모는 견디기 힘들 거예요. 언제 목숨을 잃을지 모르니까, 하지만 어쩔 수 없죠. 잠자코 지켜볼 수밖에 없는걸요. 그건 우리도 마찬가지예요'라고 말했습니다. 그때까지, 말하자면 그런 각오를 하게 되기까지 긴 시간이 걸렸습니다."

기나긴 시간과 사실의 축적이 거기 있었다는 이야기다.

"이번 맨홀 사건 이야기입니다만, 분명히 신지가 실수를 했다고 생각합니다. 섣불리 나섰다가 상황을 복잡하게 만들었죠. 그 일로 신지는 지금 무척 고민하는 것 같습니다. 하지만 그것이 어떤 결과를 낳든, 저는 신지와 함께 그걸 받아들일 작정입니다."

살짝 웃더니 그제야 연장자로서의 여유를 풍기며 나를 바라보았다.

"신지는 여러 가지 실수를 합니다만, 그러나 기본적으로는 옳은 판단을 하고 있다고 생각합니다. 이번 일에 도움을 받기 위해 고사카 씨를 선택했다는 것도 말이죠."

"무슨 말씀을…… 그렇지 않습니다."

"아뇨, 그렇습니다. 고사카 씨는 재미 삼아서도 쓰려고만 한다면 업무 특성상 얼마든지 그럴 수 있는 입장에 계신 분입니다. 그렇지만 그러기 전에 멈춰 서서 고민을 하고 계십니다. 그래서 저를 만나러 와주신 거고요."

"제가 갈피를 잡지 못해서, 어찌해야 좋을지 모르기 때문입니다. 자칫하면 말도 안 되는 창피를 당하게 될지도 모르죠."

"그래도 쓰려고만 하면 쓰실 수 있겠죠."

"저울이 흔들리는 동안에는 눈금을 읽을 수 없는 법이죠."

이나무라 노리오는 얼굴 가득 웃음을 띤 채 말했다.

"그렇습니까? 그렇군요. 어쨌든 신지는 고사카 씨한테서 신뢰할 만한 무엇인가를 발견했을 겁니다. 저는 그렇게 생각하고, 그 판단이 옳을 거라고 믿습니다." 그러곤 갑자기 입술을 꾹 다물더니 "하지만 고사카 씨도 직장인이시죠. 이런저런 사정이 생길 겁니다. 그런 일이라면 저는 신지보다 훨씬 잘 알고 있습니다. 앞으로 어떻게 하시든 그건 고사카 씨 자유입니다. 이해가 될 때까지 뭐든 하세요. 저와 아내는 신지 뒤에서, 모든 것을 전부 받아들일 뿐이니 염려하지 마십시오" 하고 말했다.

달리 할 말을 찾지 못하고 나는 "알겠습니다"라고만 대답했다.

둑 아래 도로를 내려다보니 노란색 모자를 쓴 초등학생들이 손을 잡고 뛰어가는 중이었다.

"저 때가 가장 좋죠."

뒤뚱뒤뚱 흔들리며 멀어져 가는 아이들의 노란 모자를 바라보면서 이나무라 노리오가 중얼거렸다.

"저 때까지는 부모의 품 안에 있으니 지켜줄 수 있죠. 이따금 이런 생각도 듭니다. 신지가 어린애인 채로 있어주었다면 좋았을 텐데, 하고 말이죠."

03

시간을 봤을 땐 6교시 수업 막바지에 있는 것 같았다. 가도 만날 수 없을지 모른다는 생각을 하면서 찾아왔지만 예상은 좋은 방향으로 어긋났다.

신지는 학교 운동장에 있었다. 체육복 차림의 서른 명쯤 되는 다른 남학생과 함께 마무리 체조를 하고 있었다. 체육복 무릎에 흙이 묻은 학생이 눈에 띄었다.

나는 울타리 너머로 운동장을 물끄러미 바라보았다. 교사의 지시에 따라 학생들이 물구나무서기를 시작했다. 도와주는 사람이 없다 보니 못 하는 아이들이 더 많았다. 그런 가운데 덩치 작은 신지는 훌쩍 물구나무서기를 해냈다. 교사가 큰 소리로 서른까지 헤아렸는데, 그동안 흔들리거나 비틀거리지도 않고 "그만!" 하는 지시와 함께 발을 내리며 날렵하게 일어섰다. 그리고 내가 서 있는 쪽을 바라보았다.

해산 지시가 떨어지자, 신지는 내 쪽으로 달려왔다.

"깜짝 놀랐네." 신지가 말했다. 가슴께까지 오는 철책에 팔꿈치를 얹고 몸을 내 쪽으로 들이밀었다. "내내 보고 있었던 거야?"

"10분 전쯤부터. 대단하네."

"뭐가?"

"물구나무서기. 잘하던데."

"아, 나 체조부야." 신지는 빙긋 웃었다. 체육 시간 뒤라 그런지 이마에서는 땀이 흘러내리고 뺨이 약간 상기되어 있었다. 눈 아래의 다크서클은 가시지 않았지만, 표정은 밝았다.

"그래 봤자 동아리 활동 수준이지만, 물구나무서기쯤은 해야 따라갈 수가 있지."

"체육복 갈아입지 않아도 괜찮아?"

"응. 바로 다음 시간이 특별 활동이야."

콘크리트 바닥에는 은행나무의 노란 낙엽이 잔뜩 떨어져 있었다. 발을 움직일 때마다 바스락거리는 소리가 났다.

"나오야가 사라졌어."

신지는 눈을 살짝 크게 떴지만 의외라는 뜻이 아니라, 그래서 그게 어쨌다는 거냐, 하는 표정으로 보였다.

"자주 있는 일이니?"

"일하는 곳이나 사는 곳을 자주 바꾸는걸. 이번엔 아무래도 고사카 씨가 찾아오는 게 싫었기 때문이겠지."

"너하고는 어떻게 연락을 하니?"

신지는 손을 들어 헝클어진 머리카락을 다듬었다.

"대개 나오야가 전화를 해. 우리 그렇게 자주 만나지는 않아."

"그럼, 사는 곳은 몰라?"

"응."

"전화번호도?"

"전혀. 그럴 필요가 없는걸."

"그럼 네가 나오야에게 연락하고 싶을 때는 어떻게 해?"

신지는 잠깐 눈을 감더니 진지한 표정으로 나를 올려다보았다.

"지금 불렀어."

어떻게 불렀느냐고 물을 필요는 없을 것 같았다.

"그렇게 하면 통해?"

신지는 고개를 끄덕였다.

"전에 내게 물었잖아? 누군가와 교신해 본 적이 있느냐고. 그때 확실하게 대답하지 못했던 건 나도 이게 제대로 교신이 되는지 어떤지 자신이 없었기 때문이야."

"어째서?"

"뭐랄까……. 나오야를 만나고 싶다는 생각을 하면 그쪽에서 연락이 오거나, 오늘쯤은 공원에 나오야가 올 것 같다는 생각이 들어 가보면 와 있거나 해. 그런 식이지. 확실하게 빨리 연락해 줘, 라는 전파 같은 것을 내보내고 있는 건 아니야."

"그래도 나오야에게 통한다?"

"응. 아마 나오야가 나보다 능력이 크기 때문일 거라고 생각해. 나오야는 내가 할 수 없는 것도 하거든."

"어떤 거?"

신지는 생각에 잠기는 표정을 지었다.

"알고 싶어? 또 혼란스러울 텐데."

"어차피 이미 혼란스러우니까, 괜찮아. 가르쳐 줘. 나오야는 네가 못 하는 무엇을 할 수 있는 거지?"

여전히 약간 망설이면서 신지가 말했다.

"움직이는 거."

"뭐라고?"

"텔레포테이션. 이렇게 이야기하면 아마 거짓말이라고 생각할 테지만 사실이야. 내게 한번 보여준 적이 있어."

"그러니까, 그게…… A지점에서 B지점으로 이동하는?"

"응, 몸에 부담이 아주 크기 때문에 장난치듯 할 수는 없다고 했지만 말이야. 순식간이야. 내게 보여줬을 때는 공원 끝에 있는 벤치에서 그 반대편에 있는 그네로 이동했어. 눈 깜빡할 사이에 이동했지. 나도 해보고 싶었지만 아무리 애를 써도 안 되던걸. 내겐 그런 능력이 없어."

"안타깝구나."

내가 말했다. 진지하게 이야기한 것인데 그렇게 들리지 않았던 모양이다.

"그게 가능하면 교통비가 들지 않겠다느니, 지각하지 않아 좋겠다느니 하는 한심한 소리는 하지 마셔."

헛기침이라도 해서 얼버무리는 수밖에 없었다.

"공원이라면, 네가 머리를 식히고 싶을 때 간다는 그 어린이 공원?"

"그래. 거기는 그늘진 곳이고 주위에 주택도 별로 없어서 좀 음침하지. 그래서 애들을 데리고 놀러오는 사람도 없어. 늘 비어 있으니 우린 안심할 수 있지."

"그렇구나." 나는 주머니에 한 손을 찔러 넣고, 무심코 하늘을 올려다보았다. "그럼 또 그걸 보여주지 않을래? 나오야를 공원으로 불러내 줬으면 좋겠는데. 묻고 싶은 게 있고, 게다가 나오야는 안색이 너무 좋지 않았어. 도움이 필요할지도 모르잖아?"

신지는 철책에 턱을 얹더니 툭 내뱉었다.

"아빠 만났구나."

그는 내가 한쪽 손에 들고 있는 종이봉투를 쳐다보고 있었다.

종이봉투의 내용물은 신지의 초등학교, 중학교 앨범이었다. 이나무라 노리오와 헤어질 때, 그가 일부러 집에 들러 빌려준 것이다

'신지는 선생님과 친하게 지내지 않았을 겁니다. 아무래도 무리겠죠. 하지만 친구는 몇 명 있었죠. 누구든 괜찮으니 연락을 해서 신지에 대해 물어보세요.'

내용물이 보이지 않도록 신경을 썼는데, 신지는 대번에 꿰뚫어 보았다.

"읽었나? 아니면, 봤어?"

"읽었어. 미안. 실례라는 걸 알지만." 슬쩍 웃으며 신지가 말했다. "나에 대해 조사할 생각이지?"

"너희에 대해 알아보려고."

"고마워."

"고맙다고 할 만한 결과가 나올지 어떨지는 아직 모르지."

"알고 있어. 난 알아."

거침없는 말투였다.

"바흐는 들으러 갔어?"

나는 고개를 저었다.

"중간에 졸면 미안하잖아."

"그랬어? 그렇지만 그 누나는 화를 내진 않았을 거야. 그 누나 , 고사카 씨를 좋아해. 눈치는 챘을 거라 생각하는데?"

"될 수 있으면 그러지 않는 게 좋겠어."

신지는 약간 당황했다.

"일부러 그런 건 아니야. 어제 아침 편집부에 갔을 때 그 누나 얼굴을 본 순간 알게 된 거야. 눈사태처럼 밀려왔어. 누나는 그 생각만 하고 있을 거야, 분명히." 신지는 잠깐 뜸을 들였다가 다시 말했다. "정말이야. 그렇지만 그걸 고사카 씨에게 말해버린 건 잘못했어. 반성할게." 그러곤 "그 누나 짝사랑이네, 가엾게도." 그렇게 말하며 바닥에 떨어진 낙엽을 발끝으로 걷어찼다.

"요즘 자주 그렇게 안테나를 세우고 있는 거니? 잘 컨트롤하면 아무것도 들리지 않는 거 아니었어?"

신지는 하얀 체육복을 입은 어깨를 움츠려 보였다 "안테나는 늘 서 있는걸. 그리고 처음 가는 곳에서는 늘 그렇게 돼. 우주선에서 사람이 내리기 전에 탐사기를 보내 상황을 살피는 것처럼 말이야."

나는 웃옷 주머니에서 명함을 꺼내 뒷면에 아파트 전화번호를 적어서 신지에게 건넸다.

"나오야를 불러내게 되면 바로 연락해 줘. 편집부에 없으면 집으로. 언제든 괜찮아. 다만, 부탁이니 전화를 사용해 줘. 너희 식으로 허공에 대고 불러봐야 내겐 들리지 않으니까."

"알았어."

신지는 코에 주름이 생길 만큼 활짝 웃었다.

"이제 좀 기운이 나는 모양이구나."

"그래? 응, 약간은. 그리고 날씨 때문인가? 기분이 좋은걸."

신지는 철책 울타리에 발을 걸치고 팔을 뻗으며 맑게 갠 하늘을 올려다보았다.

"하느님 하늘에 계시니, 세상 모든 것 바르구나(로버트 브라우닝의 시 〈Pippa's Song〉의 한 구절)."

"뭐라고?"

내가 물었다.

"이상해? 난 학생이야. 인용쯤은 할 줄 안다고." 신지는 철책에서 뛰어내리더니 "그럼 또 봐" 하고 말했다. 그리고 달려나갔다. 나는 회색 교사(校舍) 안으로 흰 체육복이 사라지는 모습을 지켜본 뒤 발길을 돌렸다.

편집부에 돌아오니 갑자기 데스크가 호출했다. 잠깐 오라고 손짓하며, 일이 바빠지기 시작해 어수선한 사무실을 지나 복사실로 성큼성큼 걸어갔다.

그를 따라가면서 말했다.

"마침 잘됐네요. 휴가 좀 쓸게요."

데스크는 발길을 멈췄다. 그렇게 나란히 서 있다 보니 비로소 눈치챈 것이지만, 데스크는 신지와 거의 비슷한 키였다. 덩치가 커 보이는 건 그가 활동적인 사람이라는 증거일 것이다.

"뭐야?"

"휴가 쓰겠다고요."

"그러니까, 뭣 때문이냐고 묻고 있는 거야."

"기사를 쓸 수 있을지 어떨지 전혀 판단이 서지 않는 일을 조사해야 해서."

펑퍼짐한 코로 흥, 하고 콧방귀를 뀌며 그가 물었다.

"청소년 고민 상담 건인가?"

"그렇죠."

"그 건은 정리되면 보고하라고 했을 텐데."

"그럴 겁니다. 기사는 쓸 수 없을지도 모르겠고요."

"쓸 수 없는 게 어디 있나, 바보같이." 면도 자국이 파란 턱을 들이밀며 데스크가 말했다. "기사가 되고 안 되고는 내가 결정하는 거야. 네가 아니야."

"어쨌든, 당분간 사무실에 나와야 도움이 못 될 것 같아요."

"회의까지 빼먹고 말이야."

뻔히 알면서도 빼먹었다.

"우리가 이번에 어떤 건을 다루려 하는지 들어보지도 않을 생각이야?"

"짐작은 가요. 요코테에서 일어난 영아 살해사건이잖아요?"

데스크는 말이 없었다. 가나코가 몰래 오야키(밀가루 피 안에 채소와 팥 등을 섞은 고명을 넣어 동그랗게 만든 빵)라고 부르는 그 동그란 얼굴이 일그러졌다.

"방금 저쪽에서 구와하라가 사진 준비하는 걸 봤죠."

"그 기사는 두 명이면 충분해."

"저도 그렇게 생각해요. 그래서……."

"휴가는 안 돼. 무슨 소릴 해도 안 돼. 안 된단 말이야. 소용없으니 더는 조르지 마. 네가 무슨 짓을 하든 당분간 잔소리하진 않겠어. 단, 정리되면 보고해. 그뿐이야."

"정말 너그러우시네."

"유급 휴가는 예쁜 아가씨를 모시고 어디 따뜻한 나라로 갈 때나 쓰는 거야. 이 멍청아."

"그러면 데스크가 되기 힘들었을 텐데요."

"그런 짓도 않고 데스크가 되면 무슨 재미가 있어?"

나는 웃음을 터뜨렸다.

"그래, 데스크 일은 재미있습니까?"

"뭐가 재미있어, 그냥 중독이지."

내뱉듯이 말하더니 입을 꾹 다물고, 재빨리 주위를 둘러보았다. 복도에는 아무도 보이지 않았다.

"일곱 통째가 왔다면서?" 진지한 표정이었다. "이코마한테 들었어. 그 친구도 걱정하고 있어. 나도 역시 신경이 쓰이는군. 이번엔 글자가 적혀 있었다면서?"

"네, 있었죠."

"원망할 '한'이란 글자였다고?"

"그렇습니다."

"너, 정말로 짚이는 구석이 없어? 이 기회에 몽땅 털어놔, 응? 어떻게 된 거야?"

"털어놓고 싶어도 짚이는 구석이 없어요."

"전혀? 없어?"

이렇게 캐물으니 대답하기 곤란하다. 누구나 마찬가지일 것이다.

"어디서 원한을 사는지도 모를 직업이니……." 데스크는 혼잣말을 했다. “게다가 자넨 사회부 출신이야. 우리 쪽으로 오고 난 뒤에 생긴 일이라고만은 할 수 없어. 그 부분도 생각해봤나?”

“그렇다면 훨씬 이전부터 그런 편지가 오지 않았겠어요?”

데스크는 팔짱을 꼈다.

“분노의 스위치라는 건 언제 켜질지 모르는 거야. 이쪽에서 잊을 만하면 찰칵하고 켜져 갑자기 덮쳐 오는 경우도 있어. 그리고 뭐가 뭔지 모르는 상태에서 푹 찔리는 거지.”

“그렇게 심각한 건 아닐 거예요. 그냥 짓궂은 장난이겠죠.”

“그렇다면 다행이지. 하지만 장난이라 해도 이유가 있지 않겠어? 너를 지명해서 보내오잖아.”

청바지에 사파리 재킷을 입은 계약직 기자 한 명이 옆을 지나가 길을 열어주었다.

“짚이는 게 없어요. 정말이라니까요.”

화가 치미는지 한숨을 내쉬더니 데스크가 말했다.

“어쨌든 당분간은 몸조심해. 양갓집 규수처럼 조신하게 지내란 말이야. 밤길 혼자 싸돌아다니지 말고, 문에는 자물쇠를 잘 채우고 자.”

데스크는 말하면서 스스로도 웃고 있었다.

“정말 외상값은 아니겠지?”

“없다니까요. 전부 데스크 앞으로 외상을 달아두었는데. 더 하실 말씀 없죠?”

"그래, 없다. 이 천벌받을 녀석아."

책상 위에는 이코마가 출력해 준 자료가 잔뜩 쌓여 있었다. 한 번 읽어보는 것만도 큰 작업이 될 것 같았다.

이코마는 통화를 하고 있다가 내가 옆에 앉자마자 수화기를 내려놓았다.

"그 경찰관, 찾아냈어. 아직 본인하곤 이야기하지 못했지만 퇴직한 뒤 딸 부부와 함께 살고 있대. 오다와라에 살아. 내일이라도 찾아가 만나볼 거야."

"오다와라라면 거의 하루 종일 걸릴 텐데, 괜찮겠어요?"

이코마와 몇몇 기자들은 곧 있을 11월 13일의 '천황 즉위식'에 얽힌 연속 기사를 준비하고 있었다. 때마침 황실에 대한 일반인들의 관심도 높아져, 독자들의 반응이 기대되는 기사였다.

"괜찮아, 이쪽은 일손이 많으니까. 어떻게 되겠지. 그래, 어땠어?"

간단하게 설명하자 이코마는 커다란 머리를 갸웃거리며 들었다. 손가락 사이에는 물론 담배를 끼고.

"좋지 않군." 이코마가 바로 말했다. "그 고모라는 사람, 정말 있는 건가?"

눈썹을 치켜들었다.

"그렇게까지 의심해?"

"당연하지. 뭐 어쨌든 당사자가 죽었으니 확인해 볼 수도 없지만."

자료를 읽기 전에 나오야의 이력서에 있던 번호로 전화를 걸어보았다. 응답이 없었다. 시계를 보면서 30분마다 걸었다. 네 번째 걸어서 열 번째 신호음이 울렸을 때 비로소 전화가 연결되었다.

"연결됐어"라고 말하자, 신지의 앨범을 뒤적이던 이코마가 잽싸게 손을 뻗어 옆에 있는 수화기를 집어 들었다.

"여보세요?"

전화 저쪽에서는 무슨 잡음 같은 것만 들려왔다. 희미하지만 금속이 삐걱거리는, 신경 거슬리는 소리였다. 몇 번을 불러도 사람 목소리는 들리지 않았다. 하지만 기척은 있었다.

"여보세요? 나오야? 들리면 대답을……. 여보세요?"

나도 오기가 생겨 계속 불러보았지만, 결국은 망설이듯 천천히 수화기를 내려놓는 소리가 들려왔을 뿐이다.

이코마와 얼굴을 마주 보았다.

"누가 받은 건 확실해. 그런데 왜 한마디도 하지 않은 걸까?"

"갓난애인가?"

"요즘 갓난애들은 말을 일찍 하기 때문에 금방 '여보세요?' 정도는 할 줄 알아."

다시 한 번 걸어보았지만, 이번에는 받지 않았다.

"할 수 없군. 나중에 다시 해. 나오야의 여자친구하고는 여섯 시에 만나기로 했지? 그쪽을 먼저 정리하자."

이코마가 자리에서 일어섰다.

"함께 가게?"

"당연하지." 이코마는 벨트를 추켜올렸다. "젊은 아가씨를 만날 기회를 놓칠 수야 없지. 그 아가씨한테 저녁이라도 사줘야 하지 않겠어?"

04

신바람이 나서 따라 나온 것치고 이코마는 점잖았다. 당황했는지도 모른다. 덩치가 작은 주유소 소장이 말한 대로 '아사코'는 예쁘게 생긴 아가씨였다. 마스코트걸이라는 별명에 딱 어울리는 타입이었다. 늘씬하게 긴 다리, 잘 손질된 머리카락, 그리고 거침없는 태도.

"나 스테이크 먹고 싶은데."

이런 식의 주문을 우리가 받아들이자, 아예 레스토랑까지 지정했다. 아카사카에 있는 고급 레스토랑으로, 기업체에서 접대할 때 이용하는 곳으로 유명하다.

"아르바이트는 할 만하니?"

"괜찮아요, 괜찮은 편이야. 소장님이 내겐 약하니까."

씩씩하게 "다녀오겠습니다!" 하고 소리 지르더니 소장의 퉁명스러운 얼굴을 뒤로하고 얼른 앞장서서 나갔다. 지나가던 빈 택시를 보더니 두 손을 흔들어 댔다.

"택시!"

눈을 부라리는 이코마 옆에서 나는 간신히 웃음을 참았다.

"웃지 마."

이코마는 이를 악물고 말했다.

"웃지 않아. 감상은 어떠셔?'

그는 흥, 하고 콧방귀를 뀌며 대답했다.

"어쨌든 우리도 저녁 식사는 해야 하니까."

"경비 청구는 그쪽에서 해줘, 선배."

여자의 이름은 모리구치 아사코. 스무 살. 전문대 학생이라고 한다.

"가정학과 다녀요. 나중에 현모양처가 될 거야."

이코마는 테이블에 몸을 기대며 "아무래도 상관없지만, 언제나 그렇게 떡하니 차려입고 아르바이트하러 나오니?" 하고 물었다.

예쁜 무늬의 블라우스 정장에 굽이 7센티미터는 될 높은 하이힐을 신고 있었다. 정장 옷감은 폴리에스테르 같지 않고, 구두도 합성피혁은 아닌 듯했다. 화장도 신경을 많이 써서 한 모양이다.

"이거요? 아니야. 평소엔 청바지 입고 나오는데, 소장님이 오늘 저녁 매스컴에서 사람이 찾아온다기에 서둘러 사러 갔다 왔지. 그래도 이런 레스토랑에 오려면 어울리는 옷차림을 해야지, 안 그래요?"

아사코는 음식도 잘 먹고, 와인도 잘 마셨다. 그리고 말도 많았다. 다만 자기 이야기뿐이었다. 아무리 방향을 돌려도 "그런데 말이에요, 나는……"이라고 하면서 화제를 자기 이야기로 끌고 갔다. 결국에는 얼마 전 요코하마 베이 브리지에서 크게 싸우고 헤어졌다는 남자친구 이야기까지 마치고 나서야 겨우 끼어들 수 있었다.

"남자친구 이야기인데, 오다 나오야 하고도 사귀었다면서?"

약간 발그레해진 뺨에 손을 대고 아사코는 으음, 하는 소리를 냈다.

"그 친구 어땠어?"

"누구?"

"오다 나오야. 사귀었잖아?"

아사코는 와인잔을 들어 올려, 새빨간 액체를 뚫어질 듯이 쳐다보고 나서 "몰라"라고 대답했다.

"데이트한 적은 있어?"

"있어."

"형편없는 남자였어?"

"그렇지는 않았지." 아사코는 고풍스러운 대들보가 드러난 천장을 올려다보았다. "착했어. 다만 돈이 없었지. 그럼 안 되잖아."

불쌍하다는 말투였다.

"착하다니, 예를 들면 어떤 식으로? 네 마음을 잘 이해해 주었니?"

아사코가 손뼉을 짝 쳤다.

"맞아, 맞아. 그 애는 다른 사람 말을 잘 들어주는 타입이었어. 투덜거려도 잘 들어줬지. 전에 사귀던 남자애가 양다리를 걸쳐서 무지 화가 났었는데, 그때도 많이 위로해 주었어."

주위를 힐끔 둘러보고 나서, 이코마가 불쑥 물었다.

"그 애와 잔 적 있니?"

아사코는 등을 쭉 폈다. 역시 이럴 때는 화를 낼 줄 아는구나, 생각했지만 그렇지도 않았다. 쓰윽 몸을 앞으로 굽히더니 얼굴을 들이밀면서 목소리를 죽여 이렇게 말했다.

"있어. 그런데 말이야, 그 앤 못 했어."

"못 하다니?"

이코마가 진지하게 되물었다.

아사코는 손을 살래살래 저었다.

"나 참. 발기가 안 되었다니까. 무슨 이야긴지 빤하잖아?

두 달쯤 지난 일이라고 했다.

"난 말이야. 돈도 더 많이 받고 일 끝난 뒤에 한잔하러 가는 재미가 있기 때문에 저녁부터 근무를 해. 밤이면 좀 한가하고, 멋진 남자들이 작업을 걸어올 확률도 높잖아. 낮에는 영 아니지. 트럭 운전기사나 영업사원 같은 사람들밖에 오지 않으니까. 그런데 그날 밤 파란색 BMW를 탄 남자가……."

남자가 일이 끝나면 드라이브나 하러 가자고 했다고 한다.

"얼굴은 고만고만했어. 카오디오로 꽤 멋진 음악을 듣고 있었지. 재즈 같았어. 따라갈까, 생각하고 있는데 오다 나오야가 와서 '가지 마' 하는 거야. 난 제까짓 게 뭔데 싶어서 '상관하지 마, 내 맘이야' 했더니 '오늘은 정말 그만둬. 저 녀석 따라가면 안 돼' 하는 거 아니겠어? 난 깜짝 놀랐지. 너무 진지해서."

나도 모르게 가슴이 두근거리고 있었다. '파란색 BMW'라는 게 왠지 마음에 걸렸다.

"그래서 말이야, 나는 이렇게 생각했지. 아하, 나오야가 질투하는 건가 보다. 그래서 '그렇지만 나 혼자 집에 가는 건 심심해' 했더니 무척 당황하면서 '그럼 나하고 어디 가자' 이랬어. 할 수 없이 영화를 보러 갔고, 근처 식당에서 밥을 먹고 술을 한잔했나? 내가 취해서 나오야가 아파트까지 데려다줬어. 택시였지만 말이야."

"그래서 어찌어찌하다 보니 그렇게 되어버린 거군."

이코마가 말했다.

"그렇지. 나오야는 좀 마르기는 했지만, 잘 보면 핸섬하잖아? 그리고 착하고 점잖다는 걸 알고 있었기 때문에 한 번쯤은 괜찮겠다 싶었지. 나도 그 무렵엔 솔로여서 외로웠고."

그런데 하지 못했다는 것이다.

"전혀. 불쌍할 만큼. 알코올 때문이라고 위로해 주기는 했지만, 나도 그런 경우는 처음이었어."

"그 친구 마음이 상하지 않았나?"

아사코는 고개를 살래살래 저었다.

"뭐랄까……. 좋지는 않은 것 같았지만. 그런데 오히려 다른 일 때문에 겁을 먹고 떨고 있는 것 같다는 느낌이 들었어. 자꾸만 창문으로 고개를 내밀고 밖을 내다보는 거야. 마치 누군가에게 쫓기는 것처럼."

이코마가 얼른 나를 쳐다보았다.

"그 친구한테 물어봤어?"

"응, 그랬더니 '좀 곤란한 일이 있어서. 흥신소가 나를 뒤쫓은 적이 있어'라고 하던데."

"어느 흥신소?"

"그런 건 묻지 않았어. 난 그냥 잤지. 아침에 눈을 뜨니 이미 나갔더라고. 그뿐이야. 그때 딱 한 번. 뒤로는 나도 유혹하지 않았고, 나오야도 창피하지 않았겠어? 다신 말을 걸어오지 않았지."

이어서 고만고만한 이야기가 반복되었다. 결국 아사코에게도 오다 나오야라는 청년은 '이해가 안 되는 이상한 사람'이었다는 사실을 알았을 뿐이다.

아사코는 "마치 중간부터 읽기 시작한 소설 같은 사람이었어"라고 묘하게 시적인 표현을 썼다. "과거라고 해야 할까, 이 주유소에 오기 전엔 어떻게 지냈는지 전혀 알 수가 없었어. 약간 스릴 있기는 했지만 말이야."

아사코는 와인을 다 마시고 , 아이돌 가수의 화보 사진 같은 포즈로 테이블에 턱을 괴더니 미소를 지었다.

"저어, 2차 하러 가면 더 여러 가지 기억이 날 것 같은데."

정중하게 거절하고, 아사코를 택시에 밀어 넣은 뒤 이코마와 역까지 걸었다.

"돈 엄청 깨졌군." 그는 잔뜩 부어 있었다. "얼빠진 전문대생이야. 정말 학생인가?"

나는 생각에 잠겨 있었다. 파란색 BMW, 그리고 재즈. 그것이 왜 이렇게 마음에 걸리는 걸까?

"그건 정보 같지도 않은 정보야. 도대체 예의도 모르니. 그런 뻔뻔한 소리를……. 하기야 나도 젊은 아가씨에겐 물렁할지 모르지만, 아무리 그렇다 해도……."

나는 걸음을 멈췄다. 이코마는 큰 걸음으로 세 발짝쯤 걸어가더니 멈춰 서서 뒤를 돌아보았다.

"왜 그래?"

"알았어."

"무슨 소리야?"

"파란색 BMW, 그리고 재즈."

나는 이코마를 앞질러 지하철 계단을 달려 내려갔다.

"확인해 보면 알겠지."

편집부에는 아직 사람이 남아 있는 시간이고, 전화도 자주 울려대고 있었다. 지난 호 《애로》를 뒤졌다. 이코마는 어깨너머로 들여다보고 있었다.

"뭘 찾는 거야?"

찾던 페이지를 발견하자, 나는 그것을 이코마의 눈앞에 디밀었다.

'헤드라인'에 실린 아주 짧은 기사였다.

'소녀들이 외제차를 선호하는 것을 악용한 전과 4범의 악당'이라는 제목이 붙어 있었다.

"지난달 가와고에에서 잡힌 연쇄 성폭행범. 파란색 BMW를 타고 돌아다녔지. 살인까지는 저지르지 않았지만 현재 알려진 것만도 피해자가 스무 명이 넘어. 집착이 강한 남자여서 한 번 찍으면 도망쳐도 끝까지 뒤따라 가 차에 억지로 태우거나 심한 경우에는 집에 쳐들어 가는 일까지 있었어. 기억 안 나?"

게다가 범인은 재즈 마니아였다. 재즈를 좋아하는 사람들이 들으면 화가 날 일이지만 범행을 저지를 때는 언제나 아트 블래키의 〈모닌Moanin'〉을 배경음악으로 틀었다고 한다.

이코마는 기사를 읽더니 고개를 들어 나를 보며 낮은 목소리로 말했다.

"그럼 이게 모리구치 아사코가 이야기했던 그 남자라고?"

"그렇죠. 두 달 전 이야기라잖아. 시기적으로도 맞고. 녀석은 도쿄를 중심으로 아주 넓은 지역에서 범행 대상을 골랐어. 그 주유소에 들렀을 가능성도 충분히 있지."

이코마는 천천히 고개를 젓더니 잡지를 다시 선반에 얹

었다.

“그건 좀 지나치게 억지스럽군.”

“왜? 딱 들어맞지 않아?”

“맞는 것은 파란색 BMW라는 것뿐이야. 이 나라에 얼마나 많이 돌아다니는지 알고 있잖아? 단순한 우연이야.”

“그뿐만이 아니라니까. 재즈는?”

“그 여자애는 재즈와 행진곡이 어떻게 다른지도 모를 거야”

억양 없는 목소리로 툭 내뱉었다. 나는 한 걸음 다가갔다.

“그럼 왜 그날 밤 나오야가 그렇게 아사코를 가로막았던 거지? 오늘 밤은 그만둬, 저 녀석을 따라가지 마, 라고까지 말했다잖아.”

“나오야가 아사코에게 작업을 건 거겠지. 그래서 억지로 둘러댄 걸 테고, 그런 일은 흔히 있어. 너도 경험이 있을 텐데.”

거의 말다툼을 하듯 언성을 높였기 때문에 남아 있던 동료 기자 몇이 이상하다는 표정으로 쳐다보았다. 이코마는 내 어깨를 두드리며 목소리를 낮췄다.

“지나친 생각이야. 자꾸 추측을 하면 뭐든 그렇게 생각할 수 있어. 무섭다고 생각하면 빨랫줄에 걸린 세탁물을 보고도 귀신으로 착각하기 마련이야.”

나는 어처구니가 없었다. 그의 커다란 얼굴을 올려다보았다.

“믿을 수가 없어.”

“난 믿을 수 있어.” 이코마는 커다란 어깨를 으쓱거렸다.

"나도 예전에는 지금 너와 똑같았으니까 말이야."

바로 그때 다른 동료가 "전화 왔어"라고 말했다. 내 자리였다. 불쑥 내미는 수화기를 낚아채듯 받아 들었다.

"네, 전화 바꿨습니다."

아무 소리도 들리지 않는다.

"여보세요?"

침묵.

오후에 했던 전화가 얼핏 머리를 스쳐, 나도 모르게 귀에서 수화기를 떼고 바라보았다. 하지만 그 번호로 전화를 받았던 상대가 전화를 걸어 올리는 없었다.

"누구십니까?"

그러자 쉰 목소리가 겨우 들릴 만한 크기로 이렇게 말했다.

"당신이 고사카 씨?"

"네, 그렇습니다만."

남자인지 여자인지도 확실히 알 수 없을 만큼 쉰 그 목소리는 전에 내가 근무하던 신문사 이름을 대더니 "원래 하치오지 지국에 근무하던 고사카 쇼고 씨 맞죠?"라고 말을 이었다.

"그렇습니다. 무슨 용건이신지?"

상대가 웃는지 어쩌는지 귀에 거슬리는 소리를 내더니 말했다.

"일곱 번째 편지, 읽었나?"

순간 얼굴이 굳어지는 것을 느꼈다. 약간 떨어진 곳에서 담배를 피우며 이쪽을 보고 있던 이코마가 담배를 끄고 몸을 일으켰다.

"읽었나?"

상대방은 다시 그렇게 말하더니, 이번에는 정말로 슬쩍 웃었다.

"읽었다."

나는 천천히 대답했다. 그 말을 듣고 눈치를 챘는지, 이코마가 큰 덩치에 어울리지 않게 재빨리 다가와 옆에 있는 전화에 손을 얹고, 끼어든 것을 상대가 깨닫지 못하게 하려고 조심스럽게 수화기를 집어 들었다.

"당신 누구야?"

내가 묻자 쉰 목소리가 또 웃었다.

"누굴까?"

"편지는 당신 짓인가?"

"글쎄"

"왜 그런 짓을 하는 거지?"

이코마가 손짓으로 계속 이야기를 시키라는 신호를 보내왔다. 나는 참고 있던 숨을 내쉬며 가능한 한 부드러운 목소리로 말했다.

"아무 의미도 없는 짓이야. 목적이 뭔가? 할 이야기가 있으면 제대로 하지 그래."

약간 뜸을 들였다가 한숨을 내쉬는 소리와 함께 상대방이 말했다.

“이미 그런 단계를 지났어. 안타깝게도.”

그 말투가 정말로 안타깝다는 투였다. 순간 차가운 손가락이 등을 아래서부터 위로 쓱 훑고 올라오는 느낌이 들었다. 단 한 개의 손가락이지만 정확하게 등뼈 위를.

“무슨 이야기지?”

“기억나지 않나? 옛날 일이라 잊었어?”

하치오지 지국에 있을 때라면 《애로》로 옮기기 직전이다. 3년 전이라는 이야기가 된다.

“지국에 있을 때 무슨 일이 있었다는 거지? 그렇게 얼버무리면 내가 알 수가 없지. 거기엔 딱 2년 있었으니까.”

그럼 가르쳐줄까, 하고 상대방이 다시 입을 열기를 기다렸지만 아무 소용이 없었다. 헤헷, 하고 놀리는 소리만 냈다.

“여보세요?”

“어쨌든 조심해.”

“그러니까…….”

“당신만이 아니라, 그, 누구지? 그래, 사에코 씨. 그 사람도 말이야. 신경 써주는 게 좋을 거야.”

그리고 전화는 끊어졌다. 뚜…… 뚜…… 소리를 내는 수화기를 쥔 채 이코마를 바라보니 그도 나를 쳐다보고 있었다.

“귀에 익은 목소리인가?”

말없이 고개를 저었다.

"남자인지 여자인지도 모르겠네. 게다가 묘한 목소리였어. 음성 변조 장치를 쓴 건지도 몰라."

수화기를 내려놓고 의자에 걸터앉았다. 무섭다는 생각은 들지 않았지만 화가 나고 초조하기도 해 책상에 한쪽 팔꿈치를 댄 채 한동안 전화기에서 눈을 뗄 수가 없었다.

잠깐 안 보이던 이코마가 인스턴트커피가 든 종이컵을 두 개 들고 돌아왔다.

"그래, 어때? 하치오지 지국 시절의 일 가운데 짚이는 구석이 있어?"

"지금 기억해 내려 하고 있어요."

"거기는 지방법원과 지방검찰이 있지?"

"그렇죠."

"그쪽에 관계했던 적은?'

"1년 정도 출입기자로 있었어요. 특별하게 기억이 날 정도로 큰 재판에 관계된 일은 없었고."

"그러면 남는 것은 별로 크지 않은 지역 사건들인가?"

"그렇겠죠."

이코마는 얼굴을 찡그렸다.

"폭력단은 어때? 말썽이 있었던 거 아닌가?"

"야마구치구미(일본의 대표적인 폭력 조직)는 내가 떠나고 나서 하치오지에 들어왔어." 팔꿈치를 떼고 몸을 일으켰다. "그리고 이런 건 폭력단 애들이 하는 방식이 아니야."

"그렇게 단정할 수도 없지. 음흉한 녀석들도 있어. 난 옛날에 지역 재개발 관련 취재 때문에 미움을 사서 매일 밤 전화를 받은 적이 있어."

"협박을 당한거야?"

"아냐. 테이프에 녹음된 불경을 틀어대더군. 한 달 내내. 나중에는 그걸 들으며 나도 외우게 되었어, 덕분에 극락 행은 따 놓은 당상이지."

조금 웃으니 긴장이 풀어졌다.

"내 생각에는 또 걸어올 거야." 이코마가 말했다. "그땐 가능한 한 이야기를 길게 끌어야 해. 지금 상태로는 뜬구름 잡기나 마찬가지니까 말이야. 짐작도 해볼 수 없잖아."

"그러죠."

"녹음을 해두도록 하자. 우리 이 구식 전화기에도 연결할 수 있는 녹음기가 있을 거야." 이코마는 일어서려다 책상에 손을 짚고 나를 바라보았다. "지금 당장도 할 수 있는 일이 딱 하나 있어."

무슨 이야기인지 알고 있었다.

"사에코 씨한테 연락해. 그녀 이름이 나왔어. 어쨌든 소재만이라도 파악해 두는 게 좋을 거야."

한숨이 나왔다.

"알았어."

05

그날 밤 더는 이상한 전화가 걸려오지 않았다. 다 읽지 못한 출력물을 들고 11시가 지나서 편집부를 나왔다.

JR선 이치카와 역에서 아파트까지 15분가량 터덜터덜 걸었다. 이 주변은 빽빽하게 들어선 주택지이고 밤늦게까지 문을 여는 선술집이나 비디오 대여점, 편의점이 많다. 가로등도 많았다.

그래도 아파트 입구가 보이는 10미터쯤 되는 골목길로 들어서기 전에 뒤를 한 번 돌아보았다. 미행당한다고 생각한 것은 아니다. 그냥 왠지 그러고 싶었다.

한 블록 앞의 좁은 교차로를 십 대 커플이 자전거를 타고 비틀비틀 지나갔다. 위쪽 어디선가는 물 텀벙거리는 소리가 들렸다. 누가 목욕을 하는 모양이다. 아주 평화로운 풍경이었다.

"어처구니가 없군."

목소리를 내서 그렇게 말하고 나니 마음이 다소 개운해

졌다.

철근 콘크리트 4층 건물, 모두 열한 가구라고 하면 일반적으로 맨션이라 해도 괜찮을 텐데 1층에 살고 있는 이 건물 주인은 고집스럽게 '아파트'란 명칭을 내세웠다. 그것도 '다나카아파트'라는 이름이다.

"맨션이니 하는 물렁한 이름은 마음에 들지 않아. 이름이 싫다면 딴 데로 이사하면 되잖아."

무슨 일이든 참견을 해야 직성이 풀리는 노인이지만, 그 대신 아파트 관리는 확실하게 했다. 예전에 두 번 빈집털이 검거에 협력한 일도 있었다. 그때 이 지역 경찰에서 받은 감사장을 현관 옆에 정중하게 모셔두고 있다.

내가 이곳에 이사 온 지는 딱 2년이 된다. 부동산중개소 사람을 따라 처음 아파트를 보러 왔을 때, 주인은《아사히신문》 지국에 산탄총을 든 괴한이 침입해 기자 두 명을 해친 사건 이야기를 꺼내며 '위험한 직업'이라고 요란하게 떠들어댔다.

이거 거절당하는 거 아닌가 싶었는데, 내 예상은 빗나갔다. 오히려 힘이 넘치는 표정으로 "나는 정의의 편"이라면서 "무슨 일이 있어도 언론의 자유는 지켜야죠. 마음 푹 놓고 이사 오세요"라고 말했다.

원래 학교 선생님이었다는 집주인이 검도 유단자라는 이야기를 나중에 부동산중개소를 통해 듣고, 과연 배짱이 두둑할 거라고 생각했다. 아무래도 요즘에는 도장에 나가지 않는 것 같지만, 이따금 마당에 널어놓은 이불을 두드리는 모습을 보면 자세도 좋고 아직 정정해 보였다.

편하게만 생각하고 있다가 민폐를 끼치는 꼴이 되는 게 아닐까 하는 생각이 들었다. 지금은 편지나 전화가 회사로 오지만 아파트를 건드리지 않을 거라고는 단정 지을 수 없었다. 어쨌든 상대방이 무슨 생각을 하고 있는지, 나에 대해 얼마나 알고 있는지 전혀 알 수 없으니까.

전에 한 번 자고 간 일이 있는 이코마가 이렇게 아무것도 없는 게 오히려 깔끔해서 좋아, 라고 평했던 방 안 맨바닥에 주저앉아 침대 옆 램프만 켜고 캔맥주를 따면서 이런저런 생각을 했다. 인상에 남았던 사건이나 취재 과정에서 문제가 있었던 인물들의 얼굴을 떠올려보았지만, 딱히 짚이는 구석이 없었다.

데스크는 '분노의 스위치는 언제 켜질지 모른다'고 했다. 그것은 동시에 '무엇 때문에 켜지는지도 모른다'는 이야기이기도 하다. 극단적인 경우, 전혀 내 허물이 아닌 일일 수도 있는 셈이다.

그런데 왜 사에코 이름이 나온 것일까? 그게 가장 이상했다.

사에코의 소재를 파악하기는 쉽다. 서로 알고 지내던 사람도 있다. 전화 한 통이면 알 수 있다. 뒤가 켕길 일도 전혀 없으니 솔직하게 사정 이야기를 하면 바로 가르쳐줄 것이다.

그래도 마음이 무거워지는 일임은 분명했다.

일반적인 실연이나 파혼이라면, 당할 때야 상처가 크더라도 세월이 지나면 잊을 수가 있다. 나중에 아무것도 남지 않기 때문이다.

그렇지만 우리 사이에는 흔적이 남았다.

예전에 이 이야기를 털어놓았을 때, 이코마는 사에코에 대해 '멋대로 행동하는 바보 같은 여자'라고 했다.

"그런 여자하고 맺어지지 않은 게 오히려 다행이야. 사람을 뭐로 보고."

그 당시에는 나도 그렇게 생각했다. 하지만 지금은 다르다. 사에코에게는 자기 나름의 어엿한 '신념'이 있는데, 그것이 나와 맞지 않았던 것이다……. 지금은 이렇게만 생각하고 있다.

사실 완전히 자유연애로 시작된 관계였다면 일이 크게 꼬일 것도 없었으리라. 단둘만의 문제로 끝났을 테니까.

그녀를 알게 된 것은 대학 선배의 소개를 통해서였다. 아니, 맞선을 보았다고 하는 게 더 어울리는 표현일 것이다. 엄숙하게 사진을 교환하고 자리를 마련한 모양새는 아니었지만, 따지고 보면 맞선이었다. 사에코는 막 대학을 졸업한 상태였고, 이른바 '신부수업'을 하면서 적당한 결혼 상대를 찾고 있었다.

사에코의 아버지는 간토 지방에서 도쿄 대학 진학률이 높기로 소문난 고등학교 교사이며, 내가 나온 대학의 동문이기도 했다. 이름 높은 수재였다는 소문은 들었지만, 내가 보기에는 외동딸을 끔찍하게 위하는 온화한 아버지에 지나지 않았다.

첫인상은 일단 얌전한 아가씨라는 느낌이었다. 사랑스러운 얼굴에 바람이 좀 세게 불면 날아가 버리지 않을까 싶을 만큼 가냘픈 몸매 때문에 더 그렇게 보였을지도 모른다.

나도 이제 슬슬 가정을 꾸려야 하는 게 아닐까, 생각했기 때문에 나쁠 것이 없는 만남이었다.

"특별히 정해 놓은 여자가 없다면 까다롭게 굴지 말고 좀 사귀어봐."

이런 선배의 권유에 순순히 따르게 되었다. 대학 시절부터 사귀던 여성과 헤어진 지 얼마 되지 않은 상태였으니까.

뜨겁게 타오르는 연애는 아니었다. 떨어져 있을 때 사에코 생각만 나는 것도 아니었다. 다만 함께 있을 때 사에코가 주는 안도감, 그녀를 둘러싸고 있는 따스한 분위기는 소중했다. 그런가 하면 이따금 무심코 내뱉는 날카로운 말에 놀라기도 했다.

곱게 자랐다고는 하지만 사에코의 집은 결코 부자가 아니었다. 그런데도 그녀를 보고 있으면 '온실 속의 화초'란 말이 무얼 뜻하는지 제대로 알 수 있을 것 같았다. 이 세상의 풍파가 닿지 않도록, 스치지 않도록 곱게 자랐기 때문에 다른 사람이라면 아무런 신경도 쓰지 않을 것들을 사에코는 작은 두 손에 소중하게 감싸 들었다. 그런 모습은 나처럼 막 자란데다 직업마저도 살벌한 사내들을 끌어들이는 마술 같은 힘을 지니고 있었다.

동시에 또 한 가지, 나는 얼토당토않은 오해를 하고 있었다. 나이가 어린 세상 물정 모르는 여자를 내가 '보호'하고 있다는 착각이었다. 그런 오해는 제법 기분 좋은 착각이라 한번 빠지면 어지간해서는 헤어 나오기 힘들다. 사에코와 결혼한다는 건 내가 그녀를 평생 보호하는 것이라 생각하며 우쭐했던 것이다.

교제가 시작된 지 반년 만에 결혼하기로 했다. 사에코는 바로 청혼을 받아들였고, 양가 부모도 찬성했기 때문에 아무 문제가 없었다. 결혼 준비는 일사천리로 진행되어 약혼과 결혼식 날까지 잡았다. 결혼 중매인 역할은 본사의 사회부장이 맡기로 했다. 그런데 우연하게도 사회부장은 사에코의 아버지와 고향이 같았고, 향우회를 통해 예전부터 친구로 지낸 사이였다. 역시 뭔가 인연이 있었네, 라며 사에코도 기뻐했고, 나도 마찬가지였다. 이게 나중에 문제가 될 줄은 상상도 못 했다.

그때 나는 하치오지 지국으로 옮긴 지 2년째였다. 이쪽으로 올 때, 본사 사회부 데스크 가운데 한 선배가 '2년 뒤에는 반드시 내 밑으로 다시 끌어오겠다'는 약속을 한 상태였다.

경찰 출입기자 시절의 선배로, 무슨 일이나 배짱이 맞고 내게 큰 기대를 품고 있던 선배였다. 게다가 자기가 한 말을 실행할 수 있는 파워도 갖춘 선배였다.

본사 사회부는 사건기자를 지망하는 사람이라면 누구나 원하는 자리다. 데스크의 말대로 2년 만에는 돌아가지 못한다 해도, 그리로 복귀할 수 있는 길이 확실히 열려 있다는 사실만으로도 나는 더 바랄 것이 없었다.

그 무엇 하나 불만스러운 것도 없었고, 불안도 전혀 없었다.

그것이 완전히 뒤집어진 것은 결혼식 한 달 전의 일이었다. 이유는 간단했다. 건강진단에서 나는 도저히 아기를 만들 수 없다는, 그런 능력이 결여되었다는 사실을 알게 된 것이다.

"그게 어쨌다는 거야, 응?" 이코마가 고함을 쳤었다. "애 없이 사는 부부는 이 세상에 얼마든지 있어. 그래도 사이좋게 살지. 그런데 다른 것은 다 무시하고 그것만 내세워 결혼을 못 하겠다니, 핑계가 좋군."

이코마가 화를 내는 것은 이해가 갔지만 역시 본질에서는 벗어났다고 생각한다. 그에게는 귀여운 딸이 둘이나 있고, 이미 아버지로서의 책임을 어깨에 지고 있다. 싫든 좋든 그런 입장에서 생각할 수밖에 없을 것이다.

아기를 갖는다는 게 여성에게 이토록 큰 의미가 있는 것이로구나. 지금이라면 조금은 냉정하게 그걸 이해할 수 있을 것 같았다.

파혼하자는 이야기가 나왔을 때, 사에코는 이렇게 말했다.

"넌 괜찮아. 일이 있으니까. 그렇지만 난 어떻게 해? 아무것도 없어."

아무것도 없어……. 이렇게까지 말하는데, 그럼 일을 하면 어떻겠느냐, 취미를 만들면 되지 않겠느냐 해봐도 소용이 없을 것이다. 그런 소리를 하는 것은 논점을 슬쩍 피하는 것일 뿐, 오히려 사회에 나와 일하는 여성들을 모욕하는 꼴이 된다. 여자들이 독신이기 때문에, 결혼은 했지만 애가 없기 때문에 심심해서 일을 하고 있는 것은 아니니까.

사에코는 가정을 꾸리고 싶어 했다. 그리고 그녀가 생각하는 '가정'에는 아기가 꼭 필요한 존재였다. 그녀는 청사진을 갖고 있었다. 완벽한 어린 시절. 완벽한 청춘. 완벽한 연애. 완벽한 결혼. 모두 '완벽'해야만 했다. 그리고 나는 그녀의 완벽한 인생 플랜을 실현하기 위한 파트너로는 실격이었다. 그뿐이었다.

사에코가 늘 제일 먼저 내세운 것은 '완벽한 청사진'이었다. 단 하나라도 그 기준을 채울 수 없다면 달리 아무리 좋은 조건이 붙어도, 감정적으로 정리가 되지 않더라도, 결혼 상대로는 실격이었다. 애정마저도.

'자식을 낳아 길러보기 전에는 제대로 된 어른이 아니다'라는 통념을—터무니없이 어리석은 통념이지만—따르고 있는 한, 사에코의 '완벽한 인생'에는 '아기'가 반드시 필요했다.

그것이 결여되면 완벽해지지 못한다.

그러니 헤어지자……. 그뿐이었던 것이다.

이유가 이유였던 만큼 결혼 중매인도 고생을 했다. 내게 다른 여자가 있기 때문에 문제가 생겼다거나 하면 수습할 방법이 있겠지만, 이것만은 해결 방법이 없었다.

사에코가 언성을 높이거나 흥분해서 소리를 지르지는 않았다. 그저 조용히 울었고 함께 살 자신이 없어졌어요, 라는 말만 반복할 뿐이었다. 나중에는 의논하는 자리에 나오지도 않았다.

딱 한 번 전화로 이야기한 적은 있다. 냉정하게 이야기를 들을 테니 어떻게든 만나서 이야기했으면 좋겠다고 했지만 소용없었다. 어처구니없게도 나는 그녀를 꽤 보호하고 있다는 생각을 했고, 그를 사랑한다는 생각도 하고 있었다. 그녀가 필요하다는 생각도 했고 그래서 온갖 표현을 다 동원해서 설득해 보았다. 이제 와서는 돌이켜 보고 싶지 않을 만큼.

그러자 사에코는 울면서 이렇게 말했다.

"너는, 너는 그런 어중간한 인생을 내게 강요할 권리가 없어. 자기 편한 대로 말하지 마. 정말로 사랑한다면 내가 바라는 대로 행복해질 수 있게 그냥 놔둬."

뭔가에 세게 얻어맞은 기분이 들었고, 정신이 들었던 것은 이때였다.

'어중간한 인생을 강요한다.'

그녀는 그렇게 말했다.

결국 모든 것이 내 착각이었구나, 하는 생각이 들었다. 우리 둘 사이에는 애당초 애정이고 신뢰고 존재하지 않았던 것이다. 그녀를 사랑하고, 그녀를 보호하며 함께 인생을 살아가고자 했던 것은 나뿐이었다. 사에코에게 가장 중요한 것은 늘 자기 자신뿐이고 , 그녀의 완벽한 인생 청사진에는 수정의 여지가 없었다. 누구도 그녀를 보호해 줄 필요 따위는 없었다. 그녀는 자기 스스로 자신을 지킬 줄 아는 것이다.

쓸 만한 것 같아 써보았지만, 이 타이어를 끼고 달리면 엉뚱한 방향으로 갈 것 같다. 그러니 바꿔야겠다. 그걸로 끝이란 말인가?

"그렇다면 한 가지만 가르쳐줘." 나는 물었다. "파혼하겠다는 결론을 내리기까지 조금은 고민을 해본 건가?"

사에코는 울기만 할 뿐, 대답이 없었다.

변호사가 나와서 이러쿵저러쿵하는 상황까지는 가지 않았지만, 사태 수습을 하느라 꽤 번거로웠다. 현실적인 문제로, 결혼식 청첩장은 이미 발송이 끝난 상태였고 어지간한 준비도 다 끝나 있었다.

웃겼던 일은 사에코의 아버지가 위자료를 청구하겠다는 소리를 했다는 사실이다. 딸에게 흠집을 내지 않았느냐는 것이다. '엄격한 아버지가 문단속을 느슨하게 하면서 딸에게 밤에 나가 놀도록 허락한 것은 함께 있을 상대가 약혼자였기 때문이다. 그렇지 않다면 허락하지 않았을 것'이라고 말하고 싶었을 것이다.

처음 품에 안았을 때, 사에코는 처녀였다. '결혼하기로 한 상대하고만 자겠다'는 결심도 그녀의 청사진 안에 있었을 것이다. 결과적으로 나는 그 청사진을 더럽힌 남자가 된 셈이다.

아무리 그래도 이렇게까지 하는 것은 심하다는 중재가 있어 결국 위자료 이야기는 들어갔지만 사에코의 아버지는 '다음 혼담에 영향을 미치면 곤란하니 그 점을 충분히 배려해 주기 바란다'고 못을 박았다.

완전히 체면을 구긴 꼴이 된 사회부장은 그때까지만 해도 아직은 중립적인 태도를 취하고 있었다. 결혼식이 예정되어 있던 날에 사에코가 자기 집에서 손목을 긋기 전까지는.

큰 상처는 아니었다. 면도칼에 살짝 벤 정도였다. 구급차에 실릴 때도 의식은 또렷했다고 한다.

그 소식을 들었을 때는 사에코도 역시 심하게 고민하고 상처를 입었구나, 생각했다. 발작적으로 자살을 생각할 만큼. 그렇지만 사정을 알고 난 뒤에는 내 생각이 얼마나 어설펐는지 깨닫게 되었다.

분명히 사에코는 상처를 입었다. 하지만 그것은 나와의 감정적인 문제 때문이 아니라 '다 되어 가던 결혼이 직전에 깨져 버린' 과거를 짊어지게 되었다는 사실 때문이었다. 말하자면 또 그 청사진이다. 병문안을 갔던 친구들에게 이렇게 말했다고 한다.

'이렇게 비참하게 되었으니 이제 나는 행복한 결혼 같은 건 할 수 없을 것 같아. 살기 싫어졌어.'

비참하다고?

이렇게까지 어긋나면 웃을 수밖에 없다.

설상가상이라고, 이 문제가 약간 스캔들 같은 것으로 발전했다. 나는 일개 평기자에 불과했지만 사에코의 아버지에겐 사회적 체면이 있었다. 딸의 파혼과 자살 미수가 그렇지 않아도 파벌이 심한 유명 사립학교에 적을 두고 있는 그에게 꽤 무거운 짐이 되었던 모양이다.

그래서 어떻게 되었는가 하면…….

나의 사회부 복귀는 이루어지지 않았다. 화를 내는 오랜 친구와 개인적으로는 이렇다 할 친분이 없는 부하 직원 사이에 끼게 된 부장은 옛 친구의 체면을 세워주기로 결정했다. 원래 조직의 인사는 그런 요인의 영향을 받는 경우가 많다. 내게 그런 일을 비난할 정도의 중학생 같은 정의감은 없었다. 있었다 해도 그때는 이미 어디 처박았는지조차 제대로 알 수 없는 상태였다.

화를 내며 난리를 친 것은 나를 사회부로 다시 데려오겠다고 약속했던 데스크였다. 부장에게 화를 내고, 그런 사람 밑에서 일하는 자기 자신에게 화를 내고, 무기력해져 있는 나를 야단쳤다. 그러면서도 그는 침울해하는 나 때문에 동료들조차 곤혹스러워하던 하치오지 지국에서 나를 빼내주었다.

"내 동기인 미야모토란 녀석이 《애로》에서 데스크를 맡고 있어. 흔히 거기를 고려장 치르는 곳 같은 데라고들 하고, 실제로 편집장은 허수아비나 마찬가지인 멍청이지만 미야모토는 달라. 그 녀석은 혁명을 일으킬 생각으로 그리 갔어. 어때, 그 친구와 한동안 함께 일해 보지 않을래?"

그 미야모토라는 데스크가 오야키처럼 둥근 얼굴에 외상값 걱정만 하는 지금의 데스크다.

역시 《애로》는 나름대로 변화하는 중이었다. 하지만 아직 갈 길은 멀어, 대외적으로 《애로》로 간다는 것은 좌천과 같은 의미였다.

그렇게 되자, 적어도 사에코의 아버지는 후련해했다. 그렇지 않았다면 백지 협박장을 보낸 인물의 첫 번째 후보로 그의 이름을 꼽았을 것이다.

《애로》로 옮겨온 뒤에도 내가 왜 이리 오게 되었는지에 대한 소문은 끈질기게 따라다녔다. 사회부장이 진짜 이유를 숨겼기 때문에 소문은 점점 부풀어, 진상과는 상당히 거리가 먼 것으로 발전하고 말았다. 직장 상사가 주선한 결혼을 깨버렸기 때문이라는 정도는 괜찮았다. 결혼 직전 동성애자라는 사실이 밝혀졌기 때문이라거나, 상사의 애인에게 잘못 손을 댔기 때문이라는 등 갖가지 소문이 나돌았다. 이코마가 들었거나, 후배 사진기자의 흥미를 끌었던 것도 그런 소문들 중 하나일 것이다.

어쨌든 여자 문제로 실수한 것이라는 소문이 정설이고, 그것도 이제 겨우 가라앉아 가고 있었다. 그런 일쯤은 있을 수 있는 일이라고 받아들이는 모양이지만, 한 걸음 나아가 소문을 완전히 가라앉히려면 결혼이라도 하는 길 이외에는 방법이 없을 것 같았다.

결혼이라도.

말은 간단하지만, 매우 어려운 일이 되었다……고 생각한다.

그 첫 번째 이유는 배우자에게 아기를 낳게 해줄 수 없기 때문이다.

사에코만큼 고집스럽지는 않아도, 아기를 갖는 것이 꿈인 여성은 많으니까.

그 문제로 한번 문화부에 있는 여자 기자와 이야기를 나눈 적이 있다. 베테랑 기자였는데, 세 아이의 어머니이기도 한 그 선배는 "여자는 아기를 낳지 않으면 어른이 아니다……. 이런 사회 통념이 문제지"라고 잘라 말했다.

"체외수정이나 대리모 문제가 나오는 것은 그런 수단을 써서라도 아기를 가져야 제대로 된 인간으로 인정받을 수 있다는 생각이 있기 때문이야. 주위에서도 그런 식으로 이야기하지만 동시에 여성 자신도 그렇게 믿고 있다는 거지. 게다가

양자는 안 된다는 거야. 핏줄이 이어진 아이, 자기 배를 앓아 낳은 아이. 여기에 집착하고 있어."

"그런 심정은 이해하죠." 나는 말했다. "남자도 초라해질 겁니다. 자기가 세상을 떠난 뒤에 아무것도 남길 수 없다는 건 말이죠."

그러자 그 여자 기자는 내 등을 때리며 언성을 높였다.

"너 말이야, 지금 여기 이렇게 네가 살아 있다는 사실에 의미를 못 느껴? 네가 그냥 어느 누군가의 자손에 지나지 않는다는 말이야? 자손을 남기지 않으면 네 존재 의미가 없어져? 사람들이 다들 그런 생각을 한다면 동굴에 벽화를 그리던 시절로 되돌아가고 말 거야."

나는 삐딱하게 받아들였다. 남을 위로하기 위해서는 그럴듯한 말이지만, 본인이 그런 입장에 놓여도 과연 그렇게 말할 수 있겠어?

결혼하기 힘들어진 또 다른 이유는, 내가 겁쟁이가 되었기 때문이다.

똑같은 실패를 반복하는 것은 견딜 수 없다. 그런 생각 때문에 늘 움츠러들었다. 연애나 결혼은 반쯤 패기로 해야 한다. 시작부터 어중간한 자세라면 잘될 리가 없다.

'네가 내게 그런 어중간한 인생을 강요할 권리는 없어.'

자식 없는 인생이 과연 그렇게 어중간한 것일까? 희망을 가져라, 그렇지는 않을 것이다, 라고 생각하고 싶다. 실제로 아니라고 대답하는 부부도 많을 것이다. 내 주위에도 자식은 없지만 보란 듯이 사이좋게 사는 부부가 두 쌍이나 있다.

하지만 나는 자신이 없다. 모든 갈등을 끌어안으면서도 함께 '아니다'라고 말해 줄 여성을 찾을 수 있을지 어떨지…….
나의 뿌리 깊은 상실감을 이해해 줄 수 있는, 그렇게 굳은 신뢰 관계를 쌓을 수 있는 상대를 만날 수 있을지 어떨지…….

그것은 이미 완전히 나 개인의 문제이고, 노력한다고 해서 해결될 수 있는 것도 아니다. 미룰 수 있는 만큼 계속 미루고 보자……. 이게 현재의 솔직한 심정이다.

그런데 자칫하면 사에코를 다시 만나야 할지도 모른다.

대체 뭐가 어떻게 된 걸까? 아무리 생각해 봐도 답은 나오지 않았다. 문득 시계를 봤을 때는 남의 집에 전화를 걸 수 없는 시간이었다.

바닥에 뻗은 발을 바꿔 포개다 보니 양말 끝에 붙은 솜먼지가 보였다. 요즘 청소를 하지 않았구나, 하는 생각이 들었다. 거의 잠만 자러 들어오는 집이다.

옷 갈아입기도 귀찮아서 그냥 자려고 벽에 머리를 기댔다. 그러자 조용한 방 안에서 희미하게 슈우, 하는 소리가 들리는 걸 깨닫고 눈을 떴다.

이런, 또야.

어디선가 물이 새고 있다. 깐깐한 아파트 주인도 건물의 노후화만은 어쩔 수가 없다. 최근 이런 일이 자주 있어났다.

물 새는 소리를 듣는 것은 대개 나하고 바로 아랫방에 사는 각본가 지망생 청년이다. 우리 두 사람만 남들이 조용히 자고 있을 시간에 일어나 어슬렁거리는 일이 많기 때문이다.

옥상으로 올라가 급수 탱크의 밸브를 잠그고, 집주인이 사는 방의 문에 물이 샌다고 적은 메모를 붙여 둔다. 새벽이 되어 일어난 집주인은 그 메모를 보고 일단 밸브를 열러 간다. 그리고 주민들이 그날 아침에 필요한 물을 쓰면 다시 밸브를 잠근 뒤 수리공을 부르러 간다. 귀찮아도 그렇게 해 두지 않으면 어느 집 벽 안에서 밤새 물이 흘러나와 골치가 아파질 것이다.

슈우, 하는 소리는 계속 들려왔다. 들리는 소리로 미루어 보건대 이 방 어딘가에서 새고 있을지도 모른다. 이번 달에는 모든 것이 고사카 쇼고를 괴롭히기로 작정이라도 한 것일까?

방법이 없다. 자주 오가는 곳이니 플래시가 없어도 괜찮을 것이다. 일어나 방을 나와 옥상으로 통하는 바깥 계단을 오르자, 층계 위쪽에서 플래시 불빛이 어른거렸다.

아래층 방에 사는 청년이었다. 옥상으로 통하는 문 앞에서 있었다.

"역시……" 하며 청년이 웃었다.

"피차 고생이로군."

"마치 수도 보초를 서는 것 같네요. 됐습니다. 제가 하고 올게요."

"그럼 메모 쪽지는 내가 붙여 둘게."

"아, 그러면 이걸 붙이세요."

워드프로세서로 정성스럽게 친 것이었다.

바깥 계단에는 집주인이 당당하게 필기체로 쓴 '계단에서는 정숙하게 , 복도는 깨끗하게' 라는 표어가 붙어 있다. 그 엄명에 따라 조심스럽게 내려가…….

그러다 보았다.

콘크리트 계단이 시작되는 입구 부분에 페인트인지 그림물감인지, 어쨌든 강렬한 빨간색으로 글자가 하나 적혀 있었다.

퇴근할 때는 이런 것을 본 적이 없다. 손가락으로 만져보니 아직 마르지도 않았다.

발을 벌려 글자를 넘어선 다음 서둘러 골목길 끝까지 달려가 보았다. 누가 한 짓이든 한 글자를 적었을 뿐이니 시간이 많이 걸리지는 않았을 것이다. 새끼 고양이 한 마리 없는 밤에 별만 반짝이고 있었다.

아파트로 돌아오니, 아래층 청년이 계단 옆에 서서 아래를 내려다보고 있었다.

내가 다가가자 "달려가시는 게 보여서요. 이게 뭐죠?" 하고 청년이 물었다.

"뭐 같은가?"

"이건 대략……." 그는 조심스럽게 웃어 보였다. "제가 보기에는 죽을 '사(死)' 자로군요."

'한(恨)' 다음은 '사(死)' 자였다.

"밤공기가 너무 좋아서 폭주족 애들이 장난기가 동했나? '극악(極惡)'이니 하는 글자를 쓰지 않은 것만 해도 다행이군."

'하느님 하늘에 계시니, 세상 모든 것 바르구나.'

거짓말이다.

06

“현재 상태에서는 경찰이 개입하려 들지 않을 거야.” 이코마의 첫마디였다. “네가 칼에 찔리거나, 차에 치이거나, 총을 맞거나, 황산이라도 뒤집어쓰기 전에는…….”

“그만해요. 말도 안 되는 소릴.” 커피를 가져온 가나코가 눈살을 찌푸리며 말했다. “두 사람 모두 말이 씨가 된다는 속담도 몰라요? 그런 소리를 하면 실제로 그런 일이 일어난단 말이야.”

“호오.” 이코마가 허풍스럽게 감탄했다. “그럼 가나코는 빨리 멋진 애인이 생기게 해달라고 매일 기도하나?”

“에이, 저질. 이래서 아저씨들은 싫다니까.”

가나코가 가 버린 뒤, 내가 말했다.

“경찰에 기대하지는 않아.”

“그 기분 나쁜 낙서는 어떻게 했어?”

절로 웃음이 났다.

“집주인이 이마에 핏대를 세우며 함께 지워줬어. 단순한 장난이라고 생각할 거야."

"자세한 이야기는 하지 않은 거지?"

"응. 문단속에 주의하라고 부탁만 해 두었어. 공연히 이야기를 했다간 언론 자유를 위해 산탄총 소지 면허라도 따낼 영감님이니까."

"그런 영감님들이 나라를 지키는 거야. 사에코 씨 소재는 알아냈어?"

나는 메모지를 보여주었다. 결국 오늘 아침에 전화를 했다. 나와 사에코를 소개해 준 그 선배로, 무역회사에 근무한다. 막 출근할 무렵이었기 때문에 이런저런 질문을 할 시간이 없어 다행이었다.

"그렇지만 꽤 의심하던걸. 정말로 급한 일이냐고 몇 번씩이나 물었어. 나도 어지간히 신용이 떨어진 거야. 3년 전의 복수를 할 생각인 걸로 여기는지도 모르지."

"상관없잖아? 그만큼 저쪽이 뒤가 켕긴다는 증거지." 이코마는 메모를 보았다. "결혼을 하셨군."

가와사키 사에코. 그것이 현재 이름이었다. 추오 구의 신토미 초에 산다. 회사가 있는 이곳 신바시에서 아주 가깝다. 놀랐다.

"남편은?"

"학교 교사인 모양이야. 사에코 아버지 제자인가?"

"가봐야지." 이코마가 커피를 들이켰다. "나도 함께 갈게. 너 혼자 가면 경찰에 신고할걸."

"안 그래도 선배에게 부탁할 생각이었어."

"서두르는 게 나아. 내일 어때? 연락은 내가 해 둘게. 이건 너 혼자만의 문제가 아니야. 《애로》의 문제야."

"오늘은 오다와라에 갈 거잖아?"

일어서서 웃옷을 걸치며 이코마가 말했다.

"전화쯤은 어디서든 걸 수 있어. 그래, 그래. 너도 전화해. 오다 나오야한테. 어떻게든 잡아. 한 번은 전화를 받았잖아. 계속 걸면 염력도 통할 거야."

염력은 제대로 통하지 않았다. 오전 내내 자리에 앉아 10분마다 걸어보았지만 여전히 신호음만 들려올 뿐이었다. 어쩔 수 없이 소용없을 줄 알면서도 NTT에 물어보았다.

"알려드릴 수 없습니다."

"그럼 국번만이라도. 이 국번은 에도가와 구 것이죠?"

"네, 그렇습니다."

"관할 전화국이 어디입니까?"

"알려드릴 수 없습니다."

좋은 회사다.

자료를 꽂아 놓은 선반에서 에도가와 구 인명전화번호부를 꺼내 와 맨 앞부터 이 잡듯이 체크했다. 중간 중간 전화를 걸며, 수화기를 턱 아래 끼우고 계속 울리는 신호음을 들으며 작은 숫자를 들여다보았다. 사팔뜨기가 될 것 같았다.

"돋보기가 필요하시겠네."

가나코가 다가와 들여다보면서 말했다.

"도와줄까? 전화번호부가 한 권 더 있으면 반씩 나눠서 할 수 있겠지?"

그렇게 해달라고 부탁하려 했는데, 가나코가 먼저 말했다.

"한 가지 이야기해도 될까?"

"뭔데?"

"전화번호부에 실리지 않은 번호일지도 모르는 거지?"

"비관적인 생각을 하면 일찍 늙어."

"웃기셔."

모두 체크해 보았지만 그 번호는 나오지 않았다.

"이것보다 오래된 전화번호부가 있나?"

"있기는 한데…… 계속 찾을 거야? 뜻밖에 집념이 강하네. 거기 실려 있지 않다면 오래된 전화번호부에도 없지 않겠어?"

"있을 수도 있겠지. 손 놓고 있어 봐야 시간만 가지 뭐."

알았다면서 가나코가 오래된 전화번호부를 가져왔다. 한 권밖에 없다고 해서 "고마워, 이제 됐어. 도와줘서 고마워"라고 인사를 했다.

전 같으면 선뜻 고마우니 점심 살게, 해야 했다. 그 말이 잘 나오지 않아 머뭇거리고 있는데 가나코가 선수를 쳤다.

"저어, 고사카 선배. 점심 살 거지?"

"그래……."

"잘됐다. 그럼 장소는 내가 정할게."

긴자 4초메 쪽까지 끌려갔다. 새롭게 문을 연 이탈리안 레스토랑이 있단다.

점심시간을 살짝 피해 나왔기 때문에 많이 기다리지는 않았지만 가게는 만석이었다. 자리를 잡고 앉을 때까지 이런저런 쓸데없는 이야기를 했는데, 마주 앉자 가나코는 갑자기 말이 없어졌다. 테이블 위에 꽂혀 있는 한 송이 장미를 만지작거리면서 내 시선을 피했다.

"어떻게 안 거야?" 잠시 후 가나코가 불쑥 물었다. "지난번 콘서트 말이야. 그거 거짓말이었어. 나 처음부터 티켓을 두 장 샀어. 그리고 고사카 선배와 함께 갈 핑계를 이리저리 생각했지. 그거 어떻게 알아냈어? 우연히 들은 거야?"

초능력이 있는 애가 가르쳐준 거야, 이렇게 대답할 수는 없었다. 가나코가 또 놀리는 걸로 생각할 것이다.

"나이가 들면 다 알아."

이렇게 대답하자 가나코는 재미있다는 듯이 웃었다.

"어머, 그렇게 나이 들지 않았어. 흰머리가 있다는 건 거짓말이야. 전혀 없어."

"그래? 안심이 되네. 요즘엔 갑자기 늙은 기분이 들더라고."

"이상한 일을 하고 있어서 그래. 초능력이라니. 어울리지 않는다고 했잖아?"

테이블에 두 팔꿈치를 대고 턱을 괴더니, 입가에 살짝 미소를 지으며 말했다.

"더 놀라운 사실을 가르쳐줄까?"

"뭔데?"

"나 말이야, 그날 밤 갔었어."

"어디에?"

"선배 아파트에."

가만히 바라보고 있으니, 가나코는 고개를 숙인 채 눈만 들어 나를 힐끔 쳐다보았다. 그리고 또 웃었다.

"화났어, 선배?"

"화난 건 아니지만……."

"확인하고 싶었어. 데이트 있었던 거지? 선약이 있다고 했잖아. 그래서 말이야, 어떤 여자를 데리고 함께 집에 돌아올지도 모른다는 생각이 들어서. 음악을 들으며 그런 생각을 하니 참을 수가 없어서 에잇, 가보자 했던 거야."

그날 밤에는 이코마와 술을 마셨다. 그가 직접 겪었던 1974년의 초능력 붐 이야기부터 시작해 나중에는 서로 무슨 소리를 하는지 모르는 상태가 되었다. 집에 돌아온 것은 새벽 3시가 지나서였다.

"몇 시쯤까지 있었어?"

"새벽 2시가 좀 지났나? 아파트 복도에 처량하게 신문지를 깔고 앉아 있었어."

그래서 다음 날 지각했던 모양이다.

"고사카 선배가 돌아오지 않아서." 가나코는 두 손으로 뺨을 눌렀다. "아, 이거 여자 집에서 자는 모양이구나, 생각하며 돌아갔지. 울면서 돌아갔단 말이야."

요리가 나왔기 때문에 가나코는 몸을 테이블에서 떼었다. 웨이터가 가자 "미안해"라고 말했다.

"식사를 하면서 할 이야기는 아니지만 이렇게라도 하지 않으면 이제 단둘이 이야기할 기회가 오지 않을 것 같아서. 선배가 나를 술 한잔하러 데려가 줄 일은 이제 없을 거 아니야?"

아직까지 단둘이 술을 마시러 간 적은 한번도 없었다. 늘 누군가와 함께였다. 가나코의 태도가 아무래도 이상하다는 것을 느끼기 시작하면서부터는 그런 일도 크게 줄었다.

"내 잘못이지 뭐." 가나코는 힘없이 웃었다. "그날 밤 집에 들어갔더니 언니가 깨어 있다가 '너 진짜 바보구나!' 하며 야단을 쳤어. '혼자 끙끙거리고 있을 뿐이잖아. 그 사람이 좋아서 도저히 견딜 수 없다면 머리를 쓰란 말이야. 밀당을 해야지' 하면서. 우리 언니는 그 방면에 백전노장이거든."

가나코는 '그 방면'이라는 말의 의미도 잘 모를 것이다. 바로 눈앞에 있는 가나코의 뺨에는 아직 솜털이 가시지 않았다. 내가 입을 열려고 하자, 몸을 앞으로 밀며 가로막듯이 물었다.

"저어, 가르쳐줄 수 없겠어?" 그러더니 고개를 들었다. "선배 애인, 어떤 사람이야? 아, 나로선 상대가 안 된다 싶은 사람이면 내가 포기할 수 있을 거야. 예쁜 사람이야? 나이는 몇 살? 요리 잘해?" 가나코가 말을 이었다. "예전에 이런저런 소문이 있었다는 건 알아. 그래서 선배가 신중하게 행동하는 거라고 모리오 선배한테 들었어. 그만두는 게 좋아, 고사카 선배는 가나코한테 어울리는 상대가 아니야, 라면서. 정말이야? 옛날 일이 그렇게 힘든 거였어? 상처 많이 입었어?"

옆 테이블 사람이 우리 쪽을 보고 있었다. 눈짓으로 그걸 알려주자 가나코는 입을 다물고 자세를 가다듬었다.

무엇부터 어떻게 이야기를 해줄까, 잠시 생각하고 나서 입을 열었다.

"계속 때려대는군."

"뭐가? 내가?"

"가나코 말고. 그 옛날 일이."

가나코는 눈을 크게 떴다.

"아직 계속되고 있어?"

"계속되고 있는 건 아니지만 자꾸 떠올리게 만드는 일들이 늘고 있어."

"괴로워?"

가나코의 표정이 진심으로 걱정하는 것 같아 마음이 흔들렸다. 이런 이야기를 하기 위해 점심시간의 레스토랑을 고른 가나코가 현명하다는 생각이 들었다.

"너한테도 남에게 알리고 싶지 않을 이야기가 있겠지?"

"응……."

"나도 마찬가지야. 사실을 알리기도 싫고, 관련된 사람에게도 폐가 되는 일이니까. 그래서 잠자코 그런 소문들을 흘려듣고 있는 거야. 어차피 지나간 일이고."

"그렇군. 그렇겠지."

가능한 한 타이르는 말투를 유지하면서 나는 말을 이었다.

"모리오의 말이 옳다고 생각해. 나는 가나코에게 어울리는 사람이 아니야."

가나코의 얼굴이 순간 창백해졌다.

"나 말고 가나코한테 잘 어울리는 남자가 있을 거야. 가나코의 마음을 제대로 이해해 줄 수 있는 사람 말이야."

꽤 오래 눈만 깜박이다가 가나코가 중얼거렸다.

"난 내 또래 애들은 싫어."

"그런 생각하지 마."

"그렇지만 얼마 전에 내 친구는 열다섯 살 연상인 사람과 결혼했어. 정말 행복하게 살아. 그런 일도 있는걸."

내심 나는 이코마의 안목에 감탄했다. 역시 딸을 둔 아버지다. 정확하게 본 것이다.

"그건 그 두 사람의 경우고. 그러니 나도 괜찮을 거다, 그렇게 쉽게 생각하면 안 되지."

"고사카 선배, 내가 싫어? 싫다면 어쩔 수 없지만, 괜찮다면…….”

“좋고 싫고의 문제가 아니야. 그다음 일은 생각하지 않아? 나중에 어떻게 되어도 상관없다고 생각하는 거야?”

“응, 그래.”

“자신을 그렇게 가볍게 여기면 안 돼.”

이번에는 눈물을 참기 위해 눈을 깜빡거린 보람도 없이 가나코의 뺨에 눈물 한 방울이 흘러내렸다. 눈물은 입가까지 흘러내려 부드러운 입술 라인을 따라 번졌다. 그리고 입술이 떨리기 시작했다.

“가나코 언니가 머리를 쓰라고 한 것은 자기 자신을 더 소중하게 여기면서 연애하라는 뜻이야. 막 덤비는 것만이 능사가 아니지. 그렇게 디펜스가 안 되면 상대방이 껄떡대는 녀석이었을 때는 어떡할 거야?”

“선배가 껄떡대는 녀석이야?”

“남자는 다 껄떡대지. 상대에 따라 누구나 껄떡대는 녀석이 될 수 있어. 그렇게 생각하는 게 좋을 거야.”

얼굴에 묻은 먼지라도 터는 양 눈물을 닦더니, 가나코가 거칠게 포크를 집어 들었다.

“그래도 상관없어. 어떻게 하면 선배가 나한테 껄떡대는 녀석이 되어줄 수 있지?”

“내가 그렇게 된다는 건 가나코를 가볍게 취급한다는 이야기야. 알고나 하는 소리야?”

"상관없잖아. 닮는 것도 아니고."

고집을 부리는 것이지 진심은 아니라고 생각했지만, 더는 할 말이 없었다.

"그런 사고방식이 옳은지 어떤지 언니한테 물어봐."

가나코가 도전적으로 턱을 치켜들었다.

"나 또 아파트에 갈지도 몰라. 어떡할 거야?"

그건 내가 알 바 아니지, 하려다 계단 입구에 적혀 있던 강렬한 글자를 떠올렸다.

"농담하지 마. 절대 안 돼. 절대로."

"왜? 그렇게……."

"네 이야기하곤 관계없이 안 된다는 거야. 위험하니까." 서둘러 덧붙였다. "그 부근은 치안이 좋지 않아. 젊은 여자애가 혼자 돌아다닐 만한 곳이 아니야. 폭주족 차에 끌려가면 무슨 꼴을 당할지도 모르잖아. 알겠지?"

몇 번이나 다짐을 해서 겨우 "네"라는 대답을 받아내긴 했지만 불안했다.

"네 마음을 잘 알았어. 기뻐. 기쁘지만 무턱대고 받아들일 수만은 없어. 초등학생들 교환일기하고는 다른 거야. 그리고 가나코도 마찬가지겠지만, 좋아해 준다는데 기분 나쁘게 생각할 사람은 없어. 조심하라는 이야기야."

가나코는 고개를 숙인 채 입을 다물고 있었다.

"언니와 잘 의논해 봐." 그것밖에 할 말이 없었다. "나보다 더 잘 설명해 줄 테니까."

살짝 코를 훌쩍이고 나서 가나코는 짜증난다는 듯이 말했다.

"언니가 그 사람하고 이야기할 거면 낮에 사람이 많은 곳에서 하라고 했어."

가나코의 언니는 그야말로 정말 백전노장일지도 모른다.

07

하루 종일 전화만 하고 있을 수 없는 노릇이었다. 이번 한 번만 더 하고 오늘은 그만하기로 마음먹고 다시 걸어보았다. 오후 2시 5분이 지나고 있었다.

"좀 받아라. 제기랄."

투덜거리며 걸었더니 신호 연결되는 소리가 났다.

"여보세요?"

또 희미하게 금속 삐걱거리는 소리가 들렸다. 사람 기척도 났다.

"오다 나오야? 나 고사카야. 《애로》의 고사카. 할 말이 있어서 자넬 찾고 있어. 지금 어디 있지?"

단숨에 내뱉었는데, 침묵뿐이었다.

"나오야 아닌가……?"

그때 가볍게 톡톡 두드리는 소리가 들렸다. 손가락 끝으로 수화기를 두드리는 듯했다.

"여보세요?"

아직도 두드리고 있었다. 약간 조바심이 일어 다시 입을 떼려 하자, 말하지 말고 들으라는 듯 두드리는 소리가 세졌다.

전화는 받았다. 그런데 말은 하지 않고 손가락으로 수화기를 두드리고 있었다. 어떻게 된 일이지?

그제야 겨우 눈치를 챘다.

“제 말이 들립니까?”

두드리는 소리가 빨라졌다.

“들려요? 이야기할 수 있나요?”

두드리는 소리가 느려졌다.

“그럼…….”

그다음은 뭘까?

앗, 하는 생각이 들었다.

“실례지만, 말씀을 할 수 없나요? 말을 하지 못하는 건가.”

두드리는 소리가 다시 빨라졌다.

맞아요, 맞아. 그렇습니다!

“그럼 이렇게 해주세요. 제가 질문을 할 테니 ‘네’는 두 번, ‘아니오’는 한 번 수화기를 두드리는 겁니다. 아시겠어요? 그렇게 해주시겠습니까?”

두 번, 두드리는 소리가 났다.

나는 다시 이름을 밝히고 오다 나오야가 아르바이트하던 곳에 제출한 이력서에 전화번호가 적혀 있다는 것을 설명했다.

“당신은 오다 나오야의 가족인가요?”

아뇨.

"친구?"

네.

"나오야는 이 전화가 있는 곳에 살고 있습니까?"

아뇨.

"전에는 살았나요?"

네.

"장소를 알려주세요. 애도가와 구죠?"

네.

"이름을 댈 테니 그 동네가 나오면 수화기를 두드려주세요."

히가시마쓰가와였다.

"그럼 몇 초메인지, 수화기를 두드려주겠어요?"

네 번.

"4초메?"

네.

다음은 길었다.

"60번인가? 60번지인가요?"

네.

다음은 두 번.

"2호? 단독주택인가요?"

아뇨.

"아파트인가요?"

잠깐 뜸을 들였다가, 네.

"나오야가 거기서 없어진 건 최근의 일인가요?"

네.

"어디 갔는지 아세요?"

아뇨.

"당신도 걱정하고 있다?"

네.

"찾아가면 만나 뵐 수 있습니까? 저도 그를 찾고 있습니다. 단서가 없어서 말씀을 듣고 싶은데요."

네.

"방 호수를 알려주십시오. 세 자리인가요?"

아뇨.

"한 자리군요."

네. 그러더니 수화기를 두 번 두드렸다.

"2호실. 그럼 바로 찾아뵙겠습니다. 감사합니다."

도영(都營) 신주쿠 후나보리 역에서 걸어서 20분 정도 거리였다. 아라카와 강을 등지고 약간 비스듬히 목조 아파트가 서 있었다. 모르타를 칠한 벽에 페인트 글씨로 '제2히노데장'이라고 적혀 있었다.

2호실 찾을 필요는 없었다. 아파트 입구 쪽에 면바지에 흰 블루종을 입은 젊은 여성이 서 있었다. 약간 추운 듯이 두 손으로 팔꿈치를 잡고 길 쪽을 바라보고 있었다.

내가 다가가자 손을 풀더니 몸짓으로 '전화하신 분인가요?' 하는 시늉을 했다.

"네. 그렇습니다. 당신이?"

여자는 고개를 크게 끄덕였다. 뒤로 느슨하게 묶은 긴 머리카락도 함께 흔들렸다.

오다 나오야의 애인을 찾아낸 건가, 하는 생각이 들었다.

제4장

불길한 징조

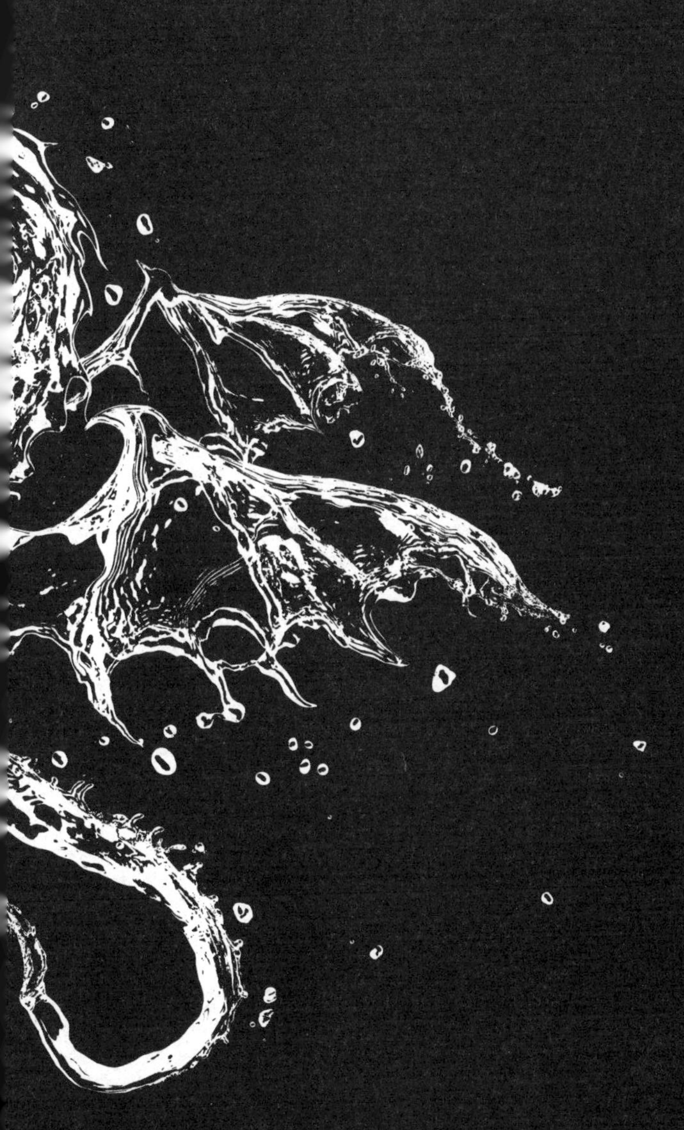

01

그녀는 발밑에 아이들이 그림을 그릴 때 쓰는 작은 화이트보드를 두고 있었다. 몸을 구부려 그것을 집어 들더니 재빨리 이렇게 썼다.

〈미무라 나나에라고 합니다. 이 아파트 근처에 있는 미도리 유치원 교사로 일하고 있습니다.〉

알겠다는 표시로 고개를 두 번 크게 끄덕이고 나서 물었다.

"오다 나오야와는 알고 지낸 지 오래되었습니까?"

먼저 쓴 문장을 단숨에 지우더니, 나나에가 이렇게 적었다.

〈그가 여기로 이사 온 건 반년쯤 전이에요. 친구가 된 건 3개월쯤 되었죠.〉

"친하게 지냈나요?"

잠깐 생각하고 나서 다시 썼다.

〈그렇다고 할 수 있습니다.〉

미무라 나나에는 이런 식의 대화에 익숙할 것이다. 긴 문장도 금방 쓰고, 글씨도 깨끗해 읽기 편했다. 복잡한 한자를 가타카나로 대신하는 것은 속도를 높이기 위해서일 것이다.

하지만 질문에 대한 답을 얻기 위해 상대방 옆에 서서 적고 있는 글자를 바라보자니 말할 타이밍을 잡기가 쉽지 않았다.

"번거롭게 해드려 미안합니다."

특별히 심각하게 생각한 것은 아니지만, 빠른 말투의 질문에 템포를 맞추려고 열심히 손을 움직이는 그녀를 보고 불쑥 그렇게 말했다. 그러자 나나에는 고개를 갸웃거렸다. '네?'라고 반문하듯이.

"아니……. 저어, 언제나 그런 식으로 대화를 하시나요?"

나나에는 고개를 끄덕였다.

"수화는?"

또 고개를 끄덕인다.

"나도 할 줄 알면 좋을 텐데 말이죠. 그러면 피차 편할 텐데."

나나에가 살짝 눈을 크게 떴다. 희한하다는 듯이 나를 올려다보고, 화이트보드에 〈신경 쓰지 마세요. 전 익숙하니까〉라고 쓰고 방긋 웃었다.

웃으니 눈꼬리에 살짝 주름이 생겼다. 이십대 후반쯤 되었을까? 거의 화장을 하지 않은 얼굴이라 코 주변에 흩어져 있는 주근깨가 또렷하게 보였다. 시원스런 눈은 쌍꺼풀이 없는 줄 알았는데, 눈을 깜빡일 때 쌍꺼풀이 있다는 것을 깨달았다.

대개 처음 보는 사람을 이렇게 자세히 관찰하지 않지만,

나나에는 달랐다. 옆에 가까이 가지 않으면 대화를 할 수 없기 때문이다. 그녀에게서 목소리를 앗아간 잔인한 운명도 그런 점에는 그녀에게 양보를 한 셈이다. 미무라 나나에는 얼핏 보기에 다가가기 어려운 느낌을 주는 여성은 아니었다. 동시에 다가간 사람에게 필요한 예의를 지키게 하는 단정한 분위기도 갖추고 있었다. 물론 다가간 사람이 술 취한 사람이나 양아치가 아닐 경우에 말이다.

나란히 서면 내 귀 높이 정도이니 여자치고는 키가 큰 편이었다. 펜을 쥔 손가락도 길다. 오른손 약지에 섬세한 세공을 한 은반지를 끼고 있었다. 오른손에 끼고 있다는 사실에 문득 안도하는 자신이 우스워졌다.

"그는 언제쯤 사라졌죠?"

나나에의 대답은 주유소 소장의 이야기와 맞아떨어졌다. 나오야는 일을 그만두자마자 바로 살던 곳에서도 사라졌다.

〈밤중에 나간 모양이에요. 아침에 일어나니 제 방문 아래 쪽지가 있었어요.〉

혹시 괜찮다면 그걸 보여줄 수 없겠느냐……. 이렇게 묻기 전에 한 가지 확인해 둘 게 있었다.

"불쑥 이런 질문을 해서 죄송하지만, 혹시 나오야의 애인이었습니까?"

나나에가 오다 나오야보다 나이는 위지만, 그런 것은 상관없을 것이다. 그렇지만 그녀는 킥킥, 웃더니 확실하게 고개를 저었다.

"그냥 친구?"

고개를 끄덕이는 대신 〈그렇습니다〉라고 썼다. 〈제게는 동생 같은 사람이었죠.〉

"그도 그렇게 생각했을까요?"

나나에는 또 웃었다. 목소리가 나오지 않으니 따지자면 그녀의 웃음은 모두 '미소'일 테지만 현실적으로는 달랐다. 정확하게 구별이 된다. 미소를 지을 때와 우스워서 웃고 있을 때가.

〈남들 생각을 모르겠지만, 저는 그렇게 느꼈습니다.〉

내가 애매한 표정을 짓자 그녀가 덧썼다.

〈나오야는 예의 바른 사람이었어요.〉

억측하지 마세요, 라는 말을 들은 것처럼 잠자코 고개를 끄덕일 수밖에 없었다.

나나에는 웃음을 지우고 진지한 표정으로 돌아왔다. 한 걸음 떨어져서 글씨를 쓰고 있는 동안에는 들여다보지 못하게 하더니 중간에 손길을 멈추고 생각을 하면서 꽤 긴 문장을 썼다. 그걸 내게 보여줄 때에는 표정이 더욱 심각했다.

〈나오야가 없어진 것과 당신이 그를 찾고 있는 일 사이에 무슨 관계가 있나요? 그가 왜 사라졌는지, 당신은 아시나요? 만약에 그렇다면 제게 이야기해 줄 수 있습니까? 제가 당신에게 뭔가를 가르쳐줘야 한다면 저로선 지금 당장은 어떻게

해야 좋을지 판단이 서지 않습니다. 어떤 일에 대해서건.〉

그 글을 읽는 동안 나나에의 심각한 시선이 느껴졌다. 의미심장한 검문을 당하고 있는 것 같았다. 그녀는 자기가 확실히 오다 나오야 편에 서 있는 사람이라고 선언하고 있었다. 지금까지 만나는 사람들과는 그 점이 달랐다.

화이트보드를 그녀에게 돌려주며 말했다.

"그가 모습을 감춘 것은 아마 저 때문일 겁니다."

나나에는 눈썹을 찌푸렸다.

"다만 제가 그를 찾고 있는 것은 걱정이 되기 때문입니다. 지금은 그게 제일 중요한 이유죠. 그 친구가 병에 걸린 것 같아 보이지 않았습니까? 몸이 아주 약해져 있을 겁니다."

고개를 숙이며 나나에는 고개를 끄덕였다. 긴 문장을 지우더니 다시 적었다.

〈저도 걱정하고 있습니다.〉

"병원에는 다니는 것 같았습니까?"

고개를 저었다.

"역시, 그렇습니까?" 고개를 숙인 채 이야기할 내용을 생각하고 나서 물었다. "나오야의 친구인 이나무라 신지라는 고등학생을 아십니까?"

나나에는 놀란 모양이었다. 앞에 쓴 문장을 지우지 않고 그 위에 덧썼다.

〈어떻게 그 애를?〉

"사실은 이나무라 신지를 통해 나오야를 알게 되었습니다. 얼굴을 본 적은 한 번밖에 없지만 말이에요."

신지 이야기까지 한 걸로 미루어 오다 나오야는 미무라 나나에를 믿은 게 분명했다. 털어놓고 이야기를 해도 좋을 상대를 비로소 발견한 것이다.

"그 애들은 특수한 능력을 갖고 있는 것 같습니다. 그건 눈치챘나요?"

나나에는 꽤 오랫동안 나를 빤히 바라보았다.

"그런 능력이 나오야의 건강을 해치고 있는 모양입니다. 그 능력 때문에 이런저런 고통을 당하고 있는 것 같아요. 그런 이야기를 신지한테 들었습니다. 그 애도 지금 나오야를 걱정하고 있어요. 나오야를 불러보라고 부탁을 하기는 했지만……."

나나에는 고개를 숙이고 가만히 생각하더니 화이트보드를 가슴에 안고 살짝 고개를 끄덕였다. 그러고는 아파트 입구 쪽으로 몸을 돌리고 한 손으로 따라오라는 듯이 안쪽을 가리키더니 앞장서 걸어갔다.

그녀가 보초처럼 서 있던 입구를 지나 아파트로 들어섰다. 얼마 전까지만 해도 오다 나오야의 안식처였을 허름한 아파트 안으로.

콘크리트 복도를 따라 나무로 만든 문이 네 개 있었다. 가장 앞쪽이 1호실, 미무라 나나에는 자기 집인 2호실 앞을 지나—'미무라'라는 작은 명찰이 붙어 있었다—3호실 앞에 놓인 작은 빨간 자전거를 피해 4호실 앞에 멈춰 섰다.

"여기가 그가 살던 곳인가요?"

나나에는 고개를 끄덕이고 허리를 쭉 펴더니, 머리 위로 손을 들어 4호실 문틀 위에서 작은 열쇠를 꺼냈다.

"마음대로 들어가면 집주인에게 야단맞지 않습니까?"

나나에는 웃으며 고개를 저었다. 자물쇠를 따고 문을 열었다. 발끝으로 스토퍼를 가볍게 차서 문을 열린 상태로 고정을 하더니 먼저 안으로 들어갔다. 입구 옆에서 기다리자 창문 여는 소리가 났다. 나나에가 돌아와 들어오라는 눈짓을 했다.

현관이라고도 할 수 없는 신발 벗는 공간에서 한 걸음 올라서자 바로 부엌이었다. 판자가 둘러쳐진 두 평 남짓한 넓이였다. 안쪽에 유리문이 달린 방이 있었다.

물론 가구는 전혀 없다. 사람이 살았던 흔적도, 냄새도 남아 있지 않았다.

정면에 커튼 없는 창이 닫혀 있고, 좁은 베란다가 있었다. 그러나 바로 옆에 처마가 닿을 듯이 다른 아파트가 있기 때문에 조망이 없는 것이나 마찬가지였다. 내 방향 감각이 잘못되지 않았다면 창문은 남향일 테지만 이런 상태라면 햇볕도 제대로 들지 않을 것이다.

그러나 '제2히노데장'은 겉보기보다 훨씬 튼튼하게 지어진 아파트였다. 입구 문은 비록 나무로 만든 것이라도 두툼한 판자였다. 게다가 손잡이 자물쇠 이외에 체인과 빗장이 달려 있었다. 창틀은 알루미늄 새시로 만들어졌고, 튼튼해 보이는 반달 모양의 이중 장금장치가 있었다.

베란다에는 실외 설치형 순간온수기가 놓여 있어, 부엌과 작은 욕실에서 더운 물을 쓸 수 있게 되어 있었다. 여기에 에어컨만 달 수 있다면 겉보기야 허름해도 어지간한 맨션 못지않게 쾌적할 것이다.

셋집을 전전하다 보니 알게 되었지만 이따금 이렇게 쓸 만한 집이 있다. 그리고 이런 물건을 잘 찾아내는 사람이 있다. 어쩌면 오다 나오야도 그런 사람 중 한 명일 것이다. 하긴 그가—신지가 주장하는 대로—사이킥이라면 그 능력이 방을 찾는 데 도움이 되었을지도 모른다.

이쯤이라면 마음이 놓인다……. 그러다 뭐가 안심이지, 하는 생각이 들었다. 그제야 깨달았다. 오다 나오야가 아니라 미무라 나나에를 생각하고 있었다는 것을. 이렇게 허름한 아파트에 젊은 여자 혼자 살면 위험하지 않을까, 내내 그런 생각을 하고 있었던 것이다.

나는 애써 그런 생각을 떨쳐냈다. 무엇을 하러 왔는지 잊어서는 곤란하다.

"전화가 없군요."

뒤돌아보며 그렇게 묻자, 나나에는 고개를 끄덕였다. 그녀는 부엌 싱크대 옆에 서서 한 손을 그 가장자리에 얹고 있었다.

"그러면 내가 건 번호는 당신 거였습니까? 아니면 어디 공동으로 쓰는 전화라도 있는 건가요?"

나나에가 화이트보드에 답을 쓰기 시작했다. 질문을 잘못 했다는 생각이 들었다. '네', '아니오'로 답을 받을 수 있는 질문인데 그만 번거롭게 만들고 말았다.

〈그건 제 전화입니다.〉

"그럼 나오야와 함께 쓰고 계셨던 거군요."

나나에는 고개를 갸웃거렸다.

"공유해서 쓴 건 아닌가요?"

고개를 끄덕인다.

"이력서에 써야 하니까 번호만 빌려 달라고 한 건가요?"

나나에가 계속해서 두 번 끄덕였다. '여러모로 궁금하기는 할 테지만 사실은 그렇습니다.' 이런 표정을 짓고 있었다.

"혹시 그쪽으로 나오야를 찾는 전화가 걸려 오면 곤란할 텐데."

나나에가 적었다.

〈전화가 올 일은 없으니 괜찮을 거라고 말했습니다.〉

"그렇지만 말은 그렇게 해도……."

나나에는 킥, 웃더니 바로 웃음을 지우고 재빨리 썼다. 화이트보드를 뒤집어 내게 보여주는 모습에서, 얼핏 초조함에 가까운 감정이 드러난 듯했다.

〈아무래도 저와 나오야를 애인 사이로 만들고 싶은 모양

이군요. 하지만 그런 관계였다면 벌써 같은 방에서 생활했겠죠.〉

그걸 다 읽자 입을 열 틈도 주지 않고 나나에는 다음 문장을 썼다.

〈우린 친구예요. 쉽게 이해하기 힘들 테지만.〉

"알겠습니다."

'이해할 수가 없겠죠' 하는 표정으로 나나에는 화이트보드를 지웠다.

"가구를 두었던 흔적이 보이지 않는군요."

눌린 자국이 없는 다다미를 보면서 말했다.

나나에가 바로 대답을 적었다.

〈원래 아무것도 없었어요.〉

"불편하지 않았을까요? 그런 이야기를 들은 적 없어요?"

〈있기는 하지만 나오야는 그리 불편하게 생각하지 않는 것 같았어요. 근처에 빨래방도 있고, 식사는 외식을 하거나 파는 걸 사다가 한다고 했어요.〉 잠깐 생각하고 나서 약간 짜증스럽다는 표정으로 〈내가 해준 적도 있지만요〉라고 덧붙였다.

"친구로서 말이죠?"

그렇게 묻자 나나에는 고집스럽게 고개를 끄덕였다. 잠깐 틈을 두었다가 나도 모르게 웃음을 터뜨렸다. 그녀도 웃었다. 웃으면서 〈나는 거짓말하지 않아요〉라고 썼다.

"네, 잘 알겠습니다."

벽장을 열어보았다. 안은 텅 비었고, 솜먼지가 구석에 뭉쳐 있었다.

"나오야는 여기서 나가고 난 뒤 돌아오지 않은 건가요?"

나나에는 고개를 끄덕였다.

"연락은?"

나나에는 고개를 숙였다. 정말로 거짓말을 못 하는 여자다.

"있었군요?"

한동안 망설이고 나서 이렇게 썼다.

〈딱 한 번 전화가 왔었습니다.〉

"언제죠? 뭐라고 했나요?"

〈그저께 밤에요. 제가 어떻게 지내고 있는지 걱정이 돼서 연락했다고 했어요.〉

"누가 찾아오지 않았느냐고 묻지 않던가요?"

〈물었습니다.〉

"저 같은 사람이 오지 않았느냐고?"

〈그래요.〉

"만약 오면 자기 일은 모른다고 해달라고 했겠죠?"

나나에는 지친 듯 고개를 끄덕이더니 등을 돌리고 싱크대 건조대에 화이트보드를 얹고 긴 문장을 적었다.

〈나오야는 분명히 《애로》란 잡지의 기자가 올 거라고 했어요. 제가 자기 이야기를 하면 이상한 일에 말려들 테니 아무 말도 하지 말라고 했죠. 하지만 그뿐이고, 자세한 내용은

알려주지 않았습니다.〉

"자기 이야기라는 게 그가 갖고 있는, 보통 사람들에겐 없는 능력 말인가요?"

나나에는 입을 꾹 다문 채 나를 바라보았다. 조금 전 처음으로 이 이야기를 언급했을 때와 마찬가지였다.

"그 문제에 대해서는 대답해 주지 않을 건가요?"

고개를 끄덕이는 간단한 대답 대신 나나에는 글씨를 썼다.

〈네, 할 수 없습니다.〉

"그렇지만 당신은 처음 보는 저를 쫓아내지 않았잖아요? 전화도 받아주었고. 왜죠?

〈나오야가 걱정돼서죠.〉 그러고는 계속 썼다. 〈몸을 피한 것 같지만, 정말로 그럴 필요가 있는지 어떤지 저는 잘 알 수 없으니까요. 뭐가 어떻게 된 건지 저도 알고 싶었어요. 나오야에게 뭔가 해줄 수 있는 일이 있는지 어떤지도.〉

"그건 저도 알고 싶습니다."

02

감시는 아무래도 내 성격에 맞지 않는다.

그렇지만 지금은 아무래도 그게 필요했다. 미무라 나나에를 지켜보고 있으면 반드시 오다 나오야가 나타날 것이다…… 이렇게 생각했기 때문이다.

일단 '제2히노데장'을 나와 어슬렁어슬렁 주위를 걸으며 적당한 장소를 찾았다. 다행히 바로 근처에 제법 넓은 노상 주차장이 있었다. 거기에 차를 세워 두면 아파트 출입구를 똑바로 내다볼 수 있겠다 생각하고 바로 회사에 전화를 했다. 원고를 받으러 다니는 아르바이트 사원에게 차를 한 대 배차받아 가져오라고 부탁했다. 한 시간쯤 지나자 낡은 흰색 코롤라가 도착했다.

코롤라를 '무단 주차 적발 시 1개월분의 요금을 받습니다'라고 적힌 간판 밑에 주차하게 하고 올라탔다. 아르바이트 사원은 이런 일에도 익숙했다.

"일단 기름은 가득 넣었습니다. 쌍안경하고, 이건 저녁 식사예요." 패스트푸드 가게의 종이봉투를 꺼내 놓았다. "누구에게 연락할 필요는 있나요?"

"이코마 선배가 들어오면 내가 여기 있다고 가르쳐줘. 그리고 만약 여기 올 거면 구두를 벗어 들고 조용히 오시라고."

"알겠습니다. 그럼 수고하세요. 아 참, 호출기 음량 줄여두세요. 삐이, 하고 울려 잠복을 들키면 스타일 구기니까요."

"그런 실수를 한 녀석도 있나?"

"데스크요."

시트에 등을 기대고, 그의 충고대로 음량을 줄인 다음에는 그저 기다리는 일뿐이다.

승산이 있었던 것은 아니다. 거의 감, 그것도 희망적인 관측에 가까운 것밖에 없었다.

하지만 나오야는 그저께 전화를 걸어왔다. 나나에가 어떻게 지내는지 걱정이 된다며. 그녀와 연락을 끊을 생각은 없는 것이다. 나나에를 염려하고 있다.

오늘 밤에도 전화를 걸어올지 모른다. 어쩌면 내가 찾아왔기 때문에 당황해서, 나오야에 대한 걱정이 더욱 깊어진 나나에가 어떻게든 그와 연락을 취하려 할지도 모른다.

어떻게든.

어쩌면 그녀는 내게 거짓말을 했고, 나오야의 새로운 연락처를 알고 있을지도 모른다. 그리고 그 수화기 두드리는 방법으로…….

그렇지 않으면 이나무라 신지처럼 허공에 대고 나오야를 부를지도…….

여하튼 오다 나오야가 이곳에 나타나거나 나나에를 어디론가 불러낼 확률은 내기를 걸어도 좋을 만큼 가능성이 높았다. 네, 아니오 이상의 자세한 이야기를 하려면 그녀에게 접근해야만 할 것이다.

오후 6시쯤까지 나나에는 한 걸음도 밖으로 나오지 않았다. 한 번 복도 창을 통해 문을 열고 나오는 그녀를 보기를 했지만, 출입구 쪽에 있는 우편함에서 석간을 꺼내더니 바로 안으로 들어갔다. 나는 긴장을 풀었다.

그러더니 조금 뒤, 요즘은 보기 드문 고풍스러운 장바구니를 들고 밖으로 나왔다. 그녀가 걸친 흰 블루종이 해 저무는 동네를 배경으로 선명하게 보였다. 나는 차에서 나와 조심스럽게 뒤를 밟았다.

단순한 쇼핑이었다. 바로 가까운 곳에 끔찍할 지경으로 꾸불꾸불 긴 상점가가 있었다. 그녀는 그리로 들어갔다. 얼마 전까지만 해도 주부와 아이들이 붐비는 시장에 양복을 입은 사내가 지나가면 금방 눈에 띄었지만, 요즘은 퇴근길에 장을 보는 직장인이 그리 드물지 않다. 인파에 섞여 이따금 생선가게 앞에서 물건을 놓고 흥정하는 표정을 짓기도 하고, 전화를 거는 척하면서 쉽게 몸을 숨길 수 있었다.

상점가 안에는 커다란 잡화점 같은 슈퍼마켓이 있었다. 나나에는 쇼핑의 대부분을 거기서 마쳤다. 금세 무거워진 장바구니를 들고, 도중에 채소가게에 들러 앞에 내놓고 파는 감을 한 무더기 샀다. 흥정은 손짓으로 했다. 채소가게 주인은 그녀에게 인사를 하며 "나나에짱"이라고 불렀다. 그녀의 장애 따위는 신경도 쓰지 않는 것 같았다.

이곳은 그녀에게 살기 편한 동네였다. 적어도 다른 곳보다는.

채소가게에서 나온 나나에는 곧장 아파트로 향했다. 장바구니가 잔뜩 부풀어 있어 이따금 손을 바꿔 들면서 걸었다. 그때마다 바구니에서 튀어나온 파가 흔들렸다.

손님이 오는구나, 생각했다. 혼자 사는 여자가 이렇게 장보기 편한 곳에 살면서 넉넉하게 사다 놓을 일은 없다.

〈내가 해준 적도 있지만요.〉

가능성이 더욱 높아졌다.

동시에 아주 잠깐이기는 했지만 아는 사이라면, 그리고 이런 목적으로 뒤를 밟고 있는 게 아니라면 다가가서 아파트까지 짐을 들어줄 텐데, 하는 생각도 했다.

오다 나오야라면 그렇게 한 적이 있을지도 모른다. 그녀의 어깨를 툭 치며…… 아니 그렇게 하지 않더라도 뒤에서 불쑥 손을 내밀어 바구니를 들어주면 되는 일이다. '안녕하세요?' 하고 말을 걸며, '놀랐어요?' 하고 웃으며.

'제2히노데장'으로 가는 길에 있는 집 두 채 앞에서 그녀가 아파트로 들어가는 것을 확인하고 차로 돌아왔다.

오후 8시가 지났을 무렵, 비가 내리기 시작했다. 보슬비라 창밖으로 손을 내밀어도 한동안 비가 오는지 어쩐지 알 수 없을 정도지만 시야는 흐려졌다. 창문을 내리고 계속 감시했다.

이런 일을 할 때 파트너가 있다면 잡담을 하며 시간을 죽일 수 있지만, 혼자일 때 따분함과 졸음을 떨치며 그저 멍하니 앉아 있을 수밖에 없다. 라디오나 음악도 틀 수 없고, 독서도 안 된다.

그러나 오늘 밤은 별로 따분하지 않았다. 나나에에 대해 골똘히 생각했기 때문에.

소리가 없는 생활이란 어떤 것일까…….

전화를 하지 못하는 불편함은 상당할 것이다. 그런데도 자기 방에 전화를 두고 있는 것은 긴급한 연락을 받기 위해서일까? 아니면 급한 병이 났을 때나 무슨 일이 있을 때를 대비해 할 말을 테이프에 녹음해 두었는지 모른다. 무슨 일이 있을 때는 테이프레코더의 스위치 하나만 누르면 되도록.

미무라 나나에의 부모와 형제는 어디서 어떻게 지내고 있는 걸까? 딸이 혼자 산다면 걱정이 클 텐데. 이미 세상에 없는 것일까?

유치원 교사라고 했는데, 어떤 일을 하는 걸까. 청력까지 잃지는 않았으니 아이들에게 오르간을 연주해 주거나 함께 노는 일은 할 수 있을 것이다. 어쩌면 자기와 마찬가지로 장애가 있는 아이들을 맡고 있는지도 모른다.

미무라 나나에에게는 비장한 분위기가 없었다. 아주 자연스럽게 생활하는 모습이었다. 불안이나 공포를 느끼더라도 그것 때문에 등을 웅크리거나 하지는 않을 것이다. 그것은 그녀의 정신이 강인하기 때문일지도 모르고, 그녀가 놓인 환경—상상할 수밖에 없지만—이 비교적 혜택을 받기 때문인지도 모른다.

혜택을 받는다.

아니, 그것은 당연한 일이다. 어떤 형태건 장애를 지닌 사람들을 생활하기 편하게 해주지 않는다면 문명국이라고 할 수 없다.

사고나 병이 아니더라도, 그냥 나이를 먹어가는 것만으로도 사람들은 약해진다. 살아가려면 여러 가지 도움이 필요하다. 나도 이대로 혼자 늙어간다면 언젠가는 뭔가 도움을 받아야만 살 수 있을 것이다. 남의 일이 아닌 것이다.

달걀 거품을 내는 기계를 만들 수 있는 나라가 왜 절실하게 '편리함을 필요로 하는' 사람들에게 도움이 될 수 있는 분야에 그 기술을 사용할 생각은 하지 않는 것일까? 뭐든 스스로 할 수 있는 사람들이 더 편하고 게으르게 살기 위한 도구만 만들어 내면서, 기계나 동력의 도움을 필요로 하는 사람들에게는 그냥 참아라, 강해져라 하고 있다는 느낌이 든다. 예를 들어 텔레비전 전화가 실용화되면 청각 장애인들에게 얼마나 큰 도움이 될까…….

그런 생각을 하게 된 것도 결국은 미무라 나나에를 만났기 때문이다. 그녀를 만나지 못했거나 그녀에게 호의를 품지 않았다면 아마 이런 생각을 하지도 못했을 것이다. 느긋하게 누가 어떻게 해주겠지, 하는 생각뿐이었으리라.

계속 내리는 보슬비 너머로 '제2히노데장'의 불빛이 뿌옇게 번지고 있었다.

저 아파트에 살 때 오다 나오야는 나나에에게 어떤 존재였을까.

혹시……. 나오야가 정말로 다른 사람의 마음을 읽는 능력을 갖고 있다면.

나나에는 수화를 사용하지도 않고, 화이트보드 없이도 나오야와 '대화'가 가능했을 것이다. 벽 하나를 사이에 두고 있다 해도 그녀가 힘들 때—뭐든 상관없다. 아무리 사소한 일이라도, 병뚜껑을 따지 못해 애를 먹고 있을 때라도—나오야라면 금방 그것을 알고 도움을 줄 수 있을 것이다. 깊은 밤, 근처 전철역에서 혼자 돌아와야 할 때도 나오야라면 전화로 부르지 않아도 그녀를 마중 나갈 수 있을 것이다. 어쩌면 소리 내어 도와 달라고 할 수 없는 나나에는 밤길을 혼자 걷는 일이 무척 두려웠을지도 모른다. 나나에는 부담 없이 나오야에게 의지했을지도 모른다.

나오야라면 뭐든 가능했을 것이다. 그야말로 전지전능하게 나나에를 도울 수 있다.

만약 정말로 사이킥이라면.

하지만 그는 그런 사실이 여러 사람에게 알려지기를 바라지 않는다. 그래서 나나에를 염려하면서도 이곳에서 모습을 감춘 것이다.

이나무라 신지는 그걸 알고 있을까……. 혹시 나나에에 대해 알고 있다면 신지의 행동이 좀 달랐을지도 모른다. 신지도 나름대로 나오야를 도우려 하고 그와 함께 돌파구를 마련하려 했지만, 근본적으로 두 사람 사이에 의견 차이가 나게 된 까닭은 오다 나오야에게 미무라 나나에가 있기 때문 아닐까?

그때 '제2히노데장' 출입구에 빨간 우산 꽃이 피었다.

우산이 기울자 나나에의 얼굴이 보였다. 잠깐 주위를 둘러보고 나서 걷기 시작했다. 나는 몸을 일으켜 가만히 지켜보다가 점차 몸이 굳어졌다.

나나에는 주차장을 향해 똑바로 걸어왔다.

빨간 우산이 다가왔다. 비 때문에 기온이 낮아져서인지 얇은 블루종에서 니트 카디건으로 갈아입었다. 옆구리에는 화이트보드를 끼고 있었다.

미행이나 잠복을 여러 번 경험했지만, 이렇게 어처구니없이 들통난 적은 없었다. 나는 창문에 기댄 채 체념하고 기다렸다.

나나에는 조수석 창으로 나를 들여다보더니, 고개를 숙여 인사했다. 손을 뻗어 문을 열어주자, 몸을 구부리고 얼른 입가에 검지를 갖다 댔다.

"왜 그래요?"

나는 작은 목소리로 물었다. 그녀가 화이트보드를 보여주었다.

〈미행을 따돌리는 방법은 알고 있죠?〉

나나에는 얼른 조수석에 올라탔다. 빨리, 라고 말하듯 내 얼굴을 바라보며 살짝 고개를 끄덕였다. 일단 차를 출발시켰다.

주차장에서 나와 천천히 도로를 달리면서 룸미러를 보았다.

바로 뒤에 헤드라이트가 두 개 보였다. 시험 삼아 속력을 줄이고 차를 갓길 쪽으로 댄 뒤, 그 차를 먼저 보냈다. 그러고 나서 다시 달리는데, 다음 사거리를 지날 때 그 차가 다시 바짝 달라붙었다.

"저 차로군요?"

나나에는 앞만 본 상태로 고개를 끄덕였다.

"저 차가 내내 당신을 감시하고 있었던 건가요, 저처럼?"

나나에게 재빨리 썼다.

〈자세한 이야기는 나중에.〉

"그럼 꼭 잡으세요. 떼어낼 테니까."

별로 어렵지 않았다. 첫 번째 모퉁이를 신호가 바뀌기 직전에 재빨리 우회전해서 그 블록을 반 바퀴 돌았다. 그리고 근처에 있는 고가 아래 공터에 차를 댔다. 그 뒤로는 전혀 따라오지 않았다.

오락가락하며 찾고 있을지도 몰라, 시계를 보며 15분가량 기다렸다. 하지만 와이퍼 소리만 들릴 뿐 주위는 조용했다. 아무리 아마추어라 해도 포기가 너무 빨랐다.

"싱겁군."

그렇게 중얼거리자 나나에가 살짝 한숨을 내쉬었다. 아아, 다행이네, 라고 말하는 것 같았다. 그녀가 펜을 집어 들어 빠르게 적었다.

〈제 아파트로 가요. 할 이야기가 있대요.〉

"누가 할 이야기가 있다는 거죠?"

〈나오야.〉

"나오야가 와 있는 건가요?"

나나에는 고개를 저었다.

〈아뇨. 바로 근처까지 왔는데, 당신이 있다는 걸 눈치채고 돌아갔어요. 지금은 다른 곳에 있겠죠. 전화를 하겠다고 했어요.〉

나도 한숨이 나왔다.

"이렇게 어처구니없이 잠복을 들키다니, 이 직업도 못 해 먹겠군."

나나에는 살짝 한숨을 내쉬며 이렇게 썼다.

〈나오야는 눈으로 보는 게 아니에요.〉

그리고 그 문장을 쓴 걸 후회하기라도 하듯이 서둘러 지우더니 다음 글을 썼다. 그 문장을 보고 나는 쉽사리 눈을 뗄 수가 없었다.

나나에는 이렇게 썼다.

〈그 차는 나를 감시한 게 아니에요. 당신을 감시한 거죠.〉

03

이튿날…….

신바시 4초메에서 신토미 초 교바시 세무서 근처까지는 걷기엔 만만치 않은 거리지만, 이코마와 나는 할 이야기가 있어 걷기로 했다. 오후 2시에 가와사키 아키오와 사에코 부부를 그들의 자택에서 만나기로 약속한 터였다.

"상대는 사에코 씨만 어디로 불러내 요즘 별일 없냐는 식으로 묻고 끝낼 수 있는 조무래기가 아니야. 보호막이 단단해." 이코마가 머리를 긁었다. "그래, 오다 나오야하고는 통화했어?" 성큼성큼 걸으며 이코마가 물었다.

회사 유니폼을 입고 길을 막듯 걸어가는 여성 세 명을 추월하고 나서 나는 대답했다.

"통화했죠."

"뭐래?"

"자기는 이제 나하고 연관되고 싶은 마음이 없으니 내버려 두라고."

"그뿐이야?"

"내 이야기는 들으려고 하지도 않았어. 빤히 알고 있겠지만."

부슬비는 어젯밤에 그치고 오늘은 활짝 갰다. 11월이 얼마 남지 않았는데 가을 분위기라고는 어디서도 찾아볼 수 없는 더운 날씨라 둘 다 웃옷을 어깨에 걸치고 걸었다. 낮아질 기색이 없는 기온에 당황했는지, 가로수도 한여름과 전혀 다를 바 없는 새파란 잎을 단 채 먼지를 뒤집어쓰고 있었다. 그 모습이 왠지 혼기를 놓친 여성을 떠올리게 만들었다.

바람은 셌다. 마치 고장 난 온풍기가 토해내는 듯한 후텁지근한 남풍이었다. 애당초 긴자 거리에는 어울리지도 않는 바람이다.

바람이 불어올 때마다 이코마는 귀찮은 듯이 손을 들어 얼굴을 가렸다. 남들보다 안구가 약간 돌출된 느낌이 드는 이코마는 바람을 싫어했다. 아무리 조심해도 눈에 먼지가 들어가기 때문이다. 하지만 지금 얼굴을 찡그린 것은 바람 때문만은 아닌 듯했다.

"무슨 생각을 하고 있는 걸까, 나오야란 친구?"

그렇게 내뱉으며 코를 킁킁거렸다.

"자넬 미행하던 차에 대해선 물어봤어?"

"물어봤지."

나오야는 "특종 경쟁이나 뭐 그런 것 때문이 아닐까? 난 모르겠어요"라고만 대답했다. "그냥 고사카 씨가 감시당하고 있다는 걸 눈치챘을 뿐이니까요. 그 일도 알려드리지 않는 게 나았을까요?”

짧은 통화였다. 나오야는 억양 없는 목소리로 말했다. 말투에 감정이 거의 담겨 있지 않은 것 같았다. 그저 귀찮아하고만 있는 것 같았다.

일부러 그러는 거라고 생각했다.

그 증거로 전화를 끊기 직전에 나오야는 이렇게 말했다.

“미무라 씨를 그냥 놔두세요. 만약 고사카 씨가 그분을 불편하게 만든다면 저도 가만히 있지 않겠습니다.”

‘그건 바라던 바야. 난 너에게 묻고 싶은 게 많아. 네가 가만히 있지 않고 뭔가 행동을 해준다면 정말 편할 거야.’

그렇지만 나는 그 말을 하지 않았다. 나나에가 내내 걱정스러운 눈길로 바라보고 있었기 때문이다.

그녀의 방은 칸막이나 다른 시설들은 나오야의 방과 같지만, 제대로 사람 사는 모습을 갖추고 있었다. 구석구석 깨끗하게 청소가 되어 있고, 부엌에서는 희미하게 세제 냄새가 났다. 건조대 위의 커다란 바구니에는 냄비 요리에 쓰려는 것인지 잘 다듬은 채소가 담겨 있고, 그 위에 새하얀 천이 한 장 덮여 있었다. 어젯밤엔 보슬비가 내리는 쌀쌀한 날씨였기 때문에 오다 나오야가 오면 바로 요리할 수 있도록 준비해 두었을 것이다. 둥근 테이블 한가운데는 바구니에 담긴 조생 밀감이 보였다. 그녀는 그것을 손에 들고 어찌할 바를 몰라 하며 내내 만지작거리고 있었다.

나를 안으로 들이더니, 나나에는 문을 활짝 열고 스토퍼를 내렸다. 내게 손짓으로 의자를 권하고 나서 화이트보드를 손에 들고 복도로 나갔다가 잠시 후에 돌아왔다. 아마도 옆집에 이야기를 하러 갔었을 것이다. 〈손님이 와서요〉라고.

어쩔 수 없다 해도 아직 잘 알지도 못하는 남자를 혼자 사는 방에 들인 것이다. 당연히 해야 할 조치였다. 이럴 때 부담 없이 의지할 수 있는 이웃이 있어서 마음 든든할 것이다.

그래도 오다 나오야가 있을 때는 이렇게까지 하지 않았겠지, 이런 생각을 하니 역시 섭섭한 느낌이 들었다.

"그 여자 미인인가?"

이코마가 불쑥 물었다. 나는 그제야 정신을 차리고 거의 아무 생각 없이 "네" 하고 대답했다.

그는 씨익 웃었다.

"누구 이야기를 하고 있는 거야?"

"선배는 누구 이야기를 물은 건데?"

"미무라 나나에."

"미인이야. 깜짝 놀랄 만큼은 아니지만."

허허, 웃은 뒤 이코마는 큰 목소리로 말했다.

"가끔은 좋은 일도 생기는군."

쇼와 거리를 지나 히가시긴자 방향으로 접어들자 거리 분위기도 조금씩 바뀌었다. 빌딩도 많고, 멋을 부려 꾸민 가게

들이 눈에 들어왔다. 떡 버티고 선 가부키자 건물이 보이는 거리여도 조금만 옆길로 빠지면 아주 평범한 주택가 분위기가 자연스럽게 풍긴다. 신토미 초 방향으로 가면 그런 분위기가 더욱 짙어진다. 빌딩도 작아지고 높지가 않다. 그 사이사이에 자리 잡은 작은 가게들은 신흥 주택가에서 보는 것 같은 국적 불명의 것이 아니었다. 가게 밖으로 냉방기의 뒷부분을 내민 라면집이나 작은 의원 간판이 눈에 띈다. 입버릇 나쁜 녀석들이 '긴자 티베트'라 부르는 이 신토미 초, 아사키 초 부근은 긴자라는 휘황찬란한 번화가나 대기업 사옥들이 즐비한 마루노우치에 비하면 도시에서 살아가는 사람들이 고향에 남기고 온 부모님처럼 옛 모습을 간직한 푸근한 동네였다.

"그 경찰관, 연락이 닿았어. 만나고 왔는데 꽤 재미있는 인물이야."

이따금 주소 표시에 신경을 쓰면서 이코마가 말했다.

"두 친구 이야기를 했더니, 꼭 만나보고 싶다고 하더군. 매일 집에 있으니 전화해 주면 언제든 올라오겠다고 했어."

"초능력자의 힘을 빌려 사건을 해결했다는 게 정말인가요?"

"본인은 사실이래. 그 초능력자는 여성이고, 지금은 결혼해서 규슈 쪽에 산다더군."

"그럼 사이킥의 존재를 전적으로 믿는 양반이네."

"나도 놀랐어." 이코마는 목덜미를 벅벅 긁었다. "이나무라 노리오하고 똑같은 소리를 하더군. '믿느냐 믿지 않느냐의 문제는 아닙니다. 그것은 거기 있는 것입니다'라고 말이야."

마음속으로 그 말을 되새겨보았다. '그것은 거기 있는 것입니다.'

"원래 가나가와 출신인데 정년을 맞을 때는 현경 수사과에 있었대. 만년 말단 형사였는데 실력은 좋았던 모양이야. 내가 보기에도 그런 인상을 받았어. 지금 예순두 살인데 상당히 믿음직하더군. 이름이 무라다 가오루. 마을 촌(村) 자에 밭 전(田) 자, 향풀 훈(薫) 자를 쓰지."

사람 이름의 한자를 하나하나 음과 훈까지 이야기하는 것을 듣고 이상하다는 표정을 짓자 이코마는 껄껄 웃었다.

"고전을 읽어, 고전을.《겐지 이야기》(일본 헤이안 시대의 장편소설) 말이야."

"학교 졸업한 뒤 읽어본 적 없어."

"우리 마누라는 침대 안에서 읽는다니까. 덕분에 나는 의관을 정제하고 향을 사른 뒤에 '오늘 밤 괜찮으시겠습니까?' 하고 여쭤봐야 해. 결국은 '봄은 새벽이건만 아아, 슬프도다'니 뭐니 하는 이야기를 듣고 쫓겨나는 거지."

"뭐가 좀 뒤섞인 거 아니야?"

"게다가 재산은 전부 여자가 쥐고 있었다니, 품위 있고 우아했다는 그 시대는 남자들에게 무척 괴로운 시절이었던 모양이더군."

"그 대신 애인은 실컷 둘 수 있었잖아? 그야말로 내키는 대로였던 모양이던데."

"《겐지 이야기》에서 그런 것만 배웠다는 건 정상이라는 증거지. 아, 이제 웃옷 걸쳐."

이코마는 발길을 멈추고 새하얀 벽의 이층집을 올려다보았다.

"가능한 점잖게 보여야지. 이 집이야."

04

인터폰을 받은 것도, 문을 열어준 것도 남자였다.

30대 중반쯤일까……. 빳빳한 흰 와이셔츠에 넥타이를 단정하게 매고 있었다. 날이 선 바지에 얇은 카디건 차림이었다. 교사라는 이야기를 들었을 때 왠지 안경 쓴 사람일 거라고 생각했는데, 예상이 어긋났다.

"기다리고 있었습니다. 제가 가와사키입니다."

사에코의 남편이었다.

마치 누군가와 경쟁이라도 하듯 깔끔하게 장식된, 인테리어에 신경을 쓴 응접실로 안내되었다.

고개가 끄덕여졌다. 이곳은 그야말로 사에코의 '보금자리'로 잘 어울린다. 나와 함께 살게 되었다 해도 역시 이렇게 집을 쓸고, 닦고, 언제 손님이 오더라도 문제가 없을 정도로 실내를 정돈했을 것이다.

다만 나와 가정을 꾸렸다면 응접세트의 소파는 여기처럼

진짜 가죽이 아니었을 것이다. 미술 잡지에서 본 적이 있는 스타일의 벽에 걸린 석판화는 기껏해야 멋진 그림책에서 정성껏 오려낸 인쇄물이었을 것이다. 얼룩 하나 없고, 손자국도 없는 사이드보드 유리 안쪽에 보이는 여러 개의 커트 글라스는 술집 이름이 찍힌 컵으로 대신했을지도 모른다. 그런 의미에서 사에코는 옳은 선택을 한 것이다.

눈앞에 있는 사내는 이 집의 주인답게 여유 있는 자세로 팔걸이의자에 몸을 기댔다. 얼핏 봐서는 메이커를 알 수 없지만 왼쪽 손목에 아주 비싸 보이는 시계를 차고 있었다. 가와사키 아키오는 롤렉스 손목시계를 보란 듯이 뽐낼 정도로 속물은 아닌 모양이다.

"업무 중이실 텐데 정말 죄송합니다."

이코마가 말문을 열자 가와사키는 대범해 보이는 태도로 손을 내저었다.

"상관없습니다. 마침 수업이 비었으니까요."

그는 사에코의 아버지가 근무하던 사립 고등학교의 이사장 외아들이었다. 지금은 그곳의 부이사장 겸 영어 교사로 있지만, 몇 년 안에 아버지 뒤를 이어 최연소 이사장으로 취임하게 될 것이 틀림없다. 어디나 적자 경영에 허덕이는 사립 교육 시설들과 달리 이 학교는 이례적이라고 할 만큼 높은 수익을 올리고 있었다. 그리고 그것이 이 젊은 아들의 경영 수완 덕이라는 이야기는 업계에서 유명했다.

두 사람이 결혼하게 된 경위는 이코마도 시간이 부족해 제대로 조사할 수 없었다는데, 아무래도 가와사키 아키오가 사에코를 보고 첫눈에 반한 것 같다고 했다. 결혼한 지는 약 일 년 반가량 되었다.

우리에게 재떨이를 권했지만 자신은 담배를 피우지 않는 것 같았다. 그의 오른손 검지와 중지 사이에 희미한 백묵 흔적이 보였다.

그는 결혼반지를 제대로 끼고 있었다.

정교한 레이스가 달린 테이블클로스 한가운데 놓인 재떨이는 여기에 지저분한 꽁초를 떨어뜨리면 그 무례를 용서하지 않겠다, 라는 분위기였다. 이코마는 전혀 신경 쓰지 않고 담배를 꺼냈다.

"대단히 죄송합니다만, 집사람은 만날 수 없습니다. 두 분 말씀은 제가 듣겠습니다."

그렇게 말하는 가와사키의 단정한 얼굴에 얼핏 뭔가가 스쳤다.

"공교롭게도 집사람은 요 며칠 컨디션이 좋지 않아 누워 있습니다."

"호오, 그거 안됐군요. 병이 나신 건가요?"

이코마의 질문에 잠깐이기는 했지만 이번에는 확실한 동요를 드러내며 말했다.

"실은 입덧이 심해서. 임신 3개월입니다."

이코마는 살짝 놀란 듯했지만, 담배 피우는 시늉을 하면서 숨겼다.

무의식적으로 아주 당연하다 듯이 나는 말했다.

"아, 축하드립니다."

그제야 비로소 가와사키 아키오의 어깨에서 긴장감이 빠져나갔다. 그가 입에 미소를 머금었다.

"감사합니다."

짧은 말이기는 했지만, 그것이 서로에게 양해의 신호였다.

물론 속마음은 알 수 없다. '피차 그 부분은 건드리지 않기로 합시다. 과거는 문제가 되지 않습니다. 우린 서로 처지와 입장에 맞게 행동하면 그뿐입니다.' 이렇게 말하는 것 같았다.

가와사키도 역시 난처하기는 했을 것이다. 자기가 합격한 시험에 떨어진 사람과 마주 앉았으니.

뭔가 개운치 않은 느낌과 우월감이 뒤엉킨 느낌도 들 것이다.

나와 사에코의 일을 그가 모두, 글자 그대로 모두 양해하고 있다는 사실은 알고 있었다. 이코마가 연락을 했을 때, 가와사키가 먼저 그 이야기를 꺼내면서 어지간한 일이 아니면 서로를 위해 만나지 않는 편이 좋겠다고 했다고 한다. 상당히 신사적이다.

하지만 '아뇨, 감기 기운이 좀 있어서'라고 넘어갈 수도 있는 일을 '입덧이 심해서'라고 대답한 걸 보면 그도 감정을 솔직하게 드러내고 있는 거라는 생각이 들었다.

그건 상관없다. 솔직한 것이 가장 빠른 지름길이다.

"용건은 전화로 말씀을 들어서……." 가와사키가 입을 열었다. "대략 알고는 있습니다. 집사람 걱정을 해주셔서 감사합니다."

직업 때문인지 그의 단어 선택이나 대화 진행 방법이 상당히 노련하다는 느낌이 들었다.

"이쪽 분이 불쾌한 편지를 받았고, 그 일로 사에코 이름이 나왔을 뿐이라면 저도 두 분을 뵐 필요는 없다고 생각했겠습니다만."

이코마가 힐끔 나를 보고 나서 가와사키를 쳐다보았다.

"그렇다면 이쪽에서도 뭔가?"

가와사키는 학생의 이야기를 듣는 듯 부드러운 표정으로 고개를 끄덕였다.

"집사람 앞으로 백지 편지가 온 적이 있습니다. 딱 한 통이었지만,"

나와 이코마는 얼굴을 마주 보았다.

"그게 언제쯤이었습니까?"

"일주일쯤 전인가요? 그 한 통뿐이었고, 다음에는 오지 않았습니다만."

"그 편지는 어떻게 하셨습니까?"

"죄송합니다." 참으로 안타깝다는 듯이 눈썹을 찡그리며 가와사키가 말했다. "버렸습니다."

바로 그때 살짝 노크하는 소리가 나더니, 우리가 들어온 것과는 다른 쪽 문에서 한 여성이 고개를 내밀었다.

얼핏 보기에는 검소한 직장인 타입이었다. 짙은 회색 정장을 입고 있었다. 스커트는 단정하게 무릎까지 오고 화장도 옅었다. 이마를 훤히 드러낸 단발머리에, 귓불에는 귀걸이가 반짝이고 있었다.

문을 열기는 했지만 들어오지 않고, 그 자리에서 고개를 깊이 숙였다. 사원 교육 강사로 근무해도 좋을 만한 자연스러운 동작이었다.

"제 비서인 미야케 레이코입니다."

가와사키가 소개하자 그녀는 다시 한 번 고개를 살짝 숙이더니, 일단 문 밖으로 물러났다가 바로 작은 서빙카를 밀고 들어왔다. 고급 레스토랑에서 손님에게 디저트를 고르게 할 때나 볼 수 있는 수레인데, 그 위에는 찻잔 세트가 놓여 있었다.

"비서가 이 집 일도 조금 도와주고 있습니다. 손님이 여러분 오실 때나 명절 선물 준비 등, 저보다 집사람과 의논해야 편할 때가 있기 때문이죠. 그래서 자주 출입합니다. 문제의 우편물이 왔을 때, 그것을 발견한 것도 비서였습니다."

가와사키가 말을 마치자, 미리 의논이라도 한 것처럼 미야케 레이코가 일손을 멈췄다. 그녀는 가와사키의 말이 끝나자

마자 나와 이코마에게 정중하게 고개를 숙이고 나서 서빙카를 살며시 옆으로 밀더니 끄트머리에 있는 등받이 없는 의자에 살짝 걸터앉아 두 손을 무릎 위에 모았다.

"네, 제가 발견하고 바로 부이사장님께 보여드렸습니다."

그녀가 당찬 목소리로 말했다. 가와사키의 비서로서 지시를 받는 입장이면서, 동시에 다른 사람에게 지시하는 일에 익숙한 여성 같았다.

문득 이 여비서와 사에코가 어떤 모습의 주종 관계를 이루고 있을까, 하는 호기심이 일었다. 주도권을 쥐고 있는 사람은 어느 쪽일까?

"부인이 아니라 가와사키 씨에게?"

이코마가 물었다.

"네, 그렇습니다."

가와사키가 몸을 앞으로 숙이며 보충하듯이 말했다.

"저도 업무상 중상모략이나 짓궂은 장난 편지를 받는 일이 이따금 있습니다. 그런 건 가능하면 집사람이 보지 못하게 하고 싶습니다. 그래서 집에 오는 우편물이라도 가능한 한 미야케 양이 먼저 체크하도록 하죠. 그리고 가령 집사람 앞으로 온 것이라 해도 보낸 사람 이름이 없거나, 상태가 이상한 것은 제게 가지고 오라고 부탁해 두었습니다."

아무리 부부 사이라 해도 분명 사적인 우편물인데 그렇게까지 해야 하나, 싶었다. 그런 생각이 내 얼굴에, 그리고 이코마의 얼굴에도 드러났을 것이다. 가와사키는 슬쩍 쓴웃음을 짓고, 찻잔을 들며 말했다.

"멋대로 행동한다고 생각하실지 모르겠군요. 저도 평소 같으면 그렇게까지는 하지 않았을 겁니다. 하지만 요즘은 좀 사정이 달라서요."

"사모님은 지금 평소 몸이 아니셔서"라며 레이코가 덧붙였다.

"그렇습니다. 그래서 집사람이 좀 예민합니다. 게다가 좀 부끄럽기는 하지만, 우리 학교는 전통적으로 내분이 깊기로 유명한 곳입니다. 제가 곧 아버지의 뒤를 잇게 되는데 풍파가 전혀 없지는 않을 겁니다."

"돈과 사람이 움직이는 곳이라면 괴문서는 늘 있기 마련이죠" 하고 이코마가 진지하게 말했다.

가와사키 아키오가 처음으로 치열이 드러날 만큼 웃는 표정을 지었다. 갑자기 젊어진 것 같았다.

"맞습니다. 그래요. 교육자 집단이지만 한 꺼풀 벗기면 뭐가 숨어 있는지 알 수가 없습니다."

"상관없지 않습니까? 성인군자에게 배우면서 자란 아이들은 사회에 나오면 바로 박살이 나 버립니다. 내구력은 길러 두는 편이 낫죠."

이코마는 시원스럽게 말하며, 화사한 찻잔이 마음에 들지 않아 몸을 비틀지 않을까 싶을 만큼 거친 몸짓으로 홍차를 꿀꺽 들이켰다.

"그 편지는……." 내가 화제를 되돌렸다. "분명 부인 이름 앞으로 왔던 거군요? 그러니까 결혼하기 전에 쓰던 성이 아니라 지금 성으로?"

가와사키가 눈짓을 하자 레이코가 대답했다.

"네, 그렇습니다. '가와사키 사에코 귀하'라고 적혀 있었습니다. 주소도 정확했습니다."

"하지만 내용물은 백지였고요."

"그렇습니다."

"그래서 버리셨다?"

이번에는 가와사키가 대답했다.

"그렇습니다. 집사람 앞으로 온 게 이상하다는 느낌도 들었지만, 설마 이런 일관 관계된 것일 줄은 생각도 못했으니까요. 그냥 집사람에게 보냈을 뿐이지, 실제론 제가 관계된 일 쪽의 짓궂은 장난이 아닐까 생각했습니다."

"그 뒤로는 아무 일도 없었고요?"

"네, 별일 없었습니다."

"이상한 전화가 걸려온 적은 없었습니까? 구체적으로 이야기하면, 부인의 신변을 조심하라거나, 대화 속에 제 이름이 나오거나 하는 전화 말입니다."

가와사키는 내 얼굴을 똑바로 쳐다보며 또박또박 대답했다.

"없습니다."

나도 그를 쳐다보았다. 1초도 되지 않는 짧은 순간이었지만, 서로 거의 노려보는 꼴이 되었다. 가와사키의 눈은 아무리 사소한 일이라도 사에코와 관련해서 내 이름이 나올 여지는 없다고 단언하는 듯했다.

내가 먼저 시선을 피했다. 그렇다고 '물러섰다'는 느낌은 갖지 않았다. 그럴 필요도 없었다.

"학교나 댁 부근에서 수상한 인물을 본 적은 없습니까?"

이코마가 조용히 물었다. 목소리에 억양이 없는 것은 속으로 웃음을 참고 있기 때문이라는 걸 나는 알 수 있었다.

"당신, 또는 부인의 뒤를 밟거나 집 주위를 어슬렁거리는 인물 말입니다."

내가 덧붙였다. "혹시 회색 국산차를 보신 적은 없습니까? 단서가 막연해서 미안하지만, 어젯밤 제가 그런 차에 미행을 당한 것 같아서요."

가와사키와 레이코는 서로 마주 보았다. 레이코는 눈을 동그랗게 떠도 이지적인 느낌이 그대로 남아 있는 보기 드문 타입이었다.

"없습니다." 가와사키가 대답했다. "전혀 짚이는 구석이 없습니다. 미행이나 감시 같은 건 우리하곤 인연이 없는 얘깁니다."

이코마는 큰 주먹을 코에 대고 살짝 고개를 끄덕였다. 아마도 나와 같은 생각을 하고 있을 것이다. 그래서 나는 마음속에 있는 이야기를 했다.

"어쩌면 당장 이런저런 걱정을 할 필요는 없을 것 같군요."

가와사키 아키오는 안심했다는 듯 표정을 풀었다.

"저도 그렇게 생각합니다."

"다만 경계는 게을리하지 말았으면 합니다. 상대가 어떤 인물인지 모릅니다. 만의 하나라도 터무니없는 폐를 끼쳐서는 안 되겠다는 제 심정을 이해해 주실 수 있겠습니까?"

가와사키는 턱을 끌어당기며 고개를 끄덕였다. 그런 이야기를 당신에게 들을 필요는 없다는 표정이었다.

"근처 파출소에 사정 이야기를 하고 당분간 순찰을 해달라고 부탁할 수 없을까요?"

"가와사키 씨야 이름 있는 분이시니 파출소에서도 마다하지는 않을 겁니다."

이코마가 덧붙였다.

"알겠습니다. 그리해 보겠습니다."

가와사키는 대답하고, 콧등을 손가락으로 만지면서 약간 생각하더니 이윽고 고개를 들었다.

"솔직히 말씀드리면, 아내는 이 일을 모릅니다."

나는 거의 반사적으로 미야케 레이코의 얼굴을 보았다. 그녀는 부이사장의 얼굴을 쳐다보느라 내 쪽을 보지 않았다.

"누워 있다고 말씀드린 것은 거짓말이고요, 오늘은 병원에 가는 날입니다. 다니는 병원이 친정 근처에 있기 때문에 오늘 밤에 자고 올 겁니다. 그래서 두 분을 오시라고 할 수 있었던 겁니다."

"사모님은 태교에 무척 신경을 쓰고 계십니다." 레이코가 말했다. "그래서 이런 일로 걱정을 끼쳐드릴 수가 없습니다."

"현명하시네요." 이코마가 그녀에게 웃어 보였다. "훌륭한 비서시군요."

레이코가 처음으로 살짝 미소를 지었다. 이코마의 말을 그대로 받아들여서가 아니라, 그녀의 '훌륭한 비서가 되기 위한 매뉴얼'에 '무례한 손님에게 칭찬을 받았을 때도 미소 짓는 법'이란 항목이 있어 그대로 했을 뿐이리라.

임신하고 나서는 특히 야간에 사에코 혼자 집에 두는 일은 피한다. 하루하루의 생활이 규칙적이기 때문에 무슨 이상한 일이 있으면 바로 알 수 있다. 이런 종류의 이야기를 들은 뒤 이코마와 나는 자리에서 일어섰다. 오래 있을 곳은 아니었다.

현관으로 나오려고 응접실을 가로지를 때, 옆에 있는 장식장 위에 신부 차림의 사에코가 찍힌 사진이 장식되어 있는 게 보였다. 발걸음을 멈추지도 않았고 고개를 돌려 쳐다보지도 않았지만, 커다란 부케를 손에 든 그녀가 얼굴 가득 웃음을 짓고 있다는 걸 알 수 있었다.

성대한 결혼식이었을 것이다.

"좋아하는군."

이코마가 말했다.

큰길로 나와 걸으며 우리는 웃옷을 벗어 들었다. 시원한 느낌이 들었다. 오늘은 가을 날씨라고 할 수 없을 만큼 푹푹 찐다. 가와사키의 집에서 나오니 새삼 더위가 느껴졌다.

"좋아하지 않아."

"아니야, 좋아해."

"어째서?"

"눈치로 알지."

"농담하지 마, 선배." 나는 웃옷을 어깨에 걸쳤다. "잘못 봤어."

이코마가 눈을 크게 떴다.

"누가 네 이야기를 하는 줄 알아? 넘겨짚지 마."

"그럼 누구 이야기?"

"비서 말이야, 비서."

나는 걸음을 멈췄다.

"미야케 레이코가?"

"그래."

"가와사키를?"

"그래. 달리 어떤 조합이 있겠어? 혹시 너 은근히 날 좋아하는 거 아니야?"

"사실대로 이야기하면 그런 편이지."

"미안하지만 난 불륜은 싫어."

스쳐 지나가는 여중생 둘이 희한하다는 듯이 이코마와 나를 돌아보더니 폭소를 터뜨렸다. 이코마도 활짝 웃으며, 여중생들에게 손을 흔들었다.

"안 그래도 충분히 부끄러움을 느끼면서 살고 있어. 길을 걸을 때만이라도 쪽팔리고 싶지 않아."

"나도 마찬가지야. 그럼, 진지하게 이야기하지. 고사카, 비서는 상사한테 반하게 마련이야."

이코마는 뭔가 잔소리를 늘어놓으려 할 때면 내 성을 부른다.

"좋아하지 않으면 일을 할 수 없으니까. 보스가 아무리 형편없는 놈이라도 어떤 형태로든 좋아하게 되어 있어. 그게 일하는 방식일 수도 있고, 남자다움일 수도 있어. 기분 좋을 때 보여주는 보스 모습을 좋아하는 비서도 있어. 반드시 일정 부분 좋아하게 되어 있지. 그 비서는 가와사키의 모든 것을 좋아할 거야. 녀석은 좋은 조건을 갖추고 있어. 남자답기도 하고 말이야."

"그게 이 건과 무슨 관계가 있다는 거지?"

"글쎄. 나는 그냥 내 생각을 말했을 뿐이야. 멋진 여자를 보면 어떤 남자를 좋아하는지 신경이 쓰이니까."

언제나 그렇지만, 갈 때보다 돌아올 때가 더 짧게 느껴지는 법이다.

우리는 바로 번화가로 나왔다. 와코 시계탑(도쿄 긴자에 있는 유명한 시계탑)이 보였다.

"좋아하지 않더군."

이코마가 말했다. 이번에는 그의 수법에 넘어가지 않았다.

"누가?"

"너 말이야."

"응?"

"난 벌써 그런 줄 알고 있었지. 자신감이 없었던 건 너였잖아?"

"그렇지도 않아. 내가 그렇게 미련을 질질 끌고 있는 걸로 보였어?"

"그건 아니지만. 그래도 사에코 씨 때문에 자존심이 꽤 상했으니까. 상처 입은 자존심을 되찾겠다는 생각만으로 다른 여자를 계속 좋아하는 사람도 있어. 패자부활전을 노리는 거지."

"난 그렇게 집념이 강하지 않아."

4초메의 교차로에서 발길을 멈추고 신호를 기다리고 있는 인파 속에 섞였다.

"선배, 아까 웃음을 참고 있었지? 나하고 가와사키가 서로 노려보고 있을 때."

"응."

"뭐가 우스웠어?"

"남자란 이런 사소한 일에도 체면을 내세우는구나, 하는 생각이 들어서."

나는 웃었다.

"맞는 말이야."

"그렇지만 마음에 좀 걸려."

나도 마찬가지 느낌이었다. 서로 입장이 바뀌었다면…… 그렇게 생각했다.

"내 아내의 옛 남자가 눈앞에 있다, 게다가 자기가 하는 일 때문에 아내에게 폐를 끼치게 되지는 않을까 걱정하고 있다는 이야기를 한다. 나라면 머리로는 이해해도 속으로는 우선이 뻔뻔스러운 자식, 이렇게 생각했을 거야."

"그렇죠."

"아내는 이미 이 녀석과는 관계가 없을 거라고 생각하겠지."

"맞아요."

"겉으로는 드러나지 않게 꾹 눌러 참아도 불쑥 불쾌한 태도를 보이게 될 거야."

"나도 그렇게 생각해. 그렇지만 가와사키에게는 그런 게 없었어."

"맞아. 마치 인형처럼 단정하게 앉아 있었지. 한 번도 너를 기분 나쁜 눈으로 바라보지 않았어."

신호가 바뀌자 인파가 한 덩어리가 되어 움직이기 시작했다.

"가와사키 아키오는."

"대단해."

나와 이코마는 횡단보도에 발을 내디디며 동시에 같은 말을 했다.

"속이 찬 인간이야."

그렇게 말하면서도 이 말만으로는 딱 떨어지지 않는 무언가를 횡단보도 뒤편에 남기고 온 느낌이 들었다. 그리고 이코마도 나와 같은 느낌을 품고 있다는 사실을 눈치챘다. 그가 어깨너머로 힐끔 신토미 초 쪽을 바라볼 때 확신했다.

결국 나는 이때 남기고 온 희미한 의문을 다시 주워 담으러 되돌아가게 된다.

05

회사에 돌아오니 책상 위에 메시지가 두 개 놓여 있었다. 하나는 지난번에 인터뷰한 '미인선발대회에 반대하며……'라는 모임의 대표자가 게재된 기사를 보고 연락을 해왔다는 메시지였다. 전화를 받은 기자가 옆에 있어 물어보니 무척 기뻐하는 것 같다고 했다.

"자기가 하는 말을 곡해하지 않고 그대로 써줬다고, '그런 일은 드물죠. 특히 남자 기자의 경우는요'라고 하면서 취재하러 온 사람과 기사 쓴 사람에게 인사를 전해 달라고 하기에, 그건 칼럼이라 인터뷰한 녀석이 기사를 썼습니다, 했더니 '어머머' 하면서 감탄하던걸."

히죽히죽 웃으며 이야기를 전하는 그의 머리에 데스크가 꿀밤을 먹이며 지나갔다.

"외부에서 온 전화에 기자를 '녀석'이라고 하다니, 녀석이 뭐야."

그 모임의 대표자도 그 기사를 쓸 때 내가 한 명 또는 두 명의 '초능력 소년'에게 휘둘리는 바람에 다른 일을 깊이 생각할 여유가 없었고, 그래서 들은 말을 그대로 썼을 뿐이라는 사실을 알게 된다면 그리 기뻐하지 않을 것이다. 들은 걸 그대로 옮기는 정도는 작문을 좀 하는 중학생이면 가능한 일이다.

그때 문득 깨달은 것이 있다.

"인터뷰라?"

그렇게 중얼거리자, 잔뜩 어지른 책상 위를 뒤지며 재떨이를 찾던 이코마가 고개를 들었다.

"뭐야? 뭔가 생각났어?"

"인터뷰 기사에는 내 이름이 나오잖아?"

잠깐 생각한 뒤 이코마는 크게 고개를 끄덕였다.

"그래, 나오지. '글, 고사카 쇼고'라고 말이야."

기명 기사라고 해서 그럴싸한 기사만 떠올렸기 때문에 생각이 미치지 못했다.

"하치오지 지국 시절에 몇 건 썼어?"

나는 고개를 끄덕였다. 지국에 있는 기자는 분야를 가리지 않고 뭐든 한다. 선거, 스포츠, 범죄, 지역 교육 등 닥치는 대로 쓴다.

"하지만 그리 많진 않았어. 난 인터뷰를 잘 못하니까. 그저 열심히 듣기만 하고 돌아오거나, 상대방에게 너무 심한 질문을 해서 화만 나게 하거나지. 게다가 지국에서 하는 인터뷰라는 게 대개 상대방을 띄워줘야 하는데, 그런 일도 서툴렀고 말이야."

"그렇지만 3년 전에 썼던 기사야. 그때 일을 가지고 이제 와서 화가 나 협박장을 보내다니……." 이코마는 고개를 꼬았다. "그럴 일은 없을 것 같은데……."

"뭐, 그래도 한번 다시 읽어볼게요. 뭐가 걸릴지도 모르잖아."

별로 마음이 내키지는 않았지만 그렇게 말했다.

다른 메시지는 오다 나오야가 다니던 그 주유소 소장에게서 온 것이었다. 전화를 해달라고 했다.

전화를 하자 소장이 좀 서두르는 목소리로 전화를 받았다. 나오야의 행방을 알아낼 수 있을지도 모른다고 했다. 반신반의하면서도 나는 의자를 당기면서 자세를 고쳐 앉았다.

"본인을 만났습니까?"

"아니 그런 건 아니지만."

오늘 점심때가 조금 지나서 오다 나오야를 찾는 손님이 왔었다고 한다.

"나오야가 반년 전쯤에 아르바이트하던 편의점 점장이래. 전에 한번 차로 우리 주유소 앞을 지나가다가 나오야를 우연히 봤는데 아직 있나 싶어 들렀다더군. 편의점을 갑자기 그만두고 나가서 그 친구를 보곤 놀랐다. 여기도 그만두었느냐, 하면서 의아해하더군."

"그 점장, 어디 있는 누구인지 물어봤습니까?"

"그건 묻지 않았지만 더 도움이 될 만한 것을 알아뒀지, 내가."

자랑스럽게 웃으며 주유소 소장이 말을 이었다.

"나오야가 그 편의점을 그만둔 뒤 흥신소에서 사람이 찾아왔대. 그때는 흥신소처럼 수상한 데서 온 사람에게 나오야 이야기를 하는 게 마음에 내키지 않아서 그냥 대충 둘러대고 돌려보냈다는 거지. 하지만 매스컴에 종사하는 사람까지 나서서 그를 찾고 있다니 그냥 있을 수 없겠다면서 난처한 표정을 짓더군."

나오야가 같이 근무하던 아사코에게 '예전에 흥신소에서 나를 뒤쫓은 적이 있다'고 한 것은 터무니없는 거짓말이 아니었다.

"내가 그 흥신소 이름과 전화번호를 받아놨어." 소장은 기분 좋다는 듯이 말했다. "그 흥신소에서 나온 사람이 나오야 소식을 듣게 되면 꼭 연락해 달라면서 편의점에 명함을 주고 갔다는 거야. 흥신소 명함 같은 건 흔히 볼 수 있는 게 아니라서 그 편의점 점장이 내내 보관하고 있었다더군. 그래서 정확하게 알 수 있는 거지. 가르쳐드릴까? 편의점 점장은 자긴 이런 일에 관련되기 싫다면서 남겨 놓고 갔어. 나야 흥신소 같은 건 신경도 쓰지 않지만."

가르쳐준 번호로 전화를 걸었더니 중년 여성이 받았다. 흥신소가 아니라 도쿄 리서치라는 유한회사였다, 실종된 사람을 찾는 일을 전문으로 하는 조사 회사다, 나는 사장이다, 라고 또박또박 대답했다.

여자는 내 용건을 바로 이해했다. 하지만 오다 나오야에 대해서는 현재 조사를 중단한 상태라고 했다. 사장이 개별적인 의뢰 사항에 대해 바로 답을 하는 것을 보면 작은 사무실일 것이다.

"왜 중단한 거죠?"

"의뢰하신 분의 요청이죠. 빤하잖아요?"

이코마 못지않게 걸걸한 목소리로 여사장이 잘라 말했다.

"그러면 그를 찾아낸 건가요?"

"찾아내진 못했죠."

그런데 왜 의뢰인은 손을 뗀 것일까?

"오다 나오야는 중학교를 졸업하자마자 바로 집을 나갔습니다. 아시나요?"

내 물음에 여사장은 대답이 없었다. 하지만 그것은 긍정의 표시일 것이다.

"그러니 댁의 의뢰인은 오다 나오야의 가족이겠죠? 그렇지 않습니까?"

아마 틀림없을 것이다. 그의 가족이라면 어떻게든 만나보고 싶었다.

"그 의뢰인에게 연락을 취할 수 없겠습니까?"

여사장은 발끈하는 목소리로 말했다.

"의뢰인의 신원은 알려드릴 수 없습니다."

"압니다. 그걸 알면서도 부탁드리는 겁니다. 기사를 쓸 생각은 없습니다."

"그걸 어떻게 믿어요?"

"저도 알 만큼은 압니다. 오다 나오야의 부모는 그가 어렸을 때 이혼했고, 그때 무슨 재산 다툼 같은 게 있었던 모양이더군요."

여사장은 꽤 오랫동안 말이 없었다. 그리고 다시 입을 열었을 때는 주위에 들리지 않게 하려는 듯 목소리를 낮췄다.

"아, 알았습니다. 끈질기게 달라붙으면 당해낼 수가 없다니까. 하지만 의뢰인 이름과 주소는 알려드릴 수 없습니다. 어차피 당신이 찾아가도 그녀는 만나주지 않을 게 뻔하니까요."

"그녀?"

"네, 의뢰인은 오다 나오야의 어머니였습니다."

여사장은 간결하고 요령 있게 설명했다. 나오야의 부모는 그가 여덟 살 때 헤어졌는데 그 이유는 크게 두 가지였다. 하나는 나오야의 어머니와 나오야의 할머니, 즉 고부 관계가 나빴던 것이다.

"오다 씨 집안은 대대로 이타바시의 다키노가와에서 꽤 큰 술집을 했답니다. 나오야란 애의 아버지는 그 술집을 4대째 물려받았죠. 외아들이었어요. 나오야의 어머니는 원래 호스티

스였는데, 열두 살이나 연하였답니다. 이런저런 사정으로 시어머니와는 처음부터 맞지 않았겠죠. 칼부림까지 난 적이 있다더군요."

또 한 가지 이유는 그 술집 문을 닫게 되었기 때문이다.

"오다 씨가 친구의 빚보증을 섰는데, 그 친구가 야반도주하는 바람에 전부 뒤집어썼답니다. 부인이 정나미가 떨어졌겠죠. 헤어질 때 분명 돈 문제로 다툰 것 같은데, 그보다는 아이에 대한 친권 다툼이 더 심각했던 모양입니다. 어머니는 어떻게 해서든 나오야를 데려가고 싶어 했지만 인정이 되지 않았답니다."

그 어머니가 지금 나오야를 찾고 있다…….

"내내 마음에 걸렸다더군요. 이제 좀 자유로워지고 경제적으로도 여유가 생겨서 찾아보기로 했다면서요."

"그런데 왜 의뢰를 취소한 거죠?"

여사장은 못마땅하다는 듯이 말했다.

"지금 같이 사는 남편이 말렸죠. 그 여자 재혼했어요. 새 남편과의 사이에도 아이가 생겼고요. 이제 와서 옛날에 남기고 온 자식을 찾아 어쩔 셈이냐, 뭐 이렇게 된 거겠죠."

하긴 따지고 보면 그럴 법도 하지만…….

나오야의 어머니는 좀 조용해지면 다시 조사를 의뢰하겠다고 했단다. 여사장도 다시 의뢰를 하면 반드시 찾아낼 수 있다고 자신 있게 말했다.

"오다 나오야의 아버지 소식은?"

"오래전에 죽었습니다. 결국은 객사했죠. 알코올 중독으로."

전화를 끊고 나니 혀에 쓴맛이 돌았다.

참 어려운 환경이었다, 나오야가 자라난 가정은.

'이혼하고, 재산 다툼까지 있는데……. 사이킥이니 어떻게 그런 환경에서 버틸 수 있었겠어?'

그런 만큼 나오야의 어머니를 만나보고 싶다는 미련이 남았다. 무슨 방법이 없을까, 생각해 보았지만 그 여사장이 쳐놓은 벽은 매우 두꺼웠다. 뚫으려면 드릴이 필요할 것이다.

기분을 전환할 겸 누군가 옆에 내던져 둔 오늘 석간을 펼쳤다. 아무 생각 없이 제목을 훑어보는데…….

숨이 턱 막혔다.

토막 기사였다. 한쪽 구석에 있어 못 보고 넘어갈 만큼 작았다. 마음속으로 왜 이런 기사를 봤을까, 하는 비겁하기 짝이 없는 생각이 들었다. 보지 않았으면 좋았을 텐데.

'대낮에 히지리바시 다리에서 투신자살.'

작은 제목에 이어 이런 기사가 실려 있었다.

오후 1시경, 간다가와 하천을 가로지르는 치요다 구 오차노미즈의 히지리바시 다리 위에서 젊은 남자가 뛰어내리는 것을 지나가던 행인이 목격, 출동한 간다 소방서 구조요원들이 수색에 나서 곧바로 끌어올렸지만 이미 사망해……. 소지품 가운데 운전면허증으로 신원이…….

미야나가 사토시. 21세. 사립 도쿄국제교육대학 교양학부 2학년.

형제처럼 닮았던 그 햇병아리 화가들 중 하나.

맨홀 뚜껑을 열었던 2인조 중 한 명.

머릿속에 그가 그렸다던 커다란 신호등이 떠올랐다. 영원히 붉은 신호등. 영원한 스톱 사인…….

제5장 어둠 속에서

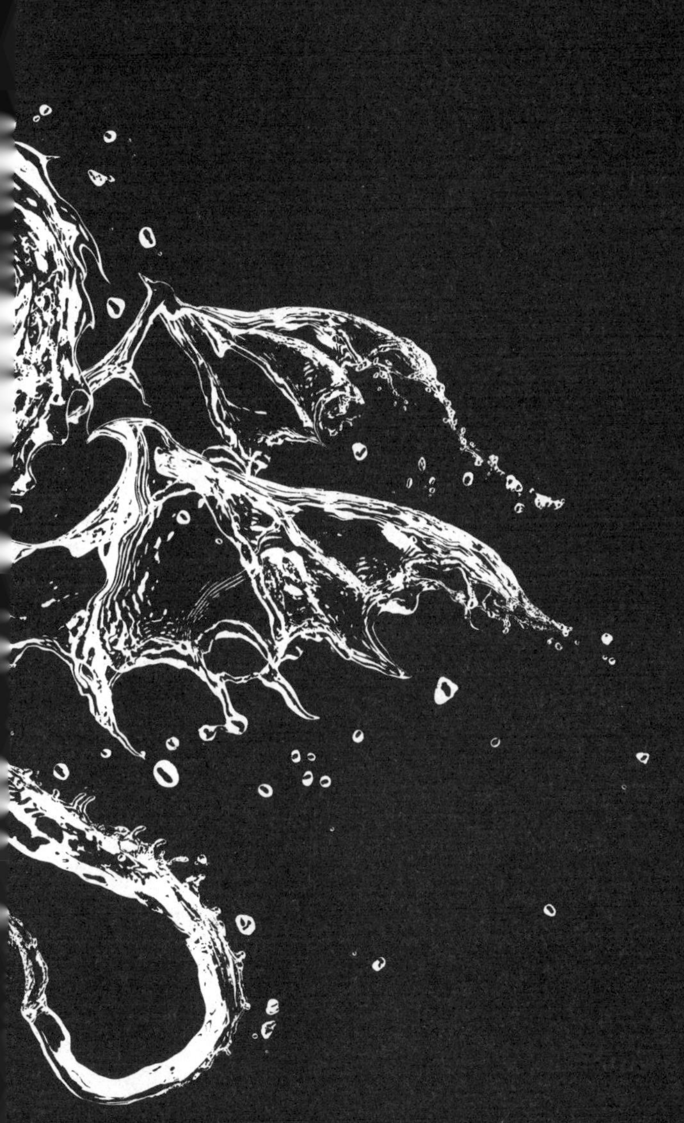

01

장례식 날은 하늘이 잔뜩 찌푸렸다. 무거운 구름이 낮게 드리워 있었다.

미야나가 사토시의 집은 게이요센의 가이힌 마쿠하리 역에서 차로 5분쯤 걸리는 거리에 있었다. 주말이라 역에는 마쿠하리 멧세에서 무슨 행사라도 있는지 그쪽으로 젊은이들의 모습이 눈에 띄었다. 해만 나지 않았을 뿐, 오늘도 기온이 제법 높아 젊은이들은 다들 화려한 빛깔의 셔츠나 블루종 차림이었다. 그 가운데 드문드문 상복이 섞여 있다. 모두 미야나가 상가(喪家)로 가는 조문객들일 것이다.

검시와 조사 등의 경찰 업무가 있는데다 또 중간에 장례식을 피해야 하는 도모비키(友引: 일본의 음양도에서 친구들에게 좋지 않은 일이 일어난다고 여기는 흉일)라는 날까지 끼어 있어, 사토시가 자살한 지 나흘이 지난 오늘에야 장례식이 치러졌다. 그 나흘이라는 기간이 충격을 가라앉혔지만 아픔을 치료해 주지는 못했다. 오히려 아픔을 더해갔다. 타박상이 시퍼런 멍이 되어가듯이.

자기 아버지를 따라 역 계단을 내려오는 이나무라 신지의 얼굴에도 그 멍이 뚜렷하게 보였다. 웃으며 재잘대는 커플들과 젊은이들 사이에 섞여 내려오는데, 이나무라 부자가 있는 곳만 빛깔이 사라진 것 같았다. 역 앞에서 만나기로 약속은 했지만 두 사람의 얼굴을 본 순간, 역시 함께 문상하고 싶다던 부자의 요청을 끝까지 거절해야 했다고 후회했다.

신지는 교복을 입고 칼라의 단추까지 단정하게 채우고 있었다. 거의 잠을 자지 못했는지, 뺨 주위가 보풀이 인 것처럼 거칠었다.

"역시 오시지 않는 게 좋았을 것 같군요."

인사를 하며 다가온 이나무라 노리오에게 말했다. 그리고 고개를 숙이고 있는 신지의 눈을 들여다보려 했다.

"이렇게 된 건 네 책임이 아니야. 전부 내 책임이지. 그냥 넘어가지 말고 경찰에 신고해야 했어. 그런 잘못된 판단을 한 것은 나니까."

신지는 잠자코 고개를 저었다.

이나무라 노리오가 말했다.

"고사카 씨, 그런 건 결과론이라고 합니다."

"결과론 이외에 무슨 이야기를 할 수 있겠습니까?"

"책임은 신지에게 있습니다." 그의 차분한 말투는 변함이 없었다. "당신이 어떻게 생각하던 나는 그렇게 생각합니다.

당신이 오든 말든 저는 신지를 데리고 왔을 겁니다. 그러니 그만 가시죠."

신지는 우리에게서 떨어져 택시 승강장 쪽으로 힘없이 걸어갔다. 나는 그 뒤를 따라가는 이나무라 노리오의 팔꿈치를 잡고 말했다.

"아드님은 열여섯입니다. 아직 어린애예요."

"그렇지만 보통 아이는 아니죠."

이나무라 노리오는 딱 잘라 말하더니 내 얼굴을 바라보았다.

"가시죠."

상가는 아무리 큰 집이라도 늘 좁아 보인다. 아마 평소와 다르게 많은 사람이 한꺼번에 출입하기 때문일 테지만, 시적인 표현을 쓴다면 세상을 떠난 이를 애도하느라 집도 풀이 죽기 때문일지 모르겠다.

그러나 미야나가 사토시의 장례식장에서 시적인 모습은 찾아볼 수 없었다. 잔뜩 쌓인 조화와 수많은 문상객, 젊은 고인의 영정, 그리고 슬픔이 있을 뿐이었다.

제단 앞에 앉아 있는 유족 중 우리가 모르는 특수한 종교의식을 치르듯 내내 바닥에 엎드린 채 머리를 숙인 중년 여성이 있었다. 주위 문상객들의 소곤거리는 이야기를 듣고, 그 여성이 사토시의 어머니라는 것을 알았다.

이 일로 슬픔에 젖은 어머니의 모습을 보는 것은 이번이 두 번째다. 모치즈키 다이스케의 어머니와 미야나가 사토시의 어머니 그리고 세상을 떠난 두 아들의 공통점은 그들이 왜 죽어야 했는지 어머니들은 이해를 할 수 없다는 점이다.

그들이 왜 죽었는지, 이유와 원인을 아무도 알지 못한다. 나와 신지를 포함한 몇 명을 제외하고는.

모치즈키 다이스케는 누가 왜 열어두었는지 모를 맨홀에 빠져 죽었다.

미야나가 사토시는 갑자기 자살했다. 환한 대낮에 사람들이 보는 가운데 히지리바시 다리에서 뛰어내리다니, 왜 그런 짓을 했는지 모르겠다고 문상객들은 속삭였다.

그랬다. 그는 유서도 남기지 않았고, 가족에게도 죽어야 할 이유를 이야기하지 않았다.

나흘 동안, 그의 죽음을 전후한 상황에 관해 얻을 수 있는 최대한의 정보를 긁어모았다. 그 결과 알게 된 사실은 그가 아무런 설명도 없이 죽었다는 것뿐이다. 어떻게 해서든 가키타 순페이와 연락을 취하려고 노력해 보았다. 하지만 그것도 헛수고였다.

그리고 지금은 주위를 꼼꼼하게 둘러봤지만 가키타 순페이의 모습은 보이지 않았다. 상복을 입은 사람들 중에서 머리 하나는 더 튀어나와 있을 큰 키의 가키타를 발견할 수가 없었다.

가슴을 울리는 독경(讀經) 소리를 듣고 있자니, 일곱 살 난 자식의 죽음과 스물한 살 햇병아리 화가의 죽음이 모두 내 책임인 것 같은 기분이 들었다.

이나무라 신지는 나와 약간 떨어진 곳에서 자기 아버지와 나란히 서 있었다. 두 사람 바로 옆에는 소리를 내어 흐느끼는 젊은 여성이 있었다. 친구로 보이는 여성이 그녀의 어깨를 안고, 함께 흐느끼며 등을 어루만졌다. 신지는 자신을 꾸짖기 위해 일부러 그 여자들 옆에서 울음소리를 듣고 있는 것일까?

미야나가의 집은 요즘 스타일로 지은 건물은 아니지만, 증축 한 듯 가옥 옆에 만든 지 얼마 되지 않는 셔터 달린 차고가 있었다. 셔터는 내내 내려져 있었는데, 분향 도중 장례회사에서 나온 사람인 듯 완장을 찬 남자 두 명이 무슨 일 때문이지 안으로 들어갔다. 몸을 구부리고 지날 수 있을 만큼만 셔터를 올리고. 그때 차의 타이어가 얼핏 보였다.

허리를 굽혀 바라보니 어둠 속에 어렴풋이 빨간색 포르쉐 911의 차체가 눈에 띄었다.

맨홀 사건 바로 뒤, 자동차에 대해 잘 아는 동료에게 물었다. '제멋대로인데다 신경질적인 차'라는 그의 말이 떠올랐다. 매번 시동이 걸리는 상태와 주행 상태가 다르다고 했다. 마치 살아 있는 자동차 같다고도 했다.

그 차는 남고, 운전자는 죽었다.

완장을 찬 남자들이 나와서 셔터를 다시 내릴 때까지, 그 태풍 속의 큰비를 맞으면 달리는 빨간 차체를 떠올렸다. 수풀 속을 굴러다니던 노란 우산도 함께.

그때 등 뒤에서 누가 살짝 어깨를 쳤다. 뒤돌아보니 가키타 순페이의 야윈 턱이 눈앞에 있었다.

"제가 함께 있었다면 말릴 수 있었을 텐데."

맨 먼저 그는 이렇게 말했다. 내게 말하고 있다기보다, 멀리 보이는 친구의 영정에 대고 말을 하는 것처럼 보였다.

그는 나를 문상객이 없는 쪽으로 데리고 나갔다. 도중에 신지가 우리를 보고 표정을 바꾸며 다가오려 했다. 그러자 내가 뭐라 하기도 전에 가키타가 천천히 고개를 저으며 오지 말라는 의사 표현을 했다. 신지는 우리를 바라보며 우두커니 섰다. 그 어깨에 이나무라 노리오가 손을 얹는 것이 보였다.

"발인까지는 아직 시간이 있어. 좀 걷지."

가키다에게 말했다. 가능한 한 이 자리에서 멀리 떨어지고 싶었다. 왠지 그러고 싶었다. 마음만 먹는다면 신지가 우리 대화를 들을 수 있을 거라고 생각했기 때문에.

"그 아이로군요." 가키타는 낮은 목소리로 중얼거리듯 말했다. "저 애, 보고 있었죠? 우리가 한 짓을. 봤기 때문에 하이아라이까지 쫓아왔겠죠."

미야나가의 집에서 두 블록쯤 떨어진 곳까지 와서 우리는 발걸음을 늦췄다. 옆에 있는 전신주에 미야나가 상가로 가는 길을 알려주는 종이가 붙어 있었다.

전혀 망설이지 않고 나는 '그렇다'라고 대답했다. 그렇게 하기로 결심했다.

"하지만 그 뒤에 어떻게 할지를 결정한 건 그 애가 아니야, 나지."

술에 취한 듯 비틀거리며 가키타는 아무 말이 없었다.

"자네들이 한 짓이지? 그 애가 말했던 대로. 자동차 엔진이 젖을까 봐 맨홀 뚜껑을 열고 물을 뺀 거야……."

그렇게 묻자 그는 말없이 고개를 끄덕였다. 이윽고 눈길을 허공에 던진 채 조용히 물었다.

"왜 경찰에 신고하지 않았던 거죠?"

대답하지 않았다. 어떤 대답이건 변명으로 들릴 것이다. 그렇다면 그가 생각하고 있는 걸 그에 대한 대답으로 여기도록 하는 편이 낫다.

그러자 가키타가 말했다.

"우리를 동정했기 때문인가요? 그렇죠?"

"동정?"

"네, 그 녀석들이 바보 같은 짓을 했다. 그런데 깨닫지 못하고 있다. 녀석들을 경찰에 신고하기엔 너무 불쌍하다. 이렇게 생각했던 거죠? 신고하지 않아도 우리가 스스로 자수할 거라고 생각한 거죠?"

알고 있었어요, 라고 가키타는 말했다. "적어도 난 알고 있었어요. 유예를 받은 거다. 자수해야 한다고 계속 생각했죠."

"미야나가는 뭐라고 했나?"

가키타는 질문에 대답하지 않았다.

"우린 《애로》에 실린 기사를 읽었습니다." 가키타가 말했다. "그걸 보고 다시 사토시에게 자수하자고 했습니다. 아직 늦지 않았어, 지금이라도 자수하는 게 맞아, 라고요……."

바람의 방향 때문인지, 이만큼 걸어왔는데도 아직 향냄새가 났다. 미야나가 사토시도 함께 따라온 건지 모른다…….
문득 이런 생각이 들었다.

"차분하군." 나는 말했다. "난 자네에게 왜 친구를 그렇게 죽게 만들었느냐고 얻어맞아도 할 말이 없는 사람인데, 자넨 침착하군."

가키타는 입술을 꾹 다문 채 희미하게 웃었다.

"그래봤자 사토시는 돌아오지 못하니까요."

그렇게 말하는 그의 눈꺼풀이 풀려 있었다. 가키타는 눈을 껌뻑거리며 손등으로 턱을 문질렀다. 그의 손이 떨렸다.

"사토시를 자살하게 만든 것은 접니다. 내가 자수하자고 했으니까요. 그 녀석은 '네가 내 인생까지 망칠 셈이냐'고 했죠. 사토시는 두려웠던 겁니다. 경찰에 사실대로 이야기하면 화가가 되려는 꿈도 버려야 한다. 그러면 모든 것이 끝이다……. 그런 생각과 자수하자는 저 사이에서 고민을 했던 겁니다."

목격자의 증언에 따르면 미야나가 사토시는 투신하기 직전 다리 난간에 기대 간다가와 강을 내려다보고 있었다고 한다. 그러다 문득 실이 툭, 끊어지듯 죽음의 나락으로 떨어졌던 것이다.

"물감을 사러 '레몬'이란 화방에 간다고 나갔었죠. 다음 작품을 그리려면 아무래도 카드뮴 옐로Cadmium Yellow가 필요하다면서요."

말을 끊고 가키타는 다시 허공을 바라보았다. 바로 앞에 있는 집의 문이나 벽, 길가의 간판을 보고 있는 게 아니라 그때의 장면을 머릿속으로 떠올리고 있을 것이다. 그리고 생각할 것이다. 만약 함께 따라갔다면, 만약에 자신이 갔다 오겠다고 했다면.

"맨홀 뚜껑을 열자는 이야기를 꺼낸 건 사토시였습니다."

담담하게 설명하는 말투였다.

"저는 '힘들지 않겠어?' 했는데, 해보니 되더군요. 쇠막대와 잭을 이용했죠. 의외로 간단해서 둘이 웃었습니다. 그때는 정말로 누가 거기에 빠질 거라고는 상상도 못 했죠. 거기는 도로가 약간 움푹해서 물이 많이 고였기 때문에 그렇게 해두는 게 오히려 덜 위험할 거라고 생각했습니다.

'이 동네 사람들도 분명히 좋아할 거다.'

"하지만 사토시는 아무도 믿어주지 않을 거라고 했습니다." 거의 들리지 않을 만큼 작은 목소리로 가키다가 말했다.

"그런 말을 경찰이 믿어줄 리 없고, 우린 범죄자가 될 거라면서요. 그만큼 두려워하고 있었던 거죠."

가키타는 멈춰 서더니 그제야 나를 쳐다보았다.

"이런 말도 했어요. '입 다물고 있으면 모를 거야. 그 녀석들도 아무런 증거가 없을 테니까.' 녀석들이란, 당신과 그 애를 말하는 겁니다. 더 심한 말도 했죠. '내가 녀석들을 처치할게. 그러면 걱정하지 않아도 되잖아?'라고요."

"그 친구, 진심으로 그렇게 말했을까?"

미행하던 그 회색 국산 자동차가 뇌리를 스쳤다. 뒤통수를 얼핏 보았을 뿐이지만, 운전자는 분명 남자였다. 어쩌면 미야나가일 수도 있다.

그렇지만 가키타는 맥이 빠진 듯 힘없이 고개를 저었다.

"말만 그랬죠. 그런 말을 실행에 옮길 리가 없죠. 그래서 녀석은 스스로 죽어버린 겁니다."

그렇다……. 실제로 그는 자살해 버렸다.

가키다 순페이는 며칠 동안 잠을 제대로 자지 못한 듯했다. 피로 때문인지 발걸음이 무겁다. 아무리 날을 골라 치르는 것이긴 해도 오늘은 친구의 장례식이다. 무슨 말인가를 하려다 입을 다물고 가키타는 연신 침을 삼켰다.

"우린 정말 마음이 맞는 친구였습니다."

목소리에 힘을 주어 말을 이었다.

"소꿉친구는 아니지만, 왠지 다른 친구들과는 전혀 다른 느낌이었죠. 사토시는 이런 말을 했습니다. 너희 엄마나 우리 엄마는 분명 같은 분유, 같은 기저귀, 같은 파우더, 같은 이유식을 쓴 게 틀림없다고요."

정말 마음이 맞는 친구였습니다……. 가키타는 다시 말하며 작은 목소리로 덧붙였다.

"의견이 대립한 것은 이번이 처음이었습니다. 저는 자수하고 싶었죠. 사토시는 싫어했고요. 절대로 하지 않겠다고. 처음으로 의견이 충돌했습니다."

마음은 맞았다 하지만 의견은 다르다. 어디선가 들어본 적 있는 대사였다. 이나무라 신지와 오다 나오야의.

"저는 사토시의 장례식이 끝나면 경찰에 갈 겁니다."

발아래로 눈길을 떨어뜨린 채 가키타 순페이가 말했다.

"사토시가 왜 자살했는지 다들 의아해하고 있습니다. 하지만 가족들이 요즘 그 녀석 상태가 조금 이상했다는 걸 조사하러 나온 형사들한테 이야기했다고 합니다. 자살 방법이 너무 충격적이라 경찰도 신경을 쓰고 있겠죠. 가만히 있어도 조만간 뭔가 있다는 걸 눈치챌지 모릅니다. 저는 그전에 자수하고 싶습니다."

미야나가의 집 쪽을 돌아보더니 뭔가 느껴지는 게 있는지 눈을 가늘게 떴다.

"사토시는 이미 죽었으니, 왜 죽으려 했는지 설명할 수 없겠죠. 하지만 남들이 멋대로 추측하게 놔두고 싶진 않아요.

자수해서 털어놓으면 경찰도 범인을 취조할 때와는 달리 제 말에 조금은 귀를 기울여주지 않을까요?"

"그렇겠지."

내가 말했다.

"그래서 부탁드리는 것입니다만, 우리가 만난 일…… 그날, 하이아라이에서 있었던 일을 잊어주시겠습니까? 나…… 아니, 우리가 어디까지나 자진해서 경찰에 이야기한 걸로 하고 싶습니다. 안 되겠습니까?"

그런 부탁을 들어주는 건 쉬운 일이다. 여태 그걸 기대하고 있었기 때문에 그들 이야기를 아무에게도 하지 않았던 것이다.

나는 고개를 끄덕였다.

"다만……."

"다만, 뭡니까?"

"그럴 마음이 있었다니, 미야나가를 설득해서 자살 같은 걸 하기 전에 자수했다면 좋았을 텐데 하는 생각이 드는군." 가키타가 얼른 고개를 돌렸기 때문에 나를 말을 이었다. "물론 나 자신을 꾸짖는 얘기야. 나도 자네들을 그냥 내버려두지 않고 더 자세하게 이야기를 했어야 하는데 그러질 못했으니까."

"갑자기 자수하라고 설득했다면 도망치고 싶어서 더 안 좋은 결과가 되었을지도 모릅니다. 그러니 그런 생각은 하지 마세요."

가키타는 한마디 한마디 이를 악물고 말했다. 그 말을 듣고 마음이 가벼워지지는 않았지만, 더는 내가 할 수 있는 일이 없다는 사실은 확인할 수 있었다.

"저, 그 아이에게도 이야기하겠습니다. 경찰에 자수하겠다고."

가키타는 걸어온 방향으로 돌아가기 시작했다.

"그러니 이제 아무 걱정 하지 말라고요."

미야나가 상가로 돌아가, 가키타가 자기 말대로 하는 것을 바라보았다. 아무 말 하지 않아도 신지는 모든 걸 알고 있을지도 모른다…… 이런 생각을 하면서, 이코마에게 말하면 '또 속았군' 하는 소리를 들을 것 같다는 생각을 하면서.

대화를 마친 가키타가 신지의 손을 잡고 악수하듯 꽉 쥐었다. 감동적인 광경이지만, 왠지 마음에 걸리는 것이 있었다. 신지도 거의 무표정했다. 가키타에게 오른손을 잡힌 채 점토로 만든 인형처럼 무표정한 얼굴로 그를 가만히 올려다보기만 했다.

마음에 걸리는 것은 가키타가 죽은 일곱 살 아이에 대해 아무 말도 하지 않는다는 사실이다. '너무 큰 잘못을 저질렀습니다' 하는 것도 아이가 죽어서가 아니라 자신이 법에 저촉되는 짓을 했기 때문에 그러는 것처럼 들렸다.

요즘 젊은이들 대부분이 이런 식인지도 모른다는 생각을

했다.

발인할 때, 신지는 사람들에게 밀려 앞쪽으로 갔다. 교복을 입고 있어 친척으로 보였던 모양이다. 장례회사 사람이 국화 한 송이를 그에게 건네주며 관에 넣어드리라고 했다.

신지는 약간 당황한 표정을 지으면서도 시키는 대로 했다. 다만 국화를 관에 넣을 때는 왼손을 썼다. 마치 그렇게 하는 데 뭔가 의미가 있다는 듯이.

영구차가 나간 뒤, 삼삼오오 흩어지는 문상객에 뒤섞여 이나무라 노리오가 슬쩍 물었다.

"신지, 아까 그 사람한테서 뭘 읽어낸 거니?"

신지는 멍한 눈으로 자기 아버지와 나를 바라보며 "아무것도"라고만 대답했다. 그리고 앞장서서 걸어가기 시작했다.

나는 이나무라 노리오에게 예전에 경찰관이었던, 나보다 훨씬 도움이 될지도 모를 인물을 신지에게 소개해줄 수 있을 것 같다고 말했다. 물론 신지가 만나겠다고 했을 때의 이야기지만.

"아, 감사합니다." 이나무라 노리오가 말했다. "그분이 저보다 신지를 잘 도와줬으면 좋겠군요."

"너무 기대가 크면 곤란합니다. 저희도 아직 어떤 사람인지 모르니까요."

"지푸라기라도 잡고 싶은 심정입니다." 이나무라 노리오는 씁쓸하게 웃었다. "일이 이렇게 되리라고는 생각도 못 했으니까요."

신지는 작은 뒷모습을 보이며 앞에서 걷고 있었다. 먼지가 많은 스산한 길을 혼자서 타박타박.

가키타 순페이는 약속을 지켰다.

장례식 사흘 뒤, 그의 이름이 신문에 실렸다. 형법을 잘 아는 옛 동료에게 물어보니, 큰 죄가 되지는 않을 거라고 했다.

"맨홀 뚜껑을 열면서 거기에 사람이 빠져 죽을지도 모른다는 위험을 인식하지 못했다는 거잖아? 분명히 어처구니없는 이야기지만, 과실치사이기 때문에 20만 엔 이하의 벌금형 정도가 떨어지겠지. 법률보다는 오히려 사회적인 제제가 더 크겠지만, 요즘 세상은 뭐든 금방이 잊으니 그것도 큰 문제는 아닐 테고."

한 가지가 마무리되면 다른 일이 터진다. 그렇게 멍하니 있을 상황이 아니다, 라고 하듯 그날 오후 또 그 편지가 왔다. 여덟 통째였다.

이번에는 화낼 '노(怒)' 자가 적혀 있었다.

장례식 이후 사흘 동안은 '일 좀 하라'는 데스크의 지시 때문에 신지나 나오야 문제는 뒤로 미뤄두고 지냈다.

"이번에 다른 사람 곱절을 일하면 또 한동안 멋대로 돌아다니게 놔줄 테니까."

그래서 무척 바빴다. 게다가 마감이 임박해서 특집기사를 전부 새로 꾸며야 하는 엄청난 작업을 해야 했기 때문에 편집부 전원이 살기등등한 분위기였다. 께름칙한 편지 따위에 신경을 곤두세우고 있을 기분이 아니었다. 자세히 보지도 않고 다른 일곱 통과 함께 고무줄로 묶어 늘 열어 두던 책상 맨 아래 서랍 제일 안쪽에 처박아 버렸다. 우편물을 나눠주러 온 미즈노 가나코가 거의 째려보는 눈빛으로 나를 바라보았지만, 그녀에겐 말도 걸지 않았다.

전화는 걸려오지 않았다. 통화를 녹음하려고 연결한 테이프레코더는 개점휴업 상태에서 먼지를 뒤집어쓰고 있었다. 이코마가 꼬박꼬박 가와사키 아키오에게 전화를 해 상황을 확인했지만 그쪽도 별일은 없다고 했다. 내가 사는 아파트에서도 별다른 일은 일어나지 않았다. 사흘 동안 일 때문에 이리저리 뛰어다녔지만 미행을 당한다는 느낌도 없었다. 장례식이 있은 지 이틀째 되는 날 밤, 딱 한 번 미무라 나나에에게 전화를 걸었다. 그래봤자 수화기를 두드리는 대답밖에 들을 수 없어 간단한 이야기 외에는 할 수가 없었다.

"이상한 일은 없습니까?"

아뇨.

"오다 나오야한테서 연락은?"

아뇨.

"혹시 연락이 오면 제발 가르쳐주세요. 그 애한테 해될 일을 하려는 게 아닙니다."

대답 없음.

"안 되겠습니까?"

대답이 없다.

"혹시 나오야가 이제 당신에게 연락을 하지 않을 거라고 생각하는 건가요?"

네.

"왜죠? 나오야는 그렇게까지 하면서 숨고 싶은 걸까요?"

조금 있다가, 네.

나오야 문제에 관해서는 이나무라 신지에게서도 연락이 없었다. 신지는 그를 끌어내고 싶어서 열심히 '부르고' 있을 것이다. 그런데도 연결되지 않는 것은 나오야가 응답하지 않기 때문이다.

아니면 허공에 대고 '부른다'는 게 애당초 말도 안 되는 소리였을까?

뭐가 있을 수 있는 일이고, 뭐가 있을 수 없는 일인지 알 수 없는 상태가 돼 버렸다.

똑똑, 수화기 두드리는 소리가 들렸다. '여보세요?' 하는 의미일 것이다.

"미안합니다. 죄송하지만 내친 김에 한 가지 묻죠. 미무라 씨는 나오야를 불러본 적 있습니까? 그와 연락하기 위해 머릿속으로 그를 부르는 거 말입니다. 해본 적, 있습니까?"

나나에는 계속 대답하지 않았다. 수화기를 든 채 기다리자, 희미한 잡음이 흐르는 침묵 속에서 또 그 금속 삐걱거리는 소리가 들렸다. 아주 작았지만 맨 처음 전화를 걸었을 때와 같은 소리였다.

그게 무슨 소리냐고 물어본다 해도, 대답을 제대로 듣기 위해서는 하룻밤을 새야 할 것이다. 애가 탈 것이다. 하지만 나나에는 내내 그렇게 살아왔다. 지금도 그런 상태에서 살고 있다. 앞으로도 그렇게 애를 태우며 살아가야 한다.

이윽고 천천히 두 번, 손가락 끝으로 수화기 두드리는 소리가 들렸다.

네.

내가 고맙습니다, 하자 전화가 끊겼다.

02

눈앞에 보이는 스니커의 발끝을 보며 말했다.

"위험해. 내려와."

이나무라 신지는 아직도 푸른 잎을 잔뜩 매단 플라타너스의 굵은 가지에 걸터앉아 발을 흔들고 있었다.

"괜찮아. 떨어지지 않아."

신지가 느긋하게 대답했다.

신지가 나오야와 만나거나 혼자서 머리를 식힐 때 온다는 그 작은 어린이 공원이었다. 신지가 이야기했던 대로, 화창한 가을 오후인데도 공원은 한산했다. 공원 위를 지나는 고속도로 때문에 볕은 거의 들지 않는다. 옆에 있는 그네 기둥에 손을 대니 싸늘했다.

"취미가 나무 타기인지는 몰랐네?"

"어렸을 때 해본 적 없어요?"

"우리 집 주변에는 감나무밖에 없었는걸."

"감나무는 올라가면 안 되나?"

"감나무는 약해."

"아, 몰랐네. 세대 차이인가봐."

신지는 기분이 좋아 보였다. 플라타너스의 이파리 빛깔이 뺨에 물들어 창백해 보이지만 목소리에는 힘이 있었다.

"아버지한테 들었니?"

"경찰관이었던 분 이야기? 응, 들었어."

"만나볼 생각 있어?"

신지가 크게 고개를 끄덕이자, 노란 빛을 띤 잎사귀 두세 장이 떨어졌다.

"만나보고 싶어."

"좋아, 그럼 약속 정한다?"

"취재할 거야?"

자세를 고쳐 앉더니 발을 나란히 흔들면서 나를 내려다보았다. 진지한 눈빛이다.

"내 이야기를 《애로》에 쓸 거야?"

"썼으면 좋겠니?"

"모르겠어……."

"그럼 나도 노코멘트야."

"약았어. 그렇지만 재미있네. 내가 싫다고 하면 쓰지 않을 거야? 대개 그런 일은 없잖아?"

"노코멘트."

하하하, 웃는 소리가 들렸다.

"꼭 정치인 같아."

공원에 들어오는 건 무척 오래만이었다. 팔짱을 끼고 걸을 여자도 없고, 손을 잡고 데려올 아이도 없으니 인연이 없는 장소다.

"전에 말했지? 그런 능력을 갖고 태어났기 때문에 다른 사람에게 힘이 되고 싶다고."

조금 있다가 신지는 응, 하고 대답했다.

"만나게 될 그 경찰관 출신이 너를 위해 그런 길을 열어주게 되면 관계자들은 너라는 존재를 세상에 숨기고 싶어 할 거야."

"그래?"

"그렇지. 얼굴이 알려지면 사이킥 탐정이고 뭐고 있을 수가 없잖아. 마치 연예인처럼 피해 다녀야 할걸?"

"사이킥 탐정?"

신지는 중얼거리며 또 발을 흔들었다.

"멋있잖아?"

"전혀. 전혀 멋없어. 필립 말로와는 다른걸."

오래간만에 '날 믿어주는 거야?' 하는 말을 듣지 않았다. 신지도 지쳤는지 모른다.

"이렇게 와줘서 고마워. 그렇지만 말이야, 우리 엄마나 아빠는 어째서 고사카 씨만 보면 그렇게 어쩔 줄 모르고 허둥대는 걸까? 마치 야쿠자라도 온 것처럼 말이야."

나를 만나면 아무리 싫어도 앞으로 벌어질 상황을 상상하게 되기 때문일 것이다. 이미 신지를…… 신지 능력을 집안에만 가둬둘 수 없게 되었다는 사실을 새삼 떠올리기 때문일 것이다.

"이제 고사카 씨를 골치 아프게 만들지 않을게."

"별로 골치 아플 일 없어."

"그런가? 하지만 긴장하고 있잖아. 빤히 아는걸." 흔들리던 발이 멈췄다. "아, 그런가? 다른 걱정거리가 있는 거지?"

손을 들어, 신지의 바지 자락을 잡아당겼다.

"내려와. 아까부터 그걸 걱정했어. 나뭇가지가 삐걱거린다니까."

신지는 움직이지 않고 그대로 있었다. 이윽고 조용히 이렇게 말했다.

"떨어져 죽는다면 그것도 괜찮지."

해질녘 바람이 불어와 플라타너스를 흔들고 갔다.

"내가 왜 태풍 같은 걸 보러 간 거라고 생각해?"

나는 머리 위를 올려다보았다.

"태풍을 보러 가?"

"응. 그날 밤, 여행 계획에 차질이 생겨서 태풍에 휘말린 게 아니었어. 처음부터 태풍을 보러 갔던 거야."

"별난 취미로구나."

또 나무가 삐걱거렸다.

"마음이 놓여……. 그렇게…… 자연의 엄청난 힘을 보면, 나 같은 건 상상도 할 수 없는 하찮은 존재라는 걸 깨닫게 되니까. 나는 이따금 내가 무척 대단한 것 같은 기분이 들어. 다른 사람의 생각을 뭐든 알 수 있으니까. 스스로 선택받은 인간이라고 생각하게 되지. 그런 생각이 드는 건 정말 싫은데."

마지막 말은 씁쓸한 자기혐오로 가득했다.

"나오야는 내가 불러도 대답이 없네."

"그래?"

"이제 못 만날지도 모르겠어. 우린 선택한 길이 다른걸. 나오야는 자기 능력으로 다른 사람을 돕는 건 불가능하다고 늘 말했어."

미무라 나나에의 얼굴을 떠올리면서 나는 말했다. "그렇지도 않은 것 같은데."

"만약 정말로 그렇게 하고 싶다면, 일반인의 힘을 빌리려 하지 말아야 한다고 했어. 맨홀 사건 때 내가 고사카 씨에게 도움을 청했던 것처럼 말이야. 모든 걸 자기 혼자서 해낼 각오가 없다면 다른 사람에게 일어나는 일들에 얽혀선 안 된다고 했지."

오다 나오야는 어떤 시행착오를 거쳤기에 그런 결론에 다다른 것일까. 툭하면 다투는 어머니와 할머니의 모습. 인생의 목적을 잃고 술에 빠져든 아버지. 그들의 속마음과 고뇌 그리고 꿈과 희망. 그런 것들이 빤히 보면서도 자기 힘으로는 어쩔 수 없다는 걸 깨달아, 모든 걸 단절하고 살아가는 길을 선택한 것일까.

"나도 잘 모르겠어." 신지가 작은 목소리로 말했다. "나오야의 말이 옳은 것 같다는 생각도 들고."

그런 나오야에게도 너한테 보여주지 않은 모습이 있었어, 라고 말하려는데 이번엔 정말로 불길한 소리가 나더니 나뭇가지가 휘청 기울었다.

"으악!"

소리를 지르며 뛰어내리듯 떨어진 신지가 엉덩방아를 찧었다. 얼른 받아주려 했는데 플라타너스 이파리들이 비처럼 마구 쏟아져 내렸다.

나뭇가지는 완전히 부러지지 않았지만 둥치와 맞닿은 부분이 갈라져 속살이 드러났다.

손을 내밀어 일으켜 세우자, 신지가 바지를 털면서 말했다.

"으아, 깜짝 놀랐네. 이거 공공기물 파손 아닌가? 나쁜 짓을 했네."

그러더니 내가 손을 뗄 때 고개를 약간 갸웃거리더니 웃음을 지으며 말했다.

"누군지 몰라도 여자 때문에 신경 쓰고 있네."

"뭐라고?"

"방금 알았어. 미안해. 훔쳐봐서." 이젠 하지 않을게, 하듯이 손을 등 뒤로 숨기며 신지가 말했다. "나, 버릇 나쁘지? 그런데 그 여자 좋은 사람 같아."

"어떻게 알아?"

"따듯했으니까. 내가 만진 '기억'이 말이야. 그 '사에코'란 여자하고는 달라. 전혀 달라."

이렇게까지 말하니 그 여자가 나오야의 여자친구다, 라는 말은 할 수가 없었다.

"못된 녀석이네."

그렇게 말하자 신지가 미소를 지었다.

"맞아. 난 정말 못된 녀석인 것 같아. 하지만 나, 한 가지 깨달은 게 있어." 그러고는 나는 원석(原石)을 보는 거야, 하고 말을 이었다.

"마음속에 잔뜩 숨겨져 있는 원석 말이야. 그 사람의 마음을 이루고 있는 원석. 그 전에 사에코란 여자를 스캔했을 때는 그걸 이해하지 못했기 때문에 고사카 씨가 내내 그 사에코 씨 문제로 괴로워하는 거라고 생각했어. 하지만 아니야. 그건 아주 옛날에 정리됐고, 이젠 갈고 닦거나 꺼낼 일도 없어진 원석이었던 거야."

문득 신지가 연신 사과하는 바람에 내가 오히려 놀랐던 일이 떠올랐다. 내가 아직도 그렇게 사에코한테 얽매어 있는 건가, 하며.

"그래서 섣불리 과거를 들춰내거나 하면 오히려 그 사람이 혼란스러울 것이다, 그걸 깨닫게 된 거지."

그야말로 오래간만에 내 마음까지 가벼워질 것 같은 미소를 지으며 신지는 말했다.

"방금, 살짝 스치듯 만졌을 뿐인데 따듯했어. 기분이 좋았어. 그래서 그 여자가 고사카 씨한테 분명 필요한 사람일 거라는 생각이 들어."

결국 미무라 나나에에 대해서는 말을 꺼내지 못하고 말았다.

03

가쿠유샤(學友社)가 발행하는 교육 잡지 《미라이(未來)》 편집부는 간다 스다 초에 있는 복합 빌딩 한 층을 다 쓰는데도 매우 혼잡했다.

"아, 여기야, 여기" 하며 손을 흔드는 시미즈 마사키 쪽으로 다가가기 위해서는 끈으로 묶어 바닥에 쌓아둔 잡지 더미 두 개를 넘어야만 했다. 나는 요령껏 발을 벌려 넘었지만, 이코마는 멋지게 실패했다.

"베를린 장벽은 무너지게 되어 있어." 이렇게 말하며 옆 책상에서 교정쇄를 점검하던 여성 편집자에게 웃어 보이자, 그녀가 빨간 펜으로 이코마의 배를 찌르는 시늉을 했다.

"내가 뭐라고 했어요? 애써 따라오지 않아도 된다고 했더니."

"그럴 순 없지. 난 스캔들이 너무 좋아."

시미즈는 내가 《애로》로 옮기고 나서 알게 된 친구로 《미라이》의 부편집장을 맡고 있다. 파라볼라 안테나 같은 귀를 갖고 있고, 꽤 진지한 잡지에서 전국의 선량한 부모들에게 자녀를 올바르게 키우는 방법을 알려주는 한편 교육계의 뒷이야기에도 정통한 인물이었다.

"좁아서 어쩔 수가 없군. 미안해."

의자 두 개를 가져와 대충 권하면서 시미즈가 말했다.

"요메이 학원 프로필을 알고 싶다면 우리 특집기사를 읽어 보는 걸로도 충분할 텐데."

요메이 학원은 바로 사에코의 남편 가와사키 아키오가 부이사장으로 있는 명문 고등학교다.

"좀 더 사적인 부분까지 알고 싶어서. 기사로는 쓸 수 없는."

"예를 들면?"

"가와사키 부이사장의 여자관계 같은 것 말이야."

시미즈는 껄껄 웃으며, 큰 귀에 끼우고 있던 담배를 빼냈다. 아니, 금연파이프를 꺼냈다.

"담배 끊었어?"

"시도해 보는 거지. 할 수 있을 것 같아." 자랑스럽게 말하며 코를 벌름거렸다. 그러자 귓불까지 움직였다. 그의 귀를 파라볼라 안테나라고 부르는 건 상징적인 의미만은 아니다.

"편집자가 금연을 하다니, 이 세상도 종말이 다가오는군."

이코마가 불쾌하다는 듯 중얼거렸다.

"내가 폐암으로 죽어 버리면 일본의 착한 아이들 장래가 잘못될 거야…… 라고 할 순 없지만 애를 낳고 결심한 거죠."

"이러니까 아버지의 권위라는 게 사라지는 거지. 그래서 교육 잡지가 필요하고."

이코마가 한 번 더 우겼지만 얼굴은 웃고 있었다.

"그래, 부이사장의 여자관계라고?"

"그래, 스캔들이라면 뭐든 괜찮아."

시미즈는 발을 꼬면서 선뜻 말했다.

"그 사람 비서와 관계가 있지."

이코마가 곁눈으로 나를 쳐다보았다.

"미야케 레이코 말인가?"

"그래, 만난 적 있나? 미인이지." 관자놀이에 손가락을 대며 "여기도 잘 돌고" 했다.

"부인은 그 사실을 알고 있을까?"라고 이코마가 물었다.

"모를걸요. 우리 사이엔 유명한 이야기지만 부인 귀에까지 들어가게 할 만큼 멍청이는 아니니까. 뻔히 알면서 가정의 평화를 깰 일도 없고, 우린 그런 스캔들로 먹고 사는 잡지도 아니고 말이야. 기사거리가 안 되죠."

"언제부터 시작된 관계일까?"

시미즈는 고개를 갸웃거렸다.

"내가 부편집장이 되기 전부터."

그 말을 듣고 놀랐다. 시미즈는 4년 전 봄에 《미라이》의 부편집장이 되었다고 들었다. 그 뒤로는 잔잔한 바다의 요트처럼 이동이 없었다.

"그럼 결혼 전부터라는 이야기 아닌가?"

"그렇지. 원래 가와사키는 미야케 레이코와 결혼하고 싶어 했어. 아버지인 이사장이 크게 반대하고 나서자 마지못해 포기했던 거지."

"이사장이 왜 반대했지?"

"신분이 다르다고"라고 시미즈는 말하며 웃음을 터뜨렸다. "시대극이 아니야. 현대 이야기지. 높은 분들은 그럴 때가 있는 거라고."

미야케 레이코는 사이타마 현 소카 시 출신으로 지방 고등학교를 수석으로 졸업하고 바로 요메이 학원 사무국에 취직해, 이태 뒤에 부이사장의 비서가 되었다. 3년 전 당시 부이사장이 물러나고 그 뒤를 가와사키가 물려받았을 때도 자리 이동 없이 그대로 눌러앉아 지금까지 부이사장 직속 비서로 있다고 했다.

"인품이야 특별히 흠잡을 것 없지만, 우선 고졸이잖아? 게다가 집안이 별 볼 일 없고. 동네 문방구를 하지. 아버지는 중학교만 나왔어. 아마 오빠가 있는 걸로 아는데, 그 친구도 트럭 운전기사를 하고 있을 거야. 그게 뭐가 어떠냐고 생각할 수 있지만 뻐대 있는 집안에서는 그렇지도 않은 모양이야."

"하지만 아키오의 부인도 그 학교 교사의 딸이잖아?"

"뭐야, 꽉 꿰고 있네. 그렇지. 하지만 적어도 부모가 대학을 나왔고, 아버지는 꽤 우수한 교사야. 소마 씨라고 했던가? 이미 정년퇴직했지만, 무서운 선생으로 유명했던 모양이야.

골수 이사장 파였대. 그 교사 딸이라면 뭐 괜찮겠다 싶었던 게 아닐까? 그래서 이사장이 나서서 성사시킨 결혼이지."

이코마는 눈을 깜빡거렸다.

"내가 파악한 정보로는 아키오가 지금 부인을 처음 보자마자 반한 걸로 되어 있는데."

"아아, 그야 표면적으로는요"라며 시미즈가 손사래를 쳤다.

"그런가? 나도 그렇게 쉽게 속을 만큼 만만한 놈은 아닌데."

"그야, 분야가 다르죠. 아무리 명사수라 해도 코끼리 쏘는 총을 들고 남극에 가봤자 고래는 잡을 수가 없어요."

한 방 먹더니 이코마는 화가 난 표정을 지었다. 근처를 지나가던 운 없는 여직원에게 어이, 커피 셋, 하고 부탁하더니 시미즈가 몸을 디밀었다.

"다른 데서는 이야기하지 마. 아마도 밀약이 있었던 모양이야."

"밀약?"

"그래. 이사장과 부이사장 사이에 말이야. 미야케 레이코와는 결혼시킬 수 없다, 그녀와 결혼한다면 너를 내쫓겠다, 하지만 내가 고른 여자와 가정을 꾸리면 나중에 이사장 자리도 고스란히 물려주고……."

시미즈는 의미심장한 눈짓을 했다.

"들키지 않는다면 레이코와 관계를 지속해도 아무 말 않겠다, 이런 거지."

어처구니없다는 듯이 침묵한 뒤, 이코마가 신음 소리를 냈다.

"어이없는 영감이군."

"그렇죠. 나도 내 딸을 그런 곳에 시집보내고 싶지는 않을 거예요."

"왜 그렇게 미야케 레이코를 싫어한 거지?"

화를 내는 이코마에게 내가 말했다.

"도쿄 대학 진학률을 자랑하는 고등학교 이사장 부인의 최종 학력이 현립 고등학교 졸업이란 건 너무 빤한 자기모순 아닌가? 여러분, 학력 따위는 문제가 아닙니다, 인품과 능력이 중요합니다, 도쿄 대학 같은 데 들어가지 않아도 인생을 개척할 수 있습니다, 이렇게 이야기하는 거나 마찬가지지."

"그렇지"라며 시미즈가 고개를 끄덕였다. "애당초 가와사키 아키오는 도쿄 대학, 도쿄 대학, 떠드는 아버지 방식에 상당히 반발했어. 그렇다고 자기 아버지 품을 뛰쳐나올 만한 배짱은 없었지. 그래서 결국은 시키는 대로 할 수밖에 없었던 거야. 이사장 자리가 그만큼 매력이 있다는 얘기지."

"실제로 아키오는 이제 곧 이사장이 되겠지?"

"십중팔구, 그렇겠지. 아마 올해 안에 될지도 몰라." 시미즈는 얼마 남지 않은 캘린더를 올려다보았다. "올봄에 현 이사장이 뇌졸중으로 쓰러졌어. 증세가 가벼워 입원 기간은 짧았지만 사실상 이제 은퇴한 거나 마찬가지인 셈이지. 지금은 아키오가 이사장 대행을 맡고 있어. 다만, 아버지의 측근이 많기 때문에 아키오가 이사장이 된다 해도 이런저런 시끄러운 일은 따라다니겠지."

"어처구니없군. 부모 자식 사인데 서로 으르렁거리며 싸우고 있다는 건가?"

이코마가 눈을 부릅떴다.

"흔히 있는 일이죠. 학교라고 생각하기 때문에 쉽게 이해가 안 되지만, 그냥 일반 회사라고 하면 다 이해가 돼요. 어디서나 볼 수 있는 흔해빠진 내부 다툼하고 똑같습니다. 말을 들어 먹지 않는 자식보다는 심복들이 더 믿음직하다는 얘기지요."

여직원이 커피를 가져오자, 시미즈는 상냥하게 고맙다는 인사를 했다. 그러곤 그녀의 팔꿈치를 찌르더니 나를 가리키며 "내 친구, 독신이야" 하며 쓸데없는 토를 달았다.

"안 그래, 고사카? 아니면 애인이 생겼나?"

그러자 여직원이 "어머, 전 애인이 있는 걸요" 하며 돌아서 가 버렸다.

"이야기는 그렇게 된 거야. 아버지 입장에서는 권력을 쥐고 있기 때문에 '결혼해 볼래?' 정도가 아니라 억지로 시킨 것이지."

"그런데 지금 부인이 용케 그런 혼담을 받아들였군. 사에코 씨라고 했던가? 아직 젊잖아?"

이코마의 질문에 시미즈는 고개를 끄덕였다.

"그렇죠. 이제 스물네다섯 아닌가? 역시 미인이죠. 세상 물정 모르고 자란 아가씨 같은 여자라, 그쪽도 자기 아버지가 시키는 대로 하지 않았겠어요? 그리고 이건 확인된 내용이 아니라 자신 있게 말할 순 없지만……" 하며 더욱 몸을 가까이 디밀었다. "사에코 부인에게도 무슨 사정이 있었던 모양이야. 과거에 한 번…… 삼사 년 전 같은데, 결혼식 직전에 깨진 일이 있었다는군. 물론 상대는 다른 남자고. 그게 내내 마음에 걸렸는데 부이사장과의 혼담이라면 따질 게 뭐 있겠느냐, 해치우자, 하는 계산이 있었던 게 아닐까? 그 상대가 어떤 남자였는지는 나도 모르지만."

얼굴을 찡그리고 있는 시미즈에게 그게 바로 나다, 라고 말하면 의자에 앉은 채로 벌렁 뒤집어질지도 모른다. 이코마도 같은 생각을 하는지 기분 나쁘게 히죽거렸다.

"흐음, 너도 모르는 게 있군."

"그야, 뭐. 대개 부인 쪽 스캔들은 가치가 없으니까요."

"가치가 있는 쪽 스캔들 이야기를 해줘. 가와사키 아키오가 무사히 이사장이 될 거라는 건 지금 부인과 결혼하고, 아버지 뜻을 거스르지 않으며 학교를 운영하고 있기 때문이란 건가?"

"일단은요. 그래서 잘 운영이 되고 있기도 하고. 하지만 그가 이사장이 되면 요메이 학원은 변할 거라고 생각해요. 그

변혁을 위한 자금을 모으기 위해 아키오도 지금은 눈 딱 감고 엘리트 양성소 같은 학교로 운영하는 느낌도 들고. 나로서야 그 변혁이 반갑지만."

좋은 술집이 있다면서 시미즈는 우리를 근처 이자카야로 끌고 갔다. 《미라이》 스태프들이 단골로 드나드는 집인지, 합석하는 사람이 계속 늘어나 자리를 뜰 기회를 쉽게 잡지 못했다. 이코마와 둘이서 술집을 나왔을 때는 벌써 밤 11시가 다 되었다.

"교육 잡지 편집자가 저렇게 마셔대다니." 요란한 트림을 하면서 이코마가 말했다. "일본의 미래가 밝군. 적어도 높으신 분들이 주세(酒稅) 줄어들 걱정은 할 필요 없겠어."

인적이 끊긴 길을 걸어 야스쿠니 거리 쪽으로 가자 역시 밤기운이 느껴졌다.

"어지간히 취하지 않는군. 너도 안 취하지?"

"응."

"뭘 생각하고 있는 거야?"

"계산이 틀렸어."

"그럼 탁상용 전자계산기를 써. 난 주산 3급이라 그런 건 필요 없지만. 무슨 계산이 틀렸다는 거야?"

"미야케 레이코가 아닐까 생각했어." 힐끔 쳐다보니 이코마는 얼굴이 빨개져 있었다. "그 협박장 보낸 사람 말이야."

"그런데 왜."

"수법이 서툴잖아. 그건 진짜 협박이 아니야. 정말로 그럴 생각이 있고, 나를 겁주려면 다른 방법이 있지 않겠어?"

"갑자기 탕, 하고 쏜다거나?" 슬쩍 웃더니, 이코마는 심각한 표정을 지었다. "듣고 보니 그렇군."

"미행도 이상하게 빨리 포기하고. 빨간 페인트 낙서도 그렇고. 애써 아파트까지 페인트를 가져왔을 거 아니야? 원한을 품고 누군가를 노리는 인간치고는 상당히 귀여워."

"생각해 보니 그렇군. 페인트칠할 때 입는 작업용 바지를 입고 왔을 테니."

야스쿠니 거리로 나오자 바로 지하철 입구가 있었다. 거기만 불빛이 환했다.

"그러는 척하는 게 아닌가, 하는 생각이 들어."

"그러는 척?"

"응. 위협하는 척. 목적은 전혀 다른 곳에 있겠지."

"어떤?"

"그렇게 옛 원한 때문에 협박하는 척하면서 사에코의 이름을 들이대면, 내가 사에코에게 연락을 취하겠지. 상식적으로 생각하면 말이야. 아무래도 신경이 쓰일 테니까."

"그야 그렇겠지."

"그걸 노렸던 게 아닐까?"

내가 말하자 이코마가 걸음을 멈췄다.

"응? 그게 무슨 소리야?"

"지난번에도 이야기했잖아? 내가 이런 이야기를 하러 가면 사에코의 남편은 겉으론 어떨지 몰라도 기분이 좋지 않을 게 틀림없다고. 바로 그거지. 가와사키 아키오를 불쾌하게 만든다. 불도 나지 않은 곳에 연기를 피워 올리는 거지."

역 계단을 내려가기 시작하자 갑자기 내 목소리가 크게 울려 소리를 낮췄다.

"왜 이제 와서 사에코 이름이 나오는 건지 이상했어. 이젠 그녀와 아무 관계도 없는데. 그렇지만 가와사키가 그 이야기를 들으면 그렇게 단순하게 받아들일까? 어쨌든 원한이 있어 앙갚음을 하겠다는 인간이 있으니 나로서야 사에코 씨도 몸조심을 하는 게 좋을 겁니다, 하고 이야기를 할 수밖에. 그러면 과연 가와사키가 단순하게 '이상하군요. 왜 이제 와서 집사람 이름이?' 하는 정도로 간단하게 생각할 거냔 얘기야."

이코마는 손뼉을 짝 쳤다.

"그보다 혹시 이 녀석이 아내와 아직 뭔가 있는 게 아닐까, 의심하는 게 자연스럽겠군."

"맞아. 의심을 받아도 별수 없겠지. 그렇게 생각하는 게 앞뒤가 맞아떨어지는 이야기니까 말이야."

텅 빈 플랫폼으로 나왔다. 기름 냄새, 쇠 냄새가 났다.

"나도 막연히 그런 상황을 걱정했기 때문에 가능하면 사에코와 이야기를 하고 싶었던 거야. 지금 단계에서는 그 정도면 되겠다고 생각했으니까. 하지만 저쪽의 보호막이 워낙 단단해서 결국 가와사키에게 이야기를 할 수밖에 없었지. 그런데 가와사키의 반응이 너무 담담했어. 그래서 나도 그냥 넘어가고 말았지만, 보통은 그런 반응을 보이지 않는 게 당연하지."

"그래, 맞아. 그랬어."

"만약 우리가 사에코에게만 사정 이야기를 할 수 있었다고 해봐. 그녀 역시 아무렇지 않게 생각할 수만은 없었을 거야. 기분 찜찜할 테니까. 조만간 가와사키에게 털어놓거나, 아니면 가와사키가 먼저 눈치를 챘겠지. 그렇게 됐다면 문제는 더 복잡해졌을 거야."

이코마는 연극을 하는 듯한 목소리로 말했다.

"가와사키가 말한다. '왜 더 일찍 이야기하지 않았지?' 사에코가 대답한다. '걱정 끼쳐드리고 싶지 않았어요.' 그래서 가와사키는 더욱 의심하게 된다."

"그런 결과를 원하는 사람은 미야케 레이코밖에 없다고 생각했어. 미행한 사람은 남자지만, 그 정도야 돈을 주면 얼마든지 사람을 살 수 있으니까. 전화 목소리도 바꿀 수 있고……."

"부부 사이를 골치 아프게 만들어서 재미를 볼 수 있는 사람은 애인뿐이니까."

"그렇겠지. 하지만 그렇다면 미야케 레이코는 확신범이야. 더 배짱 있게 나오겠지. 그런 엉성한 수법을 써서 가와사키와 사에코 사이를 곤란하게 만들 필요는 없지. 미야케 레이코는 가와사키를 단단히 틀어쥐고 있으니까."

"말하자면 '가와사키 아키오에 대한 선점권'이 있다는 얘기군."

"그리고 어제 여덟 번째 편지가 왔어. '노(怒)'라는 글자가 적혀 있었지만, 전술적으로는 후퇴하고 있어. 전화도 없고, 미행도 없거든. 페인트 낙서도 없고. 이건 기대했던 효과가 없기 때문이 아닌가 싶어. 그래서 생각한 거야……."

"계산이 크게 어긋난 거군."

"그래. 완전히 어긋났어."

굉음을 내며 지하철이 홈으로 미끄러져 들어왔다.

그냥 집으로 돌아가면 오늘은 편집부에 전혀 얼굴을 내밀지 않은 꼴이 되기 때문에 일부러 사무실에 들른 것인데, 굳이 그럴 필요는 없었던 것 같다. 책상 위에는 메모 한 장 없다. 우편물도 없었다.

신지에게 전직 경찰관을 소개하는 건 마무리했으니 나오야를 찾기 전까지는 한동안 그 문제에서 손을 떼도 될 거라고 생각했다. 오다 나오야를 찾는 작업은 도쿄 리서치에서도 해줄 것이다. 그들이 찾아주면 더욱 다행이다. 나머지 걱정은 그를 찾아내고 나서도 할 수 있다.

지금까지 회사 일을 등한히 하고 다른 짓을 하며 돌아다닌 대가를 치러야 한다는 건 두렵기도 하지만 즐거운 일이다.

이러니저러니 해도 역시 마음에 들어 선택한 직업이다.

책상 위를 정리하다 문득 책이 놓여 있는 위치가 어제와 다르다는 걸 깨달았다.

아무렇게나 어질러 놓은 것 같아도, 이상하게 남의 손이 닿으면 금방 눈치채게 된다. 마치 자기 영역을 침범당한 들개처럼.

위치가 바뀐 것은 계속해서 사들인 사이킥 관련 서적들이었다. 없어진 것은 없다. 위치만 바뀌었다.

사무실 구석에서 기자 몇 명이 의자를 끌어당겨 앉은 채 자료로 쓰려는지 비디오를 보고 있었다. 몸을 내밀어 책상 너머로 물어보았다.

"여기 있는 책, 누가 건드렸나?"

만지지 않았어요, 하는 대답이 돌아왔다. 모리오였다.

"재미있는 책 같기는 했지만, 만지지는 않았어요."

나중에 사들인 것은 모두 판매만을 염두에 둔 책들이었다. 《백발백중 영감 점술가 100인》 같은 전혀 믿음이 가지 않는 제목의 책까지 섞여 있었다.

"뭐가 없어졌어, 선배?"

"아니, 그렇지는 않지만."

큰 문제야 있겠냐 싶어 의자를 원래 자리로 되돌리며 뒤를 돌아보니, 바로 앞에 미즈노 가나코가 서있었다.

"지금 들어왔어요?"

약간 놀랐다. 다가오는 발소리를 듣지 못했기 때문이다.

“고양이처럼 소리도 없이. 아직 있었나?”

“할 말이 있어서 기다리고 있었어.”

가나코는 두 손을 허리 뒤로 두른 채 토라진 표정을 짓고 있었다. 나를 똑바로 보지 않고, 고개를 숙이고 있는 모양이 심각해 보였다.

“기다리게 해서 미안하군, 무슨 일인데?”

모리오가 고개를 슬쩍 돌려 이쪽을 바라보았다. 씁쓸하게 웃고 있다.

“뭐야?”

가나코는 잔뜩 부어 있었다. 흥, 하고 입술을 삐죽 내밀며 말했다.

“손님이 왔었어.”

“나한테?”

“그래. 5시 반쯤에 와서 내내 기다렸어. 꽤 중요한 일인 모양이던데. 언제 돌아올지 알 수 없다고 했는데도 내내 기다렸어.”

가나코는 ‘내내’라고 말할 때 잔뜩 힘을 주었다. 누굴까?

“호출기로 연락을 했으면 좋았을 텐데.”

모리오가 밝게, 그러나 진지한 표정으로 말을 던졌다.

“가나코, 일 방해하는 건 좋지 않아. 제대로 말씀드려.”

“여자였어.” 가나코가 말했다. 다시 책상을 노려보고 있다.

"내가 용건을 물어도 가르쳐주지 않았어. 할 수 없었겠지, 말을 못 하는 것 같았으니까."

나나에다.

나를 올려다보는 가나코의 눈초리가 날카롭다.

"아, 짚이는 게 있군. 흥!"

"아아, 있어. 그래, 그 사람은 어떻게 됐어? 몇 시까지 있었지?"

"상당히 관심이 많네. 그 여자 누구야? 어떤 사람이지?"

"어지간히 해둬. 장난칠 일이 아니야."

"오호, 그렇게 중요한 사람이야?"

"가나코!" 모리오가 화를 냈다. "그만해. 바보같이. 맡아 둔 거나 어서 드려. 업무란 말이야. 넌 급여를 받고 일하는 거잖아."

"모리오 선배한테 그런 소리 듣고 싶지 않아!"

"맡아 둔 것이라니?"

가나코는 반항하듯 턱을 내밀며 말했다.

"누군지 가르쳐주지 않으면 안 줄 거야."

모리오가 무서운 기세로 사무실을 가로질러 오더니, 가나코 뒤로 돌아가 그녀가 등 뒤에 감추고 있던 갈색 봉투를 빼앗아 내게 내밀었다.

"바보야, 여긴 학교가 아니야."

모리오는 나를 힐끔 보면서 말했다.

"그 여자분, 말을 못 하는 것 같았어요. 필담으로, 그걸 건네주면 아실 거라고 하던데요. 돌아간 것은 7시쯤이에요."

"고마워."

봉투를 열어보니 낯익은 나나에의 글씨가 적힌 메모가 나왔다.

〈또 그 회색 자동차를 보았습니다. 어젯밤입니다. 우리 아파트 쪽을 감시하고 있는 것 같기에 사진을 찍었습니다. 즉석 현상소에 보내 인화를 했는데, 필름도 함께 넣어 둡니다. 저는 전혀 모르는 사람입니다. 미무라.〉

사진은 모두 여섯 장이었다. 연속 촬영한 사진처럼 장면이 연결되어 있었다.

틀림없이 그 국산 회색 승용차다. 운전자의 얼굴은 또렷하지 않지만, 지난번과 같은 인물인 것 같다. 첫 번째 컷, 두 번째 컷에서는 비스듬히 오른쪽을 보고 있지만, 세 번째 컷에서는 렌즈를 정면으로 보고 있다. 네 번째 컷에서는 손이 움직였고 다섯 번째 컷, 여섯 번째 컷에서는 차가 달려 나갔다.

밤에 찍은 사진이다. 거리가 있는데도 이 만큼 찍은 걸 보면 나나에가 플래시를 터뜨린 게 틀림없다. 그걸 눈치채고 상대가 도망을 친 것이다.

이럴 수가.

나나에는 사진에 찍힌 인물이 필름을 빼앗으러 돌아올지도 모른다는 생각은 안 한 걸까?

'제2히노데장'의 나나에가 사는 방에는 불빛이 꺼져 있었다. 문을 두드려도 대답이 없다. 그때 옆집 사람이 일어나 문을 열고 얼굴을 내밀었다. 나이 든 여자였다.

"미무라 씨는 집에 없는 것 같은데요."

"어디 갔는지 아십니까?"

"글쎄……, 그건 잘 모르겠는데" 하며 한가롭게 하품을 했다.

"죄송합니다. 베란다 쪽에서라도 괜찮으니 옆집을 좀 들여다봐 주시겠습니까? 미무라 씨가 집에 없다면 다행일 텐데. 확인하고 싶습니다."

잠시 빤히 나를 살펴보고 나서 말했다.

"잠깐 기다려요."

여자는 바로 돌아왔다. 잠기운이 싹 달아난 얼굴이었다.

"창문이 열려 있네. 나나에가 그렇게 조심성 없는 아가씨는 아닌데."

서둘러 건물 뒤편으로 돌아가, 옆 건물과의 틈새를 통해 창 쪽으로 다가갔다. 1층의 다른 집 창문은 캄캄했지만, 이웃 아파트에서 새어 나온 불빛으로 나나에 방의 덧창이 닫혀 있지 않다는 걸 알 수 있었다. 창문이 반쯤 열려 있는 게 보였다.

정확하게 열쇠 구멍 옆에 동그란 구멍이 뚫려 있는 것도.

방 안을 들여다보니 뒤집어진 테이블이 보였다. 서랍장이 열려 있고, 방 안은 마치 정신없는 세탁소 작업장처럼 변해 있었다.

구두를 벗고, 손수건으로 손을 감싼 채 방으로 들어가 불을 켠 다음 문을 모두 열어보았다. 나나에는 없다. 모습이 보이지 않는다.

그리고 다다미 위에 떨어진 핏자국 두 개.

그야말로 온몸의 털이 곤두섰다.

"댁 전화로 경찰에 신고해 주세요."

입구에서 들여다보고 있던 여자에게 부탁하자, 용수철 장치가 된 인형처럼 달려갔다. 도중에 뭔가를 걷어찼는지, 요란한 소리가 들렸다.

다다미 위의 핏자국은 말라 있었다. 다른 곳에도 있는지 찾아보았다. 화장실 바닥에도 또 하나 남아 있었다. 내 머릿속도 이 방과 마찬가지로 완전히 뒤죽박죽이 되어 버려 제대로 사고를 할 수가 없었다.

"경찰에 신고했습니다!"

돌아온 여자가 큰 소리로 말했다.

"미무라 씨 근무처 전화번호 아세요? 이 근처죠?"

"네, 미도리 유치원. 하지만 이런 시간에는 아무도 없을 텐데……"

말을 하다가 여자가 갑자기 입을 다물었다. 복도 끝 쪽을 보고 있었다. 그러고는 어머, 하고 소리를 질렀다.

"왔네."

문밖에서 깜짝 놀란 듯 눈을 동그랗게 뜬 나나에가 얼굴을 디밀었다.

04

"도둑맞은 건 아무것도 없다?"

출동한 경찰관은 고개를 꼬면서 말했다.

"현금도 무사, 통장도 무사." 경찰관은 씩 웃었다. "멍청한 빈집털이가 유리 커터를 사용하다가 자기 손을 베었을 뿐이라는 건가?"

그랬다. 유리가 잘려나간 부분에도 피가 묻어 있었다. 태산명동에 서일필이라고, 기껏해야 얼간이 도둑 한 놈이었다. 그 요란은 떨었건만, 멍청한 도둑놈.

"그런데 아가씨, 중요한 것은 어디 숨겨 두시죠?"

경찰관의 물음에 나나에는 그를 데리고 부엌으로 가, 작은 항아리를 가리켰다.

"누카도코(일본식 장아찌를 담글 때 쓰는 겨와 소금을 섞은 밑절미)에?"

고개를 끄덕이더니 이번에는 쌀통을 가리켰다.

경찰관은 활짝 웃었다.

"정말 잘하셨습니다."

경찰관에게 사진에 관한 이야기까지 포함해서 사정 설명을 했다. 나나에가 가장 놀랐다. 이런 일에 익숙한 경찰관은 어쩌면 이미 흥분이 가라앉은 나와 같은 생각을 하고 있을 것이다.

경찰관은 방 안을 둘러보며 말했다.

"하하, 빈집털이 수법을 많이 봐왔지만 이건 아무래도 연극 같다는 생각이 드네요."

그랬다.

얼핏 보기에는 테이블까지 뒤집어져 있어 깜짝 놀라긴 했지만, 나나에가 이렇게 무사한 이상 방 안에서 난투극이나 폭력 사태는 없었다는 이야기다. 그리고 그녀가 집을 비운 사이에 사진을 찾으려 했다면 서랍도 달리지 않은 테이블을 일부러 뒤집을 필요는 전혀 없다. 그것도 이웃집 사람이 눈치채지 못하게 소리 없이.

이것은 연극이다.

사진을 찾는 척한 게 분명하다는 생각이 들었다. 오늘 밤 나나에가 친구 결혼 축하 파티 때문에 밤늦게까지 집을 비워 두지 않았다면 이런 일은 없었을 것이다.

만약 정말 위기를 느껴 사진을 빼앗을 필요가 있다면 방 안에 숨어 있다가 집에 돌아온 나나에를 잡으면 되는 일이다. 그게 훨씬 더 간단하다. 방을 이 지경으로 어지른 범인이 그런 짓을 마다할 정도로 마음씨가 좋을 리는 없다.

그렇다면 이것은…….

미행자는 얼굴쯤은 드러나도 아무 상관이 없다는 이야기다.

그저 이쪽으로 하여금 자신이 사진에 신경을 쓰고 있다는 걸 알게 만들고 싶을 뿐이다. 사진에 아주 중대한 문제가 걸려 있다고 생각하게끔 만들고 싶은 것이다.

왜일까?

"이해가 안 되는군요." 경찰관은 말의 내용과는 달리 느긋한 말투였다. "이곳이 감시당하고 있었다는 것 말입니다. 당신은 매스컴 관계자죠? 여러 가지 문제가 있기 마련 아닙니까?"

"하지만 미무라 씨와는 관계가 없습니다. 그래서 사진을 찾는 척한 행동보다 어젯밤 미무라 씨를 감시하고 있었던 게 더 신경 쓰입니다."

"그렇지만, 당신은 여기 자주 출입하죠?" 경찰관은 태연하게 말했다. "그렇다면 당신이 오지 않나 싶어 지키고 있었던 것 같은데요. 아닙니까?"

아닙니다, 라고 했지만 거의 믿지 않는 것 같았다.

"일단, 순찰은 강화하죠. 내일 다시 들르겠습니다."

경찰관들이 돌아갔다.

이웃집 여자도 "나나에, 오늘 밤엔 우리 집에서 자. 이불 깔아 둘게. 이렇게 어질러졌으니 잘 수 없을 거야" 하고 돌아가자 그녀와 단둘이 남게 되었다. 나는 어질러지지 않고 원래대로 놓여 있던 플로어 소파에 앉고, 나나에는 스커트를 펼치고 바닥에 주저앉았다. 그녀는 어찌할 바를 모르는 눈치였다.

"대책 없는 아가씨네."

나는 씁쓸하게 웃으면서 말했다. 나나에는 지친 듯 고개를 들어 나를 바라보았다.

"잘 들어요. 다음부턴 누구에게 감시당하는 일이 있더라도 함부로 사진 같은 걸 찍으면 안 돼요."

나나에는 여기저기 두리번거리며 둘러보았다. 화이트보드를 찾는 것 같지만, 어디 있는지 보이지 않았다. 나는 수첩을 꺼내 볼펜과 함께 건네주었다.

〈저도 직업상 라이벌이 당신을 감시하는 거라고 생각했습니다.〉

"우리끼리는 보통 그런 짓 하지 않습니다."

나나에는 과장되게 어머머, 하는 표정을 지었다.

〈그럼 왜 감시나 미행을 당하는 거죠?〉

"전혀 모르겠습니다."

〈짚이는 구석은 없나요?〉

"전혀."

〈나오야는 그날 밤, 직업상 생긴 일이니 당신은 왜 감시당하는지 그 이유를 알고 있을 거라고 했습니다.〉

"나오야가 잘못 알고 있는 겁니다."

〈나오야는 오해 같은 건 하지 않아요. 사람의 마음을 읽는 걸요.〉

나오야의 능력을 직접적으로 언급했기에 나는 나나에의 얼굴을 바라보았다. 그녀는 힘주어 고개를 끄덕였다.

〈그날 밤도 그래요. 당신을 감시하는 자가 있다는 걸 안 건 공기 안에 그 사람의 생각이 흐르고 있었기 때문이에요. 그걸 읽고 저를 통해 알려줬던 거예요.〉

“아하. 그럼, 가르쳐주세요. 나오야는 나를 감시하던 놈이 어떤 사람이라고 했죠?”

내 말에 나나에는 약간 기분이 상한 눈빛을 보였다.

〈그 사람은, 그냥 심심해서 하고 있었다는 이야기만…….〉

“하하하, 과연. 그렇다면 오늘 밤부터는 베개를 높이 베고 편히 잘 수 있겠군요.”

〈정말이에요. 그리 위험한 것 같진 않지만 기분 좋은 일은 아니니 알려드리라고 내게 말했어요.〉

거기까지 쓰더니 ‘불만이세요?’ 하는 투로 불쑥 수첩을 내밀었다.

나는 천천히 말했다.

“당신은 나오야를 무척 신뢰하는군요.”

그녀가 고개를 크게 끄덕였다.

나나에의 손에서 수첩을 받아 들고 그녀가 쓴 문장을 다시 읽어보았다.

‘공기 안에 그 사람의 생각이 흐르고…….’

나오야는 위험할 정도로 자주 오픈되고 있다고 신지는 말했다. 오픈되면 인적이 끊긴 밤에 주차장에 잠복하고 있는 사람의 생각 같은 것도 주정꾼의 고함 소리처럼 또렷하게 들을 수 있는 건지 모른다.

정말로 사이킥이라면.

나나에가 옆으로 오더니 내 손에 있는 수첩에 글을 적었다.

〈나오야의 능력에 대해서는 알고 있죠?〉

"네, 알고는 있지만 믿지는 않죠."

나나에는 놀란 모양이었다.

〈어째서?〉

"직접 본 적이 없습니다. 나오야도 그런 능력을 갖고 있다고는 말하지 않았고요. 오히려 부정적이었죠."

〈두려워하기 때문입니다.〉

"왜요?"

나나에는 잠깐 생각했다. 그리고 이렇게 썼다.

〈'외눈박이 나라 이야기' 아세요?〉

외눈박이들이 사는 나라에 가서 외눈박이를 잡아다가 구경거리로 삼으려던 사람이 거꾸로 붙잡혀서 구경거리가 됐다는 이야기다.

"알고 있습니다."

나나에는 그런 이야기나 마찬가지죠, 하는 표정으로 날 바라보았다.

〈나는 맹장염에 걸렸을 때 나오야와 알게 됐어요.〉

"맹장염?"

〈밤중에 갑자기 배가 아파 어쩔 줄 모르고 있는데 그가 문을 노크하더니 몸이 안 좋으냐고 물었어요. 나중에 어떻게 알았냐고 물었더니, 자기 능력에 대해 얘기해 주더군요.〉

나나에는 한 글자 한 글자 확인하듯 써나갔다.

〈내가 어렸을 때 집 근처에 있던 화학공장이 폭발했어요. 그 때문에 목소리를 잃었죠. 고향에는 나 말고도 같은 장애를 입은 사람이 몇 있어요. 약품이 섞인 연기에 목이 타들어 갔던 거죠. 하지만 목숨은 건졌으니 운이 좋은 편이죠.〉

"가족들은?"

〈아버지는 그 공장 기사였죠. 사고로 돌아가셨어요. 어머니는 사고 때문에 폐의 절반을 잘라냈는데, 그 뒤론 자리에서 일어나기도 힘들 정도죠. 오빠 부부와 함께 살고 있지만.〉

"왜, 당신 혼자 도쿄에?"

〈지방에서는 어지간해선 내가 할 수 있는 일을 찾을 수 없어요. 이쪽에서 일자리를 겨우 찾았기 때문에 온 거죠. 계속 오빠한테 신세를 지고 있을 수도 없고.〉

"아이들을 가르치고 있죠?"

나나에는 고개를 끄덕였다.

〈농아들에게 수화를 가르치죠. 미도리 유치원은 그런 아이들을 정상인 아이들과 함께 가르칩니다. 아주 드문 일이죠.〉

사실 '정상'이라는 말은 마땅치 않은 표현이다. 정신이 썩은 인간이라도 사지만 멀쩡하면 '정상'이라는 이야기니까.

〈나오야의 이야기를 들었을 때는 놀랐죠. 저처럼 있어야 할 능력이 사라진 게 아니라, 남들에게 없는 능력을 더 갖고 있으니까요. 그 능력 때문에 고생하고 있는 거예요.〉

조금 생각하더니 나나에는 다시 썼다.

〈그래서 나는 세상에 대한 사고방식이 조금 바뀌었어요.〉

"나오야가 최근에 연락을 했습니까?"

나나에는 고개를 가로저었다.

"전혀?"

〈그날 밤 이후론 '불러도' 소용이 없는 것 같아요. 근처에 오는 일은 있을지도 모르지만.〉

"당신이 걱정돼서?"

〈분명히 그럴 거예요. 마음씨 착한 사람이니까.〉

나나에는 눈을 감았다. 많이 불안해 보였다.

가나코가 그토록 안달을 한 것도 이상하지는 않다는 생각이 들었다. 축하할 일이 있었기 때문인지, 오늘 밤 나나에는 옅은 화장을 하고 멋진 정장을 입었다. 머리는 깔끔하게 땋아 내려 머리 뒤쪽에서 묶었다. 잘 어울렸다.

〈나오야와 나는……〉

이렇게 쓰고, 나나에의 손길이 멈췄다. 그다음을 뭐라고 해야 좋을지 모르겠는 모양이다. 두 사람 사이의 신뢰 관계는 간단하게 표현할 수 있는 게 아니라는 느낌이 들었다.

나나에는 볼펜을 쥐고 내게 옆얼굴을 보인 채 가만히 생각에 잠겼다.

만약 이곳에 신지가 있어 내 심리를 읽을 수 있다면 질투하고 있네, 하는 소리를 들을 것 같았다. 나는 수첩을 옆에 놓고, 나나에의 팔을 잡아 몸을 내 쪽으로 확 끌어당겼다. 그리고 입을 맞췄다. 나나에의 손에서 볼펜이 떨어져 바닥에 굴렀다.

깜짝 놀라 잠깐 움찔했지만, 나를 밀쳐내지는 않았다. 희미하게 와인 맛이 났다.

입술을 뗀 뒤에도 한동안 그녀를 놓아주고 싶지 않아 그대로 껴안고 있었다. 나나에는 조심스럽게 내 어깨에 머리를 맡겼다.

몸을 살짝 움직여 다시 껴안으려 할 때 문에서 노크 소리가 났다. 이번에는 나나에가 화들짝 놀라며 떨어졌다.

"나나에, 이부자리 봐뒀어."

결국은 아침까지 '제2히노데장'에 있었다. 아파트 입구 문에 기대 그저 담배나 피우면서 희끗희끗 밝아오는 하늘을 바라보았다.

그 회색 승용차. 운전석의 남자. 무얼 노리는 건지 알 수가 없었다. 별로 두렵지는 않지만, 나나에의 잠을 깨울 자가 없다는 확신이 들 때까지 걱정이 돼서 떠날 수가 없었다.

증세가 심하네, 하고 신지가 웃을지도 모르겠다.

05

"요즘 자주 어긋나네. 이번에도 또 엇갈렸어."

밖에서 돌아오니 앞에 앉은 동료가 말했다. '제2히노데장'의 소동이 있은 지 며칠 뒤의 일로, 이미 해질녘이었다.

"누가 왔었어?"

"지난번에는 미인이 왔었지만 오늘은 귀여운 꼬마야. 아까까지 기다렸어" 하며 내 의자를 턱으로 가리켰다. "거기 앉아서. 돌아간 지 30분밖에 안 될 거야. 이나무라라고 하던가."

아아, 역시, 하는 생각이 들었다.

"어떤 모습이었어?"

"무척 시무룩해 보였어. 기운이 없던걸."

어제 나온 다른 회사 잡지에 가키타 순페이가 수기를 발표했다. '쓰라린 후회…… 친구에게 바치는 기도'라는 제목으로, 사건의 시작에서부터 미야나가 사토시가 자살에 이르기까지의 경위가 적혀 있었다. 물론 신지와 내 이야기는 전혀 언급되지 않았고, 본인이 쓴 게 아니라 인터뷰를 정리한 기사였다. 하지만 읽어보니 기분 좋은 내용은 아니었다.

이런 내용을 다룬 잡지의 의도도 뚜렷하지가 않았다. 가키타와 미야나가의 어처구니없는 몰상식을 야유하는 것 같기도 하고, 두 사람의 우정을 추켜세우는 것 같기도 했다. 대충 읽어본 이코마는 형편없는 기사야, 라고 내뱉었다.

가장 마음에 들지 않는 건 모치즈키 다이스케와 그 애의 부모에 대한 배려가 빠져 있다는 점이었다. 게다가 가키타의 작품 몇 점이 사진으로 소개되었다. 젊은 미술평론가가 '예민한 감각'을 칭찬하는 코멘트까지 달았다.

주요 기사도 아니고, 광고를 크게 낼 잡지도 아니기 때문에 신지가 이것을 못 볼 가능성도 있다. 모르고 넘어가기를 바랬지만 결과는 그렇게 되지 않은 모양이다. 기운이 없다는 건 또 이런저런 걱정을 하고 있기 때문일 것이다.

"나도 잠깐 나갔다 와서 잘 몰라. 가나코하고 이야기를 했어. 한번 물어봐."

그렇지만 가나코의 모습이 보이지 않았다. 일찍 퇴근한 모양이라고 한다.

"어라? 그럼 그 귀여운 꼬마와 함께 퇴근했나? 머리를 맞대고 무척 친하게 이야기를 나누던데 말이야."

가나코와 신지가 갑자기 우호조약을 맺었다는 것도 이해할 수 없었다.

요즘엔 가나코도 조용히 입을 다물고 지냈다. 나하고는 최대한 시선을 마주치려 하지도 않았고 말도 걸어오지 않았다. 약간은 거북했지만, 그냥 놔둘 수밖에 없어 단념하고 내버려 두었다.

그저께 늦은 밤에 퇴근하다 타고 있던 택시가 가벼운 추돌사고를 당했다며 어제 하루를 쉬었다. 다치지는 않았지만, 오늘 아침에 얼굴을 보니 심하게 멍이 들어 있었다. 깜짝 놀란 데스크가 불러서 어찌된 일인지 물어보기까지 했다. 아무래도 컨디션이 좋지 않은 모양이다.

신지가 집에 도착했을 시간쯤 전화를 걸었지만 아직 돌아오지 않았다고 한다. 이나무라 노리오에게 물어보니 역시 문제의 그 수기 건 때문에 신경을 쓰고 있는 모양이었다.

"신지가 무척 화를 냈습니다. 더는 상관하지 말라고 타이르기는 했지만요."

"화가 났어요?"

"네. 이건 너무하다며 입을 비죽거렸습니다."

"우리 회사에 들렀을 때도 기운이 없었던 모양입니다."

"마음이 안정이 안 되는 모양이죠. 아, 그 전직 경찰관은 다음 주에 뵙기로 했다던데?"

"네."

신지가 그렇게 날짜를 정했는데, 그 이유가 역시 학생답고 귀여웠다.

'시험이 있어. 끝나고 만나게 해줄래? 그러면 마음 편하게

집중할 수 있을 텐데.'

마음이 놓였다. 신지가 학교 생활을 제대로 하고 있으니 말이다.

"들어오면 전화를 드리라고 하겠습니다. 잠깐 이야기 상대가 필요했을 겁니다. 바쁘실 텐데 죄송하군요."

"상관없습니다. 오늘은 밤늦게까지 회사에 있을 겁니다. 저도 틈틈이 연락드리겠습니다."

내가 지금 매달리고 있는 기사는 올해 들어 연속적으로 일어난 악질적인 뺑소니 사고 특집이었다. 전체적으로 교통사고가 늘어나고 있긴 해도 뺑소니가 너무 잦았다. 이젠 단순한 사고라고 여기며 그냥 넘어갈 수 없는 상황 아니냐는 데스크 제안으로 연말까지 여섯 번의 집중 연재를 하기로 결정한 기획기사였다.

늘 그렇지만 편집부에서 회의실로 그리고 마지막에는 술집으로 옮겨 가, 운전면허 없는 데스크와 대학 시절부터 트럭 운전 아르바이트로 학비를 벌었다는 사진기자 사이의 시끄러운 말씨름을 듣고 있는데 전화가 왔다. 신지였다.

"편집부에 계신 분이 이리로 전화해 보라고 했어."

목소리가 작았다. 시계를 보니 10시가 지나 있었다.

"집이니?"

"응, 지금 들어왔어."

"꽤 늦었네."

"좀 늦었어."

정말로 기운이 없다.

"가키타 순페이의 수기 문제는 신경 쓰지 마. 그 사건에 대해서는 이야길 많이 했잖아? 그가 하고 있는 짓이 마음에 들지 않아도 별수 없어."

"그건 알아. 그렇지만 난……."

말을 더듬듯 하다가 입을 다물어 버렸다.

"시험공부 해야지? 잡념은 떨쳐 버려."

신지가 불쑥 말했다.

"저어, 고사카 씨. 요즘 불쾌한 일 없었어?"

"뭐?"

"기분 나쁜 일. 없어?"

협박장이 얼핏 머리를 스쳤다.

"무슨 뜻이야?"

"아니야……. 그냥, 됐어,"

"이상하네. 뭐야?"

"됐어. 정말 됐어. 저어, 다음 주에 갈게, 그 형사 아저씨 만나러. 그때 이야기해. 그럼 그만 끊을게."

한 시간쯤 지나, 다시 전화가 왔다. 이번 상대도 신지와 똑같은 말을 했다.

"이쪽으로 해보라고 친절하게 알려주더군."

누구의 것인지 모를 그 목소리였다.

“여보세요? 들립니까?”

“들립니다.”

안쪽 좌석에 앉은 기자들이 기염을 토하고 있었다. 데스크의 목소리가 컸다. 함께 언성을 높이는 동료 기자의 목소리도 컸다. 전화 목소리가 그 소음에 묻혀 버릴 것 같았다.

“여보세요? 어지간히 시끄럽군.”

“당신, 대체 뭘 원하는 거야?”

“모르겠나?”

“모르겠어. 남의 뒤를 밟고 페인트로 낙서를 하는 게 뭐가 재미있지?”

상대방은 소리 내어 웃었다.

“지난번에 어처구니없는 실수를 했어. 사진을 찍힐 줄이야. 하긴 뭐 그런 건 아무래도 상관없지. 내겐 얼굴이 없는 셈이니까. 고사카 씨, 당신이 기억해 내지 못하는 한, 누구도 내 정체를 알 수 없을 거야. 당신, 죽을힘을 다해 떠올려봤나? 자신이 저질러온 짓을 말이야.”

“미안하지만 그런 어설픈 협박에는 넘어가지 않아.”

“호오, 배짱 좋게 나오시는군. 무슨 일이 일어나도 난 몰라.”

스스로에게 침착하라고 타일렀다.

“무슨 소리를 해도 기억이 나지 않는 건 어쩔 수 없어. 그렇지만 당신이 그렇게 원통하게 생각한다면 털어놓는 건 어때? 대체 내가 뭘 잘못했다는 거지? 이야기하겠다면 얼마든지 시간을 내서 들어줄 준비가 되어 있어."

멀리서 데스크가 내 표정을 읽은 모양이다. 옆에서 열변을 토하던 기자의 어깨를 툭 치더니 조용히 해, 하는 시늉을 했다. 그러자 전원이 내 쪽을 돌아보았다.

"내가 왜 당신한테 그런 친절을 베풀어드려야 하지? 미안하군. 최대한 머리를 짜내서 생각해 보셔."

데스크가 손님들을 밀쳐내듯 하며 다가오더니 내 옆에 섰다. 그 전화입니다, 하고 눈짓으로 알려주자 귀를 갖다 댔다.

"사에코 씨는 만났나?"

즐기고 있는 말투로 상대가 말을 이었다.

"잘 지내지? 행복하게 살고 있겠지. 그 여자도 당신 같은 사람하고 얽히지 않았으면 좋았을 텐데 말이야, 딱해."

"나하고 그 여자하고는 이제 아무 관계도 없어. 왜 그 여잘 끌어들이는 거지?"

"그야 내 맘이지. 마음 내키는 대로 선택할 거야."

마음 내키는 대로 선택하겠다.

"당신 맘이고 뭐고……."

"앞으로 일주일 시간을 주지." 묘하게 억양 없는 목소리로 상대가 말했다. "일주일 동안 잘 생각해 보셔. 그래도 답이 나오지 않는다면, 딱하군."

"이봐!"

전화는 거기서 끊겼다. 내던지듯 수화기를 내려놓자, 데스크가 빨개진 얼굴로 뒤를 돌아보았다. 눈빛이 빛나고 있었다.

"정말 짚이는 구석이 없는 거야?"

"알면 이러고 있지 않죠."

"숨기는 게 있다면 그냥 두지 않을 거야."

"왜 이러세요. 제일 속이 타는 건 저란 말이에요."

데스크는 굵은 눈썹을 찡그렸다.

"상대방은 진심이야."

"진심……."

"마감 기한을 정했어. 족쇄를 채우고 있잖아. 진심으로 뭔가 행동을 할 속셈이야. 너도 각오하는 게 좋겠어. 일주일이 지나도록 아무 일도 일어나지 않는다면 웃어넘길 수 있겠지. 그런데 사에코 씨라면, 바로 그 사에코? 그 여자한테 연락은 해봤어?"

"네. 사정 이야기를 했죠. 조심하라고. 주위 사람에게도 부탁했고."

"그 밖에는? 그 밖에 말려들 만한 사람은 없어? 가족은 물론이지만, 그 외에 말이야. 만약을 위해서 묻는 거야. 없어?"

나나에밖에 없다.

06

나나에는 집에 있었다. 아직 잘 준비는 하지 않은 상태지만, 이렇게 늦은 시간에 대체 웬일이냐는 듯이 문을 열었다. 그리고 활짝 꽃이 핀 것 같은 밝은 표정을 지었다. 재빨리 두 손을 올려 묻듯이 쳐다보더니, 서둘러 안으로 들어가 화이트보드를 들고 돌아왔다.

"미안하지만, 나오야를 찾은 건 아닙니다."

나나에의 손이 힘없이 늘어졌다. 눈에 띄게 실망하고 있다.

"번거로운 부탁이 있어 왔어요."

이상하다는 듯이 고개를 갸웃거리더니 손짓으로 들어오세요, 라는 시늉을 했다. 구두를 벗고 있는데, 부엌에 걸려 있는 작은 시계에서 뻐꾸기가 튀어나와 자정을 알렸다.

방 안은 깨끗하게 정돈되어 있었다. 아무 일도 없었다는 듯이. 그 뒤로 몇 번인가 연락을 취했고, 이웃들한테서도 이야기를 들었다. 때문에 창문 유리를 철사가 들어간 튼튼한 것으로 바꿨고, 아파트 출입구에도 자물쇠를 설치해 입주자들에게 열쇠를 나눠주고 매일 밤 자정이 되면 잠그기로 했다는 걸 알고 있었다. 오늘 밤은 겨우 시간에 맞춰 도착한 셈이다.

"앞으로 일주일 동안 이 집을 비우고, 어디 친구 집에라도 가 있어줘요. 아니면 이사를 하시거나. 혹시 갈 곳이 없다면 제가 알아봐도 괜찮고요. 부탁입니다."

나나에는 등을 돌린 채 주전자에 물을 받아 레인지에 얹었다. 그러면서 생각을 정리했는지, 뒤돌아서더니 테이블로 다가와 바로 적었다.

〈지난번 도둑 소동 때문에 그런 말씀을 하시는 것 같진 않은데, 이유를 말씀해 주지 않으면 대답하지 않겠습니다.〉

"그냥 제 말대로 하면 안 되겠습니까?"

〈안 됩니다.〉

"그때도 가능하면 이사를 하는 게 좋겠다고 이야기했을 텐데요."

〈나 같은 사람이 방을 얻는 게 의외로 힘들다는 걸 모르시는군요.〉

약간 불만스럽다는 듯 눈을 흘기며 나를 보더니 이렇게 썼다.

〈싫어하는 집주인이 많아요. 여기 주인 같은 분을 만나기 쉽지 않아요.〉

어리석은 이야기지만 그런 생각은 한 번도 못 했다. 나나에는 깔끔하게 사는 착실한 세입자일 것이다. 직장도 확실하다. 그런데 단지 장애가 있다는 이유만으로 집주인들이 싫어하리라고는 생각해 보지 못했다.

〈미안하지만 예외를 인정하면 끝이 없다고들 하더군요.〉

그러고는 질문에 대한 답을 재촉하듯 고개를 살짝 끄덕였다.

결국 모든 걸 설명하게 되었다. 나나에는 눈 한번 깜빡이지 않고 들었다. 도중에 딱 한 번 일어나 레인지의 불을 끄고 뜨거운 물을 포트에 담았다. 이런 가정적인 행동을 하는 그녀를 바라보고 있자니 내 이야기의 진실감이 옅어져 버리는 느낌이 들었다.

"이렇게 된 겁니다." 나는 가볍게 두 팔을 벌려보았다. "웃어넘길 일이 아니죠."

나나에는 미소를 지으며 적었다.

〈웃지 않아요.〉

"일주일이면 됩니다. 어디든 안전한 장소에 가 있으면 좋겠는데. 상대방은 여기를 알고 있고, 한 번 들어오기까지 했어요. 걱정됩니다."

〈사진을 찍었기 때문이죠?〉

"꼭 그것 때문만이라고는 할 수 없습니다."

나나에는 입술을 살짝 깨물고 펜 끝으로 화이트보드를 톡톡 두드리며 생각에 잠겼다.

"이해를 못 하는군요. 나를 표적으로 삼아주면 좋겠지만,

지금 상황으로 보면 내가 아니라 내 주변 사람을 노리고 있는 것 같아요. 솔직히 말해서 난 그게 더 두렵습니다. 어떤 이유든 내 잘못이 있다면 내가 책임지는 게 마음 편하죠, 다른 분들에게 불똥이 튀는 건 싫어요. 그건 이해하시죠?"

나나에는 천천히 고개를 끄덕였다.

〈왜 협박을 당하는지 짚이는 건 없나요?〉

"없다는 이야기는 수도 없이 했습니다. 어쩌면 완전히 까먹고 기억 못 하는 일이 있는지 모르지만요."

〈일주일 동안 생각해 볼 건가요?〉

"필사적으로 떠올려봐야죠."

나나에는 잠시 테이블에 턱을 괴고 가만히 '말없이' 앉아 있었다. 그러고는 화이트보드를 바라보다 이윽고 글을 적기 시작했다.

〈나오야가…….〉

나는 나 자신도 깜짝 놀랄 기세만큼 큰 목소리로 급히 말했다.

"나오야는 상관없어."

나나에는 쓰는 걸 멈추고 나를 올려다보더니, 가볍게 손을 젓고 문장을 이었다.

〈저한테 당신과 관련되지 말라고 한 적이 있습니다.〉

"나오야 문제에 대해 모르는 척하라는 이야기였겠죠."

〈뿐만 아니라, 당신과 관련돼서 좋은 일 없을 테니까, 라고

하기도 했죠.〉

그 글을 두 번 읽고, 고개를 들었다.

"무슨 뜻이죠?"

〈모르겠어요.〉

나나에는 천천히 손을 움직여 글을 지웠다. 좋을 일 없을 테니까, 라는 문장이 지워져 간다.

"나오야가 당신한테 충고한 거군요."

나나에는 대답하지 않았다. 방 안에 침묵이 흘렀다.

살며시 화이트보드를 끌어당겨, 나나에가 다시 적었다.

〈저는 여기 있겠습니다.〉

"그렇지만……."

〈일주일 동안 별일이 없더라도 그걸로 끝난 일이라고는 할 수 없지 않겠어요? 상대방이 약속을 지킬 사람인지 어떤지도 알 수 없고요. 저도 신경 써서 조심하겠습니다.〉

"무섭지 않아요? 지난번 정도로는 끝나지 않을지도 몰라요."

〈당신은 무섭지 않아요?〉

나나에는 동정하듯 슬픈 표정을 지었다.

"두렵죠."

나는 대답했다.

〈저는 괜찮아요. 당신을 협박하는 사람이 왜 저를 노린다는 건지 그 이유도 이해할 수 없고요.〉

나나에의 얼굴을 바라보며 물었다.

"정말 모르겠어요?"

나나에는 눈을 감은 채 고개를 숙이고 글을 썼다. 화이트보드를 내 쪽으로 내밀더니 일어서서 싱크대 쪽으로 갔다.

〈당신은 이해합니까?〉라고 적혀 있었다.

다시 등을 돌린 채 까치발을 하고, 식기 선반 위에서 손님용으로 갖춰 놓은 다기를 꺼내더니 문을 닫았다. 걸을 때마다 바닥에서 작은 발소리가 났다.

내가 일어서 곁으로 다가가도 손길을 멈추지 않는다. 등 뒤에서 살며시 팔을 둘러 껴안았다. 그제야 손을 내렸다.

묶어 땋은 머리카락을 오른쪽 어깨에 늘어뜨리고 있어 가냘픈 목덜미가 드러났다. 머리카락에서 달콤한 냄새가 났다.

수도꼭지에서 물방울이 톡, 떨어졌다.

나나에는 내 품 안에서 가만히 뒤를 돌아보더니 고개를 들었다. 뭔가를 열심히 찾는 듯 한동안 내 눈을 들여다보았다.

"대답을 찾았어?" 내가 물었다. "마음껏 찾아봐도 돼."

나나에가 눈으로 살짝 웃었다.

힘을 빼고, 내 칼라에 이마를 대고 마음이 놓인다는 듯 살며시 한숨을 내쉬었다. 내가 팔에 힘을 주자, 나나에도 나를 안았다. 고개를 숙이니 그녀의 뺨과 귓불이 부드럽게 내 뺨에 닿았다.

나나에를 껴안고 불을 끄자, 방 안에 어둠이 가득 찼다. 이 어둠 속에는 적의도, 위험도 없다. 생각할 필요마저 없다. 나머지는 그저 머릿속에서 밤이 흘러넘치도록 내버려 두면 되는 일이다.

"그러면 오십음이 다 있는 거야?"

나나에가 고개를 끄덕였다. 어깨로 느낄 수 있다.

나란히 누워 천장을 바라보고 있으니 마음이 매우 평화로웠다. 내 한쪽 팔을 베개 삼아 딱 달라붙은 나나에가 이불에서 약간 손을 내밀었다. 눈앞의 옅은 어둠 속에 그녀의 가냘픈 손이 그림자를 만들었다.

수화의 기본을 천천히 보여주었다.

"마치 〈미지와의 조우〉 같네."

오른손을 들어 함께해 봤다.

"당신, 은?"

나나에가 한 손가락으로 나를 가리켰다.

"나, 는?"

자기 가슴 한복판을 가리킨다.

"이런 건 쉽네……. 배우려면 얼마나 걸리지?"

나나에는 깜짝 놀란 듯이 고개를 들어 나를 보았다.

"그래. 배울 거야."

고개를 갸웃거리더니 손가락을 하나 세운다.

"한 달?"

아니, 아니, 하며 손을 저었다.

"일주일?"

이번에는 가볍게 가슴을 맞았다.

"일 년? 그렇게나 걸려?"

나나에는 고개를 끄덕였다.

오래 걸리는군. 나나에와 편하게 의사소통을 하려면 꽤 참고 견뎌야 한다. 하지만 전혀 귀찮게 느껴지지 않았다. 문득 오다 나오야에게는 그런 게 필요 없었을 거라는 생각이 들었다.

"나도 사이킥이라면."

그렇게 중얼거리자, 나나에의 어깨가 움직였다. 팔꿈치를 짚고 엎드린 자세로 천천히 고개를 저었다.

"좋지 않아?"

절대로, 이렇게 말하듯 깊이 고개를 끄덕였다. 나도 팔꿈치를 짚고 윗몸을 일으켰다.

"가르쳐줄 수 없어? 나오야가 어떤 것을 보여줬지?"

나나에는 발부터 살짝 침대를 벗어나더니, 발치에 벗어두었던 셔츠를 집어 팔을 꿰며 부엌에서 화이트보드를 갖고 돌아왔다. 나는 베갯머리에 있는 작은 스탠드를 켰다.

나나에는 베개 위에 보드를 놓고, 눈이 부신 듯 가늘게 뜨며 적었다.

〈내가 생각하는 건 모두 안다고 했어.〉

"그래? 그럼 수화나 보드 없이 이야기할 수 있었겠군."

〈가까이 있을 때는.〉

"다른 건? 이나무라 신지에게 들은 이야기로는 이동하는 것도 가능한 모양이던데."

나나에는 눈을 동그랗게 떴다.

〈텔레포테이션?〉

"그래."

본 적은 없어, 하듯이 고개를 저었다. 그러고는 내 관자놀이를 손가락으로 살짝 찌르더니 입 앞에 대고 손을 홱, 움직인다. 비장애인들이 저 사람은 입이 가벼워, 라고 할 때 동작과 같았다.

"머리에? 직접 말을 걸어?"

나나에가 고개를 끄덕였다.

"하긴, 신지와 교신하고 있었던 것 같으니까."

아니, 하듯이 고개를 저으며 자기 가슴을 가리켰다.

"너하고? 네 머릿속에 직접 말을 걸어왔어?"

〈가능해.〉

나는 웃었다.

"너도 초능력자야?"

설마, 하는 표정을 지으며 나나에도 웃었다.

〈그런데 초능력자가 아닌 사람하고 교신하는 일은 매우 힘들기 때문에 나오야도 나한테 한 번밖에 말을 걸지 않았어.〉

"힘들다니, 나오야가?"

〈양쪽 다.〉

그러고는 기억이 난다는 듯 얼굴을 찡그렸다.

〈겨우 두세 마디 이야기했을 뿐인데 하루 종일 머리가 아파 움직일 수 없을 지경이었어.〉

그런 일이 있을 수 있을까, 하는 생각이 들었다, 나나에도 믿을 수 없겠지, 하는 표정을 지었다.

그러더니 이렇게 적었다.

〈나도 초능력자라면 당신에게 좀 더 도움이 될 수 있을 텐데.〉

"지금도 충분해."

그렇게 말하며 뺨에 흘러내린 머리카락을 쓸어 올려주자 살짝 손날로 자르는 시늉을 했다.

"고맙다고?"

그래, 라고 고개를 끄덕인다. 그러곤 아이처럼 턱을 괴고, 잠시 멍하니 있더니 다시 펜을 잡고 생각을 거듭하면서 쓰기 시작했다.

〈나오야는……〉

이렇게 쓰고, 힐끔 나를 본다.

"응."

〈전에 자주 이야기했어.〉

"뭘?"

〈나한테……〉 그러곤 또 생각하고, 이렇게 썼다. 〈어울리는 사람을 찾아줄 거라고 말이야.〉

나나에의 글을 바라보면서, 나도 생각했다.

"나오야가, 자신은 안 된다고 생각한 건가?"

나나에가 살짝 입술을 오므리며, 보이지 않는 눈금을 읽듯이 눈을 가늘게 떴다.

〈그렇다기보다는, 내가 안 된다고 생각했어.〉

"무슨 얘기야?"

〈나오야가 있어주면 나야 마음이 놓이지만…….〉 이렇게 쓰고, 나나에는 진지한 표정을 지었다. 〈그건 나 편하자고 그 사람을 이용하는 셈이 되니까.〉

허를 찔린 기분이었다.

"상당히 까다롭네." 짐짓 이렇게 말하고 덧붙였다. "누구에게나 그런 면이 있어. 숨기고 있을 뿐이지."

나나에는 천천히 고개를 끄덕였다.

하지만 오다 나오야에게는 그것이 보인다. 보였기 때문에…….

엉뚱하다는 느낌은 들었지만, 머릿속에 주유소의 아사코 얼굴이 떠올랐다. 그 거리낌 없는, 좋든 싫든 자기밖에 생각 못 하는 아가씨. 나오야는 그녀와 친했다.

그것은 아사코가 말 그대로 앞도 뒤도 없는 아가씨였기 때문일지도 모른다. 가볍다고 할 사람도 많을 테지만, 그 가벼움이 나오야를 편하게 해줬는지도 모른다.

〈나는 나오야를 좋아했지만…….〉 이렇게 쓰고 나나에는 나를 올려다보았다. 말없이 손을 뻗어 그녀의 머리카락을 쓰다듬었다. 〈그 사람이 무서웠고, 불쌍하기도 했어.〉

"그가 괴로워했기 때문에?"

나나에는 고개를 젓고 〈이따금 너무 심술궂었으니까. 뭐든 보였기 때문에 남을 도저히 믿을 수 없었던 것 같아. 그런 이야기를 내게도 한 적이 있어〉라고 썼다.

"예를 들면……" 하고 생각하다 보니 내 표정이 자연히 찡그려졌다. "네가 믿는 사람이나 친구에 대해 나쁘게 이야기했거나…… 그 사람들의 진심은 이런 것이다, 라고 굳이 알려줬거나?"

나나에는 크게 고개를 끄덕였다.

나에 대해서는 어디까지 꿰뚫고 있었던 것일까……. 문득 그런 생각을 하니 온몸이 오싹해지는 느낌이 들었다. 나오야는 무엇 때문에 나나에에게 나와 관련되면 좋을 일이 없을 거라고 충고했을까. 그는 무엇을 보았던 것일까?

외눈박이 나라에 사는 단 한 명의 두눈박이.

나나에의 얼굴에 내가 품은 불안감이 그대로 비쳤다. 그걸 지우기 위해 슬쩍 웃어 보이자, 그녀도 빤히 안다는 듯 살짝 미소를 지었다. 그러고는 문득 진지한 표정을 지으며 다시 일어나 나를 가리키더니 이어 두 손으로 가슴을 쥐어뜯는 시늉을 했다.

"뭐지, 그건?"

나나에는 같은 동작을 반복했다.

"네가……."

직감이 아니라 그녀의 표정으로 알았다.

"걱정?"

그래, 라고 고개를 끄덕인다.

"내 걱정은 하지 않아도 돼. 괜찮아."

하지만 이번에는 웃어주지 않았다.

07

"너한테 물어서 네 과거를 캐낸다는 게 의외로 어려운 일이로군."

이코마가 그런 소리를 하지 않더라도, 나도 절실하게 똑같이 느꼈다. 남에 대해 캐내는 기술이라면 제법 익숙하지만, 그것을 자신에게 적용하려니 그리 쉽지가 않았다. 자기 콧등은 잘 보이지 않기 마련이다.

이코마가 중세 시대의 이단(異端) 심문관 못지않게 살벌하고 끈질기게 파고들기 시작한 지 사흘이 지나자 꽤 지쳤다.

"더 불어."

이코마가 짧게 말했다.

"이미 내장까지 다 토한 기분이야."

"우리 유미코가 변비로 고생하고 있어. 닥치는 대로 아무 메이커 약이나 먹고 있더군. 배는 홀쭉해졌는데 아직도 배 속에 뭐가 남은 것 같은 느낌이 든대. 내장까지 빼내지 않으면 개운하지가 않겠지. 이번 기회에 아예 너도 그렇게 하는 게 좋겠다."

"남의 일이라고 함부로 이야기하네."

"그야 당연하지. 나는 구린 과거가 많기 때문에 이렇게 힘들진 않을 거야."

이코마가 말했다. 하지만 정작 "대체 무슨 구린 일이 있다는 거야?" 하고 묻자 이코마 자신도 고개를 꼬았다.

"의외로 없네. 아, 전에 이야기한 초능력 붐이 한창일 때 자살한 아이, 알지? 그게 있군. 물론 변명을 하려는 건 아니지만, 나 혼자 저지른 짓은 아냐. 하긴 다 마찬가지지. 우리 직업이 분명 여러 사람을 불편하게 만들 때가 있긴 해도 혼자 하는 건 아니잖아. 잡지나 신문이라는 간판을 등에 지고 있기 때문에 가능한 일이야."

그러고는 이건 반성해야 할 일이지, 하며 커다란 손으로 머리를 감쌌다.

혹시 이걸까, 하는 게 하나둘 나오지 않는 건 아니다. 한 가지는 민사재판에 관계된 일로, 4년 전쯤에 취재했던 사건이다. 흔히 있는 땅 경계 다툼이었는데, 상속 문제가 얽히면서 추잡한 싸움으로 번진 사건이었다. 마침 하치오지의 땅값이 이상하리만큼 뛰기 시작했을 때의 일이라 토지 문제 특집 안에서 그 이야기를 다뤘다.

"원고 쪽을 취재하고 있는데, 피고 쪽 집주인이 들이닥쳤다고?"

"그래, 고주망태가 되어 금속 배트를 들고서,"

"횟술은 안 좋지. 난투극이 벌어졌나?"

"잠깐은. 그렇지만 바로 수습되었어. 내가 배트를 집어 들었더니 갑자기 조용해졌어. 그냥 '두고 보자!'고 악만 썼지."

큰 기대는 하지 않고 알아보니 당사자는 이미 세상을 떴다. 재판은 아직 계속되고 있지만 양쪽 모두 지쳐서 지금은 화해 조정이 한창이라고 했다.

또 하나는 다소 피해망상으로 보이던 여자 문제였다.

"처음엔 약간 겁을 먹었어."

시내 러브호텔에 작은 화재가 나서 소화 현장 사진을 찍어 게재했는데, 한 여자가 우연히 찍혔다. 그런데 그 여자가 상사와의 불륜이 드러나 회사를 그만두게 되었다면서 따지고 들었다.

하지만 알아보니 그 여잔 자신이 원해서 회사를 그만두었고, 회사 안에는 불륜 상대도 없었다. 그녀의 말에는 근거가 없었던 것이다.

"뭐야, 엉터리잖아?"

"그랬지. 그런데 본인은 아주 진지하게 눈물까지 흘리며 계속 물고 늘어졌어. 자세한 부분까지 상세하게 이야기하던 걸. 질서정연한 망상인거지."

"그런 일이라면 원한을 살 사람은 사진기자 아닌가?"

"그 여자가 지국에 달려왔을 때 처음 대응한 게 나였으니까."

"요령이 없었군."

"어쩔 수 없잖아? 다짜고짜 무작정 덤벼드는데. 게다가 나중에는 강간죄로 고발까지 당할 뻔했어. 웃지 마셔."

"억지도 이만저만이 아니군" 하며 이코마는 배를 잡고 웃었다.

"지국 사무실에서, 열 명 가까운 사람이 보고 있는 앞에서 그런 짓을 할 수 있는 방법이 있으면 가르쳐 달라고 하고 싶더군."

"눈 깜짝할 사이에 해치워야겠지."

"그런데 결과적으론 그 억지 덕분에 빠져나올 수 있었어. 그 여자 부모가 자기 딸 상태가 이상하다는 걸 눈치챘으니까. 아버지는 무턱대고 화만 냈지만, 어머니는 바로 알아차린 모양이야. 덕분에 경찰서에 끌려가지 않고 잘 처리됐지."

"너도 제법 파란만장한 인생을 살았구나."

"그 여자 아버지가 아직도 딸 이야기를 믿고 날 의심하고 있다면 원한을 품을 수 있겠네."

"그렇게 어리석을 리가 있겠어?"

이코마의 말이 맞았다. 지국에 조사해 보니 바로 알 수 있었다. 그 여자는 전문의의 치료를 받아 완전히 건강을 되찾고 결혼도 했다.

"한번 인사를 하러 왔었죠. 사과하더군요."

지국에서는 이런 말도 했다.

"그럼, 별일 아니네." 이코마는 몸을 뒤로 젖히며 천장의 형광등을 올려다보았다. "어이, 고사카. 너 말이야. 어디서 여자애를 잡아 해치우고 죽인 뒤 산속에 묻거나 했다면 지금 실토하는 게 좋을 거야."

의자를 힘껏 걷어차 주었다.

가와사키 쪽과는 자주 연락을 취했다. 전화를 받는 것은 언제나 아키오 아니면 미야케 레이코였는데, 두 사람 모두 한결같이 그 뒤로는 아무 일도 없었다고 대답했다. 게다가 레이코는 살짝 웃기까지 했다.

힘드시겠군요, 하기에 어처구니없는 표정을 지으며 네, 하고 대답할 수밖에 없었다.

"하지만 정말로 나중에 웃어넘길 수 있도록, 방심은 하지 말아주세요."

"알고 있습니다. 걱정하지 마세요."

요즘 내가 알고 지내는 사람이란 점에서는 이나무라 신지도 걱정하지 않을 수 없었다. 하지만 얼토당토않은 협박 때문에 신지를 혼란스럽게 만들고 싶지는 않았다. 그래서 그의 아버지에게만 사정 이야기를 털어놓았다. 그는 진지하게 깜짝 놀랐다.

"그거 큰일이군요. 고사카 씨는 괜찮습니까?"

"네, 별일 없습니다. 그저 해보는 협박일 가능성도 큽니다.

다만 만의 하나를 생각해서."

마음 내키는 대로 선택할 거야……, 기분 나쁜 것은 그 대사였다.

"신경 많이 쓰도록 하겠습니다. 걱정 마세요. 신지는 요즘 시험공부 때문에 집에 틀어박혀 있고, 학교에서도 일찍 돌아오니까요."

"공부 열심히 하는군요."

"네. 시험공부 때문에 정신이 없는지 제대로 대화도 못 합니다. 그렇게 열심히 할 것까지는 없는데. 이따금 훌쩍 산책을 하러 나가기는 해도 해가 지기 전엔 돌아오죠. 어쨌든 저희는 별일 없습니다" 하며 안심을 시켜주었다.

이코마는 인상을 쓰며 말했다.

"제일 걱정되는 건 바로 너야."

"뭐 될 대로 되라지. 어떻게 되겠지."

"그런데, 너 대학 다닐 때 육상선수였다며? 발은 빨라?"

"역전 마라톤이었어."

"그거 다행이군. 습격당하면 하코네까지 뛰어서 도망쳐. 신기록을 세울 수 있을 거야."

결국 나중에는 이런 식으로 우스갯소리가 되고 말았다. 그만큼 절박감이 없었기 때문이다. 일주일이라는 기간이 마음에 걸렸지만, 아무리 그렇다 해도 짚이는 게 없기 때문에 당장 요란을 떨고 싶은 마음은 들지 않았다.

"누구한테 원한을 샀는지도 모르는 게 제일 무서운 거야, 이 멍청아."

이렇게 화내는 데스크가 가장 진지했다. 일이 끝나면 박진감 있는 르포를 쓸 수 있겠군, 하는 소리까지 하는 걸 보면 제 계산은 다 하고 있는 셈이다.

나나에와도 자주 만났다. 아니, 거의 매일 밤 그녀의 아파트에 들렀다. 도저히 갈 수 없을 때만 전화를 걸었다. 마치 그녀와 동거하는 것 같았다.

"쑥스러워할 것 없어. 함께 있어줘. 그게 제일 마음이 놓일 테니까."

이코마는 진지한 표정으로 말했다.

나흘째 되는 날 밤에는 한번 소개해 줘, 하면서 '제2히노데장'까지 따라왔다.

이코마의 우스갯소리에 나나에는 배를 잡고 웃었다. 목소리가 나오지 않아 너무 웃으면 오히려 몸에 나쁘지 않을까, 할 만큼 지켜보는 내가 안절부절못할 지경이었다.

나나에가 웃느라 흘린 눈물을 닦으며 부엌에 간 사이 이코마는 진지한 표정으로 좋은 아가씨군, 했다.

"너 땡잡은 줄 알아. 아, 나도 10년만 젊었으면……."

〈좋은 분이네.〉

나중에 나나에도 이렇게 적었다.

〈늘 그렇게 둘이서 티격태격 만담을 하는 거야?〉

"이따금 비꼬기도 하지."

나하고 있을 때는 두려워하는 모습을 보이진 않았지만, 문득 전화를 바라보거나 창문 쪽으로 눈길을 주곤 했다.

"나오야?" 하고 물었더니 고개를 끄덕인다.

"연락이 올 것 같은 기분이 들어?"

모르겠어, 라고 고개를 젓는다. 그때만 약간 쓸쓸한 표정을 지었다.

그렇게 지내다 보니 기한이 점점 다가왔다. 하루를 남겨 놓은 엿새째 오후가 신지와 무라다 가오루를 만나기로 한 날이었다.

08

무라다 가오루를 보자 옛날 영화가 떠올랐다. 〈철의 사나이Man of Iron〉(1981년, 칸 영화제 그랑프리를 수상한 폴란드 영화)란 영화였다.

피부는 햇볕에 탔고, 빳빳해 보이는 반백의 머리카락은 짧게 깎았다. 그 연배의 사람치고는 키도 크고 어깨도 떡 벌어졌다. 인사를 나눌 때, 그가 입고 있는 강철색 울 정장에서 살짝 나프탈렌 냄새가 풍겼다.

"도쿄는 오래간만이군요." 약간 쉰 저음으로 천천히 말했다. "언제 와도 이해가 안 되는 도시입니다."

"길을 찾기 힘들었습니까?"

"아뇨, 아뇨. 그런 뜻이 아닙니다" 하며 미소를 지었다.

오후 3시, 회사 회의실 안이었다. 무라다 가오루는 창을 등지고 의자에 기대어 앉아 있었다. 가나코가 차를 내오자 작은 목소리로 고맙다고 인사했다.

신지는 30분 뒤에 오기로 되어 있었다. 햇살은 밝고, 살짝 열어 둔 창 너머에서 신바시 거리의 왁자지껄한 소리가 들려왔다.

넓은 테이블 위에는 우리가 준비한 작은 테이프레코더만 놓여 있었다. 무라다 씨는 아무것도 가져오지 않았고, 아무것도 필요 없다고 했다.

'전 과학자가 아니어서, 그 애와 이야기하는 것만으로 충분합니다.'

무라다는 테이블에 두 손을 얹고 입가를 약간 찡그린 채 거의 표정 없는 눈으로 나를 바라보았다. 현역이었을 때는 이렇게 똑바로 쳐다보는 것만으로도 제가 했습니다, 라는 자백을 받은 범죄자가 여럿 있을 것 같다. 강렬한 시선이었다. 마음속에 있는 감정을 자기 눈에 드러내지 않으며 다른 사람을 볼 수 있는 사람은 뛰어난 형사거나 양심이라곤 전혀 없는 범죄자, 아니면 미친 사람뿐일 것이다.

"그래서." 그가 조용히 물었다. "지금은 어떻습니까? 당신은 그 애를? 아니, 그 애들이군요, 두 명이니까. 그들을 믿습니까?"

나는 테이블로 시선을 떨어뜨렸다.

"솔직히 아직 모르겠습니다."

그렇게 대답하면서 내 목소리가 긴장됐다는 사실을 깨달았다. 마치 면접시험 같았다.

"믿고 싶다는 생각은 합니다만……."

"그건 좋지 않습니다." 전혀 억양이 없고, 목도 움직이지 않으면서 무라다는 말했다. “그게 제일 좋지 않습니다.”

“왜죠?”

이코마가 물었다.

“그런 마음으로 판단을 망설이면 거기서 빈틈이 생기기 때문이죠. 유보하는 것은 좋습니다. 하지만 머뭇거리면 안 됩니다.”

“빈틈이 생긴다?”

“그렇습니다. 남을 속이는 인간들이 그 틈새에 손을 집어넣고 상대를 조롱하니까요. 마치 손가락 인형을 움직이듯이. 그러니까 당신이 그 애들에게 속고 있는 거라면 그건 그 애들이 손을 넣을 수 있는 빈틈을 줬기 때문입니다. 믿어주고 싶다, 호의적으로……. 어떤 의미에서는 위에서 아래를 너그럽게 내려다보는 듯한 그런 생각 때문에 빈틈이 생기는 겁니다.”

그런 것은 아니라고 말하려는데, 살짝 손바닥을 들어 막더니 무라다가 말을 이었다.

“믿어주고 싶다. 이런 식으로 피해서는 안 됩니다. 그건 그들에게 진짜로 속았을 경우, 그걸 핑계로 자기 체면을 지키고 싶기 때문일 겁니다. 나도 그들이 속임수를 쓰는 것 같다는 느낌은 들었다, 완전히 속아 넘어간 건 아니다, 하면서 스스로를 변명하고 싶기 때문일 겁니다. 그래선 안 됩니다. 믿느냐, 믿지 않느냐, 또는 완전히 데이터만 모으는 기계처럼 모든 추측과 감정을 차단해 버리느냐, 철저하게 그 어느 쪽인가를 선택해야 합니다."

할 말이 없었다. "그럴 수가 있습니까? 그들을 직접 보면서도?"

"불가능합니다." 내 말이 끝나자마자 바로 말하며 웃었다. "불가능하죠. 그래서 이런 일들이 계속 일어나는 겁니다."

이코마가 웃음을 터뜨리며 고개를 끄덕였다.

"이나무라 신지란 소년이 정말로 사이킥이라면 당신 마음속의 그런 보신주의적인 감정도 정확하게 파악하고 있을 겁니다. 그 애가 당신에게 끈질기게 몇 번이나 '믿어달라'고 한 것은 그런 어설픈 감상을 버리고 현실적으로 자신을 인정해 달라는 이야기일 겁니다. 그걸 당신은 이해하지 못한 거죠. 또한 그가 매우 간교한 꾀를 갖고 있고, 솜씨 좋은 사기꾼이라 해도 당신의 그런 감정을 눈치챘을 거라는 사실에는 변함이 없습니다. 그걸 이용해서 당신을 마음대로 휘두르고 있는 거니까요. 어떻든 당신에겐 별로 즐거운 이야기는 아닙니다."

마구 반박하고 싶었지만, 어떡해야 할지 방법이 보이지 않았다. 이런 것을 두고 찍소리도 못 한다, 고 하나 보다.

"기분은 이해가 돼." 이코마가 씨익 웃으며 말했다. "찍소리쯤은 해보시지 그래?"

무라다가 웃었다. 부드러운 표정이다.

"그런 실수는 저도 제법 했습니다. 당신만 실수하는 게 아닙니다."

"몇 사람쯤 알고 계십니까? 이른바 그 사이킥을."

무라다는 고개를 갸웃거리면서 목덜미를 쓰다듬었다.

"글쎄요. 35년 경찰 생활을 하면서…… 자신이 사이킥이라고 했던 사람은 대여섯 명 될까요? 본인 스스로는 몰라도 아아, 이 사람은 사이킥이구나, 하는 생각이 들었던 사람이라면 열 명 이상 만났죠."

"설마, 그런 일도 있습니까? 본인이 깨닫지 못하다니."

"있고말고요." 무라다가 고개를 끄덕였다. "능력이 강하지 않고, 우발적으로 드러나기 때문에 모를 뿐이죠. 어쩌면 두 분도 그런 경우일지 모릅니다."

나도 모르게 이코마와 얼굴을 마주 보았다. 이코마가 말했다.

"저는 몰라도, 집사람은 그럴지도 모르죠. 그 사람에겐 아무것도 숨길 수가 없으니까요."

"그건 또 다른 이야기입니다." 무라다가 웃었다. "하지만 지금 말씀하신 내용은 '가족도 속는다'는 문제하고 관련이 있습니다. 함께 사는 사람들끼리는 무의식중에 많은 정보를 주고받기 마련입니다. 이 의자에 앉을 때는 어떤 자세를 취한다, 신발은 어떻게 벗는다, 욕탕에서 나올 때는 얼마나 몸을 식히고 다시 옷을 입는가. 서로 빤히 알죠. 다만 그걸 정보로 인식하지 않을 뿐입니다. 그래서 어느 날, 예를 들어 당신이 의자에 앉을 때 평소와 다른 방식으로 발을 꼰다면, 부인께서는 위화감을 느낄 겁니다. 무슨 일이 있었나 보다, 생각하겠죠."

무라다의 목소리는 작지만 또렷하고 표현은 명쾌했다.

"그런 사람의 눈을 속이기는 매우 쉬운 일입니다. 이런저런 소재가 많으니까요. 함께 살고 있기 때문에 속이면 바로 알 수 있을 거라고 생각하는 건 옳지 않습니다. 테이블 매직이란 게 있지 않습니까? 바로 눈앞에서 동전이나 카드를 사라지게 하기도 하고 나타나게 하기도 하죠. 하지만 그 비밀을 모르면 알아차릴 수가 없습니다. 아니, 오히려 멀리 떨어진 무대에서 똑같은 마술을 할 때보다 훨씬 더 깜짝 놀라게 되죠. 그것과 마찬가집니다. 특히 부모의 경우는 자식 일이라면 뭐든 다 알고 있다고 생각하기 쉽기 때문에 빈틈이 많이 생기기 마련이죠."

무라다는 찻잔을 들어 천천히 마시더니, 테이블 한가운데를 바라보며 말을 이었다.

"지금까지 들은 이야기로는, 곧 올 소년이 뜯지 않은 봉투 안의 내용을 읽는다거나, 눈을 가리고 칠판에 적힌 글씨를 알아내거나 하는 것은 아니죠. 아무런 정보 없이도 할 수 있는 그런 종류의 깜짝 놀랄 묘기를 보여주는 건 아닙니다. 그러니 속임수인지 아닌지 구분하는 방법은 간단합니다."

무라다가 고개를 들어 나를 보았다.

"그 아이에게 당신도 대답을 모르는 것에 대해 질문을 던져보세요. 당신도 알지 못하는, 정보가 없는 사물에 관해 뭘 읽어 낼 수 있느냐고 물어보는 겁니다. 그리고 그 아이가 그것에 관해 이야기한 내용을 나중에 조사해 보면 되는 거죠. 다만 조사하는 과정을 그 아이에게 보여주지 말 것. 그걸 반복하면 됩니다. 한두 번으로는 안 됩니다. 컨디션이 나쁘다고 할 때는 하지 않으면 됩니다. 끈질기게 몇 번이고 반복하는 거죠. 그렇게 하면 속임수를 계속 쓸 수는 없을 겁니다. 남는 것은 진짜뿐이죠."

무라다는 후우, 하고 숨을 내쉬었다.

"하지만 이런 작업들은 의외로 어렵습니다. 전혀 답을 모르지만 마음만 먹으면 조사할 수 있는 직업이기 때문에 어지간해서는 그런 질문 내용을 찾을 수 없을 겁니다. 혹시 마땅하게 떠오른 재료라도 있습니까?"

나보다 먼저 이코마가 말했다.

"그 편지는 어때?"

"지금 그 생각을 하고 있었어." 나는 중얼거렸다. "하지만 그건 너무 위험해."

이코마에게는 말하지 않았지만, 요즘 얼핏 그런 생각을 하지 않은 것은 아니다.

다만 두려웠다. 혹시라도 또 맨홀 사건 같은 일이 벌어진다면 신지에게 더욱 상처를 입히는 꼴이 된다. 그를 시험하면서 나 편하라고 이용해먹는 짓은 가장 피하고 싶은 일이었다.

"그럴 것 없어. 주변에 굴러다니는 책상이나 의자 내력을 조사하는 것보다 훨씬 확인하기 쉽잖아." 이코마가 물고 늘어졌다. "게다가 만약 그 편지 문제가 해결된다면 우리한테도 도움이 될 거야. 해볼 가치는 있어. 신지가 위험에 말려들 일은 없을 테니까."

"마음이 내키지 않아. 다른 것이어도 상관없잖아."

"쓸데없는 짐작하지 마. 그런 건 금물이라고 하시잖아."

잠자코 우리 대화를 듣던 무라다가 조용히 끼어들었다.

"재료가 있습니까?

"있습니다"라고 이코마가 잘라 말했다.

"그럼 저한테는 그 얘길 하지 마세요. 그 애와 얘기해 보고, 괜찮다면 제가 말을 꺼내겠습니다. 그런 다음에 보여주세요."

매우 엄격했다. 신지가 겁을 내지 않았으면 좋겠다는 생각을 했다.

"당신이 초능력자를 써서 해결했다는 게 여성 실종사건이었죠?"

의자를 삐걱거리고 몸을 앞으로 들이밀며 이코마가 말했다.

"그렇습니다. 벌써 20년 가까이 지난 옛날 일이지만요."

그 무렵 가나가와 현에서는 열여덟 살에서 스물다섯 살 사이의 여성들이 갑자기 행방불명되는 사건이 네 건이나 연속해서 일어났다. 현 경찰본부는 명예를 걸고 대대적인 수사를 펼쳤지만 단서가 없어 해결 가능성은 희박했다.

"저는 그 당시 수사 팀의 중심에서는 벗어난 위치에 있었습니다." 무라다가 말했다. "실종 여성 중 한 사람에게 다소 복잡한 남자관계가 있었는데, 그쪽을 조사하고 있었죠. 하지만 그 사건은 범인이 피해자가 아는 사람일 가능성은 거의 없었죠. 면식범이라고는 생각할 수 없었던 겁니다. 그래서 만약을 위해 조사해 보자는 분위기였죠."

"초능력자와는 어떻게 알게 되신 건가요?"

"그녀는…… 가명으로 아키코라고 하겠습니다. 아키코는 피해자 가운데 한 명의 친구였습니다. 탐문 수사를 하러 갔을 때 만났죠."

그녀가 어쩌면 제가 도움이 될지도 모르겠습니다, 라고 말했다고 한다.

"처음에는 저도 믿을 수가 없었습니다. 헛소리라고 생각했죠. 하지만 아키코는 매우 진지했습니다. 그런 생각에…… 얽매어 있는 것 같았다고나 할까요? 뭐, 해가 될 일도 없겠다 생각했습니다."

"그 여자가 왜 당신에게?"

무라다는 내게 웃어 보였다.

"무라다 씨를 믿을 수 있겠다고 생각했기 때문에, 라고 하더군요. 저와 이야기하면서 내 마음속에서 매우 엄격하게 관리되고 있는 스크랩북 같은 걸 발견했다고 합니다. 아아, 이 사람은 입이 무겁구나, 하는 생각을 했답니다. 게다가 제가 무섭게 느껴지지 않았다더군요."

이코마가 힐끔 나를 보며 뭔가 말하고 싶은 표정을 지었다.

무라다가 말을 이었다.

"저는 아키코를 그녀의 친구가 마지막으로 목격된 장소로 데리고 갔습니다. 볼링장 전용 주차장이었죠. 피해자는 거기에 애인과 놀러왔었습니다. 돌아갈 때 애인이 깜빡 두고 나온 물건이 있어서 피해자만 남겨둔 채 5분가량 자리를 비웠다고 합니다. 그런데, 돌아와보니 피해자가 사라졌다는 거였습니다."

다른 실종사건도 그와 비슷한 상황에서 발생했다고 한다. 실마리가 전혀 없었던 거나 마찬가지다.

"아키코는 거기서 짐칸에 천막이 쳐진 트럭을 봤습니다." 기억을 더듬듯 약간 표정을 찡그리면서 무라다는 말했다. "녹색 천막에 노란 페인트 얼룩이 튀어 있다는 겁니다. 저는 실망했습니다. 그녀에게 농담하듯 말했습니다. 왜 넘버는 보지 못하느냐, 고 말이죠. 아키코는 아무 말이 없었습니다. 그러더니 다른 여자들이 사라진 곳에 데려가 달라더군요."

다른 세 군데 피해 현장 중 두 곳에서 아키코는 같은 트럭을 보았다. 한 곳에서는 성큼성큼 사라져 가는 한 남자의 뒷모습을 보았다. 그의 옷 등에 새가 날개를 활짝 펼친 모양의 자수가 놓여 있다는 것도.

그리고 아키코는 아주 고약한 냄새가 난다, 마치 뭔가가 썩는 것 같다, 고 말했다. 진득진득한…… 시커먼 물도 보인다. 연못일까…… 주위에 쓰레기가 잔뜩 쌓여 있다. 낡은 타이어와 자동차 바퀴 같은 것도 있다…….

“자동차 폐차장이 아닐까, 생각했습니다. 그 주변에 연못이나 개천같이 물이 있는 곳. 작업복에 새를 수놓은 곳. 일단 그것을 목표 삼아 찾아보았죠.”

“결국 찾아낸 거군요.”

“두 달 걸렸습니다. 가라스야마 변두리였죠. 망해 버린 도산한 작은 운송 업체였습니다. 사원 기숙사만 남아 있었는데, 일자리를 찾지 못한 사람들이 계속 지내다 그땐 한 사람만 남아 있었습니다. 숙소 뒤편엔 작은 오수(汚水) 웅덩이가 있었습니다. 사람이 도저히 살 수 없을 것 같은 가건물이나 마찬가지인 기숙사 창문에서 등에 새가 수놓인 재킷이 널려 있는 걸 발견했죠. 그때는 다리가 후들거리더군요.”

잠시 침묵한 뒤 내가 물었다.

“그 남자가 범인이었던 거로군요?”

무라다는 고개를 끄덕였다.

“네 명의 여자 시체는 그 더러운 웅덩이 바닥에 가라앉아 있었습니다.”

이코마가 팔짱을 끼고 낮은 신음 소리를 냈다.

“사실 그건 나중에 알게 되었죠. 저 혼자 힘으로는 할 수 없었던 일이니까요. 다행히 수사본부 쪽도 여성의 실종 현장에 늘 같은 타이어 자국이 남아 있다는 걸 눈치채고, 그걸 바탕으로 차종을 찾아내 샅샅이 뒤지고 있었던 겁니다. 그 장소도 언젠간 수사관들이 찾아가게 되어 있었던 거죠. 저는 타이어 자국 때문에 조사할 게 있다며 그를 찾아갔습니다. 녹색 천막이 쳐진 트럭을 봤습니다. 노란색 페인트가 튀어 있더군요. 그 망한 회사의 차였습니다. 회사 이름만 지우고 멋대로 타고 돌아다녔던 모양입니다. 나는 그에게 유도심문을 해보았습니다. 트럭 짐칸에 여자 머리카락이 떨어져 있던데, 애인 것인가? 새파랗게 질려서 도망가더군요. 그래서 체포했습니다."

살짝 어깨를 흔들고 나서 무라다는 말을 이었다.

"나중에 동행했던 형사가 물었습니다. 분명히 수상하기는 했지만, 얌전한 사람이라 결백할 거라고 생각했다, 어떻게 알았느냐? 저는 사실대로 대답할 수가 없었습니다. 아키코와 약속을 했으니까요. 그녀는 세상이 소란스러워지는 걸 바라지 않았습니다. 그냥 친구의 원수를 갚고 싶었을 뿐이라고 했죠."

"그렇지만 그 뒤에도……."

"네, 이따금 아키코의 힘을 빌렸습니다. 맞았던 적도 있고 어긋난 적도 있었죠. 이럭저럭 하다 보니 동료들에게도 숨길 수 없게 되어 한번은 수사과장을 만나게 한 적이 있습니다. 하지만 우리 사이에서도 그녀의 존재는 극비 사항으로 취급되었습니다."

"지금은?"

"행복하게 살고 있습니다. 결혼해서 아이도 있습니다. 그렇게 되기까지 무척 힘들었겠지만요. 남의 일을 너무 잘 알면 연애도 할 수 없다, 고 한탄한 적도 있었죠. 실제로 아키코는 한번 자살을 기도하기도 했습니다. 서른 살 때였죠. 그 일을 계기로 저는 그녀에게 부탁하지 않게 되었습니다. 너무 가혹한 일을 요구하는 거라는 사실을 깨달았기 때문이죠."

"그 심정은…… 이해가 될 것 같군요."

무라다의 의지 강해 보이는 턱선에 처음으로 편안한 표정이 떠올랐다. 유리잔 안의 얼음 조각이 슬며시 녹는 느낌이었다.

"아키코는 제게 이런 말을 한 적이 있습니다. 무라다라는 사람은 한 사람밖에 없고, 나도 한 사람뿐이다. 가능한 일에는 한계가 있다, 고요. 물론 저와 만나 함께 일하게 되기 전부터 그녀는 그 특수한 능력을 갖고 있었습니다. 소녀 시절부터라고 하더군요. 그때부터 무서운 일들을 수없이 봐왔다고 했습니다. 슈퍼마켓 카운터에 줄을 서 있는데 바로 뒤에 있는 주부가 들키지 않고 시어머니를 살해하려면 어떻게 해야 좋을까를 열심히 궁리하고 있다거나, 밤길에 스쳐 지나간 자가용 운전석에 앉은 젊은 남자가 만만한 여성을 물색하고 있다거나……."

이코마는 기가 질린 표정으로 이마를 문지르고 있었다.

"그런 것들이 보이고, 그냥 두면 그들이 행동으로 옮길 거라는 확신이 들었지만 어쩔 수 없었답니다. 아키코는 이렇게 말했습니다. 나는 아무것도 할 수 없습니다. 그 사람들을 쫓아간다 해도, 그런 짓 그만두세요, 해봤자 아무 소용없잖아요? 그냥 보고 넘길 수밖에 없는 거죠. 그것만으로도 죽고 싶을 만큼 괴로워요."

나는 신지의 말을 떠올리고 있었다.

'나오야는 모든 걸 자기 혼자서 해낼 각오가 없다면 다른 사람에게 일어나는 일들에 관계해선 안 된다고 했었지.'

"그런 그녀에게 더 부담스럽게, 저는 이미 발생한 비참한 사건을 재구성해 달라고 요청했던 겁니다. 그때마다 그녀는 피해자들과 함께 조금씩 죽어가고 있었는지도 모릅니다. 저는 그녀가 마모되도록 재촉했던 꼴이죠. 다행히…… 그렇습니다, 정말로 다행히…… 그녀는 나이가 들면서 조금씩 능력이 쇠퇴해 갔습니다. 어쩌면 자기 능력을 제어할 수 있는 힘 쪽을 강화시켰는지도 모르죠. 그리고 서른두 살이 되었을 때 우리는 협력 관계를 끊었죠. 그 뒤로는 연하장이나 주고받는 상태입니다. 그렇게 되어 다행이라고 생각합니다."

무라다는 자기 말에 확신을 더하듯 천천히 고개를 끄덕였다.

"어쨌든 저와 아키코는 현 경찰본부 일부에서 유명한 이야기가 되었죠. 초능력 붐이 한창일 때 신문에 소개된 것도 그 때문이고, 그 뒤로 사이킥 몇 명을 알게 된 것도 그 덕분이죠. 하지만 그들 중 아키코만큼 강한 능력을 지닌 초능력자는 없었습니다. 만약 오늘 만나게 될 소년이 진짜 초능력자라면 아키코 수준의 사이킥을 오래간만에 만나게 되는 셈입니다."

우리가 아무 말 없이 앉아 있는데, 복도를 사이에 두고 건너편에 있는 편집부에서 웅성거리는 소리와 전화벨 소리가 들려왔다. 건너편과 이쪽이 같은 층에 있다고 생각할 수 없을 만큼 분위기가 달랐다. 그게 마치 초능력과 관련된 사람과 그렇지 않은 사람의 차이를 상징하는 것처럼 느껴지기도 했다.

"제 부적을 보여드릴까요?"

다시 밝은 말투로 무라다가 말했다. 웃옷 안쪽 주머니에 손을 넣어, 작고 하얀 것을 꺼내 보였다.

목에 걸 수 있도록 끈이 달려 있다. 새끼손가락 반 정도의 크기인데, 상아인지 플라스틱인지, 이상한 모양을 하고 있었다. 동물 어금니처럼 보이기도 했지만, 어금니라고 하기에는 끝이 뭉툭하고 밑에 구멍이 뚫려 있었다. 그 구멍에 끈을 꿰어 둔 것이다.

"뭐 같습니까?"

무라다의 질문에 이코마는 곰곰이 생각에 잠겼다.

"모르겠군요."

"더플코트에 단추 대신 붙어 있는 것 아닌가요?"라고 내가 물었다.

"아, 네. 그렇습니다. 아마 그랬을 겁니다. 누가 떨어뜨린 거겠죠." 무라다는 웃었다. "4년 전쯤, 아직 현역으로 있을 때인데 여섯 살 난 제 손자가 신사(神社) 경내에서 주워온 겁니다. 그 신사에서 모시는 것은 옛날 그곳에 있던 연못에 살던 용이라고 합니다. 그래서 손자가 '할아버지, 이게 뭘까?' 하고 묻기에 제가 대답했습니다. 이건 용의 어금니야, 라고요."

"용의 어금니……."

"네. 손자가 궁금해하더군요. 용이 어떤 동물이냐, 무서운 거냐고 묻더군요. 무서운 거 아니라고 저는 대답했습니다. 손자를 겁먹게 만들고 싶지 않았던 거죠. 그리고 이걸 갖고 있으면 널 지켜줄 거야, 분명히, 라고 했습니다. 그러자 손자가 말하더군요. 그럼 할아버지가 가져, 나쁜 놈들에게 다치지 않게 말이야, 라고요. 그 뒤로 내내 제 부적으로 삼고 있습니다."

그것을 소중한 듯이 손으로 감싸더니 무라다는 말을 이었다.

"이따금 이런 생각을 합니다……. 어쩌면 우리는 정말로 자기 자신 안에 용을 한 마리 키우고 있는 건지도 모른다고요. 상상도 할 수 없는 능력을 갖춘, 신비한 모습의 용을 말이죠. 그 용은 잠들어 있거나, 깨어 있거나, 함부로 움직이고 있거나 병들어 있거나 하죠."

나는 잠자코 그의 얼굴을 바라보았다. 이코마도 마찬가지였다.

"우리가 할 수 있는 일은 그 용을 믿고, 기도하는 것 정도가 아닐까요? 부디 나를 지켜주세요, 올바르게 살아갈 수 있기를, 내게 무서운 재앙이 닥치지 않게 되기를, 하면서요. 그리고 일단 그 용이 움직이기 시작하면 그다음에는 떨어지지 않으려고 매달리는 게 고작이겠죠. 하지만 역시 마음대로 조종할 수는 없을지도 모릅니다. 어쩔 수가 없는 거죠."

나이 든 형사는 자신이 살아온 과거가 거기에 비치는 듯 자신의 손을 들여다보았다.

"이나무라 신지라는 그 소년이 사이킥이라면 그 아이도 또한 용을 깨워 버린 인간일 거라고 생각합니다. 그 애는 그 용을 조종하려 하고 있죠. 적어도 자신이 원하는 방향으로 그 머리를 향하게 하려고. 저는 그걸 도울 수 있을지도 모릅니다. 결국 그 애를 구할 수 있는 건 그 자신뿐이겠지만, 그래도 조금은 도움을 줄 수도 있을지 모릅니다."

그러면서 부드럽게 웃음을 지었다.

"어서 만나보고 싶군요."

하지만 신지는 나타나지 않았다. 기다리고 기다려도.

신지가 병원에 실려 갔다는 소식을 들은 것은 그로부터 세 시간 뒤였다.

09

사쿠라 시내의 응급병원이라고 했다.

일단 달려가기는 했지만, 처음에는 상황 파악이 제대로 되지 않았다. 신지의 부모도 정신이 없어 대화를 제대로 나눌 수 없었다.

"경찰에서 온 전화를 받고……."

"이 지역 경찰이겠죠?"

"예. 오후 5시 반쯤, 공업단지 근처 창고 뒤에 신지가 쓰러져 있는 걸 지나가던 사람이 발견했다고, 학생증을 보고 신원을 파악할 수 있었다고 합니다."

11월 중순 오후 5시 반이라면 이미 해가 완전히 저문 시각이다.

"그런 곳에서 뭘 하고 있었던 걸까요?"

"모르겠습니다." 이나무라 노리오는 이마에 난 식은땀을 닦으며 떨고 있었다. "전혀 짐작이 가지 않아요. 학교에 연락해 봤더니 오늘은 나오지 않았다고 하고…… 아침엔 평소와 마찬가지로 등교한다고 나갔는데…….”

사쿠라 공업단지라면 그 맨홀 사건 현장 바로 옆이다. 떠올리기 싫지만 그 일이 생각났다. 아직 끝나지 않은 것일까?

동시에 역시 그 협박 건도 머리에 떠올랐다. 그 어설픈 협박이 신지 쪽을 노린 걸까?

“허둥대지 마, 오늘은 엿새째야. 아직 하루가 남았어.”

이코마가 어깨를 두드렸다. 하지만 순순히 고개를 끄덕일 기분은 아니었다.

“상대방이 정정당당한 녀석이라고는 할 수 없잖아요.”

“그 애를 노릴 이유가 없어.”

“이유 같은 거야…….”

“알았어. 그러니 좀 침착해. 바깥에 나가서 두세 번 심호흡하고 들어와.”

중상이라는 최초의 막연한 설명이 좀 더 상세한 내용으로 바뀌어가면서 상황은 점점 어두워졌다. 의사의 설명에 따르면 신지는 누군가에 의해 심한 구타를 당했다.

“뇌진탕을 일으켰고, 온몸 여기저기 타박상이 있습니다. 그리고 발견된 현장은 상당히 경사가 급한 언덕 아래인데, 언덕 옆에 좁은 계단이 있습니다. 아마 그리 굴러떨어진 것 같군요. 왼쪽의 대퇴골 골절은 그때 생긴 거겠죠.”

“생명에 지장은 없겠습니까?”

신지의 아버지가 의사에게 매달리는 듯 물었다.

"어리니까요. 근육도 유연하고 심장도 튼튼합니다. 괜찮을 겁니다. 다만 머리를 다친 것이 마음에 걸립니다. 자세한 검사는 일단 현재 상태를 넘겨야 할 수 있습니다. 경찰한테 사정 이야기는 들었습니까?"

"네. 저도 뭐가 뭔지……."

"구급차 안에서 아드님이 헛소리를 했던 모양입니다."

이노무라 노리오는 아내의 손을 꼭 잡고, 조심스럽게 내 쪽을 올려다보았다.

"뭐라고 했답니까?"

"살해당할 거야, 라고 두 번 반복해서 그렇게 말했답니다. 어지간히 무서운 일을 당한 게 아닐까요?"

수술실과 집중치료실은 긴 리놀륨 복도가 끝나는 곳에 있었다. 그곳은 출입이 허락되지 않아, 바로 앞에 있는 복도 벤치에 주저앉아 그저 기다리기만 했다.

경찰 말로는 소지품을 뒤진 흔적은 없었다고 한다. 현장 부근에는 목격자도 없었다. 신지를 발견한 사람도 처음에는 술에 취해 자고 있는 게 아닐까, 생각했다고 한다. 평소에도 지나다니는 사람이 적은 장소라고 했다.

살해당할 거야. 그 말의 뜻을 생각하면 목이 서서히 조여지는 느낌이 들었다.

밤 10시 무렵이 되자 의사가 다시 나왔다. 이나무라 부부가 달려갔다.

"일단 집중치료실로 옮겼는데 면회는 당분간 무리입니다. 부모님께서도 일단 귀가하시는 게 어떻겠습니까?"

그때 복도 저편에서 불규칙한 발소리가 들려왔다. 이쪽으로 다가오고 있다. 나와 이코마는 얼굴을 마주 보며 뒤를 돌아보았다.

조명을 약하게 떨어뜨린 흰 복도를 걸어오는 것은 나나에와…….

"누구지?"

눈을 가늘게 뜨면서 이코마가 슬쩍 물었다. 믿어지지 않는 한편 이제야 왔구나, 하는 느낌도 들었다.

"저 친구가 오다 나오야야."

처음 만났을 때와 마찬가지로 셔츠에 색 바랜 청바지를 입고, 나나에의 부축을 받으며 걸어왔다. 왼발을 절며, 머리가 아픈 듯 얼굴을 찡그리고 있다. 마치…… 지금 이 복도 끝에서 신지가 겪고 있는 고통을 나오야도 그대로 받고 있는 것 같았다.

거울 같았다. 쌍둥이 같았다. 한 명이 상처를 입으면 다른 한 명도 같은 곳에서 피가 흐른다.

멍하니 서서 두 사람이 다가오는 것을 바라보았다. 나오야 쪽이 키가 훨씬 커, 어깨를 빌려주고 있는 나나에까지 비틀거리는 것 같았다. 퍼뜩 정신을 차리고 달려가 거들자 그때까지 우리 모습 따위는 눈에 들어오지도 않는다는 듯 복도 안쪽만 보고 있던 나오야의 눈이 겨우 움직였다.

아아, 하고 쉰 목소리를 냈다. 가슴 안쪽 어딘가 피가 뭉쳐 있는 듯한 목소리였다.

"이제 괜찮아." 그는 나나에에게 말했다. "고마워. 손을 놔줘."

나나에는 바로 놓지 않았다. 그녀도 안색이 창백해 오히려 나오야에게 달라붙어 있는 것처럼 보였다.

"괜찮아." 나오야는 눈가에 희미한 미소를 지으며 나나에의 손에 손을 덮어 부드럽게 떼어 내더니, 벽에 손을 짚고 몸을 지탱했다. 내가 손을 내밀어 안으려 하자 눈을 감고 고개를 저었다. "됐어요. 그냥 두세요, 괜찮으니까."

"의사를 불러오지."

그렇게 말하며 몸을 돌리는 이코마에게도 괜찮습니다, 하고 거절했다. "나, 다치지는 않았으니까요. 정말로 아무렇지도 않습니다."

벽에 기댄 채 힘겹게 손을 들어 복도 끝을 가리키며 내게 물었다. "신지는 저 안에 있는 거로군요."

나는 고개를 끄덕였다.

"그렇지만 만날 수 없어. 중상이야."

"네, 알고 있어요. 그냥 가능한 한 가까이 가고 싶은 거죠."

나오야는 천천히 발을 움직였다. "들어줘야 해요."

나나에가 반쯤 우는 표정으로 손을 내밀었지만, 나오야는 그 손을 부드럽게 뿌리쳤다. 그리고 벽을 따라 천천히 걸어가더니, 수술실로 이어지는 복도가 디귿 자 모양으로 꺾어진 곳에서 벽에 머리를 기대로 멈춰 섰다.

나오야는 그 자세로 꼼짝도 하지 않았다. 서로 기대듯이 서 있는 이나무라 부부가 그걸 바라보고 있었다.

"무슨 일 있었어?"

작은 목소리로 묻자, 나나에는 고개만 저었다. 이윽고 겨우 마음을 다잡은 듯 떨리는 손가락으로 병원 흰 벽에 〈저녁에 불쑥 찾아왔어〉라고 썼다.

"왔을 때도 저런 상태였어?"

나나에는 고개를 끄덕였다.

〈한동안 일어서지 못할 정도였어.〉

나나에가 벽에 쓰는 보이지 않는 글자와 몸짓, 그리고 나도 조금은 배운 수화를 뒤섞어 설명했다.

〈일어설 수 있게 되자 이 병원 이야기를 하면서 데려다 달라고 했어. 혼자 걸을 수 없었던 거야.〉

"어떻게 여기를 알았지?"

이코마가 눈을 크게 떴다.

〈나오야는 알 수 있어요.〉

나오야는 이제 몸을 웅크리듯 하고 벤치에 앉아 있었다. 머리를 수그리고 있기 때문에 뼈가 드러난 등밖에 보이지 않았다.

다가가기조차 두려울 만큼 그는 자기 내부로 깊이 들어가 있었다. 나나에가 다가가 조심스럽게 등에 손을 얹었지만 나오야는 고개를 들지도, 움직이지도 않았다.

그렇게 시간이 흐르는 가운데 차츰 공기가 무거워지는 느낌이 들기 시작했다.

신경이 예민해진 탓이다……. 그렇게 생각했다. 하지만 확실히 두 어깨에, 팔에 무거운 공기가 천천히 내려오는 느낌이 들었다. 보이지 않는 고리가 점점 조여드는 것처럼. 병원의 이 한 모퉁이에서만 중력의 법칙이 무너진 것처럼.

이코마가 넥타이를 풀며 "답답하지 않아?" 하고 물었을 때도 대답을 할 수 없었다.

커다란, 그러나 우리 눈에 보이지 않는 무엇이 허공을 오가고 있다. 웅크린 나오야의 등이 그것을 받아들이고 있다…….

'마치 파라볼라 안테나처럼.'

받은 것을 되쏘며…….

'신지, 넌 이런 생각을 하고 있는 거야.'

그런 대화가 내 바로 곁을 오가는 게 느껴졌다.

'미안해, 도저히 참을 수 없어서.'

이나무라 부부는 몸을 서로 기댄 채, 가만히 나오야를 바라보고 있었다. 나오야의 등에 손을 얹고 있던 나나에가 겁먹은 듯이 얼른 손을 떼고 그에게서 떨어졌다. 뒷걸음질 쳐 벽쪽에 있던 내 어깨에 부딪히더니, 또 깜짝 놀랐다. 팔을 잡아주자 뒤를 돌아보더니 몸을 기댔다

“뭐지, 이건?”

이코마의 얼굴이 굳어졌다.

그런 상태로 10여 분가량 지났을까, 나오야가 천천히 몸을 일으켰다. 그와 거의 동시에 복도 끝의 문이 열리고 의사가 다가왔다.

“부모님만 들어오세요. 얼굴 보고 싶죠? 일단 안정은 되었지만 아직 혼수상태라 유리창 너머로만 볼 수 있습니다.”

이나무라 부부가 달려갔다. 남겨진 우리도 문 바로 옆에 섰다.

나오야가 천천히 일어섰다.

“어디로 가나?”

이코마가 불러 세우자, 그는 아주 살짝 입술만 움직여 말했다.

“돌아갈 겁니다.” 나오야는 대답했다. “이제 괜찮을 거예요, 신지는.”

나오야는 아직도 비틀거리고 있었다. 왼발도 절고 있다. 벽을 따라 손을 짚으며 힘겹게 걸어가고 있다.

“혼자선 무리야. 여기 있어.”

“괜찮아요.”

그러고는 다소 멍한 표정으로 나를 바라보더니 말했다.

“당신 때문이 아니에요.”

선뜻 무슨 의미인지 알 수가 없었다.

"뭐라고?"

"신지가 다친 것, 당신 때문이 아니라고요. 당신과는 관계 없어요. 신지 녀석이 좀 실수를 한 거죠. 그뿐이에요." 작은 목소리로 뭐라고 덧붙였다. 그렇게 이야기했건만, 이라고 중얼거린 것처럼 들렸다. "그 녀석…… 정의감만 강해서."

나오야가 두 손으로 팔꿈치를 껴안고 있는 나나에게 다가갔다. 나오야는 미소를 지었다.

"걱정 마. 여러 모로 고마웠어."

살며시 손을 뻗더니 나나에의 팔꿈치에 손을 얹었다.

"그렇게 슬픈 표정 짓지 마. 알았지?"

고개를 들더니 나오야는 그녀의 어깨너머로 나를 보았다. 깨끗하고 맑은 눈이다. 저 눈을 속일 수 있는 건 아무것도 없을 것 같았다.

나오야는 다시 나나에에게 시선을 돌리고 그녀의 팔꿈치를 부드럽게 두드리더니 빙글 몸을 돌려 걷기 시작했다. 깜짝 놀라 뒤를 따르려 하자 휙, 돌아보며 말했다.

"따라오지 말아요."

나나에가 두 손으로 입을 막았다. 나오야는 잠시 그녀를 바라보더니 말했다.

"안녕."

천천히 한 걸음 한 걸음 멀어져 갔다. 뒤따라가야 한다고 생각하면서도 그가 드리운 긴 그림자가 복도 저편으로 사라질 때까지 나나 이코마나 꼼짝도 하지 못했다.

문이 소리 없이 닫혔다.

"이봐."

꿈에서 깬 듯 이코마가 중얼거리자 나는 바로 달려 나갔다. 복도를 지나 문을 여니, 그곳은 구급차가 멈추는 공간이었다. 콘크리트 바닥에 이코마와 나의 발소리가 울렸다.

휑한 회색 콘크리트 바닥에 구급 병동에서 흘러나오는 불빛이 비쳤다. 나오야는 자기 앞에 드리운 야윈 그림자를 가이드 삼아 천천히 걸어가고 있었다.

불러 세울까, 하는데 그가 발길을 멈췄다. 그리고…….

그의 모습이 발부터 사라지기 시작했다.

달리 표현할 방법이 없다. 어둠이 눈에 보이지 않는 지우개처럼 그의 모습을 지우고 있다…….

대학을 졸업하기 전에 마지막으로 할 수 있는 가난하지만 느긋한 여행이라 생각하고 한 달 가량 중국을 돌아다녔을 때가 떠올랐다. 둔황 근처에서 관광 코스를 조금 벗어나자 끝없이 이어지는 누런 사막뿐인 곳이 나타났다. 거기서 만나 모래바람은 손을 뻗으면 닿을 거리에 있는 사람들의 모습마저 지워 버렸다…….

마치 그 모래바람과 같았다.

사라져 간다. 하지만 나오야가 투명해지는 것은 아니었다. 발쪽에서부터 보이지 않을 만큼 작은 입자가 되어 밤바람에

흩날려 가는 것 같았다. 그것도 아주 순식간에. 맥박이 한 번 뛸 정도의 짧은 시간에.

그가 사라지는 것을 지켜보면서, 나는 숨도 쉬지 못했다.

나오야가 서 있던 장소에서 더 앞쪽에 빨간 신호등이 깜빡거리는 것이 작게 보였다. 조금 전까지는 그가 있었기 때문에 보이지 않았다.

이제는 보인다.

그리고 나오야는 보이지 않는다.

그의 모습이 보이지 않았다. 숨을 그늘조차 없는 텅 빈 주차장 뒤편에서 병원의 불빛이 흘러나왔다. '구급차 전용 입구'라는 불 켜진 간판이 있는 철책 너머에도 그의 모습은 없다.

"어떻게 된 거야?"

거친 숨소리와 함께 이코마의 목소리가 들렸다.

이코마는 주위를 둘러보았다. 그래봐야 이제 여기서 나오야를 찾을 수 없다는 걸 나는 알고 있었다.

"사라졌어."

"뭐라고?"

"봤잖아? 사라지려고 마음만 먹으면 사라질 수 있는 거야. 그는."

그리고 가고 싶은 곳으로도 갈 수 있을 것이다.

'비상구'라고 적힌 램프의 푸른 불빛 아래서 이코마의 얼굴은 파랗게 질려 있었다.

"미쳤어?"

"그래." 그와 시선을 마주치며 나는 말했다.

"미친 건지도 모르겠어."

제6장 사건의 전말

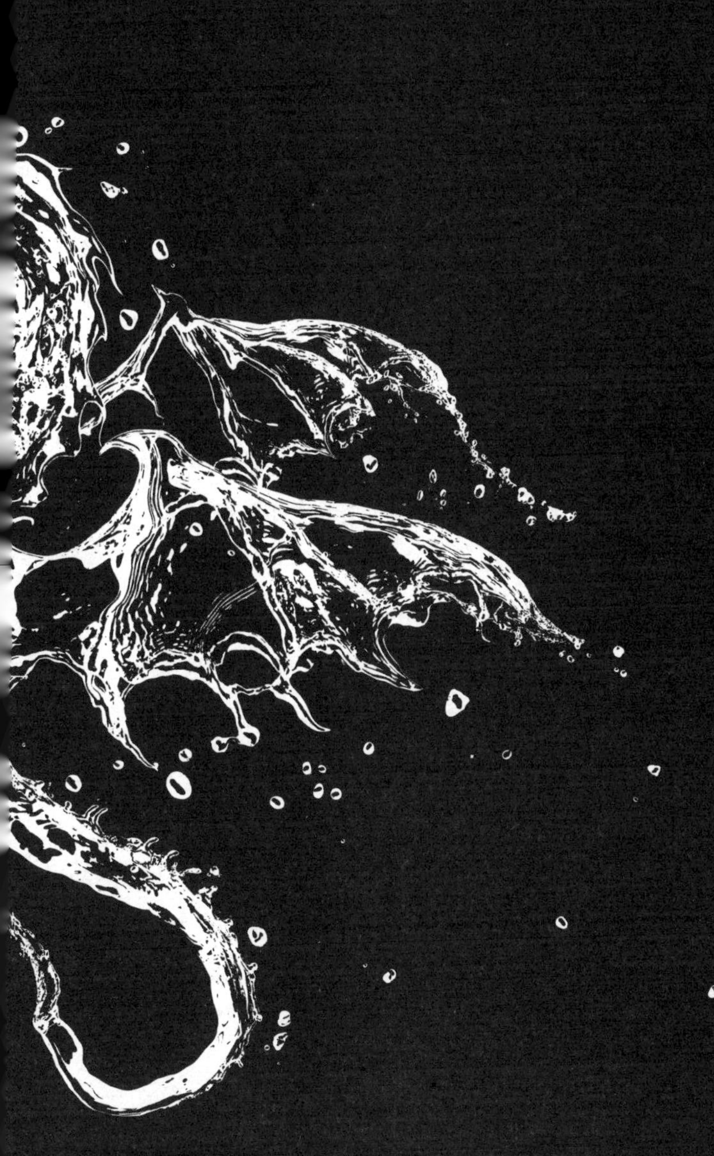

01

깜빡깜빡 졸면서 꿈을 꾸고 있었다.

어딘지도 모를 거리였다. 바람이 조금 불었다. 날은 흐린 것 같은데도 주위는 이상하게 밝다.

꿈이구나……. 생각하면서 길모퉁이에 서 있다.

야트막한 블록 담 위에 철제 울타리가 세워져 있고, 나는 거기에 기대어 있다. 울타리 너머 쪽에는 작은 공원같이 확 트인 공간이 있었다. 색이 바랜 듯한 옅은 청색 덧옷을 입은 아이들이 손을 잡고 원을 그리고 있었다. 그 한가운데서 마찬가지로 덧옷을 걸친 나나에가 손뼉을 치고 노래하며 아이들에게 웃어 보이고 있었다.

그녀는 노래하고 있었다.

나나에 목소리를 처음 듣는다…… 고 생각했다. 그게 전혀 이상하지 않았다. 아주 당연한 일로 여겨졌다. 꿈속에서라면 그녀도 노래를 할 수 있다. 말도 할 수 있고, 소리 내어 웃을 수도.

처음 듣는 노래였다. 동요 같기도 하고, 찬송가 같기도 했다. 찬송가는 한 번도 제대로 들어본 적 없는데 그런 느낌이 들었다.

나나에는 내가 보고 있다는 것을 모른다. 이름을 불러도 들리지 않는 것 같아, 역시 꿈이다. 들리지 않을 리가 없을 텐데, 그렇게 생각하며 몇 번이나 소리쳐 불렀다. 이러다 보면 분명히 꿈에서 깰 것이다…….

그때 노래하고 있는 것이 나나에가 아니라는 사실을 깨달았다. 노랫소리는 어딘가 다른 곳에서 들려왔다.

아이들이 손을 잡고 둥글게 서 있는 곳에서 조금 떨어진 장소에 흰 셔츠를 입은 오다 나오야가 있다. 나오야는 물끄러미 아이들을, 나나에를 바라보면서 노래하고 있었다.

그의 목소리였다.

나오야도 내가 보고 있다는 걸 모른다. 거기에서 나는 전혀 존재하지 않는 인간이었다. 나오야는 입가에 희미한 미소를 지으면서 노래를 계속하고, 아이들은 깡충깡충 뛰어오르고, 나나에는 웃고 있다.

그를 불러보았다.

나오야는 천천히 고개를 들어 나를 바라보았다.

그는 노래를 멈추지 않고, 웃음을 거두지도 않았다. 다만 그대로 천천히 등을 돌리기 시작했다. 회전하는 판 위에 타고 있는 것처럼 천천히 등을 돌린다. 그리고 멀어져 간다. 발이 보이지 않는데도 그는 멀어져 간다.

쫓아가려고 울타리를 넘으려 했다. 그랬더니 어느새 울타리는 훌쩍 높아져 있고, 올려다보니 그 꼭대기가 구름을 뚫고 솟아올랐다. 서둘러 나오야의 뒷모습을 눈으로 좇으니, 그는 이미 멀어져 있다.

그런데 나오야의 등에 뭔가 빨간 것이 묻어 있는 게 보인다. 페인트처럼 빨갛고, 마르지 않았다. 계속 흘러내린다. 그가 멀어져 가는 그 길에 마치 뭔가 무거운 것을 끌고 간 흔적처럼 그것이 희미하게 자국을 남기고 있다.

피다.

그걸 깨달았을 때, 발밑이 휘청했다. 몸이 흔들리기 시작했고, 시야가 흔들렸다. 나오야를 불러 세우려 소리를 지르자 그 목소리마저 흔들렸다. 몇 번이고 그를 부른다. 차츰 목소리가 나오지 않게 된다. 몸이 마구 흔들리고, 주위가 새하얗게 흐려져 간다…….

눈을 뜨니, 나나에가 나를 들여다보고 있었다. 그녀도 눈을 동그랗게 뜨고 있다.

내 어깨에 손을 얹고 흔들던 모양이다. 맨 처음 의식한 것은 그 손의 온기였다. 열이라도 있는 게 아닐까 싶을 만큼 따스하다.

겨우 현실로 돌아와 그녀의 방 천장을 보았다. 다시 한 번 확인한 듯이 아아, 꿈이었구나, 생각했다.

불이 켜진 스탠드는 그 빛에 눈이 부시지 않도록 약간 반대편으로 돌려져 있다. 나나에는 잠에서 깬 지 꽤 된 모양이었다.

"미안. 깨운 모양이네."

나나에는 고개를 저으며, 손가락 끝으로 내 이마를 살짝 만졌다. 땀을 흘린 모양이다.

"내가 가위눌렸나?"

응, 이라고 고개를 끄덕인다.

"꿈을 꾸었어."

나나에는 '어떤 꿈?' 하고 묻듯 고개를 갸웃했다. 밤중에 병이 난 아이 곁에 붙어 있는 어머니 같은 표정을 짓고 있다.

"지금 몇 시지?"

고개를 들어 머리맡의 자명종 시계를 보았다. 오전 2시였다. 그렇다면 날짜가 바뀌어 그 '일주일'이라는 기한이 지난 지 이틀째가 되었다는 이야기다.

아직까지 신지가 큰 부상을 당한 사건 이외에는 아무 일도 일어나지 않았다.

신지는 위독한 상태를 넘겨 의식도 한번 돌아왔었다. 그렇지만 그때 얼굴을 볼 수 있었던 것은 부모와 경찰관뿐이었다. 아직 말을 할 수 없는 듯, 멍하니 눈만 뜨고 있었다고 말하면서 이나무라 노리오는 시무룩했다. 그다음에는 다시 졸리는지 잠이 들었다고 한다. 대체 무슨 일이 있었는지 신지에게서 정확한 설명을 듣기는 당분간 힘들 것 같았다.

그런 상태라 신지를 습격한 게 역시 나를 협박한 이름 모를 인물일지도 모른다는 의심을 떨쳐 버릴 수 없었다.

"나는 그렇게 생각하지 않아. 그 협박은 역시 허풍이야." 이코마가 말했다.

"이봐, 생각을 해봐. 상대는 아무 짓도 하지 않고 목적을 이룬 셈이야. 일주일 동안 우리를 안절부절못하게 했으니까. 어쩌면 처음부터 그게 목적이었는지도 몰라. 우리를 혼란시키며 즐기고 있는 거야. 계속 그러다 보면 조금씩 효과가 나타나겠지."

분명히 그의 말에는 일리가 있다. 하지만 나는 선뜻 이해가 되지 않았다. 정말로 노린 것이 그뿐일까, '늑대가 왔다!' 놀이에 흥겨워하고 있을 뿐이라고는 생각하기 힘들었다.

나나에가 걱정스러운 표정을 하고 있기에 나는 살짝 웃어 보였다.

"이런 시간대에는 나쁜 꿈을 꾸기 쉬워."

그녀는 오른손을 세워 검지로 턱을 두 번 두드렸다. '정말이야?'라는 수화였다.

"정말이지. 하루 중에 피가 제일 천천히 흐르는 시간대니까."

나나에는 이상하네, 하듯 얼굴을 찡그렸다. 모포를 끌어올려 어깨를 감싸주자 엎드린 채로 턱을 베개에 얹었다.

그녀도 요즘 내내 잠이 얕은 것 같다. 자고 있나 싶어 문득 보면 눈을 또렷하게 뜨고 있을 때도 있다. 그럴 때는 '왜 그래?' 하고 물어도 대답을 하지 않았다.

"학창 시절 친구 중에……."

드러누운 채 입을 열자, 나나에가 고개를 움직여 나를 바라보았다.

"밤중에 아무리 정신없이 자고 있다가도 지진이 일어나기 직전에는 반드시 눈을 뜬다는 녀석이 있었어. 화장실에 가고 싶은 것도 아니고 뭣도 아닌데 불쑥 눈이 떠지면 백 퍼센트 확실하게 지진이 온다는 거야."

나나에가 드디어 킥, 하고 웃었다.

"그래, 웃기지? 하지만 그 녀석은 아주 진지했어. 자고 있을 때는 평소에 사용하지 않던 뇌의 어느 부분이 깨어나 활동하기 때문에 그런 감이 작동한다고 하더군. 어쩌면 지금도 그럴지 몰라. 우르릉, 하고."

그렇게 말하며 고개를 움직였을 때 전화벨이 울렸다.

나나에는 움찔했다. 음량을 줄였어도 어둠 속에서는 크게 들린다. 나는 첫 번째 신호음이 끝나기 전에 일어나, 침대를 나와 두 번째 벨이 울리기 시작하자마자 수화기를 들었다. 내가 말을 하기도 전에 이코마의 목소리가 들렸다.

"깼냐?"

"네. 깨어 있었어요."

"다행이군." 이코마의 목소리가 낮았다. "지금 앉아 있나?

앉아서 듣는 게 좋을 거야."

그는 분명 잠에서 깨어 있는 사람처럼 이야기하고 있었다. 마치 옷을 다 차려 입고, 구두까지 신고 있는 듯한 말투다.

"무슨 일 있어요?"

내가 묻자 그는 목소리를 더욱 낮췄다.

"지금 설명해 줄게. 나나에 씨한테는 가능한 한 겁먹지 않도록 잘 생각해서 이야기해야 해."

나나에가 일어나 앉았다. 가만히 내 쪽을 보고 있다.

"잘 들어. 경찰이 널 찾고 있어."

너무 놀라서 얼굴에 표정이 바로 드러나지 않을 지경이었다.

"자네 집에 연락이 닿지 않아서 그 친구들이 당황하고 있었어. 그래서 내게 연락이 왔고, 그곳을 가르쳐주었어. 곧 형사들이 도착할 거야."

"왜 나를?"

이코마가 크게 숨을 들이쉬었다.

"어젯밤 늦게 가와사키 사에코가 누군가에게 납치되었어."

이번에는 놀라움이 얼굴에 드러났는지 나나에가 자세를 꼿꼿하게 고쳐 앉았다.

"내가 아는 건 지금으로선 그뿐이야. 그녀가 납치당했어. 그래서 경찰이 너를 찾고 있고. 여하튼 유쾌한 일은 아닐 거야. 정신 똑바로 차리고 기다려."

이코마가 말했을 때, 아파트 문을 노크하는 소리가 들렸다.

형사는 두 사람이었다. 함께 맞춘 듯이 회색 양복을 입고 있었다. 한 사람이 이야기하려고 하고 한 사람은 관찰하며 둘이서 퇴로를 막았다.

설명은 간결하고 요령이 있었다. 사에코는 어젯밤 11시 반 경 집 부근 거리에서 납치를 당했고, 그 뒤로 행방을 알 수가 없다고 한다. 범인으로 여겨지는 인물에게서 최초의 전화가 오고 가와사키 아키오가 경찰에 신고를 한 건 오전 1시 35분 경이었다.

"우린 당신을 데리러 온 겁니다." 형사가 말했다. "지금 가와사키 씨 댁으로 갑시다. 다음 일은 그곳에 나가 있는 사람들 지시에 따르면 됩니다."

"왜 그러죠?"

"가와사키 부인을 유괴했다는 인물이 앞으로의 연락 상대로 당신을 지명했습니다. 이유는 당신이 잘 알고 있을 거라고 하던데."

왜냐고 물을 필요는 없었다. 형사도 이미 사정을 알고 있는 모양이다.

내 마음 내키는 대로 선택할 거야, 하는 목소리가 귀에 되살아났다.

"사정 이야기는 우리도 들었습니다. 가와사키 아키오 씨가 이야기해 줬습니다. 아직 단정할 수 없지만 당신을 협박한 사람이 드디어 실행에 옮긴 모양입니다."

두 명의 형사와 나 그리고 나나에는 연극 리허설을 하는 것처럼 부엌에 선 채 대화를 나누었다. 바닥의 냉기가 발을 타고 기어 올라왔다.

"꽤 번거로울테니 각오하는 게 좋을 겁니다. 우리도 당신과 인질이 위험에 처하지 않도록 최선을 다할 생각입니다."

"그렇지만." 다른 형사가 입을 열었다. "당신이 처음부터 이 사건에 가담했을 가능성도 있죠. 적지 않게."

견제하는 말투였다. 두 사람은 이렇게 역할을 분담하며 씨줄과 날줄 역할을 하는 모양이다.

"지당하신 말씀."

내가 말하자 나나에가 '무슨 소리를 하는 거야?' 하듯 나에게 시선을 던졌다.

형사가 나나에에게 말했다.

"우린 의심하는 게 업무죠. 애인입니까?"

나나에는 턱을 당겨 고개를 끄덕였다. 형사가 이상하다는 듯이 눈썹을 치켜올리기에 내가 말했다.

"이 분에게 이런저런 이야기를 묻겠다면 수화를 할 줄 아는 사람을 불러오는 편이 좋을 거요. 경찰에 그런 인력이 있다면 말이죠."

"여경을 부르지." 형사는 그렇게 말하며 다시 나를 바라보았다. "미안하지만, 발을 어깨 폭으로 벌리고 두 손을 드세요."

시키는 대로 하자 형사가 별안간 몸수색을 하더니 엄지로 문 쪽을 가리켰다.

"좋아요. 갑시다. 밖으로 나가면 다른 친구들도 올 겁니다. 여기에도 경호를 붙일 테니 뒷일은 신경 쓰지 않아도 됩니다."

"부탁합니다."

한 형사가 달라붙듯 다가오더니, 내 팔꿈치를 잡으며 문을 열었다. 복도로 나올 때 나나에에게 뭔가 한마디 해주려 했지만 아무 말도 생각이 나지 않았다. 나나에가 살짝 손을 들어 수화로 말했다.

그 뜻은 바로 알 수 있었다. '다녀와요.' 그렇게 말하고 보내면 반드시 다녀왔습니다, 하고 다시 돌아올 거라고 믿는지도 모른다.

밖으로 나오니 머리 위에 별이 빛나고 있었다. 밤공기는 맑았다. 약간 이지러진 달이 누군가 휙 던져 올리는 바람에 하늘이 걸려 버린 듯 어중간한 각도로 내려다보고 있다.

형사 두 명과 빠른 걸음으로 큰길로 걸어 나가니 뒤에서 택시 한 대가 조용히 다가와 2미터쯤 앞에서 정차하며 문을 열었다. 올라탈 때 형사가 내 머리를 눌렀다.

"또 한 대 미행이 따라올 텐데, 뒤에는 신경 쓰지 마세요."

운전기사로 변장한 형사가 차를 출발시키고 나서 말했다.

"내릴 때는 아주 자연스럽게 행동하세요. 범인이 어디서 보고 있을지도 모르니까. 제대로 돈을 지불하는 척하세요. 어쨌든 침착하게 행동하도록. 알겠습니까?

"미터기."

"뭐요?"

"미터기를 꺾지 않았소."

형사가 씩 웃으며 말했다.

"그런 식으로 해주십시오."

02

가와사키 집에는 1층만 불이 켜져 있었다.

맨 먼저 나온 것은 가와사키 아키오였다. 넥타이를 단정하게 매고 있었다. 방금 퇴근해서 웃옷만 벗은 것 같은 차림이다.

그는 일단 아무 말 없이 나를 쏘아보았다. 창백하고 굳은 얼굴로 늘어뜨린 팔을 부들부들 떨고 있다.

"이런 일이……."

일어난 것은 다 너 때문이다, 라고 말하고 싶을 거라는 걸 잘 알고 있었다.

"죄송합니다." 나는 말했다.

그는 힘없이 고개를 숙이며 이마를 문질렀다.

"미안합니다. 당신을 원망해 봤자 별도리 없다는 건 알지만……."

가와사카의 등 뒤에서 땅딸막한 몸집의 사내가 나왔다. 회색 양복을 입고 웃옷 단추는 모두 풀었다.

"고사카 쇼고 씨죠?" 멋진 바리톤 목소리였다. "이리로."

빈틈없이 커튼이 쳐진 거실 안에는 양복 차림의 사내 네 명이 있었다. 땅딸막한 사내가 나를 응접실 테이블 앞에 앉아 있는 자그마한 남자 앞으로 데리고 갔다.

"경시청 수사 1과 특수범죄 수사반에 있는 이토 경부(警部: 우리나라의 경감에 해당하는 경찰 계급)입니다."

온화한 목소리가 거의 긴장감이 느껴지지 않았다. 그는 간단하게 주위에 있는 부하들을 소개하고, 이렇게 말했다.

"이 피해자 대책반은 제가 지휘를 맡고 있습니다. 번거롭겠지만 앞으로는 아무리 사소한 일이라도 제 지시에 따라주십시오. 괜찮습니까?"

"알겠습니다."

바리톤 목소리의 사내가 내게 앉으라고 권했다. 그는 나카기리 순사부장(우리나라의 경장에 해당하는 경찰 계급)이라고 했다. 이름을 외운 것은 지휘관과 이 사람뿐이다. 두 사람은 모두 오십대지만 나카기리 형사가 좀 더 나이가 들어 보였다.

테이블 위에는 흰색 전화기가 놓여 있었다. 녹음기가 연결되어 있고, 옆에 헤드폰이 있다. 그 옆에는 또 한 대의 녹음기 비슷한 기계가 놓여 있다. 아마 음성 증폭기일 것이다. 커다란 지도가 펼쳐져 있고, 두 곳에 빨간 표시가 되어 있다. 이 집과 사에코가 납치된 현장일 것이다. 이 집을 중심으로 5센티미터 간격으로 둥근 원이 그려져 있었다.

이전에 왔을 때 느낀, 방 안 전체를 지배하던 장식적인 분위기가 모두 사라져 있었다. 아마도 사에코가 정성을 기울였을 관엽식물 화분은 아무렇게나 구석으로 치워졌다. 칸막이 문을 활짝 열어 놓은 채 두 명의 형사가 드나들고 있었는데, 그 안쪽 방에는 무전기가 놓여 있는 모양이다. 사에코가 참고했을 인테리어 책에는 그런 것들이 방에 놓을 경우에 대해서는 적혀 있지 않을 것이다.

"일단 현황을 설명드리죠." 이토 경부는 테이블에 손을 얹었다. 체격과는 어울리는 않게 큰 손이었다.

"사에코 부인이 어떤 상황에서 끌려갔는지 우리도 아직 모릅니다. 알고 있는 것은 오늘 밤 부인이 무슨 일 때문이지 이 지점에서……."

그러면서 지도 위 빨간 표시를 손가락으로 가리켰다.

"누군가에게 납치된 모양이라는 것뿐이죠. 여기는 좁은 사거리인데 인적이 드문 곳이라 현재 목격자는 찾기 못했습니다. 비명이나 사람들이 다투는 소리를 들었다는 정보도 들어오지 않았고요. 하지만 현장에 부인의 구두 한 짝이 떨어져 있었습니다."

경부는 내 눈을 똑바로 보며 이야기하고 있었다. 내 반응을 살피는 것이라는 사실을 깨달았다.

가와사키 아키오가 천천히 다가와 소파에 털썩 주저앉았다. 힐끔 그를 쳐다보았다.

"당신은 집에 없었던 거로군요."

"내가 당신에게 잔소리 들을 일은 없어." 내뱉듯이 그렇게 말하더니 머리를 감싸 쥐었다. "중요한 회합이 있었소."

"그리고, 일주일이란 기한도 지난 상태죠?" 이토 경부가 끼어들었다.

"딱 하루 지났습니다."

"그렇죠. 하지만 그게 무서운 겁니다." 이번에는 나카기리 형사가 말했다. "어떤 일이든, 상대가 누구든, 일단 기한이 정해지면 사람은 거기에 얽매이기 마련입니다. 그 기한이 지나면 아무래도 긴장이 풀어지죠. 이건 사람이라 어떨 수 없는 일입니다."

"처음에는 거기에 별로 크게 신경을 쓰지 않았습니다."

고개를 숙인 채 가와사키가 말했다. 그가 긴 한숨을 내쉬자, 알코올 냄새가 풍겼다.

"왜 이제 와서 너 때문에 아내가 이런 꼴을 당해야 하는 거지? 앞뒤가 맞지 않잖아? 협박하는 놈이 네가 사에코와 헤어진 걸 모르고 있다면 또 몰라. 하지만 빤히 알고 있어. 이상하지 않아?"

잠시 침묵한 뒤, 이토 경부가 천천히 내 쪽으로 고개를 돌렸다.

"솔직하게 대답해 주시면 좋겠습니다. 가와사키 사에코 씨와 당신은 정말로 관계를 끊은 상태였습니까?"

"그렇습니다." 나는 대답했다. "3년 동안 전혀 소식을 몰랐습니다. 첫 협박 전화에서 그녀 이름이 나왔고, 그래서 처음으로 연락을 취했죠. 그때까지는 그녀가 결혼한 사실도, 여기 살고 있다는 것도 몰랐습니다."

부드럽게 느껴지는 말투로 경부가 말했다.

"다른 사람은 몰라도 우리에겐 거짓말이 통하지 않습니다. 쓸데없는 수고만 하게 할 뿐이죠."

"거짓말은 하지 않습니다."

"난 믿을 수 없어." 가와사키가 불쑥 말하고 고개를 들었다. 흐릿한 눈으로 내 왼쪽에서 나를 쳐다보고 있다. "당신 변명 따윈 믿지 않아."

"그건 당신 마음이지."

두 명의 형사가 재빨리 눈짓을 나누더니 나와 가와사키를 물끄러미 번갈아 보았다. 저울의 양쪽 끝에 우리를 얹고 어느 쪽이 더 무거운지 견주는 눈초리였다.

"뭐라 해도 나는 사실을 말하고 있습니다. 부인과는 이미 관계가 끝났고, 그뿐입니다."

가와사키는 갑자기 언성을 높였다.

"그럼 왜 집사람이 납치된 거지? 응? 왜야? 너와 관계가 없다면서, 왜지?"

멱살이라도 움켜쥘 기세인 그를 나카기리 형사가 슬쩍 눌러 앉혔다.

"그만하세요." 형사가 말했다. "좀 쉬는 게 어떻겠습니까? 전화가 오면 바로 알려드리겠습니다."

가와사키는 여전히 나를 쏘아보았지만, 눈동자를 움직여 형사를 쳐다보더니 수그러들었다. 그는 힘없이 일어섰다.

"세수 좀 하고 오겠습니다."

바로 그때 레이코가 도착했다. 황급히 현관문을 여닫는 소리가 들려 고개를 드니 그녀가 서 있었다.

화장기 없는 흰 얼굴에 입을 한 일 자로 꾹 다물고 있었다. 수수한 원피스 차림인데, 맨발이다. 서둘러 아무 옷이나 걸치고 달려온 느낌이 강하게 들었지만, 그래도 무척 아름다워 보였다.

나카기리 형사가 재빨리 일어서더니 화장실에서 돌아온 가와사키와 레이코의 어깨를 감싸고 부엌으로 데리고 갔다. 작은 목소리가 들렸지만 무슨 이야기를 하는지는 알 수 없었다. '부이사장님……' 하는 레이코 목소리를 남기고, 나카기리 형사가 부엌문을 닫았다.

이토 경부는 천천히 고개를 돌려 다시 나를 쳐다보았다.

"그런데, 이 일이 어떻게 시작된 것인지 말씀을 들어야겠군요."

나는 지금까지의 경위를 설명했다. 설명하는 동안 경부는 내 이야기를 두 번 끊었다. 한번은 백지 협박장에 관한 이야기를 하고 있을 때였다.

"지금 그건 어디 있죠? 버린 겁니까?"

"편집부 책상 안에 두었습니다. 여덟 통 전부."

경부는 부하에게 가져오라고 지시했다. 두 번째는 이나무라 신지의 부상에 관해 이야기했을 때였다.

"그 소년은 당신과 순전히 개인적으로 아는 사이입니까?"

"그렇죠."

"알고 지낸 지 오래되었습니까?"

"아뇨, 최근에 알게 되었죠."

"그 소년과 지금 이야기할 수 있습니까?"

"어젠 전혀 불가능했습니다. 아직도 반쯤 혼수상태인 것 같고요."

경부는 고개를 끄덕이며 손에 든 수첩을 뒤적였다.

"미무라 나나에 씨던가, 당신과 친한 여성 말입니다. 그분과는?"

"사귄 지 한 달가량 되었습니다."

"그러시군요." 경부는 수첩을 탁, 닫았다. "이상하네요. 그게 누구건, 원한을 품고 당신을 협박하는 사람이 당신과의 관계가 가장 오래된 여성을 노렸다는 이야기네요."

"네. 그게 묘하더군요. 처음부터 이상하다는 생각이 들었죠. 왜 이제 와서 사에코라는 이름이 나오는지, 전혀 이해가 되지 않습니다."

경부는 검지로 움푹 팬 턱을 두드리며 잠시 생각했다.

"당신들 두 분이 함께 누군가의 원한을 샀을 가능성은 생각할 수 없습니까?"

나는 바로 고개를 저었다. 경부가 호오, 하는 표정을 지었다.

"자신 있습니까?"

"이 일이 시작되고 나서 지겨울 정도로 생각해 봤습니다. 조사도 해봤죠. 그렇지만 짚이는 구석이 없습니다. 적어도 제가 아는 범위 안에서는 없습니다. 이제 저 개인의 일이 아니라 가령 《애로》 전체에 대한 협박인데, 우연히 제가 그 표적으로 선택되었을 뿐이라면 또 이해할 수도 있겠습니다만."

이토 경부는 천천히 고개를 끄덕이고 있다.

"이해가 안 가는 것투성이입니다. 왜 나인지, 왜 사에코 씨 이름이 함께 나오는지, 지금까지 상대방이 내게 직접 전화를 건 것은 두 번뿐입니다. 하지만, 그때도 물어봤습니다. 어떻게 된 것이냐, 이야기해 준다면 들을 용의가 있다고 말이죠. 하지만 전혀 대답을 하지 않았죠. 단서가 될 만한 말 한마디 없었던 겁니다."

"상대방 목소리는 기억합니까? 그러니까, 다시 듣게 된다면 알아들을 수 있습니까?"

"그렇습니다."

"그렇다면……." 경부는 두 손의 손가락 끝을 맞추고, 눈동자만 움직여 천장을 올려다보았다. "나머지는 범인에게 물어보는 수밖에 없겠군요."

나는 반사적으로 전화기를 바라보았다. 하지만 전화기는 침묵하고 있었다. 옆방에서 부하 형사 한 명이 경부를 불렀다. 그는 날렵하게 일어섰다.

잠시 후 돌아왔을 때도 표정에는 아무런 변화가 없었다. 목소리도 여전했다.

"없다더군요."

자리에 앉으며 경부는 말했다.

"뭐가 말입니까?"

"여덟 통의 협박장 말입니다. 당신이 이야기한 곳에서는 발견되지 않았답니다.

03

전화가 걸려온 것은 오전 3시 20분이었다. 깊은 밤을 지나며 느슨해져 가던 긴장의 끈이 소리를 내며 팽팽해졌다. 그 소리가 전화벨보다 더 또렷하게 들렸다.

가와사키가 수화기에 손을 얹고 이토 경부를 바라보았다. 헤드폰을 쓴 나카기리 형사가 녹음을 시작하며 경부를 향해 고개를 끄덕였다.

"가와사키입니다."

쉰 목소리를 내며 가와사키가 대답했다. 오른쪽 눈썹이 꿈틀꿈틀 움직였다. 상대방의 말에 그렇다, 그렇다, 두 번 급히 대답하더니 물었다.

"사에코는 무사한가? 무사한가?"

상대가 대답을 하지 않는 모양이다. 가와사키는 피로 때문에 살짝 기름이 앉은 얼굴로 나를 보며 수화기를 내밀었다.

"당신을 바꾸래."

수화기를 받아들자 사람의 것이라고 생각할 수 없는 쉰

목소리가 들려왔다.

"여어, 눈 좀 붙었나? 아, 아침 인사를 하는 게 낫겠군."

이미 두 번 들은, 누구인지도 모를 그 목소리와는 달랐다. 당황해서 바로 대답할 수가 없었다. 나를 바라보는 이토 경부가 몸을 앞으로 굽히고 몸을 디밀어 '왜 그래?' 하듯 눈썹을 치켜올렸다.

"여보세요? 고사카 씨? 나야, 오랜만이네."

"지난번과 목소리가 다르군."

"그런가? 조정 방식을 좀 바꿔서 그래. 그렇게 놀라지 마. 분명히 예고한 대로 했을 뿐이잖아?"

이토 경부는 고개를 끄덕여 보이고, 나는 말했다.

"일주일 기한은 이미 지났는데."

"내게도 이런저런 사정이 있어서."

"사에코 씨는 무사한가?"

상대방은 작은 소리로 웃었다.

"걱정되나?"

"당연하지. 왜 그녀를 끌고 들어가? 어쩔 셈이야?"

"아니, 아직도 모르시나? 대단하군. 자네가 진 빚을 갚고 있는 거야. 기억이 나지 않나?"

"생각나지 않아. 전혀 안 나. 그쪽이야말로 뭔가 오해하고 있는 거 아닌가?"

찔러보면 조금은 반응이 있을까 생각했지만, 상대는 또 웃기만 했다. 하지만…… 아무래도 그것만은 아닌 것 같은 느낌도 든다. 숨을 헐떡이고 있는 것 같다.

"여보세요?"

"전화를 길게 끌 속셈일 테지만 그렇게는 안 되지." 상대의 말투가 갑자기 빨라졌다. "가와사키 사에코는 분명히 내가 맡고 있어. 증거를 보여주지. 한번만 이야기할 테니 잘 들어. 츠쿠다 다리를 건너서 기요스미 거리로 나가. 쇼센 대학교를 지나 조금 가면 '아이리스'란 심야 영업 레스토랑이 있지. 그곳 남자 화장실을 들여다봐. 단, 당신이 가야 해. 다른 사람은 안 돼. 알겠지? 앞으로도 마찬가지야. 지시대로 하지 않으면 바로 알 수 있으니까."

"지시? 도대체 무얼 지시……."

내가 말을 마치기도 전에 "그럼, 기다리고 있겠다"며 재빨리 말하고 전화를 끊었다. 하지만 그 직전에 또 숨을 헐떡거리는 소리가 들렸다.

"어때?"

이토 경부가 옆방에 대고 소리를 질렀다. 잠깐 틈을 두었다가, 심각한 표정을 한 젊은 형사가 얼굴일 내밀었다. 그의 등 뒤에서 무전기에 대고 빠른 말투로 대화하는 목소리가 들려왔다.

"잡았습니다. 만안(灣岸) 매립지에 있는 공중전화예요. 지금 그리 가고 있습니다."

내 비스듬히 맞은편에 있던 가와사키가 의자에 팔걸이를 움켜쥐었다.

"알아냈습니까?"

"그렇습니다."

"그렇게 빨리?"

"역탐지 기술은 계속 좋아지고 있으니까요. 1분이면 충분하죠."

이토 경부는 일어서서 무전기가 있는 방으로 이동했다. 나카기리 형사와 우리는 거실에 남았지만, 이곳에서 지금 무엇을 기다려야 하는지 잘 알고 있었다. 가와사키는 연신 얼굴의 땀을 닦고, 나카기리 형사는 테이프를 되감은 뒤 헤드폰으로 다시 들었다.

급히 달려가는 경찰차와 뛰어가는 경찰관들의 모습이 떠올랐다. 여기에는 몇 명의 형사들만 있을 뿐이지만 밤의 어둠 속에는 더 많은 경찰들이 있을 것이다. 은빛 전파를 탄 목소리가 어지럽게 오갔다. 하나뿐인 공중전화를 향해 돌진하는 그들의 발소리를 들은 범인이 도망치기 전에 그들 중 누군가가 그의 목덜미를 낚아챌지도 모른다.

문득 엉뚱하게 '엠바고'라는 벽 너머에서 대기하고 있을 동업자들이 떠올랐다. 나는 유괴사건을 취재해 본 경험은 없지만 이야기를 들은 적은 있다. 이곳 가와사키 집 부근에도 여기저기 신문 판매점이나 카페를 통째로 빌려 취재 기지를 설치한 그들이 엠바고가 풀리는 순간을 기다리며 단거리 주자처럼 출발 자세를 취하고 있을 것이다.

10분에서 15분쯤 되는 기다림이 꽤 길게 느껴졌다. 경부가 돌아와 앉았던 자리에 다시 앉자 모두가 바짝 긴장한 표정을 지었다.

"아쉽게도 놓쳤습니다."

경부가 억양 없는 말투로 말했다.

가와사키는 깊은 한숨을 내쉬더니, 머리를 끌어안으며 웅크리고 앉았다. 그의 뒤에 서 있던 레이코가 손을 뻗어 가와사키의 등에 손을 얹었다. 그 두 사람이 이렇게 접촉하는 모습을 보이기는 처음이었다.

아무 일도 없었다는 듯이 나카기리 형사가 테이프를 재생했다. 이토 경부는 도쿄 23개 구가 실린 지도를 꺼내 상대가 지정한 장소를 확인하고 있었다. 냉정한 표정이다.

"다음 기회를 기다립시다. 희망은 충분히 있습니다."

이토 경부가 가와사키에게 말했다. 가와사키는 눈을 감은 채 얼굴을 들고 고개를 끄덕였다. 그리고 눈을 뜨더니 떨리는 목소리로 물었다.

"오히려 골치 아프게 된 건 아닌가요?"

"그건 염려하지 마세요. 우리도 세심하게 주의하며 행동하고 있습니다."

경부는 내 쪽을 돌아보았다.

“상대 목소리가 다르다는 게 정말입니까?”

“확실합니다.”

“어쨌든, 음성 변조기를 사용하고 있는 것 같군요.”

나카기리 형사가 테이프를 노려보며 말했다.

“그렇지만 이상하더군요.”

“뭐가요?”

“범인 말입니다. 이상하게 숨소리가 거칠지 않았습니까?”

나는 고개를 끄덕였다.

“네. 그랬습니다. 마치 천식이라도 걸린 듯했죠.”

“전에도 그런 일이?”

“없었습니다.”

기와사키 아키오가 갑자기 테이블을 두드렸다

“그런 건 아무래도 상관없어! 지금은 범인 걱정을 할 때가…….”

미야케 레이코가 그의 팔을 살짝 잡았다.

“부이사장님.”

“가시겠습니까?”

경부가 나를 바라보았다.

“네. 물론.”

“위험할지도 모릅니다.”

“저쪽은 내 얼굴을 알고 있습니다. 속임수는 통하지 않을 겁니다.”

"좋습니다." 일어서면서 경부가 말했다. "승용차와 미행 팀을 준비시키겠습니다. 마이크를 붙이고 가주세요. 주변에 신경 쓰지 않도록 하고. 만약 접근해 오는 사람이 있어 위험을 느끼면 바로 도망치는 겁니다. 아시겠습니까?"

"말도 안 돼." 악의를 드러내며 가와사키가 말했다. "이게 다 너 때문이야. 무슨 일이 있어도 도망치지 마. 사에코를 구해와."

"그럴 작정이야." 내가 말했다. "하지만 당신 부탁 때문에 하는 건 아니야."

가와사키는 얼굴이 창백해져 입을 다물었다. 가와사키보다 훨씬 침착한 레이코가 내게 사과하는 눈짓을 보내왔다.

장비를 갖추고 몇 가지 자세한 지시를 받을 뒤, 수사 지휘본부와 체포조에게서 연락이 오기를 기다리는 동안 나는 슬쩍 나카기리에게 말을 건넸다.

"또 한 가지 신경 쓰이는 게 있습니다."

"뭡니까?"

"아까 전화를 한 사람이 한마디도 하지 않더군요. 경찰에 알리지 말라 또는 경찰에게 알리지 않겠지, 알리면 그냥 두지 않겠다, 이런 소리를."

땅딸막한 나카기리 형사는 천천히 고개를 끄덕였다.

"그런가요?"

형사는 고개를 저었다.

“저도 지금까지는 그런 경우는 본 적 없습니다.”

그게 잘 이해가 되지 않는다…… 고 말할 필요도 없었다. 형사는 이미 그걸 눈치채고 있다는 사실을 깨달았다. 그가 미간을 살짝 찌푸렸다.

‘아이리스’는 금방 찾을 수 있었다. 큰길가에 빙글빙글 도는 간판을 세워 뒀다. 가게에 통유리를 붙여, 여기저기 페인트로 팝아트를 흉내 낸 그림을 그렸다.

타고 간 위장 택시가 일부러 가게 뒤쪽으로 갔기 때문에 정면에 멈추기 전 전용 주차장을 반 바퀴 돌게 되었다. 주차된 차는 세 대. 그중 한 대는 분명히 개조 차량이었다.

“천천히 내리세요.” 차의 앞뒤를 확인하고 나서 운전기사 역을 맡은 형사가 말했다. “뒤돌아보지 말 것. 가게 안에는 먼저 체포조가 몇 명 들어가 있습니다. 그들을 쳐다보지 말 것. 나머지는 지시에 따라주세요.”

이 늦은 시각에도 가게 안에는 손님이 드문드문 있었다. 자리를 정하려는 몸짓으로 재빨리 둘러보았다. 창가의 한 쌍이 그 개조 차량을 몰고 온 모양이다. 요란한 복장을 한 십대들이었다. 나머지는 한복판의 2인용 테이블에 앉은 아베크족 한 쌍. 끄트머리의 칸막이가 된 좌석에서는 한 중년 남자가 신문을 펼쳐 놓고 있다. 바로 앞 카운터에는 젊은 남자가 두 명. 각자 따분하다는 표정으로 커피를 마시고 있다. 그중 한 사람이 나와 마찬가지로 왼쪽 뒤에 이어폰을 끼고 있었다. 카운터에 팔꿈치를 얹고, 손으로 머리를 짚어 교묘하게 이어폰을 가리고 있다. 작정을 하고 보지 않으면 이어폰을 끼고 있는지 알 수 없을 것이다.

화장실로 바로 가지 말라, 는 지시를 받았다.

'가능한 한 시간을 끌며 행동하세요. 범인이 정말로 당신이 왔는지 어떤지 확인할 수 있도록. 어디선가 지켜보고 있을지도 모릅니다.'

웨이터가 다가와 창가 자리로 안내해 주었다. 십대들 옆을 지날 때, 그들이 피우는 담배 냄새와 땀 냄새가 코를 찔렀다.

자리에 앉아 커피를 주문하자 왼쪽 귀에 끼운 이어폰 소리가 들렸다.

"가게 안에 아는 얼굴이 있습니까?"

입을 움직이지 말고 간결하게 말하라는 지시도 받았다.

"없어요."

"좋습니다. 그럼 화장실로 가보세요."

천천히 일어서서 통로를 걷고 있는데 손님이 한 명 더 들어왔다. 딱 5분 뒤였다. 형사다.

화장실은 좁았다. 좌변기 하나, 소변기 하나, 뿌연 거울이 달린 세면대, 페이퍼타월 홀더, 세면대 위에는 아무것도 없다. 타일이 깔린 바닥에도 아무것도 떨어져 있지 않았다. 휴지통에 손을 넣어 뒤져봤지만 나온 것이라곤 쓰고 난 페이퍼타월

뿐이었다.

좌변기가 있는 쪽을 열어보았다. 청소가 제대로 되어 있지 않았다. 여기도 골치 아픈 손님이 많은 모양이다. 홀더의 화장지는 떨어졌고, 쓰다 만 화장지 롤 하나가 삼각형의 좁은 선반에 올려져 있다. 변기 뚜껑을 올려봤지만 안에는 물만 고여 있을 뿐이다.

아무것도 없다.

와이셔츠 칼라 밑에 숨긴 무선 마이크로 호출하자 이어폰에서 응답이 왔다.

“잘 찾아봤습니까?”

“네. 그런데 무슨 물건을 숨겨둘 만한 곳이 아닙니다.”

“한 번 더 잘 찾아보세요. 침착하게.”

이리저리 움직이며 하나하나 확인했다. 이상한 곳은 전혀 없고, 아무것도 발견하지 못했다. 쭈그리고 앉아 좌변기 안쪽을 들여다보니 겨드랑이 아래 매달려 있는 소형 무전기가 갈비뼈를 살짝 스쳤다.

갑자기 부웅, 하는 소리가 들렸다. 뒤를 돌아보니 아까 신문을 펼치고 있던 중년 사내가 비틀거리며 들어오는 중이었다. 술에 취했다. 그가 입구에 있는 스위치를 올렸기 때문에 환기팬이 돌기 시작한 것이다.

사내가 졸린 눈으로 나를 훑어보더니 멍하니 있다가 이윽고 억양 없는 말투로 입을 열었다.

"당신한테 돈을 지불하지 않으면 똥도 누지 못하나?"

길을 열어 주자 비틀거리며 좌변기 쪽으로 들어가 큰 소리를 내며 문을 닫았다.

이어폰에서 음성이 들렸다.

"무슨 일입니까?"

"사람이 들어왔습니다." 작은 목소리로 대답했다. "관계없는 사람 같습니다만."

"알았습니다. 그만 나오시죠. 여경이 여자 화장실을 뒤져보았지만 아무것도 발견할 수 없었습니다. 속은 건지도 모르겠군요."

복도로 나오자 아까 그 십대들이 카운터에서 계산을 하고 있었다. 그들이 나가기를 기다리는 동안 머리를 굴렸다.

안으로 들어가려는 웨이터를 불러 세워 물어보았다.

"잠깐. 오늘 밤, 아니 최근 한 시간 사이에 화장실에서 발견한 분실물은 없었나?"

웨이터는 바로 대답했다. "아아, 그 지갑 말인가요?" 카운터 아래를 들여다보더니 바로 꺼냈다. "그렇지만 여자분 것인데요."

가죽으로 만든 빨간 장지갑이었다. 아직 새것이라 가죽에 윤기가 있었다.

"여기 있습니다. 그렇지만 돈도 카드도 들어 있지 않고……." 웨이터는 묘하게 웃었다. "남자용 화장실 휴지통 안에 버려져 있던 겁니다."

펼쳐서 뒤져보니 분명히 현금은 없다. 얇은 플라스틱으로 된 카드가 한 장 있을 뿐이다.

산부인과 진찰권이었다. '가와사키 사에코'라는 이름이 적혀 있었다.

"있었지?"

전화 목소리가 대뜸 이렇게 말했다. 막 오전 5시가 되고 있었다.

"나는 약속을 지킨 거야. 내가 그 여자를 데리고 있다는 걸 알았겠지?"

"목소리를 들려줘. 무사한지 어떤지 확인하고 싶어."

"그건 안 돼. 지금 자고 있으니까. 수면 부족은 태교에 좋지 않거든. 그런 것도 모르나?"

될 수 있으면 시간을 끌어 달라는 요청이 있었기에 이리저리 궁리했다. 천천히 비위를 맞추는 투로 내가 말했다.

"어때, 거래하지 않겠나?"

"거래?"

"그래. 이유는 모르겠지만 당신은 나를 원망하고 있잖아? 그렇다면 사에코 씨 대신 나를 인질로 삼지 그래. 그게 맞지. 그녀는 관계가 없으니까. 어디든 지정한 곳으로 나 혼자 나갈게. 대신 사에코씨는 풀어줘. 어때?"

상대의 거친 숨소리는 지난번 전화 때보다는 가라앉아 있었다. 그렇지만 여전히 호흡이 힘든 모양이었다. 헤드폰을 낀 나카기리 형사가 얼굴을 찡그리며 그 호흡 소리를 듣고 있었다.

"안 돼."

상대가 대답했다.

"어째서?"

"당신은 돈이 안 돼."

이토 경부가 불쑥 몸을 당겼다.

"돈? 뭐야, 결국 그게 목적인가?"

"당연하지. 난 당신 때문에 인생이 엉망진창이 되었어. 그 보상은 받아야지. 그리고 얻을 수 있는 것은 얻을 수 있는 곳에서 얻겠어. 그래서 가와사키 부인을 고른 거니까 말이야."

상대방이 하는 말의 내용보다 단어의 선택에 신경이 쓰였다. 아니다, 라고 직감했다.

전에 두 번 통화했던 그 상대가 아니다. 말투가 더 젊다.

"내가 네 인생을 어떻게 엉망으로 만들었지?"

말할 때의 심리에 따라 가와사키 아키오가 나를 '당신'이라 부르지 않고 '너'라 부르는 것처럼 나도 상대를 '너'라고 불러보았다.

"너라고 부르지 마!"

"왜?"

"그런 건 아무래도 상관없어! 날 우습게 보지 말라는 거야."

"우습게 보는 게 아니야. 그래, 얼마가 필요해? 엉망이 된 인생을 복구하는 데 얼마가 필요해?"

한쪽 눈으로 시계의 초침을 노려보며 말했다. 거의 1분이 되어 가고 있다. 가와사키가 초조한 표정을 하고 무릎걸음으로 다가왔다. 급한 숨소리가 귓가에 닿았다.

"1억 엔." 상대가 말했다. "다시 걸겠어. 경찰이 귀찮으니까."

"경찰? 무슨 소리야?"

"알렸잖아. 다 알고 있어."

그러고는 벌써 왔군, 하더니 툭, 소리가 들렸다. 수화기를 그냥 떨어뜨린 모양이다. 나는 이토 경부에게 수화기를 내밀었다. 그가 낚아채듯 받아들었다.

"방금까지 통화하고 있었어. 분명 근처에 있을 거야!"

처음으로 경부의 목소리가 커졌다. 표정이 험하게 변하더니 눈빛이 살벌해졌다.

잠시 후, 믿을 수 없다는 표정으로 그가 말했다.

"어째서 보이지 않는다는 거지?"

경부가 수화기를 내려놓자 가와사키가 물었다. 얼굴에 땀이 흐르고 있었다.

"이번엔 어디입니까?"

"기타 구입니다. 아카바네 역 앞에 있는 공중전화 박스."

나카기리 형사는 여전히 무표정한 얼굴로 또 테이프를 되돌리고 있다. 그러다 불쑥 말했다.

"날개가 달렸나?"

"하지만 그래봤자 인간이야."

이토 경부는 그렇게 말하고, 가와사키와 나를 바라보았다.

"전화박스 바닥에 금방 떨어진 핏자국이 남아 있답니다. 범인이 부상을 당한 모양입니다."

04

동이 트자 가와사키 아키오는 돈을 마련하기 위해 움직이기 시작했다.

"1억 엔, 마련할 셈입니까?"

이토 경부의 질문에 그는 화가 난 듯이 대답했다.

"당연하죠. 범인이 다시 연락할 때까지 돈을 마련해 둬야죠."

"제가 가겠습니다." 미야케 레이코가 일어섰다. "부이사장님은 여기 계시는 게 낫겠습니다."

가와사키는 슬쩍 나를 보더니 "난 여기서 할 일이 없어. 할 수 있는 일이라고 해봐야 돈을 준비하는 일 정도지. 혹시 무슨 움직임이 있으면 바로 연락해 주시겠죠?"라고 말했다.

"물론입니다. 그러면 경호 담당을 준비하겠습니다. 부디 조심하시기 바랍니다."

그가 나가자 레이코는 조심스럽게 경부에게 말을 건넸다.

"괜찮으시다면 드실 걸 좀 준비할까요? 어떻게 하시겠습니까?"

"감사합니다. 부탁드리겠습니다."

날이 밝자 도시는 잠에서 깨어나고, 창밖에서는 다양한 소음들이 들려왔다. 벽 하나를 사이에 둔 이 집 안에서는 목숨이 걸린 대화를 위해 사람들과 장비가 대기하고 있는데 거리는 아무런 변화도 없다.

오전 7시, 가와사키 자택의 우편함에 신문이 떨어지는 소리가 들렸다. 나카기리 형사는 불쑥 말했다.

"이제야 신문이 들어오나? 우리 집보다 늦는군."

아침 식사를 마치자 그다음에는 또 기다리기만 하는 상태가 되었다. 형사들은 무전이나 전화로 연락을 주고받으면서 이따금 발소리를 죽이고 조심스럽게 드나들기도 했다. 하지만 그것도 자동차 공회전 같은 것이었다. 그들도 대기하고 있을 수밖에 없기는 마찬가지였다. 시시각각 들어오는 정보는 두 개의 공중전화를 중심으로 한 수색 결과나 경과보고일 테지만 이렇다 할 소식은 없다.

"미야케 씨, 피곤하시죠?" 나카기리 형사가 레이코에게 말을 걸었다. 밝은 바리톤으로 최대한 부드럽게 말하는 느낌이었다. "댁에 돌아가셔도 괜찮습니다. 모셔다 드리라고 하겠습니다."

레이코는 정중하게 사양했다.

"저는 여기 있겠습니다. 뭔가 도울 일이 있을지도 모르죠. 사모님이 염려되어 집에 있어도 마음이 편치 않습니다."

"학교 업무에 지장 없습니까?"

"네."

"당신은?"

나카기리 형사는 나를 돌아보았다.

"회사에서 알고 있으니 괜찮습니다. 그리고 여기서 움직일 수도 없죠."

"그도 그렇군요. 당신이 없으면 곤란하겠죠." 묘한 표정으로 말하더니, 형사는 다시 레이코를 바라보았다. "미야케 씨, 잠깐이라도 눈 좀 붙이시죠. 그렇게 하세요."

레이코는 망설였지만 나카기리 형사가 계속 권하자 결국은 2층으로 올라갔다. 나카기리 형사는 기다리고 있었다는 듯이, 내 옆으로 옮겨 앉았다. 이토 경부도 나를 바라보고 있었다.

"한 가지 묻겠습니다."

그럴 거라고 생각했다.

"뭡니까?"

"미야케 레이코란 여성은 그냥 비서입니까?"

가까이서 보니 뺨이나 코나 오동통하다. 전부 동글동글하고 날카로운 것은 눈뿐이었다.

"그런 걸 왜 내게 묻는 거죠?"

형사는 씨익 웃었다.

"부하들이 정보를 포착했습니다. 일부에서는 널리 알려진

이야기러더군요. 당신이라면 업무 특성상 알고 있을지도 모른다고 생각합니다."

나는 한숨을 내쉬었다.

"알고 있습니다."

"역시. 가와사키 씨와 애인 관계더군요. 4년 이상 됐다던가?"

"이미 거기까지는 파악하신 건가요?"

"우리가 정보를 수집하는 범위는 제법 넓습니다."

이 집 안에 있는 피해자 대책반 이외에 형사들이 어디서 어떻게 움직이고 있는지 알 수 있을 것 같다. 코를 킁킁거리며 달려가는, 기름칠 잘 된 베어링이 들어 있는 로봇 개들…….

"그게 뭐 어떻다는 거죠?"

형사가 짙은 눈썹을 꿈틀거리더니 바리톤 음성으로 울었다.

"당신은 어떻게 생각합니까?"

대답할 수가 없었다.

이토 경부가 끼어들었다.

"나카기리, 무슨 생각을 하는 거야?"

조용한 목소리로 이야기를 하고 있었는데, 나카기리 형사는 더 목소리를 낮추면 혼잣말처럼 말했다.

"아무것도 생각하고 있지 않습니다. 그저 가십거리를 좋아할 뿐이죠."

힐끔 이토 경부를 보니 무표정하면서도 약간 흥미를 느낀 표정을 짓고 있다. 긴 낚싯줄 끝에 매단 찌가 살짝 움직인 것을 본 낚시꾼 같다.

"당신 때문에 인생이 엉망이 되었다고 했죠?"

나를 보면서 말하는 내용과는 어울리지 않게 부드러운 말투로 형사가 말했다.

"그랬죠."

"짚이는 구석은?"

"전혀." 나는 고개를 저었다. "무책임한 것 같지만 그런 일은 전혀 없다고 생각합니다. 내겐 아직 그런 영향력이나 파워도 없고요."

형사는 선뜻 고개를 끄덕였다.

"알겠습니다. 잘 알겠습니다. 우리도 사람들 원한을 사는 직업이지만, 구체적인 사례를 생각하면 의외로 잘 떠오르지 않습니다."

이코마와 똑같은 이야기를 했다.

"그런데 이상한 것은……."

"뭡니까?"

경부와 형사가 함께 물었다.

"범인이 이런 짓까지 저지른 게 이상하지 않습니까? 나는 끈질기게 이유가 뭐냐고 묻고 있고요. 그런데도 원인에 대해서는 한마디도 하지 않습니다. 냄새를 풍기는 일조차 없죠. 인생을 엉망으로 만들었다니. 싸구려 소설에나 나올 대사입니다. 그런 표현은 누구나 할 수 있죠."

두 명의 형사는 얼굴을 마주 보았다. 경부가 물었다.

"그렇다면?"

"이용당하고 있는 게 아닌가 하는 생각이 듭니다."

"당신이?"

"네. 범인은 사에코 씨를 유괴한 진짜 이유를 눈치채지 못하게 하기 위해 저를 구실로 내세우고 있는 게 아닌가 싶습니다. 그렇게 생각하면 지금까지 제게 한 어설픈 협박도, 무엇 때문에 원한을 품게 되었는지 이야기하지 않는 것도 납득이 되지 않습니까?"

경부는 얼굴을 찡그리며 전화기를 노려보았다. 나카기리 형사는 천장을 올라다보며 흐음, 하는 소리를 냈다.

"지금까지 몇 번인가 욕을 먹거나, 나 때문에 손해를 봤다는 사람에게서 불평을 들은 적이 있습니다. 그게 어떤 근거에서든, 어떤 이유에서든, 내 입장에서 보면 정말로 어처구니없는 것이라 해도, 상대가 진심이면 저도 그걸 느낍니다. 장난을 치는 게 아니구나, 하는 느낌이 오죠."

"이 범인에게는 그런 느낌이 없다?"

"그래요. 어제부터 여기로 전화를 건 사람에게선 그런 의지가 느껴지지 않습니다. 상대와 통화하고 느낀 감상에 불과하기 때문에 확신을 갖고 이야기할 수는 없지만요."

"아니, 그렇지도 않다고 생각합니다." 경부는 말했다. "우리와 마찬가지로 당신도 다른 사람의 이야기를 듣는, 또는 캐내는 직업이니까요."

2층이 신경 쓰였기 때문에 나는 슬쩍 그쪽을 보고 나서 말을 이었다.

"내가 이렇게 생각하는 데는 다분히 희망적인 관측도 포함되어 있을 겁니다. 책임 회피나 마찬가지니까요. 가와사키 씨나 미야케 씨 앞에서는 할 수 없는 말이죠. 다만……."

"알겠습니다." 경부가 막았다. "저도 그럴 가능성은 있다고 생각합니다. 범인은 당신을 원망하는 이유를 말하고 싶지 않은지도 모르죠. 애당초 그런 건 존재하지 않으니까요. 섣불리 거짓말을 하다 보면 바로 들통나 버릴 테고."

"그렇지만, 어쩌면." 나카기리 형사가 여전히 천장을 바라보며 말했다. "정말로 원한을 품고 있고, 당신에겐 그 내용을 절대로 알리지 않으면서 평생 고통스럽게 만들고 싶은 건지도 모르죠."

머리가 무거워졌다.

"네, 그럴 수도 있겠죠."

"그렇다면 말이야, 왜 이미 관계가 끊어진 사에코 씨를 노렸을까? 나카기리, 난 그게 납득이 가지 않아."

경부의 말에 나카기리 형사는 또 씨익 웃었다.

"경부님, 결혼하신 지 몇 년 되셨죠?"

"뭐야, 갑자기."

"아뇨, 그냥. 그렇게 놀라지 마세요. 30년 되셨던가?" 나카기리 형사는 웃으며 말을 이었다. "저는 33년째죠. 용케 버텼죠. 한번 진지하게 내 이야기를 들어보세요."

나를 보면서 나카기리는 말을 이었다.

"가족 중에 경찰이나 매스컴, 의료 기관, 법률 관련 직업을 갖고 있는 사람이 있으면 그 식구들도 나름대로 각오를 합니다. 공연한 배짱이 아니라 무의식중에 각오를 하게 되는 부분이 있죠. 그래서 말입니다, 고사카 씨. 가령 제가 당신 같은 입장이고, 집사람이나 자식들이 위험한 상황에 처하게 되면 얼마쯤 포기를 하게 되죠."

잠깐 생각하고 나서 나는 고개를 끄덕였다. 문득 아파트 집주인이 '나는 정의의 편입니다. 언론 자유는 무슨 일이 있어도 지켜야죠' 하며 흥분해서 떠들던 말이 떠올랐다.

형사가 말을 이었다.

"그렇죠? 이런 직업을 선택한 나를 골라 함께 살고 있으니 가족도 이해해 줄 것이다…… 그렇게 생각합니다. 아니, 이해해 주기를 바랄 것입니다. 물론 마음이 편하지는 않겠죠. 무척 괴로울 겁니다. 하지만 자기 때문에 생판 남이 괴로움을 당하는 것보다는 차라리 받아들이기 편하죠. 이해되시죠?"

"네, 그렇습니다."

"그렇기 때문에 당신의 경우도 당신 가족이나 친구, 애인이 표적이 된 것보다 지금 같은 상황이 훨씬 더 괴로울 것입니다. 이젠 아무 관계도 없이, 행복하게 살고 있던 사에코 씨가 당신 때문에 험한 꼴을 당하고 있는 거니까요. 마음이 편치 못할 곳을 찔린 것이니까요. 당신이 느끼는 죄책감의 종류가, 무게가 아니라 종류가 달라지는 겁니다."

맞는 말이다.

"그게 목적일까?"

이토 경부는 낮은 목소리로 말했다.

"게다가, 이 집은……."

형사의 말끝을 내가 이었다. "큰돈을 뜯을 수 있다?"

"그렇죠." 나카기리 형사는 고개를 끄덕이고, 또 혼잣말처럼 덧붙였다. "그런 식으로 생각하는 영악한 인간도 있을 수 있다는 겁니다."

침묵이 흘렀다. 어지간해서는 사라지지 않을 침묵이다. 무겁고 괴로운 압박감 때문에 뭔가 터무니없는 실언을 해 버릴 것 같아 그전에 먼저 입을 열었다.

"인질이 어른일 경우에는 거의 생존 가능성이 없다는 이야기를 들을 적이 있는데요."

아픈 이를 일부러 잡아 비트는 것 같은 질문이긴 했지만 물어보고 싶었다.

"그게 정말입니까?"

나카기리 형사가 천천히 대답했다.

"사실입니다."

나도 모르게 눈을 감았다. 눈꺼풀 안쪽에서 뭔지 모를 기하학적인 무늬들이 춤을 추었다.

"그러나 요즘에는 꼭 그렇다고만 할 수도 없습니다." 형사는 딱딱하게 말했다. "어린애라도…… 살아남지 못하는 경우가 많습니다. 가능하면 그런 생각은 하지 않는 게 좋을 겁니다."

또다시 침묵이 찾아오기 전에 이번에는 이토 경부가 말했다.

"예전 협박자하고 이번에 전화한 사람 목소리가 다르다고 하셨죠?"

"네." 거기에는 확신이 있었다. "목소리만이 아니라, 말투도 다릅니다."

내가 느낀 점을 이야기하자, 두 형사는 전혀 다른 방향을 바라보며 생각에 잠겼다.

"게다가 부상을 당한 상태라니."

이토 경부가 중얼거렸고, 나카기리 형사는 또 천장을 노려본다.

"낮에는 전화가 안 오지 않겠습니까?"

내가 말하자 경부는 나를 쳐다보았다.

"부상을 당했다면 눈에 띄겠죠. 게다가 범인도 휴식이나 치료가 필요할 테고……."

"병원에도 수배를 펼치고 있지만."

경부가 말했다.

"정말 그렇군요. 전혀 움직이지 못할 가능성도 있겠군요."

실제로 낮에는 아무 움직임이 없었다. 하루해가 저물기를 기다리기만 했을 뿐이다.

저녁에도, 밤에도 전화는 걸려오지 않았다.

분위기가 점차 절박해지기 시작했다. 이러지도 저러지도 못하는 소극적인 절박함이었다. 이토 경부의 표정이 점점 더 심각해졌다. 이대로 연락이 끊어질 경우에는 어떻게 할 것인가를 의논하기 시작했다. 외부에서는 여전히 이렇다 할 소식이 들어오지 않았다. 범인의 부상이 어느 정도이건, 병원에는 가지 않을 것이다.

주변에 대한 탐문 수사도 비밀리에 계속되고 있지만, 이렇다 할 소득은 없는 모양이다.

"요즘 이 집 주변에서 낯선 학생을 보았다는 이야기가 있습니다만." 경부의 부하가 작은 목소리로 보고했다.

"이 집 창문을 올려다보는 것 같았다고 합니다. 건강이 좋지 않은 듯 창백한 얼굴이었답니다."

이토 경부는 고개를 갸웃거렸다. 그걸 곁눈으로 보면서, 문득 신지를 떠올렸다가 지웠다. 그가 이번 일을 알고 있을 리가 없다. 이야기한 적이 없으니까.

돈을 마련한 가와사키는 집으로 돌아왔다. 현금을 채운 은색 트렁크 옆에 앉아 심신이 피로한지, 창백한 얼굴로 벽을 바라보고 있다. 레이코는 그저 멍하니 있을 뿐이었다.

시계를 바라보며 같은 생각만 계속하고 있을 수밖에 없었다. 기다리기만 한다는 건 고문이나 마찬가지였다. 제길, 뭐든 상관없으니 요구든 들어줄게. 어쨌든, 어서 연락을.

몇 번째인지 모르게 일어서서 창가로 다가가 커튼 틈새로 밖을 바라보는데 누가 등을 두드렸다. 나카기리 형사였다.

"당신을 찾아온 손님이 있습니다."

뒷문을 통해 밖으로 나가자 위장 경찰차 한 대가 벽 쪽에 주차되어 있었다. 운전석에는 형사가 한 사람. 뒷좌석에 앉아 있는 것은…….

이코마와 미즈노 가나코였다.

운전석에 있던 형사를 밖으로 보내고, 나카기리 형사가 나와 함께 차에 올라탔다. 내가 묻기도 전에 이코마가 침울하게 말했다.

"가나코가 너에게 사과할 일이 있대."

가나코의 눈은 울었는지 새빨갛게 부어 있었다. 아니, 뺨에는 아직 눈물이 남아 있다. 화장도 완전히 지워져 얼굴이 창백하다.

"무슨 일이죠, 아가씨?"

나카기리 형사가 묻자, 그녀는 무릎에 올려놓은 백을 열었다.

꺼낸 것은 그 여덟 통의 협박장이었다.

"내가 몰래 꺼냈어." 흐느껴 울면서 가나코가 말했다. "미안해요. 정말…… 미안……."

말을 잇지 못하고 두 손으로 얼굴을 가리더니 또 울음을 터뜨렸다. 이코마가 심각한 표정으로 말했다.

"네가 사들인 책 중에 《백발백중 영감 점술가 100인》이라는 게 있었지?"

나카기리 형사가 묘한 표정을 지었다.

"아아, 있었지."

"그걸 보다가 생각이 떠올랐대. 이 편지를 점술가한테 보여주면 뭔가 알 수 있지 않을까."

그러고 보니 책의 위치가 바뀌어 있었다. 어처구니없다는 표정을 짓자 이코마가 가나코의 어깨를 감쌌다.

"화내지 마. 가나코도 네가 걱정돼서 그런 거야. 그렇지, 가나코?"

"여자들은 점을 좋아하죠." 나카기리 형사가 부드럽게 말했다. "아가씨, 울 필요 없어요. 이게 없어져서 문제가 있었던 건 아니니까."

가나코는 소리 내어 울면서 사이사이 숨을 헐떡이며 말했다.

"내가…… 혹시…… 도움이…… 될 수 있을까 해서……."

"알았어, 알았어."

몸을 디밀고 가나코의 머리에 손을 얹으니 온몸이 떨고 있는 것이 느껴졌다.

"그래, 그럼 이걸 지금까지 가나코가 갖고 있었던 거야?"

가나코는 몸부림치듯 고개를 저었다.

"잃어버렸어……."

"뭐?"

"그 영감 점술가라는 사람한테 다녀오다가 택시 추돌 사고가 났대. 기억 안 나?" 이코마가 말했다. "사고 때문에 허둥지둥하다 편지를 어딘가에 떨어뜨린 거지. 그래서 그때 가나코 안색이 창백했던 거고."

가나코는 허리를 펴고 손으로 얼굴을 닦더니 눈물을 줄줄 흘리면서 설명했다.

"어떡하나 싶어서…… 너무 걱정이 되어서…… 고사카 선배한테 이야기할 수도 없고. 그런데 그 애가 왔잖아. 그 애, 있잖아……."

"신지?"

그렇게 묻는 내 안색이 바로 변하는 게 느껴졌다.

"응. 그 애가…… 왔는데, 바로…… 어떻게 알았는지…… 내가 고민하고 있다면서……. 그러더니 편지를 찾아주겠다고…… 그랬어."

신지와 가나코가 머리를 맞대고 친하게 이야기하고 있었다는 동료의 말이 떠올랐다.

"무척…… 이상하기는 했지만……, 그 애는 가능했나 봐. 나하고…… 손을 잡고서…… 그때 갔던 장소하고…… 택시로 지나간…… 곳을 다시 가봤어. 그랬더니…… 알 수 있대…….

내 행동이…… 그대로 남아 있어서…….”

이코마가 가나토를 달래면서 말했다.

“사고 현장 바로 옆 담배가게 점원이 주워서 갖고 있었다더군. 우편으로 보낼까 어쩔까 망설였다면서.”

“무슨 이야기죠?” 나카기리 형사가 내게 물었다. “무슨 문제가 있나요?”

문제도 보통 문제가 아니었다.

“그 편지를 봤을 때 신지는 어땠어?”

몇 번인가 힘겹게 숨을 고르고 나서 가나코가 대답했다.

“무슨 영문인지…… 나보다 더 창백해져서……, 잠시 편지를 빌려줄 수 있느냐고…….”

“신지가 갖고 갔다고?”

“응, 나도 초조했어……. 그런데 이틀쯤 지나서…… 돌려줬어……. 그렇지만 난…… 선배 서랍에 넣어둘 기회가 없어서……. 편지도 때가 탔고……. 분명히 수상하다고 여길 것 같아서…….”

확실히 편지는 여기저기 더럽혀져 있었다. 누가 밟았는지, 발자국도 희미하게 남아 있었다.

“미안해. 이렇게 되어서……. 경찰이 편지…… 찾으러 왔다는 이야기를 듣고……, 난 어째야 좋을지 몰라서……. 오늘…… 하루 종일…… 어떡해야 좋을지 몰라서…… 죽어 버리고 싶었어……. 그랬더니 이코마 선배가…….”

"정말로 죽고 싶어 하는 얼굴이었어." 이코마가 말했다. "그래서 내가 왜 그러냐고 물은 거지."

"미안해. 미안해……."

"이제 됐어. 괜찮아. 신경 쓰지 마."

말은 그렇게 했지만 건성이었다. 손 안에는 여덟 통의 편지가 제법 묵직했다.

신지가 이걸 보았다. 내가 보여주지도 않았는데.

"저어, 요즘 무슨 불쾌한 일, 없어?"

'이 집 창문을 올려다보는 낯선 학생이……. 얼굴이 창백한…….'

신지는 알고 있었다. 틀림없다. 이 편지를 보내온 사람의 의도를 틀림없이 읽어냈을 것이다.

그리고 지금 병상에 누워 있다. 협박이 현실이 되고 있다.

'살해당할 거야…… 라고 헛소리를 했답니다.'

병원에 오다 나오야가 왔을 때를 떠올렸다. 나오야가 했던 말들. 그가 했던 행동들. 그날 밤의 일을.

'들어줘야 해요.'

나오야는 알고 있었다. 신지가 알고 있는 사실을 그때 나오야게게 전달했다면? 알리고 도움을 청했다면 어떻게 될까? 그래서 나오야가 나타났던 것이라면?

나오야는 어떻게 할까?

'모든 걸 자기 혼자 해낼 각오가 없다면 다른 사람에게 일

어나는 일들에 관계해서 안 된다고 했지.'

협박 전화의 목소리가 달랐다. 젊었다. 부상을 당한 것 같다.

등 뒤에서 쿵, 하는 소리가 날 만큼 확신이 들었다.

전화를 건 것은 오다 나오야다.

그때 자동차 유리창을 두드리며, 형사가 작은 목소리로 불렀다.

"팀장님, 범인이 전화를 했습니다."

오후 8시 48분이었다.

05

오후 11시 정각에 지정된 장소로 갔다. 전화에서 들은 대로 노란 공중전화가 있었다.

에도가와 구에 있는 작은 수상(水上) 공원 안이었다. 예전에는 샛강이었던 곳을 인공적으로 메워 곧게 강줄기를 콘크리트 둑으로 굽이쳐 흐르게 만들고 주위에 녹지대를 설치했다. 요즘 한창인 재개발 사업 가운데 하나일 것이다. 공원은 둑에서 3미터 아래 있었는데, 양쪽 기슭에서 완만한 경사면을 타고 내려올 수 있게 되어 있었다.

나 혼자 가와사키의 차를 몰고 여기까지 왔다. 현금을 채운 트렁크는 뒷좌석에 남긴 채 차를 두고 공원으로 들어가라……. 이것이 '범인'의 지시였다. 차를 세우라고 한 중고차 센터는 둑 너머 쪽에 있기 때문에 여기서 올려다보면 어둠 속에서 대각선으로 내건 만국기가 펄럭이는 모습만 보인다.

공원은 극비리에, 그리고 삼엄하게 봉쇄되었다. 평소에도 밤이면 인적이 끊기는 곳인 모양이다. 바로 앞은 중고차 센터, 맞은편 쪽은 식품회사 운송 센터로 둘러싸여 있다. 머리 위에 있는 작은 다리를 건너면 맞은편 쪽에 레스토랑이 하나 있지만, 거기서는 이쪽을 내려다볼 수 없을 것 같다. 운송 센터 앞으로는 심야 트럭이 소리를 내며 오가는 4차선 도로가 있다. 빙 둘러보니 아파트 단지의 무수한 불빛과 꼭대기에서 깜빡이는 충돌 방지등 그리고 비상용 유도등이 켜진 도립 고등학교의 커다란 건물 그림자가 보였다.

절호의 시간, 안성맞춤인 장소.

중고차 센터의 차 안에도, 주위의 둑에도, 레스토랑 안에도, 많은 형사와 기동 대원들이 숨어 있을 것이다. 근접 미행반의 지휘관은 다리 건너편에 주차시킨 밴 안에 있다. 옷 안에 숨긴 무전기는 그 지휘관과 바로 연결되어 있었다.

처음에는 혼자서 가게 할 수 없다는 이야기들이 많았다. 대역을 세우자, 다행히 어둡기 때문에 범인도 눈치채지 못할 것이다, 라면서.

'당신과 돈을 떼어 놓는다는 것이 내키지 않습니다. 어느 쪽을 노릴지 모르기 때문입니다. 돈보다 당신을 해치려 들지도 모릅니다.'

무슨 소리를 해도 받아들이지 않을 생각이었다. 가와사키는 다른 의미에서 내 의견을 지지해 주었다.

'만약 대역 따위를 세워 범인이 눈치를 채게 되면 사에코가 무슨 일을 당하게 될지 모르잖아.'

혼자 가서 내가 죽어준다면 더 바랄 것이 없겠다…… 는 투였다.

누가 뭐라 하건 혼자 갈 생각이었고, 그래야 했다. 신경을 곤두세우고 있는 형사들에게 이야기해 주고 싶었다. 위험 따위는 없습니다, 라고.

직감밖에 없다. 하지만 어긋나지 않았다고 생각했다. '범인'은 오다 나오야다. 모두 그가 내린 지시다.

문제는 두 가지였다. 왜 그가 이런 복잡한 행동을 하고 있느냐는 것……, 그리고 그가 부상을 당했다는 것.

그 여덟 통의 편지에서 신지는 무엇을 읽어냈던 걸까? 그리고 나오야에게 무엇을 부탁했던 것일까? 나오야는 무얼 하려는 걸까?

11시 5분. 바로 옆 공중전화가 울리기 시작했다.

"시간 약속을 지키는군."

수화기를 들자 귀에 익은 목소리가 말했다. 하지만 목소리가 갈라졌다. 고통스러운 것 같았다.

"다음은 어떻게 하면 되나?"

"그렇군……."

역탐지될 거야, 탐지되면 또 '이동'해야 해. 그러면 몸에 부담이 가. 빨리 이야기해……. 그렇게 말해 주고 싶은 충동을 참으려 입술을 깨물지 않을 수 없었다.

"웃옷을 벗어. 내친 김에 몸에 붙인 장비도 다 떼고. 그리고 지금 있는 곳에서 좀 더 위쪽으로 걸어. 조금 앞에 작은 연못 같은 게 있어. 거기까지 가."

전화가 끊겼다. 시킨 대로 하고 있는데 왼쪽 귀의 이어폰에서 빠른 말투가 들렸다.

"뭘 하는 겁니까!"

"저쪽 지시에 따르고 있는 겁니다. 달리 어쩔 방법이 없습니다."

약간 내리막으로 된 길을 걸어가니 작은 연못이 있었다. 수면은 어두웠고 주변의 수풀이 바람에 흔들리며 소리를 내고 있었다. 가까이 가 걸음을 멈추니 와이셔츠만 입은 몸에 밤바람이 스며들었다.

어둡고, 조용하고, 아무도 없다.

말을 해서는 안 된다. 머릿속으로…… 생각만으로 불러야 한다. 어둠 속에 이름 모를 흰 꽃 한 송이가 피어 있다. 신경을 집중하기 위해, 그 꽃을 보며 한 번 심호흡했다.

'근처에 있나?'

바람만 불지 아무 대답도 들려오지 않았다.

'어디 있어?'

여태까지 해본 일 가운데 가장 큰 도박을 하는 순간이었다.

이윽고 놀라울 만큼 또렷하게 머리 깊은 곳에서 목소리가 들려왔다.

'잡히지 않을 만큼 멀리 있어요.'

나오야의 목소리였다.

무의식중에 고개를 들어 주위를 둘러보았다. 심은 지 얼마 되지 않은 어린 나무들 사이로 희미하게 가로등 불빛이 보였다. 오늘 밤도 머리 위에는 달이 떠 있다. 어둠이 내린 곳은 이곳뿐이다.

바람이 불자 연못 수면에 물결이 일었다.

'눈치채고 있었군요.'

나오야가 '말했다'.

'깜짝 놀랐어요. 그쪽에서 나를 부를 줄은 몰랐으니까.'

'부상을 입었지? 상처는 어느 정도야? 괜찮아?'

'괜찮습니다.'

'왜 그런 짓을?'

나오야는 대답하지 않았다.

'왜 이런 짓을 하는 거지? 내가 도울 일은?'

뒤통수 주변이 찌릿, 하고 마비되는 것 같다.

'잠자코 따라와 주면……. 그렇게만 해주면 돼요. 눈치채지 못한 척하고.'

'정말로 그뿐인가?'

마비되는 부위가 넓어졌다.

'그래요. 그렇게 해야만 합니다. 무슨 일이 있어도 시키는 대로만 해야 합니다. 제발 아무 생각 하지 말고요. 그렇게 해주지 않으면 모두 물거품이 됩니다.'

'알았어. 시키는 대로 할게.'

나오야는 지친 듯 조금 사이를 두었다가 아주 약한 '목소리'로…….

'사에코 씨는 무사합니다. 그것만은 알려주고 싶어요. 그러니 걱정하지 말고 끝까지 따라와 주세요.'

이젠 눈을 가늘게 뜨고 집중하지 않으면 들을 수가 없었다.

나는 간신히 이제 그만둬, 하고 말했다.

'그만둬, 나머지는 이쪽에 맡기고 그만 나와. 이렇게 계속 하다가는 네가 죽어.'

곧바로 나오야가 '말했다'.

'내가 떠날 때 현기증이 날지도 모릅니다. 쓰러지지 않도록 조심하세요.'

그 순간 몸이 훅, 떠올랐다. 머릿속 깊숙한 어딘가를 누르고 있던 손이 갑자기 떨어진 느낌이었다. 느닷없이 스위치가 끊어진 것처럼 눈앞이 캄캄해지더니, 정말 반걸음쯤 뒤로 비틀거렸다.

식은땀이 흐르고 심장의 고동이 커졌다. 귓속이 윙윙거렸다. 손을 들어 머리를 만져보니 뒤통수의 감각이 둔해져 있었다.

액세스……라는 말이 머릿속에 떠올랐다. 부하가 걸린 것이다. 내게나, 나오야에게나.

그때 요란한 사이렌 소리가 다리 쪽에서 들려왔다.

틀림없는 소방차 사이렌 소리였다. 멍하니 바라보니 사다리차를 포함한 세 대의 소방차가 중고차 센터 쪽에 멈췄다. 빨간 경고등이 번쩍였다. 공원 출구 쪽으로 달려가니 은색 내화복을 입은 소방대원들이 우르르 내려왔다. 레스토랑에서도 구경꾼들이 달려왔다. 사방에서 사람들이…… 전혀 관계없는 사람들이 몰려들기 시작했다.

미행반이 타고 있던 밴의 문이 열리며 얼굴을 찌푸린 형사들이 내려왔다. 다리 위에나 길 위에나 사람들이 몰려들어 혼란스러웠다.

"대체 뭐야!" 누군가 고함을 치자 "화재 신고가 있었습니다!" 하는 대답 소리가 들렸다. 어디에도 불이 난 곳은 없었다. 영문도 모르고 마주친 경찰과 소방대원들 사이에 불꽃이 튀고 있을 뿐이었다.

단단한 체격의 젊은 형사 한 명이 인파를 뚫고 달려와 나를 붙잡았다.

"무사합니까? 다치지 않았습니까?"

"별일 없습니다. 그보다 돈은……. 차는 어떻게 되었습니까?"

"밴으로 돌아가세요!"

외치며 그는 사라졌다. 경찰이 이성을 잃고 허둥대는 것을 처음 보았다.

웃옷을 찾으러 뛰어가 이어폰을 집어 드니 누군가 소리를 지르고 있었다. 연신 나를 불러댔다.

"이쪽은 무사합니다. 대체 무슨 일이 있었던 겁니까?"

"모르겠습니다. 화재 신고가 있었다고만 하지……."

나는 공원 밖으로 걸어갔다. 그러다 구경꾼 가운데 생각도 못 한 얼굴을 발견했다. 이어폰에서 떠들어대는 소리는 전혀 들리지 않았다.

길 건너 레스토랑 쪽 인파 속에 가키타 순페이가 서 있었다.

틀림없었다. 가키타 순페이다. 고함을 치는 사람들 쪽을 바라보며 조금씩 뒷걸음질 치며 그 자리를 떠나려 하고 있었다.

달려가기에는 사람들이 너무 많았다. 그의 길쭉한 그림자를 놓치지 않으려고 필사적으로 좇아가다 길을 다 건넌 지점에서 누군가에게 팔을 잡혔다.

"어디 가는 겁니까! 이쪽으로, 이쪽으로 와요!"

형사였다. 얼굴일 새빨개져 있었다. 잠깐 그를 쳐다보는 사이 가키타의 모습은 인파 속으로 사라져 버렸다.

전화는 자정이 거의 다 되어서야 걸려왔다.

"좀 확인을 해보고 싶었어." 나오야가 말했다. 목소리에는 더욱 힘이 없었다. "소방차를 불러 소동을 일으켰더니 경찰이 잠복하고 있다는 게 뻔히 드러나더군. 그런 곳에 돈을 가지러 갈 바보는 없지."

전화는 그렇게만 말하고 끊겼다. 이번에는 역탐지도 소용이 없었다.

"어딥니까?"

"에도가와 구라는 것까지만 파악되었습니다."

이미 멀리 '이동'할 수 없는 상태인지도 모른다.

"정말 주도면밀한 놈이로군." 가와사키가 이를 악물었다. "경찰을 가지고 놀지 않습니까?"

돈도 무사했고, 차도 무사했다. 범인은 나타나지 않았다.

닿을 리 없겠지만 머릿속으로 나오야를 불렀다. 아니, 왜지? 왜 이런 쓸데없는 짓을 하는 거야? 어째서 이런 짓을 해야만 하는 거지? 어서 끝내지 않으면 네가 위험해…….

마치 그 물음에 대답하듯, 30분 뒤 전화가 걸려왔다.

"이번엔 정말로 경찰 같은 건 빼고 와." 심하게 숨을 헐떡이면서 그렇게 말했다. "이번이 마지막 기회니까 말이야……."

06

이번에는 가와사키가 가겠다고 고집을 부려댔다.

"교활한 수법을 쓰는 놈입니다. 가만히 있을 수 없어요. 경찰 경호도 필요 없습니다. 내가 갈 겁니다."

"지명된 건 당신이 아닙니다."

지정된 시간과 장소만 생각하고 있었기 때문에 나는 불쑥 그렇게 말했다. 그러자 가와사키가 갑자기 덤벼들었다. 형사가 말리려고 달려들기 전에 그의 주먹이 턱을 스쳤지만 별 아픔은 없었다. 뭐야, 겨우 이 정도야. 이런 생각이 들 정도였다. 잔뜩 흥분한 사내의 주먹답지 않았다.

"그만두세요." 나카기리 형사가 느릿한 말투로 끼어들었다. "우리끼리 다투고 있을 상황이 아니잖습니까?"

"이게 다 네놈 때문이야." 가와사키가 소리쳤다. 입술 끄트머리에 침이 거품이 되어 묻어 있다. "알기나 해? 네놈 때문이란 말이야."

결국은 '놈'이란 소리까지 듣게 되었다.

"미안합니다. 사과로 끝날 일이라면 몇 번이든 그렇게 하겠습니다. 하지만 지금은 그럴 상황이 아닙니다. 침착하세요."

가와사키는 부들부들 떨면서 자리에 앉았다. 레이코가 그의 팔에 손을 얹고 살며시 다독였다. 그녀는 내내 이 집을 떠나지 않았고, 줄곧 가와사키보다 냉정했다.

"경호는 필요 없습니다." 도로 지도를 확인하면서 나는 말했다. 지정된 만안 해변 공원까지는 승용차로 한 시간이 약간 안 걸릴 것 같았다.

"그렇게는 안 됩니다."

이토 경부가 단호하게 말했다.

"그렇지만 어떡합니까? 탁 트인 장소입니다. 미행한다고 해봤자 숨을 방법이 없잖아요? 이번에도 또 놓친다면 정말 어떻게 될지 모릅니다."

어쨌든 빨리 지시에 따라주고 싶었다. 나오야가 경찰은 빼고, 라고 지시했으니 그렇게 해줄 것이다.

'잠자코 따라와 주세요.'

음성 변조기를 통해 들리는 그의 목소리만으로도 이미 그가 거의 한계에 이르렀다는 것을 알 수 있었다. 매우 쇠약해져 있다. 약해져 있다.

"그런 일은 우리에게 맡기세요. 당신이 걱정할 일이 아닙니다." 코로 거친 숨을 몰아쉬면서 이토 경부가 말하더니 다시 무전기에 달라붙었다. 누군가가 어깨를 두드려 돌아보았다.

나카기리 형사의 오동통한 얼굴이 나를 올려다보고 있었다.

"이걸" 하며 내밀었다. 방탄조끼였다.

"필요 없습니다. 총 같은 걸 쓸 리가 없죠."

"어떻게 그렇게 단언할 수 있죠?" 형사는 히죽 웃었다. "뭐, 시늉으로라도 입어 두세요."

코끼리 눈처럼 작은 눈에서 날카로운 빛이 났다. 그는 나만 알 수 있도록 얼굴 한쪽으로 웃었다.

"나카기리 씨." 나는 목소리를 낮췄다. "뭔가 감을 잡은 거 아닙니까?"

"호오, 뭘요?"

머릿속에 퍼뜩 의문이 스쳤다. 나오야에 대해 알 리 없는 이 형사가 대체 무얼 눈치챈 걸까?

"잘 들으세요." 조끼를 입혀주면서 형사가 소곤소곤 말했다. "그 누구도 쉽게 경찰을 따돌리지는 못할 겁니다."

"무슨 뜻이죠?"

"곧 알게 될 겁니다." 그러고는 숨이 막힐 만큼 강하게 벨트를 조였다. "이런, 너무 꽉 조였나? 그보다 고사카 씨, 아까부터 안색이 좋지 않은데, 괜찮겠습니까?"

나오야와 '이야기'할 때 마비된 뒤통수에 서서히 두통이 왔다. 통증이 점점 심해졌다. 바이스로 머리를 조이는 것 같다……. 그렇게 잠깐, 그의 힘을 받았을 뿐인데, 처음 겪는, 심장이 멎을 것 같은 두통이었다.

잠깐 이야기했는데도 이 모양이다. 힘을 컨트롤해야 할 나오야는 얼마나 큰 체력 소모가 있을지, 상상만 해도 등골이 서늘했다. 자칫하다 나오야를 구해내지 못하는 게 아닐까……. 그런 생각을 하니 머리가 더 아팠다.

"가와사키 씨의 차를 사용하고 뒷좌석에 형사 한 명을 태우세요. 괜찮습니다. 숨어 있을 테니."

형사는 시원스럽게 말하면서 이번에는 방탄조끼에 무전기를 붙여 테스트했다. 시치미 뚝 뗀 옆얼굴이 분명히 뭔가를 숨기고 있다. 그리고 그걸 가르쳐주고 싶어 눈을 슴벅거리는 것처럼 보였다.

"나카기리 씨."

"네."

가만히 그의 얼굴을 바라보자 형사는 얼른 웃었다. 살이 붙은 눈꺼풀을 깜빡이면서 슬쩍 어깨너머로 주위를 살폈다. 가와사키가 큰 소리를 지르며 이토 경부에게 대들고 있었다. 계속 자기가 가겠다고 고집을 부리는 것이다.

나카기리 형사는 내게 더 가까이 오라고 손짓했다. 그리고 귓가에 대고 속삭였다.

"잠자코 범인이 시키는 대로 해주세요. 저는 당신에게 위험이 미칠 일은 없다고 생각합니다. 정신적인 측면 이외에는 말입니다."

"그럼, 역시 그저 이용당하고 있을 뿐이라는?"

형사는 고개를 끄덕였다.

"그리고 또 하나. 안타깝게도 사에코 부인은 이미 살아 있지 못할 거라는 생각도 듭니다. 아마…… 납치된 직후 살해되었겠죠."

'목적은 처음부터 그것뿐이었습니다'라는 확신에 찬 단언이었다.

"다만, 그것을 언제 폭로하느냐, 그 타이밍을 보고 있는 중입니다. 아직 결정적인 증거가 없어서요. 조금만 더 참아주세요."

다시 진지한 표정을 지으며 내 어깨를 툭, 쳤다.

"자, 가실가요?"

시동을 끄자 바람 소리가 커졌다. 바닷바람이었다.

오전 1시 20분. 차에서 나오니 눅눅한 바람이 옆에서 불어왔다. 하늘에는 구름이 동쪽에서 서쪽으로 빠르게 흘러가고 있다. 갯내가 풍겼다. 비가 올 것 같다는 예감이 들었다.

해변 공원 입구에 차를 두고 걸어서 인공 해변 쪽으로 걸어가라. 그것이 지시였다. 혼자 와라.

돈은 이번에도 트렁크 안에 둔다.

또다시 돈과 나를 갈라놓을 셈이라고 이토 경부가 말했지만, 그건 아니라고 확신할 수 있었다.

내기를 해도 좋다. 이 계획의 '범인'에게는 처음부터 돈 따위를 가져갈 생각은 없다. 내게 볼일이 있을 리도 없다.

모두 연극이다.

표지판을 따라 해변을 향해 걷기 시작했다. 포장도로를 벗어나니 바로 모래였다. 무심할 만큼 넓고 인적이 없는 해변 공원을 가로지르며, 이따금 얼굴에 달라붙는 모래알을 떼면서 계속 걸었다. 걸음을 떼어 놓을 때마다 뒤통수가 쑤셨다.

저 멀리, 밤에 보니 웨이퍼wafer 같은 과자를 쌓아 올린 것처럼 싸구려로 보이는 건물 한 곳에만 불빛이 들어와 있다. 아직 건축 중인 시설의 철골이 태고의 공룡 화석처럼 어둠 속에 가라앉아 있다. 그 옆에 이상한 모양의 보초처럼 하늘로 치솟은 크레인. 그 꼭대기에는 빨간 불빛, 그것들은 거인을 숨기기에는 충분해도 지상에서 어둠 속에 숨으려는 사람에게는 아무 쓸모가 없다.

몸을 숨길 곳이 없는 곳에서 벌이는 마지막 연극 한 판…….

느릿한 경사면을 다 올라가니 눈앞에 잿빛 도쿄 만(灣)이 펼쳐졌다.

멀리 깜빡깜빡 불빛이 보인다. 시야에 들어오는 광경을 쭉 둘러보았다. 그 불빛 아래는 도시가 있고, 빌딩이 있고, 고속도로가 지나고, 수많은 사람이 있다. 여기 내 발 아래에는 흙과 모래와 돌. 그리고 피부에 닿는 파도의 물방울. 기름과 바닷물이 뒤섞인 도쿄 만의 냄새가 있다.

바람이 거세졌다. 심장의 빠른 고동 소리마저 지워 버릴 만큼 세다.

완만하게 산을 이루며 이어지는 모래톱에서 발을 멈춘 채 주머니에 손을 꽂고 기다렸다.

“누가 보입니까?”

이어폰이 작은 목소리로 말했다. 잡음이 섞여 있다.

보이지 않네요, 라고 대답했다. 보일 리가 없지.

전부 연극이다.

어제 점심 때, 형사들과 이런저런 생각을 하고 있을 때, 나는 상당히 진실에 가까운 추리를 이끌어냈다. 그렇다. 원한이 있다느니 앙갚음을 하겠다느니 하는 것은 전부 거짓말이다. 완전히 터무니없는 거짓이다.

그것을 구실 삼아 내게 보복하는 것으로 보이게 하고, 사에코를 납치해 죽인다……. 오직 그 목적만을 이루기 위해 머리를 짜내 이런저런 계략을 꾸미고 있을 뿐이다……. 그리고 보복하는 김에 돈도 빼앗는 척하면서 유괴로 위장한다. 목표만 이룬 채 싹 돌아서지 않고 이런저런 생각을 하게 만드는 것은 그냥 그럴듯하게 꾸미기 위해서일 뿐이다.

사에코가 왜 살해당해야만 하는가, 그 이유를 숨기기 위해서.

하지만 이 연극을 꾸민 인간은 몇 가지 계산 착오를 했다.

우선은 나를…… 매스컴에 종사하는 인간을 과대평가했다. 원한을 품은 사람이 있다는 암시를 주면 당장이라도 ‘이

건가, 저건가?' 하며 마음에 짚이는 곳이 널려 있을 만치 대단한 일을 하는 인간으로 과대평가한 것이다.

두 번째는 경찰이 그다지 바보가 아니라는 것이다. 적어도 나카기리 형사는 정확하게 간파하고 있다. 그래서 그는 사에코를 납치한 뒤 바로 죽였을 거라고 생각했다.

하지만 사에코는 무사하다. 오다 나오야가 있으니까. 그것이 세 번째 착오, 최대의 계산 착오다.

'어디 있지?'

맞바람을 맞으며 얼굴을 들고 그를 불러보았다.

'이제 됐어. 이제 다 끝났어. 경찰도 알게 되었어. 나와.'

어서 나와……. 한 번 더 불렀을 때, 떨리는 작은 목소리가 머릿속에 들렸다.

'바다 쪽으로…….'

머리를 옥죄는 느낌이 들며 두통이 심해졌다.

'좀 더 앞으로 걸어오세요……. 쓰러진 나무가 있는 쪽으로.'

왼쪽 앞에 구부러진 나무가 쓰러져 있고, 그곳에 파도가 부서지고 있다. 다가가 보니, 그것은 인공 바다를 진짜처럼 보이게 만드는 장식품으로, 똑같은 가짜 나무들이 다른 곳에도 군데군데 놓여 있었다.

그 쓰러진 나무 뒤에, 거품이 이는 파도에 씻기며 한 남자가 쓰러져 있었다.

몸을 구부려 안아 일으키자, 납빛 얼굴의 초점 안 맞는 두

눈이 나를 바라보고 있다. 나를 미행했던 남자다. 나나에가 찍은 사진에 흐릿하게 있던 그 얼굴

그가 칼에 찔려 죽어 있다.

목에 걸린 마이크에 대고 말했다.

"시체를 발견했습니다."

이어폰에서 목소리가 들려왔다.

"뭐라고요?"

"범인이겠죠. 죽었습니다. 벌써 이틀은 지난 것 같군요. 와 보시죠."

치칙, 하고 무전이 울렸다. 그들이 움직이기 시작한 모양이다. 일어서면서 거센 바람에 잠깐 눈을 감았다가 뒤를 돌아보니 바로 앞에 오다 나오야가 서 있었다.

지금도 또렷하게 기억하고 있다. 핏기를 잃고 두 팔을 축 늘어뜨린 채 머리카락을 바람에 날리고 있던 그의 얼굴. 슬로 모션처럼 천천히 앞으로 쓰러졌다. 껴안자 그의 모든 체중이 내게 실려 왔다. 머리를 뒤로 젖히고, 눈을 떠 하늘을 보고 있었다. 온몸이 젖어 있다. 젖은 담요를 두르고 있는 것 같았다.

"이제야 골인 지점이군요."

나오야는 중얼거렸다. 거의 들리지 않을 정도의 목소리였다. 최후의 '이동' 때문에 온 힘이 다 빠져 버린 것이다.

"아무 말도 하지 마."

머리를 안아 살며시 옆으로 눕히고 웃옷을 벗어 덮어주자

그는 천천히 눈을 껌뻑였다. 왼쪽 옆구리에 칼에 찔린 상처가 있다. 아직도 피가 배어 있다. 구급차를 부르라고 외쳤던 것 같다. 형사들이 달려오는 게 등 뒤로 느껴졌다.

"실수…… 해서…… 이 꼴입니다."

"아무 말도 하지 말란 말이야."

달려오는 형사들에게 손을 들어 위치를 알리자, 나오야가 내 옷자락을 잡았다.

"칼은…… 두고 왔어요."

그다음 뭔가 말을 하려 했다. 하지만 그러지 못했다. 나오야가 더는 말을 할 수 없다는 걸 깨달은 순간, 그가 내 머릿속으로 말을 건넸다. 하지만 그것도 아주 희미해, 알아들을 수가 없었다.

나오야의 손도, 뺨도 차게 식어 있었다. 피에 흠뻑 젖은 셔츠 안의 몸이 파르르 떨리는 게 전해졌다.

달려온 형사들이 우리를 둘러쌌다. 형사 한 명이 무릎을 꿇고, 턱을 떨면서 말했다.

"아니……. 이게 대체……."

"큰 소리 내지 말아요."

"그렇지만…… 이, 이 사람은 어디서 온 거죠? 어디서 나타난 건가요?"

주위를 둘러싼 형사들 모두가 그런 이야기를 했다. 어떻게 된 거야? 이 두 사람은 누구지? 대체 어떻게 된 거야?

내 품에 안긴 나오야가 희미하게 웃었다. 고개를 젓고 있다.

"알았어." 내 목소리가 떨렸다. "알았어. 이제 쉬어, 응?"

나오야가 눈을 감았다. 고개가 기울어지더니 내게 쏠렸다.

형사들 사이에 가와사키 아키오가 있었다. 눈이 휘둥그레져서, 당장이라도 쓰러질 듯한 모습으로 나무 뒤에 있는 시체를 바라보고 있었다.

"사에코는…… 사에코…… 어디 있지? 어떻게 되었어?"

"글쎄." 나는 낮게 말했다. "어딘가에 있겠지."

"이놈들이 범인인가?"

구급차의 사이렌 소리가 들려오더니, 우왕좌왕하는 형사들 사이를 가르며 달려왔다.

들것이 태울 때, 나오야가 다시 한 번 남은 힘을 짜내 내 손을 잡았다. 거의 동시에 머릿속으로 목소리가 들려왔다.

'뒷일을…….'

알았다는 신호로 손을 꼭 잡았다 놓았다. 문이 닫혔다.

체포조의 지휘관이 내게 다가오더니 핏발 선 눈으로 성급하게 물었다.

"그를 발견했을 때 무슨 이야기를 했습니까? 무슨 말을 들었죠?

형사에게가 아니라, 모래 바닥에 주저앉아 있는 가와사키에게 나는 말했다

"인질은 무사하다고."

"어디 있다고 했죠?"

고개를 저었다.

"하지만 살아 있을 겁니다. 이제 찾아내기만 하면 돼요."

가와사키가 고개를 들어 나를 보았다. 눈이 마주치자 천천히 바다 쪽으로 고개를 돌렸다. 기어가듯 일어서더니 형사 한 사람에게 부축을 받아 되돌아가기 시작했다.

바람 소리와 두통 때문에 어지러웠다. 걸음을 내딛자 휘청, 하며 시야가 흔들렸다.

어디로 가야 좋을지 알 수 없었다.

07

병원 야간 출입구를 통해 들어가니 바로 옆 벤치에 누군가가 머리를 감싸 안고 있는 것이 보였다.

가키타 순페이였다.

걸음을 멈추고 내려다보니 그가 고개를 들었다. 매우 초췌했다.

고통을 참고 버티듯 몸을 웅크리고 있다.

그제야 깨달았다. 역시. 그랬었나?

"머리가 아프지?"

내가 묻자 그는 겁먹은 듯이 고개를 끄덕였다.

"목소리가 들려서……."

나오야가 그를 이용했던 것이다. 보이지 않는 생각의 손을 뻗어 자기 혼자 처리할 수 없는 부분을 가키타에게 시켰던 것이다.

"어째서 당신이 여기에?"

글쎄, 라고만 말했다.

"자네 '아이리스'란 레스토랑에 갔었나?" 내가 물었다. "그곳 화장실에 빨간 지갑을 버리고 왔지? 오늘 밤 에도가와 구의 수상 공원 근처에서 화재 신고를 한 것도 자네지?"

믿을 수 없다는 듯 눈을 크게 뜨며 가키타는 고개를 끄덕였다.

"그 일, 잊어버려."

"네?"

"이제 끝났어. 잊어. 그게 좋아."

"그렇지만…… 그렇지만, 나……."

"자네가 왜 그 목소리의 지시에 따랐는지 맞혀볼까?"

나는 신지가 있는 집중치료실 쪽으로 눈을 들었다.

"자네가 신지를 저렇게 만들었기 때문이야. 그렇지?"

키 큰 가키타가 갑자기 작아 보였다.

"그 애가…… 이야기했어요. 그 수기 문제로."

"뭐라고."

"그 애는 저를 만나러 와서…… 실은 자수하고 싶어 한 건 내가 아니라 미야나가였다는 것을 알고 있다고, 전부 알고 있다고 했죠. 진실을 알고 있는 사람이 있다는 걸 잊지 말라고."

신지는 알고 있었다. 알고 있기에 말하지 않을 수 없었던 것이다.

'그 녀석…… 정의감만 강하니까요.'

"미야나가 씨가 자살했는데 당신은 마음 편하게 살고 있는 게 아니냐, 그렇게 말했습니다. 저는……. 저는…….”

문득 정신을 차리니 신지를 두들겨 패고 있었다는 건가?

“머리가 아파요.” 가키타는 울음을 터뜨렸다. “그 목소리가…… 신지에게 미안하다는 생각을 한다면 시키는 대로 해라. 무서워요. 그 애에게 사과하면 되려나? 아파, 너무 아파.”

“곧 나을 거야.” 그렇게 말하고 걷기 시작했다. “집으로 돌아가. 이제 전부 끝났으니까.”

가키타의 목소리가 쫓아왔다.

“뭐야? 어떻게 된 거야? 그 녀석은 뭐야?”

“사람이야.”

그렇게 말하고 계단을 올라갔다.

간호사 근무실을 몰래 지나, 인적 없는 복도에 섰다. 조명도 낮춰져 있다. 바로 옆 복도 모퉁이를 지나가는 사람의 목소리가 들렸다. 벽에 몸을 기대고 숨었다. 그 사람이 지나가고 난 뒤, 유리창 안을 들여다보았다.

신지는 마치 자고 있는 것 같았다. 침대 옆 모니터에서는 가느다란 녹색 빛이 달리고 있다. 링거 병에는 액체가 80퍼센트쯤 들어 있고, 졸음을 재촉하듯 느린 템포로 신지의 팔로 떨어지고 있었다. 침대가 어른들이 누워 있는 것에 비하면 많이 부풀어 올라 있지 않다. 야위고 작은 저 몸 안에 엄청난 에너지가 숨어 있을 텐데.

부르면 일어날까? 아니면 의식을 닫아건 채 내내 나오야와 대화를 하고 있는 것일까?

유리에 뺨을 대고 마음을 내 내부의 가장 깊은 곳에 가라앉혔다. 조용한 장소여서 신지가 알아차리기 쉬울지도 모른다.

뇌파일 거라고 생각했다. 신지의 뇌파를 체크하던 의사들도 거기서 뭔가를 본 모양이다.

'…… 씨?'

소리가 '들려왔다'. 신지의 목소리가.

'그래.'

'나 누군지 알아?'

'그래, 알아.'

머리가 터질 듯이 아팠지만, 상쾌하기는 했다. 내가 웃고 있다는 사실을 깨달았다. 신지는 눈을 감고 있다. 기나긴 혼수상태에 빠져 있는 소년.

'아아, 이런. 고사카 씨한테 부하가 너무 많이 걸렸어.'

신지가 '말했다'.

'잘 들어. 한 번밖에 말할 수 없어. 자칫하면 고사카 씨가 쓰러질 거야.'

신지는 장소와 찾아가는 길을 가르쳐주었다.

'전부터 알고 있었던 거야?'

'응.'

'고마워.'

살짝 쓰다듬는 감촉을 남기고 신지의 의식이 떠났다.

당장은 움직일 수가 없었다. 유리에 손을 짚고 호흡을 가다듬었다. 비틀거리지 않을 자신이 설 때까지 기다렸다.

그리고 걷기 시작했다.

복도를 걸어 나올 때 슬픔을 억눌러 참는 목소리가 들렸다. 머릿속에 울렸다. 아직 접속이 끊어져 있지 않은 상태…… 그랬다. 마치 전화를 끊기 직전 상대가 뭔가를 이야기한 것 같은 느낌이었다.

'방금, 나오야가 죽었어…….'

신지가 가르쳐준 장소는 작은 창고였다.

하루미의 매립지 끝에 있는, 지금은 사용하지 않는 곳인 모양이다. 밤의 한복판에 죽은 개처럼 버려져 있었다.

폐자재가 쌓여 있는 1층 플로어를 지나 계단을 올라갔다. 불빛은 없지만 안으로 들어오니 위쪽 어디선가 빛이 새어 나오고 있었다.

사에코가 있는 곳에서 나오는 불빛일까?

2층으로 올라가니 사용하지 않는 텅 빈 공간이 펼쳐졌다. 망가진 문 한 짝이 복도로 비스듬히 쓰러져 있다. 이제 할 일은 그 뒤에 앉아 기다리는 일뿐이다.

발소리는 바로 들리지 않았다. 그렇지만 기척은 있었다.

복도에 있는 빛을 들이기 위해 낸 창문을 통해 옆 건물의 보안등 불빛이 스며든다. 그 빛에 의지해 손목시계를 보았다. 오전 2시 45분.

생각보다 빨리 왔군, 하는 생각을 했다. 저쪽도 긴박할 테니까.

벽에 기대 팔짱을 끼고 숨을 죽이고 있는데 누가 계단을 올라왔다. 구두를 벗었는지 발소리는 들리지 않는다. 충분히 시간을 두고 살며시 일어나, 계단을 올라갔다.

3층 가장 구석진 곳에서 노란 불빛이 흘러나오고 있었다.

바깥쪽으로 열려 있는 철제문에 달라붙어 귀를 기울였다. 안을 엿보지는 않았다.

"누구?" 하는 목소리가 들려왔다. 내 기억이 맞는다면 사에코였다. 목소리가 쉬었고, 겁에 질려 있다.

"누구야, 응?" 그리고 사에코가 말했다. "미야케 씨…?"

이제야 구해주러 온 거네, 하고 사에코가 말했다. 제발 풀어줘. 내내 기다렸어. 무서워, 무서워. 그런데…… 경찰은…… 경찰은……?

"그게 뭐지?"

묻는 사에코의 목소리가 갑자기 커졌다.

"미안해." 미야케 레이코가 말했다. 그녀는 여전히 냉정했다. "사실은 더 일찍 결말이 났어야 하는데."

"무슨 소리야, 응? 당신이 왜 칼 같은 걸 들고 있는 거야!"

"당신은 벌써 죽었어야 해."

레이코는 감정이 담기지 않은 어조로 말했다. 감정을 드러내지 않는 총명하고 신중한 여자. 영리한 여자.

지금 여기서 두 여자의 대화를 듣고 있자니 표면적으로야 어찌 되었건 두 사람 가운데 어느 쪽이 부리는 사람이고 어느 쪽이 부림을 받는 쪽인지 확실히 드러나는 것 같았다.

"계획은 실패했지만, 사에코 씨, 당신은 역시 죽어줘야겠어."

처음부터 이렇게 했어야 하는 건데……, 하고 레이코는 중얼거렸다.

"가짜 유괴다, 뭐다, 하는 아키오 씨의 계획이 너무 복잡했어. 더 단순했어야 하는 건데. 그렇게 했다면……."

"뭐야……?"

떨리는 사에코의 목소리가 들렸다. 예전에 그녀가 이런 목소리를 내는 것은 들어본 적이 없다.

"왜 당신이…… 당신이 나를……. 아키오의 생각이 너무 복잡했다니, 무슨 소리야? 그 사람이 무슨 관계가 있는 거지? 날 여기로 잡아 와 가둔 남자와 관계가 있다는 거야?"

"그 남자는 아키오 씨가 돈을 주고 고용한 사람이지." 레이코가 조용히 대답했다. "당신이 유괴당해 살해되었다는 상황을 만들기 위해 돈을 주고 고용한 사람이었어."

대체 보수를 얼마나 주기로 했던 걸까? 나는 속으로 혼잣말을 했다. 얄궂은 일이군, 하는 생각도 들었다. 경찰의 전화

역탐지가 그렇게 빠를 줄은 몰랐을 것이다. 그래서 가와사키는 '범인'에게서 전화가 걸려올 때마다 그렇게 창백해졌던 것이다.

"아키오 씨와 그 남자가 여러 가지 계략을 꾸며서……. 잘 될 줄 알았는데, 어쩌다 이렇게 되어버린 건지……. 왜 들통이 난 건지 정말 알 수가 없어. 정말 조심스럽게, 경찰이 절대 눈치채지 못하게 계획을 진행했는데……."

사에코가 언성을 높였다.

"왜…… 왜 당신하고 아키오가 날 죽이려는 거지?"

청사진이 잘못되는 일도 있는 법이니까……. 나는 생각했다.

"당신이 방해물이야." 레이코는 조용히 말했다. "거치적거리는 존재지. 죽어줘야겠어. 아이 따윈 낳지 말아야 해. 아키오 씨는 이미 홀로서기를 했어. 자기 권한으로 뭐든 할 수 있지. 그래서 이제 당신이 필요 없는 거야."

어린아이에게 설명하듯 차근차근 가르쳐주는 말투였다.

"이제 당신이 죽어주면 누구도 진상을 알 수 없을 거야. 유괴범에게 살해된 걸로 끝나겠지." 그리고 레이코가 작은 목소리로 덧붙였다. "왜 이혼 이야기를 웃어넘겼지?"

사에코가 발작하는 듯한 웃음소리를 냈다.

"그런…… 그런 소리를 왜 당신이 그렇게 진지하게 하는 거지?"

"그게 진실이니까."

문 뒤에서 살며시 고개를 들이밀고 엿보니 레이코는 이쪽을 등지고 서 있다. 눈짐작으로 네 걸음이면 그녀에게 다가갈 수 있을 것이다.

호흡을 가다듬었다. 레이코가 칼을 치켜들었을 때 마음을 굳히고 움직였다.

레이코는 등 뒤에 신경을 쓰지 않았다. 역시 그녀에게 이런 일은 익숙한 일이 아니었다. 게다가 장갑까지 끼고. 들어올린 팔을 잡고 뒤로 꺾자 맥없이 칼을 바닥에 떨어뜨렸다. 그것을 구석으로 걷어차고 두 손으로 그녀의 팔을 붙잡았다.

무슨 일이 일어났는지를 깨닫고 레이코는 미친 듯이 몸부림쳤다.

"포기해." 입을 열자 머리가 지끈거렸다 "경찰도 연극이란 걸 알고 있어. 이제 소용없어."

그제야 겨우 레이코는 몸부림을 멈췄다. 뒤로 비틀어 올린 그녀의 발이 너무 가늘어 짜증이 났다.

무릎의 힘이 빠졌다.

"그럴 리가…… 그럴 리가……. 어떻게 알았지?"

"미야케 씨, 우린 당신을 미행하고 있었으니까."

뒤를 돌아보니 입구의 어둠 속에 나카기리 형사가 서 있었다.

"고사카 씨가 어떻게 알았는지는 알 수 없지만." 그가 웃었다. "어쨌든, 이제 소란은 그만 피우시지."

형사 몇 명이 다가오더니 내 손에서 레이코를 건네받아 양 옆구리를 껴안듯이 잡고 나갔다. 레이코는 온몸을 부들부들 떨고 있었다.

나카기리 형사가 다가오더니, 천천히 사에코 옆에 쭈그리고 앉았다. 그녀는 손목과 발목이 묶여 있었다. 형사가 그것을 풀어주자 묶였던 끈 자국이 보였다.

"다친 곳은 없습니까? 곧 구급차가 올 겁니다."

사에코에게 큰 이상은 없었다. 이틀이나 갇혀 있었던 것치고는 깔끔해 보였다. 예전보다 약간 살이 붙었나……. 헤어스타일도 변함이 없었다.

"내내, 내내 여기에……." 두리번두리번 눈을 움직이더니, 나카기리 형사와 내 얼굴을 번갈아 보면서 중얼거렸다. "묶여 있는데, 소리를 질러도 아무도 와주지 않아서……."

"불쌍하게도. 이제 괜찮아요." 형사는 말하며 나를 올려다보았다. "여긴 어떻게 알아낸 겁니까?"

대답하기도 어려울 만큼 갑자기 힘이 빠졌다.

"들었습니다. 그…… 부상당했던 청년에게."

"빨리 알려주셨으면 좋았을 텐데."

"자신이 없었죠. 그의 말이 사실인지 아닌지."

"청년이라뇨?" 형사에게 매달려 있던 사에코가 물었다. "내내 여기 있던 그 사람? 내가 여기 끌려왔을 때 여기서 기다리던……. 날 데려온 남자와 격투를 하다가…… 그 남자가 찔려 죽었고……."

역시 그랬었군.

나오야는 가와사키와 레이코 그리고 그들에게 고용된 남자의 계획을 알아차리고 여기서 먼저 기다리고 있었다. 그리고 원래는 사내를 제압해, 그를 움직이지 못하게 해두고 사에코를 구해내 함께 경찰에 신고할 계획이었을 것이다.

하지만 뜻대로 되지 않았다.

격투가 벌어졌을 때 나오야는 칼에 찔렸다. 그리고 상대는 죽였다.

결국은 그 남자가 어떤 계획을 꾸미고 있었는지, 사에코를 어떻게 하려고 했는지, 누가 꾸민 계획인지를 증명할 사람이 사라져 버린 셈이다. 사에코를 구한다 해도 가와사키 아키오와 미야케 레이코가 아무 일 없었다는 듯 일상으로 돌아가면 그들은 또 다른 방법으로 사에코를 죽이려 들 것이다. 눈에 불을 보듯 뻔한 일이다.

아무리 이야기를 해도 사에코는 믿지 않았을 게 틀림없다. 남편과 남편의 비서가 당신을 죽이려 했다…… 는 이야기를.

그것은 그녀의 청사진에 존재하지 않은 것이기 때문에.

그래서 나오야는 가와사키와 레이코의 계획을 그대로 실행했던 것이다. 모든 계획이 제대로 진행되고 있는 것처럼 보이게 만들기 위해.

그리고 마지막 순간 사실을 폭로하기 위해.

힘이 남아 있었다면 이곳으로 돌아와 사에코를 죽이러 온 레이코나 가와사키 또는 그 두 명과 맞설 작정이었을 것이다. 그걸 사에코에게 보여주면 아무리 사에코라 해도 진실을 깨달을 테니까.

하지만 그전에 나오야는 힘이 다했다.

"그 청년은……."

다가오는 사이렌 소리에 귀를 기울이며 나카기리 형사가 중얼거렸다.

"대체 어떻게 가와사키의 계획을 눈치챈 걸까요?"

"글쎄요." 내가 말했다. "이젠 영원히 알 수 없게 된 것 아닐까요?"

문득 자신이 든 듯 사에코가 나를 올려다보았다.

"그런데 왜 당신이 여기 있는 거죠?"

밖으로 나오자 서 있기 힘들 만큼 현기증이 났다. 시간 감각도 없어진 것 같았다. 멍하니 갓길에 앉아 사이렌 소리를 내며 달려오는 순찰차, 오가는 형사와 경찰관들을 바라보고 있었다. 그때 머리 위에서 요란한 소리가 들려오기 시작했다. 헬리콥터였다. 엠바고가 풀렸구나, 하는 생각이 들었다.

누군가 내 어깨를 감쌌다. 고개를 들어보니 이코마였다.

"안색이 너무 안 좋군."

그렇게 말하며 거의 부축하듯이 일으켜 세워주었다.

"데스크가 기뻐서 날뛰고 있어."

"왜요?"

"박진감 넘치는 다큐 기사가 될 거라고 말이야."

"누가 쓴대?"

이코마는 창고에서 조금 떨어진 작은 다리 위에 차를 주차시켜 두었다. 나를 거기 기대게 하더니, 주머니를 뒤져 담배를 꺼냈다. 나도 한 개비를 받아 들었지만 거의 맛을 느낄 수 없었다.

"오다 나오야가 죽었어요."

"알아. 들었어."

"그가 무얼 어떻게 했는지도 들었어?"

"아직 잘 몰라."

"설명할 기운을 차릴 때까지 좀 기다려줘."

나는 눈을 감았다. 현기증과 두통이 아직 가라앉지 않고 있었다. 새삼 나오야와 신지가 짊어지고 있던 것들에 대해 생각했다. 이토록 괴로운 것인가?

"아, 한 가지 확실하게 해둘 게 있어."

내 목소리가 멀리서 들리는 느낌이 들었다.

"뭐야?" 물으며 이코마는 담배 연기를 내뿜었다.

"그 내기 말이야, 기억하지?"

이코마는 꽤 오래 내 얼굴을 바라보았다. 그러더니 꽁초를 바닥에 던지고 발뒤꿈치로 밟았다.

"이제 10년은 더 오래 살 수 있는 건가?"

그러고는 손에 들고 있던 담뱃갑을 힘껏 강으로 집어 던졌다.

"제길! 네가 이겼다, 이거지?"

천천히, 정신이 아득해졌다.

에필로그

병원 안마당에는 계절에 어울리지 않게, 아무리 봐도 진달래로밖에 보이지 않는 꽃이 피어 있었다. 좋은 향기가 났다.

12월도 중순을 넘어서고 있었다. 사건은 신문을 떠들썩하게 만들었지만, 이미 지나간 사건이 되어 있었다.

"이번에는 실수하지 않겠다…… 그렇게 생각했던 거야."

휠체어에 의지해 먼 데를 바라보면서 신지가 말했다.

무라다 가오루가 만나러 왔었는데, 나와 엇갈려 조금 전에 돌아갔다고 한다. 신지는 울었던 모양이다. 하지만 울어서 그런지 어깨의 짐이 조금 가벼워진 듯하기도 했다.

"맨홀 사건 때처럼 말이야. 자칫 잘못해서 이런 능력을 지니지 않은 일반인을 끌어들이면 안 된다고 생각했거든. 골치 아파질 뿐이니까. 무라다 아저씨도 그건 옳은 생각이라고 말씀하셨어. 다만 혼자서 해결하려 한 것은 무모했다고 하셨지. 그렇지만 달리 방법이 떠오르지 않았던 거야."

신지가 무슨 말을 하고 싶어 하는 건지 알 수 있었다.

그 여덟 통의 협박장—미야케 레이코가 보낸—을 단서로 알게 된 두 사람의 계획을 신지가 경찰이나 내게 이야기했다면 어떻게 되었을까.

경찰은 믿지 않았을 것이다. 약간은 신경을 써줄 수 있었을 테지만 가와사키를 조사해 본들 상황이 달라질 일은 별로 없었을 것이다. 오히려 가와사키나 레이코에게 경계심만 불러일으켰을 것이다. 그들은 겉으로는 분개하거나 웃어넘기거나 하면서 이 계획을 취소하고 또 다른 계획을 세웠을지도 모른다.

내가 그 사실을 알고 있었다면?

역시 약간은 망설였을지 몰라도 신지를 믿었을 것이다. 하지만 그랬다고 해봐야 별 도리가 없다. 내가 사에코에게 남편과 그 애인이 살해하려 하고 있다는 사실을 알려준대도 진지하게 받아들이지 않았을 것이다.

"결정적인 순간에 목덜미를 낚아채지 않으면 소용이 없었어." 신지는 중얼거렸다. "그렇게 생각했기 때문에 나는……."

벤치에 기대 하늘을 올려다보았다. 화가 날 만큼 평화롭게 푸르고 맑았다.

"내가 이런 일을 당하지 않았다면 나오야를 끌어들이지 않고 넘어갈 수 있었는데."

신지는 휠체어를 내려다보았다.

"이게 모두 도저히 참을 수가 없어서 가키타 씨에게 따지고 들었기 때문에 일어난 일이야. 그만하라는 충고를 받았었는데. 난 내가 대단한 존재라고 생각했던 걸까?"

"이제 그만해."

"그렇지만……."

한번은 분명하게 이야기해 두고 싶었다. 나는 앉음새를 고치며 자세를 바르게 했다.

"고마웠어."

신지는 말이 없었다.

"그리고 정말 미안해. 너나 나오야나 나를 구하려다 이런 꼴을 당한 거야. 사과해 봤자 돌이킬 수 있는 일도 아니지만……."

"그만해요." 신지가 조용히 말을 막았다. "고사카 씨 때문이 아니야. 그게…… 어차피, 고사카 씨에겐 우리 같은 능력이 없잖아."

"하지만 나오야를 죽게 만들었어."

신지는 입술을 깨물더니 고개를 저었다.

"그건 나 때문이야. 내가 도와달라고 부탁 했으니까. 내가 움직일 수 없게 되었기 때문에 믿을 수 있는 건 나오야뿐이라고 생각했던 거야. 그래서 나는 최대한 힘을 써서 나오야를 쫓고 있었어. 모니터하듯이."

신지가 헛소리로 살해당할 거야……, 라고 반복했던 것은 가와사키 사에코 이야기였던 것이다.

'나오야, 어떻게든 도와줘. 그렇지 않으면 살해당할 거야.'

"사에코 씨…… 배 속에 아이가 있었지?"

나는 고개를 끄덕였다.

희미하게 웃으면서 신지는 말했다.

"나오야는 아기를 무척 좋아했어."

그래서 구하러 갔던 거야……, 라고 중얼거렸다.

"그리고 말이야, 나오야가 죽을 때…… 내 머릿속에서 떠나갈 때…… 헤헤, 하고 웃었어."

"정말?"

"응, 기분이 꽤 좋은 것 같았어……. 뭐랄까, 할 일을 제대로 다 해내서 자랑스러워하는 느낌이었지."

좀 부러웠어……, 라고 신지는 말했다.

그랬기를 바란다. 내가 할 수 있는 일이 그것밖에 없다는 사실에 어찌할 길 없는 허전함이 느껴지기는 했지만.

사건 직후, 나카기리 형사와 나눈 대화가 떠올랐다.

'오다 나오야란 청년이 거의 자기 목숨을 던져 가와사키 사에코를 구한 셈이군요.'

'네, 그렇습니다.'

'그런데 그게 가짜 유괴라는 건 우리도 분명 알고 있었습니다. 그는 경찰을 믿지 않았던 걸까요?'

'한 가지 중요한 일을 잊고 있는 건 아닌가요?'

'뭔데요?'

'경찰은 나중에 가와사키와 레이코를 체포할 수는 있었겠

지만 살인을 막을 수는 없었겠죠……. 그 일은 나오야밖에 할 수 없었던 겁니다.'

"나오야가 없으니 허전해."

신지는 연신 눈을 깜박거렸다. 더는 울지 않으려고 애쓰는 모양이다.

"쓸쓸하기는 하지만 그건 내가 받아야 할 벌이라고 생각해. 나오야를 잊어서는 안 된다는. 나도 내 차례가 돌아오면 열심히 할 거야. 그렇게 하지 않으면 존재 의미가 없겠지?"

존재 의미라. 너무 오랫동안 이 말을 머릿속에 떠올려본 적이 없었다.

"내가 누군가에게 도움이 될 수 있을 거라고 생각해. 나뿐만 아니라, 모든 사람이 그러기 위해 살아가는 게 아닐까? 마음이 편치는 않은 일일지 모르지만, 그래도 일 년에 한 번쯤은 이렇게 밤중에 혼자 그런 생각을 해보는 것도 나쁘지 않을 거야, 분명히."

기나긴 사건의 전말을 처음부터 고스란히 이야기해 준 상대가 꼭 한 사람 있다. 미무라 나나에였다.

이야기를 시작하기 전, 그녀는 약간 묘하게 생긴 장식물을 보여주었다. 모빌이었다. 금속 조각을 몇 개 조합해 만들었는데, 매달면 불안정하게 움직였다. 이따금 삐걱거리는 소리를 내기도 했다. 내가 몇 번인가 그녀에게 전화를 걸었을 때 들었던 그 소리다.

〈나오야가 만들어준 거야. 시끄러워서 매달아 둘 수 없다고 웃기는 했지만 나오야가 사라진 뒤, 그를 불러보고 싶으면 이걸 걸어 놓고 바라보았지.〉

이야기를 들려주는 동안, 나나에는 내내 가만히 듣고만 있었다. 두 손으로 뺨을 누르고, 이따금 하늘에 눈길을 주면서.

이야기가 끝나자, 더 할 말이 없었다. 말하자면 나와 나나에는 오다 나오야라는 청년을 통해 우연히 만나게 되었을 뿐이다. 나오야라는 연결고리가 없어져버린 이상, 내게는 잡아 둘 아무런 권리도 없다.

'앞으로 어떡할 거야?' 라고 물어볼 용기가 나지 않았다. 넌 어떻게 생각해? 내가 널 놔주고 싶지 않다면, 그건 역시 너한테 어중간한 인생을 강요하는 꼴이 되는 걸까?

나나에는 일어서서 화이트보드를 집어 왔다. 쓱쓱 글을 적더니 내게 보여주었다.

〈알고 있었어.〉

"무얼?"

다시 거리낌 없이 적는다.

〈당신이 사에코 씨와 헤어지게 된 이유.〉

숨이 턱, 막히는 느낌이 들었다.

"나오야한테 들었어?"

그녀는 고개를 끄덕였다.

〈당신은 그 일로 크게 상처를 입었고, 다른 사람을 다가오지 못하게 하는 부분도 있어서 아주 까다로운 남자라고. 그래서 관계해 봐야 좋을 게 없다고 말했던 것 같아.〉

보드를 보여주며 나나에는 살짝 웃었다.

아주 까다로운 남자라. 나나에에게는 어울리지 않는 남자인가?

아니, 그뿐이었을까……. 나오야는 더 먼 앞날까지 보고 있었던 게 아닐까. 신지에게 이야기를 듣지 않았어도 알고 있었던 게 아닐까? 그 미행자의 생각을 읽어냈을 때. 가와사키 일당에게 고용된 사내가 무엇을 생각하고 있는지를 읽어내고, 내가 앞으로 말려들게 될 것도 알고 있었던 게 아닐까?

다만 입 밖에 내지 않았을 뿐이고.

그래서 나나에에게 충고한 것이다. 나와 관계하지 말라고.

만약 가와사키의 계획이 성공했다면 나는 평생 보이지 않는 족쇄를 차고 살아가게 되었을 것이다. 내가 누군가에게 원한을 사, 다른 사람을 죽게 만들었다는 족쇄를. 게다가 그 원한이 무엇인지 짐작조차 하지 못하면서.

그런 짐을 짊어질 사내와 있어 봤자 나나에가 행복할 리 없다.

하지만…….

그 병원에서 나오야는 봤을지도 모른다. 그 충고가 소용없어진 것 같다는 사실을. 그에겐 숨길 수 있는 것이 아무것도 없으니까.

그래서, 그래서 나오야는 가와사키와 레이코의 범행을 저지하고, 사에코가 살해당하지 않도록 목숨을 걸고 막은 게 아닐까.

나를 위해서가 아니라, 신지에게 부탁을 받았기 때문이 아니라, 나나에를 위해서.

그래서 헤헤, 하고 웃으며 떠나갔다. 내가 평생 나나에에게 해줄 수 없는 일을 해냈으니까.

"넌 어때?"

겨우 그렇게 물었다.

"앞으로 어떻게 했으면 좋겠어?"

나나에는 생각에 잠겼다.

머리 위에서 나오야의 모빌이 희미하게 삐걱거렸다.

"그래, 결혼 중매인으로는 누굴 세울 거지?"

이코마는 성질이 급하다. 취재를 마치고 나온 뒤로 내내 그 이야기뿐이다.

웃고 말았다.

"아직 거기까진 생각하지 않았어."

"내겐 부탁하지 말아줘. 마누라가 새 외출복을 사 달라고 조를 거란 말이야."

올해도 남은 날은 일주일뿐인데, 세상은 여전히 소란스러웠다. 시내에서는 수상쩍은 방화사건이 계속 일어났고, 그 때문에 오전 내내 화재 현장을 돌아다녔다.

"마침 점심시간이네." 이코마가 시계를 보았다. "이봐, 여기서는 미도리 유치원이 가깝잖아. 나나에를 불러내자. 내가 한턱 거하게 낼게. 미리 축하하지."

아이들은 마침 자유시간인 모양이다. 유치원 마당 가득, 짙은 감색 유치원복을 입은 아이들이 뛰어다니고 있었다. 나나에도 같은 색 덧옷을 입고, 미끄럼틀에서 노는 아이들 옆에서 있었다.

그 부분만 따로 떼어내면, 전에 꾸었던 꿈과 똑같은 풍경이다.

옆에 나오야가 있는 게 아닐까…… 그런 느낌이 들었다.

"이봐, 뭘 멍하니 서 있어? 아, 나나에 씨, 안녕?"

이코마가 손을 흔들었다. 나나에가 이쪽을 바라보며 가볍게 고개를 숙이고 웃음을 지었다.

약간 익숙해진 수화로, 하지만 아주 느린 속도로 천천히 말을 걸어보았다.

'점심, 밖에 나가서 할 수 있어?'

나나에는 웃으며 고개를 끄덕인 뒤 잠깐 기다려, 라고 손을 움직였다.

"편리하군."

이코마가 웃었다.

많은 아이들, 앞으로 다양한 인생을 살아갈 어린아이들이 즐겁게 뛰어노는 것을 바라보다가 문득 이런 생각을 했다.

오다 나오야는 환생해 줄까?

다음에는 완전히 다른 인생을, 전혀 다른 길을 걷기 위해.

틀림없이 그럴 것이다. 낙관적인 희망에 불과한 것이라 해도 그렇게 믿고 싶다. 그리고 그가 다시 한 번 이 세상에 올 수 있다면 좀 더 편한 인생이 되기를 바란다. 그가 고통스럽지 않았으면 좋겠다. 다음번에는 그가 남을 돕는 입장이 아니라, 다른 사람의 도움을 받으며 행복해질 수 있는 인생이었으면 좋겠다.

우리는 각자 몸 안에 용을 한 마리씩 키우고 있다. 어마어마한 힘을 숨긴, 불가사의한 모습의 잠자는 용을. 그리고 한 번 그 용이 깨어나면 할 수 있는 일은 기도밖에 없다.

부디, 부디 올바르게 살아갈 수 있게 되기를. 무서운 재앙이 내리는 일이 없기를…….

내 안에 있는 용이 부디 나를 지켜주기를…….

오로지 그것만을.

〈끝〉

*맨 앞의 에피그램은 스티븐 킹의 《캐리》에서 인용한 것입니다.

*이 작품은 픽션이며, 실존하는 개인, 법인, 단체 등과는 아무런 관계도 없습니다.

개정판 옮긴이의 말

2006년 이른 봄에 쓴 '옮긴이의 말'에 이어 개정판 후기를 적게 되어 기쁩니다. 그 즈음만 해도 우리나라 독자들에게는 널리 알려지지 않았던 미야베 미유키는 이제 설명이 필요 없는 작가가 되었습니다. 오히려 지나치게 잦은 '언급'이 작가에 대한 오해를 부를 수도 있지 않을까 걱정스러울 지경이 되었습니다. 따라서 예전 '옮긴이의 말'을 그대로 두기로 했습니다.

이번에 알에이치코리아를 통해 개정판을 내면서 거의 새로 번역하는 기분으로 작업했습니다. 다시 손질하면서 발견한 몇몇 오류를 바로잡았고, 표현을 전체적으로 더 지은이의 의도에 가깝게 손질했습니다.

이번 개정 작업에는 2011년에 일본에서 표지를 바꿔 내놓은 새로운 판본을 저본으로 삼았습니다. 무슨 상 수상작이라는 이유만이 아니라 이야기 속에 담긴 여러 문학적 요소들 때문에도 이 작품은 더 많이 논의되고 사랑받을 가치가 있습니다. 미야베 미유키의 소설 세계를 이야기할 때 빼놓을 수 없는 이정표 같은 작품이니까요. 이 개정판이 독자 여러분에게 작가를 더 깊게 이해하는 계기가 되기를 바랍니다.

2018년 권일영

초판 옮긴이의 말

미야베 미유키에 대해서는 구구하게 설명할 필요가 없습니다. 일본 최고의 베스트셀러 작가라느니, 일본 미스터리 소설과 일본 시대소설 분야에서 대단한 인기를 누리고 있다느니 하는 이야기는 이미 널리 알려진 이야기입니다. 정상에 서있고, 그 정상의 자리를 10년 이상 누리고 있습니다. 일본의 〈다빈치〉라는 월간지의 조사에서도 무려 7년 동안 줄곧 '선호하는 여성작가 1위'의 자리는 그녀의 차지였습니다. 앞으로도 꾸준히 그 자리를 내놓지 않을 것으로 보입니다.

이 소설, 《용은 잠들다》는 1992년에 일본추리작가협회상을 받은 작품입니다. 그리고 1994년에 94분짜리 텔레비전 영화로 만들어지기도 했습니다. 1987년에《우리 이웃의 범죄》로 데뷔한 뒤, 1989년 《마술은 속삭인다》로 일본추리서스펜스 대상을 수상하면서 그 가능성을 보인 미야베 미유키가 그 이름을 널리 알리게 된 작품이라고 할 수 있습니다. 그 뒤 《화차》와 나오키상 수상작인 《이유》등 우리말로도 이미 소개된 작품들을 통해 미야베 미유키는 현대 사회를 바라보는 따스한 시각을 잃지 않으면서 일본 미스터리 문학의 선두에 섰습니다.

시대소설로도 두각을 드러낸 미야베 미유키는 요즘 그쪽 분야에 치중하는 듯 보이기도 하지만 SF나 판타지 종류의 작품을 발표하기도 하며 여러 분야에서 활동하고 있습니다. 하지만 그녀의 장점이 가장 두드러지게 드러나는 분야는 역시 미스터리입니다.

미야베 미유키는 이 작품에서 초능력자인 한 소년과 한 청년을 내세워 이야기를 꾸려갑니다. 초능력자가 등장한다고 해서 액션이 넘치고 지구를 수호한다거나 세계를 지킨다거나 하는, 어마어마한 음모와 대결하는 것은 아닙니다. 작품의 앞머리에서 '화자'가 이야기하듯이 방관자가 바라본 두 초능력자의 고뇌와 그들이 인간으로서 살아가는 길을 그립니다. 그러면서 이야기는 자연히 화자의 삶과 연결됩니다.

미야베 미유키는 요즘 보여주는 스타일을 감안하면 의외일 정도로 여러 편의 초능력자 이야기를 장편소설로 만들어냈습니다. 이 작품에 앞서 나왔던 초능력자 이야기는 《마술은 속삭인다》입니다. 그리고 《용은 잠들다》에 이어서 또 한 편의 초능력자 소설을 펴냅니다. 여성 초능력자를 중요 인물로 다룬 《크로스파이어》라는 두툼한 작품입니다. 이 작품은 영어판으로도 번역, 소개되었습니다. 이런 장편들 이외에도 중편도 하나 있으니 적지 않은 작품들이 초능력을 다루고 있는 셈입니다. 그런 작품들 가운데 가장 다양한 모습을 보여주는 것이 《용은 잠들다》라고 생각합니다. 초능력 소년의 성장소설이기도 하고, 화자인 고사카의 사랑을 다룬 연애소설일 수도 있고, 그리고 두 초능력자를 중심으로 한 유괴사건을 그린 서스펜스 소설이기도 합니다. 이런 여러 가지 빛깔들이 무척 잘 어우러져 있다는 생각입니다.

미야베 미유키는 초능력자를 다룬 작품들을 써내면서도 각 소설에 등장하는 초능력자들에게 모두 나름의 특성을 부여하고 있어 중복된 느낌이 전혀 들지 않습니다. 그것은 미야베 미유키의 캐릭터 조형 솜씨가 뛰어나기 때문이라고 생각합니다. 《용은 잠들다》에 나오는 두 명의 초능력자도 서로 다른 성격을 지닌 인물로 대비됩니다.

두 초능력자 주인공도 그렇지만, 화자인 고사카라는 잡지 기자와 그의 동료 이코마, 그리고 고사카를 짝사랑하는 가나코를 비롯한 주변 인물들마저 무척 생생하게 살아 움직입니다. 미야베 미유키가 기본적으로 캐릭터 조형에 뛰어나다는 점은 어느 작품에서나 두드러지는 장점이지만, 특히 《용은 잠들다》에서는 주고받는 대사들 속에서도 등장인물들의 성격이 잘 살아 움직입니다.

캐릭터의 성격을 잘 드러내주는 도구는 대사입니다. 이 작품 내내 고사카와 이코마는 연신 만담 같은 대사를 통해 그 동료애를 드러냅니다. 그런데 고사카와 이코마가 사에코가 결혼해 살고 있는 집을 찾아가며 대화를 나누는 장면(342쪽)의 대사가 우리 독자들에게는 얼핏 느낌이 오지 않을 수도 있습니다. 그것은 일본의 고전문학을 소재로 농담을 하고 있기 때문입니다.

'봄은 새벽이건만 아아, 슬프도다'라는 이코마의 대사는 〈마쿠라노소시〉라는 일본 고전과 일본 헤이안 시대의 문학을 규정짓는 용어—에도 시대의 일본 국학자인 모토오리 노리나가가 사용한—가 뒤얽힌 부분입니다. 그래서 고사카가 '뭐가 좀 뒤섞인 거 아니야?'라고 핀잔을 줍니다. 〈마쿠라노소시〉를 들추면 맨 첫 문장에 '봄은 (하루 가운데) 새벽이다(즉, 가장아름답다)'라는 대목이 나옵니다. 이 유명한 대목과 모토오리의 용어를 이코마가 엉터리로 갖다 붙인 농담인 셈입니다. 게다가 이어지는 대사에서는 시대상에 대한 언급이 있는데, 이 부분도 일본 역사에 대해 알기 이전에는 바로 느낌이 오지 않을 수 있습니다. 본문 안에 주석을 달아 이런저런 설명하자면 너무 길어져 그 대목을 뺄까 하는 생각도 했었습니다. 그러나 편집부와 의논한 끝에 원문을 그대로 살리고 이 후기에서 간단하게 언급하는 것으로 대신하기로 했습니다.

고사카에게서 공감을 느끼건, 초능력에 대한 아픈 기억 때문에 믿지 않으려하는 이코마에게 공감을 하건, 혹은 왕년의 형사 무라다 씨에게 공감하건 이 이야기를 읽는 동안 쉽게 책을 놓을 수 없을 것입니다. 게다가 본문 중에 나오는 '초능력으로 왜 기껏해야 숟가락 구부리기냐?'라는, 현상의 핵심을 찌르는 평범한 시각을 잃지 않는다면 어떤 현상에 대해서나 정확한 판단을 할 수 있는 기초는 잡히는 셈이라고 생각합니다. 생활의 지혜로 삼으시기를. 그리고 부디 숟가락 구부리기 이상을 보여준 오다 나오야의 마지막 웃음을 오래 기억해주시기를. 그것이 방관자의 의무라고 화자는 이야기하고 있습니다.

《용은 잠들다》라는 제목에 대한 설명은 본문 안에 찾을 수 있습니다. 혹시 우리는 초능력이라는 것을 믿지 않기로 작정한 순간부터, 아니 초능력이라는 것이 있을지도 모른다는 가능성을 부인하면서부터 자신의 엄청난 능력을 잠재우고 있는 것은 아닐까? 미야베 미유키는 이런 생각을 하고 있는지도 모르겠습니다. 제목이나, 이 이야기의 맨 앞부분에 나오는 고사카의 고백을 읽어보면 그런 느낌도 듭니다. 하지만 저는 초능력자가 아니라서 이 책을 읽으며 미야베 미유키의 마음을 정확하게 스캔해낼 수가 없습니다. 혹시 여러분들이 가능하시다면 한번 스캔하여 작가의 마음을 제게 귀띔해주시기 바랍니다.

2006년 5월 권일영

*이 작품을 읽다가 의문점이 있는 분들은 anuken@gmail.com으로 연락주시면 답변드리겠습니다.

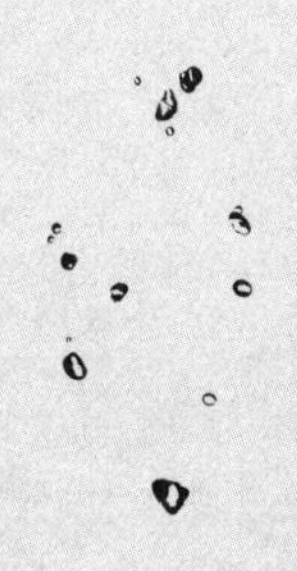

옮긴이 **권일영**

중앙일보사에서 기자생활을 시작했다. 1987년 아쿠타가와상 수상작 무라타 기요코의 《남비솥》을 우리말로 옮기며 번역을 시작했다. 모리미 도미히코의 《유정천 가족》, 마키메 마나부의 《사슴남자》, 아야츠지 유키토의 《미로관의 살인》과 《암흑관의 살인》, 가이도 다케루의 《바티스타 수술 팀의 영광》을 비롯한 다구치-시라토리 시리즈, 아비코 다케마루의 《살육에 이르는 병》과 《탐정영화》, 기리노 나쓰오의 《다크》와 《IN》 등이 있다.

용은 잠들다

1판 1쇄 발행 2006년 5월 31일
2판 1쇄 인쇄 2018년 11월 28일
2판 1쇄 발행 2018년 12월 6일

지은이 미야베 미유키
옮긴이 권일영

발행인 양원석 **본부장** 김순미 **편집장** 김건희
디자인 RHK 디자인팀 박진영, 김미선 **해외저작권** 황지현 **제작** 문태일
영업마케팅 최창규, 김용환, 정주호, 양정길, 이은혜, 조아라,
신우섭, 유가형, 임도진, 김유정, 정문희

펴낸 곳 ㈜알에이치코리아
주소 서울시 금천구 가산디지털2로 53, 20층(가산동, 한라시그마밸리)
편집문의 02-6443-8902 **구입문의** 02-6443-8838
홈페이지 http://rhk.co.kr
등록 2004년 1월 15일 제2-3726호

ISBN 978-89-255-6503-3 (03830)